Louise Robert

**Geschichte der Königin Elisabeth von England**

Louise Robert

**Geschichte der Königin Elisabeth von England**

ISBN/EAN: 9783743391345

Hergestellt in Europa, USA, Kanada, Australien, Japan

Cover: Foto ©Raphael Reischuk / pixelio.de

Manufactured and distributed by brebook publishing software (www.brebook.com)

Louise Robert

**Geschichte der Königin Elisabeth von England**

Louise Robert

**Geschichte der Königin Elisabeth von England**

# Geschichte

der

# Königin Elisabeth
## von England.

Aus bisher noch unbekannten
Englischen Originalschriften, Akten, Urkunden,
Briefen und Manuskripten,

von

## Mademoiselle von Keralio.

Aus dem Französischen.

## Sechster und letzter Band.

Mit Churfürstl. Sächsischer gnädigster Freiheit.

Berlin, 1793.
Bei Friedrich Maurer.

# Geschichte
### der
# Königin Elisabeth
## von England.

Ohngeachtet der bisher geführten kostbaren 1598 Kriege, hatte sich England auf Spaniens Unkosten bereichert, und war jetzt blühender als jemals. Spanien hingegen war äußerst geschwächt. Durch die Seezüge der Engländer sah es seine Macht zu Grunde gerichtet, und seine Reichthümer erschöpft. Ungeheure Ausgaben hatten die Schätze Indiens verschlungen; die Niederlande waren schon größtentheils von der Spanischen Krone getrennt. Deutschland fand seinen Vortheil in der Erniedrigung einer in allen Europäischen Staaten verabscheuten Macht. Frankreich war im Begriff, unter der friedsamen Regierung eines gerechten Königs aus seinen Trümmern wieder hervorzugehen Philipp war alt und kränklich geworden; er fühlte

1598die Annäherung seines Todes, und machte trau=
rige Betrachtungen über den Zustand, worin er
sein Reich einem jungen arbeitscheuenden Fürsten
von eingeschränktem Verstande und gänzlicher Un=
fähigkeit zu regieren überlassen würde. Er dachte
also darauf den Umständen nachzugeben, und sich
freywillig einer Gewalt zu entäussern, welche mit
seinem Leben nun bald zu Ende gehen sollte. Der
Papst hatte den Wunsch gezeigt, zwischen ihm und
Heinrich einen Frieden zu vermitteln. Heinrich
war davon nicht abgeneigt. Ein dreissigjähriger
Bürgerkrieg hatte das Reich erschöpft, wovon er
kaum ruhigen Besitz genommen hatte. Alle Pro=
vinzen waren verwüstet, und dem Angriffe des
Feindes offen. Das Volk war in das gröste Elend
gerathen, und seufzte nach Frieden; sein Geschrei
durchdrang das väterliche Herz des Königs. Die
Krone war beträchtlich verschuldet, ein großer Theil
der Einkünfte war verpfändet, und der übrige unge=
wiß. In den Zeiten der Anarchie waren in die
Kirche, in die Gerichtshöfe, in die Armee und die
Finanzen viele Mißbräuche eingeschlichen. In allen
Ständen herrschte Despotismus an der Stelle einer
gut geordneten Gewalt, und Ausgelassenheit anstatt
der zu beobachtenden Pflichten. Die Pächter der
öffentlichen Einkünfte bereicherten sich durch das

Elend der Unterthanen, und suchten aus den Be- 1598
dürfnissen des Staats nur ihren eignen Nutzen zu
ziehen. Heinrich sah dieses Uebel, seufzte darüber,
und hielt den Frieden für das einzige Mittel demselben abzuhelfen. Eins nur stand ihm noch im Wege; er muste Elsabeth und die vereinigten Provinzen zu eben diesem Entschlusse zu bringen suchen.
Er konnte und wollte nicht, den Traktaten zuwider, sich ohne seine Bundesgenossen entschließen. Allein beiden Staaten war daran gelegen, daß Spanien
von einem verderblichen Kriege noch nicht befreit
würde. Sie schickten Gesandte nach Frankreich,
welche sich dem Frieden widersetzen musten. Elisabeth brauchte Robert Cecill und Heinrich Herbert
zu dieser Unterhandlung, und die Staaten schickten
Justin von Nassau und Johann Barnevelt dazu
ab. „Ich bin in Kriegen und unter Gefahren erzogen worden, war seine Antwort. Die Hälfte
meines Lebens ist unter dem Geräusche der Waffen
und kriegerischen Unternehmungen hingebracht.
Ich habe genug Beweise von Muth im Gefechte
gegeben, um niemanden Ursache zum Zweifel zu
lassen, ob ich ein Leben, woran ich gewohnt bin,
so lange fortsetzen möchte, bis unser gemeinschaftlicher Feind außer Stand gesetzt wäre, mir und meinen Bundesgenossen ferner zu schaden. Weder mein

A 3

1598 eigener Nutzen, noch selbst der Nutzen meines Volks würde mich bewegen können, mit dem Könige von Spanien einen Separatfrieden zu schließen; bloß die unüberwindliche Nothwendigkeit, der alles weichen muß, kann es thun. Mein Reich ist durch bürgerliche Kriege, welche fast ein halbes Jahrhundert gedauert haben, umgestürzt, und verlangt eine ruhige Zwischenzeit, während der es Stärke genug wieder erhalten wird, um sich selbst und seine Alliirten zu schützen. Dann wird Frankreich, anstatt, wie jetzt, seinen Freunden zur Last zu seyn, ihnen helfen, und sie für den Beistand, den es in seinen Nöthen von ihnen erhalten hat, reichlich belohnen. Will ihnen Spanien die Bedingungen, die sie zu machen berechtigt sind, nicht zugestehen, so wird ein kurzer Zeitraum mir die nöthigen Kräfte wieder geben, daß ich zwischen ihnen und Philipp den Frieden werde vermitteln, und diesen gerecht zu seyn zwingen können, wenn der Weg der Ueberredung mir nicht gelingen sollte." *)

Die Gesandten der Königin sahen Heinrichs Gründe ein; allein, was auch ihre eigne Meinung

*) Sully, Bd. 3. S. 197 — 204 Mezeray, S. 1214. f. f. Hume, S. 388. Carte, S. 668. f. Campbell, S. 699 f. Watson, Bd. 2, S. 400. f.

sein mochte, so konnten sie nicht anders als gehor:¹⁵⁹⁰
chen. Sie hatten Befehl, ihm sechstausend Mann
zu Fuß und fünfhundert zu Pferde anzubieten, wel=
che auf Kosten Englands besoldet und unterhalten
werden sollten. Justin von Nassau bot ihm vier=
tausend Mann zu Fuß nebst einer zahlreichen und
gut bedienten Artillerie an. Im Fall der König
diese Anerbietung annähme, hatten die Gesandten
Vollmacht zwischen England, Frankreich und den
vereinigten Provinzen ein Bündniß wider Spanien
zu schließen, und den Befehl, dabei festzusetzen, daß
keine dieser drei Mächte ohne der andern Einwilli=
gung, weder Waffenstillstand noch Vergleich mit dem
Feinde machen dürfte. Solche Versprechungen hät=
ten einen ehrgeizigen Fürsten, welcher ein so tapfe=
res Volk als die Franzosen beherrscht hätte, hin=
reissen können. Aber Heinrich dachte zu menschlich,
um nicht seine ganze Ehre und sein ganzes Glück
in der Erleichterung seiner Unterthanen zu suchen.
Er widerstand, versprach aber zugleich, den Nie=
derlanden zur Vertheidigung ihrer Freiheit beizuste=
hen, und ihnen Truppen und Geld zukommen zu
lassen, unter dem Vorwande, ihnen seine Schulden
abzutragen. *) Elisabeth war mit Heinrichs Be=

*) Sully, ibid. Mezeray, ibid. Bentivoglio, Th.
  3. B. 4. S. 464. Mariana, B. 10. K. 12.

1598 tragen nicht zufrieden, und bestand auf ihrem Vor,
haben den Krieg fortzusetzen. Heinrich hingegen,
mehr als jemals durch die Vorstellungen seines ge,
treuen Sully überzeugt, daß Frankreich seinem Ver,
derben nahe wäre, wenn er nicht Frieden machte,
entschloß sich, Elisabeths fortdauernder Wider,
setzung ohngeachtet, sich von einer Bundesgenossin
zu trennen, die Frankreich dem Nutzen ihres eignen
Reiches aufopfern wollte. Die Unterhandlungen
wurden zu Vervins eröffnet, und der Friede den
2ten Mai 1598 unterzeichnet. *)

Kaum war dies geschehen, als Philipp einen
Entwurf auszuführen suchte, den er schon seit lan,
ger Zeit gemacht hatte; er wollte der Prinzessin
Isabelle durch die Vermählung derselben mit dem
Erzherzoge Albrecht den Besitz der Niederlande ver,
sichern. Aus Zärtlichkeit für die Prinzessin, eine
der vortreflichsten Personen ihres Ranges, und aus
Hochachtung für den Erzherzog, welcher einen gu,
ten Verstand und große Eigenschaften zeigte,
wünschte er diese Verbindung noch vor seinem Ende

*) Sully, S. 260 f f. Mezeray S. 1218 f. f. Be,
thunens Manuskripte auf der königlichen Biblio,
thek. No. 9361. De Thou (S. dessen Leben, S.
489.) Bellievres und Sillerys Briefe, und
Bericht von den Konferenzen zu Vervins,
S. 266. Watson, S. 402.

zu ſtande zu bringen. Sein Geiz hatte ſeine Ent-1598
ſchließung bis dahin noch aufgehalten; es war ihm
unerträglich, dieſe reichen Provinzen von ſeiner
Krone getrennt zu denken, und ſich ihren Verluſt
als unvermeidlich vorzuſtellen. Die Abnahme ſeiner Kräfte, welche ihm ſeinen nahen Tod vorbe-
deutete, beſtimmte ihn endlich für ſeine Tochter;
den 3cſten Mai unterzeichnete er ſeine Abdankungsakte und den Heirathstraktat des Erzherzogs Albrecht, welcher von denen der Infantin abgetrete-
nen Staaten Beſitz nahm. Das Volk freute
ſich jetzt, von dem Spaniſchen Joche befreit zu ſein;
aber die vereinigten Provinzen blieben feſt bei ihren
Entſchließungen, da ſie leicht einſahen, daß dieſe
neuen Beherrſcher ſich ohne den Beiſtand der Spaniſchen Truppen nicht behaupten konnten. Philipp
ſtarb noch vor der feierlichen Vermählung ſeiner
Tochter, den 13ten September. *)

So ſehr auch Heinrich wegen des Friedens mit
Spanien in Eliſabeth drang, ſo nachdrückliche Vor-
ſtellungen ihr auch ihre Miniſter deswegen machten,
ſo beharrte ſie doch bei ihrem Vorſatze, den Krieg
noch nicht zu endigen. Cecills weiſe Rathſchläge
wurden vor der hinreiſſenden Beredſamkeit des Grafen von Eſſex nicht gehört. Dieſer muthige, hitzi-

*) Watſon, S. 4c4. Carte, S. 669. Hume, S. 393.

A 5

1598ge und ehrliebende Mann stellte ihr den Wunsch, dem
Frieden beizutreten, als eine treulose Verlassung der
vereinigten Provinzen vor, mit denen die Spanier nicht als mit freien Staaten unterhandeln
wollten, und welche diesen ehrenvollen Titel nicht anders als durch Englands Beistand behaupten könnten. Indeß hatte Essex nie Gefälligkeit genug, um
den Leidenschaften dieser Fürstin zu schmeicheln, und
wuste sich so wenig zu verstellen, daß er nicht einmal
dem Anscheine nach ihre Gesinnungen gegen ihn erwiederte, wodurch er sie gänzlich hätte fesseln können.
Er hatte nicht die Geschicklichkeit seine Gewalt zu
nützen, und war bisweilen so unvorsichtig sie zu
mißbrauchen. In einer der Rathssitzungen, worin
die Friedensentwürfe zwischen England und Spanien aus einander gesetzt wurden, sollte auch ein
Vicekönig von Irland gewählt werden. Da der
Graf von Essex und Cecill immer und in allen Dingen verschiedner Meinung waren, so stritten sie mit
Hitze und Hartnäckigkeit. Essex gerieth gegen den
Minister in heftigen Eifer. Er mißfiel dadurch
der Königin, welche Cecilln beipflichtete, und sie gab
es Essex zu erkennen. Dieser setzte Wohlstand und
Ehrfurcht so weit aus den Augen, daß er seiner
Monarchin verächtlich den Rücken zukehrte; und
die Königin vergaß, so sehr die Würde ihres Ge-

ſchlechts und ihres Ranges, daß ſie ihm voll Zornes eine Ohrfeige gab, welche ſie mit einem eben ſo unſchicklichen harten Verweiſe begleitete. Eſſex, anſtatt die Hitze eines Weibes kaltblütig aufzunehmen, legte die Hand an ſeinen Degen, und ſchwur, er würde eine ſolche Beſchimpfung ſelbſt von Heinrich IV nicht ertragen haben. Die Räthe ſtürzten ſich zwiſchen ihn und die Königin, und der Graf endigte dieſe ſonderbare Scene durch ſeine Entfernung vom Hofe. Er ließ ſich weder durch die Bitten ſeiner Freunde, noch durch Betrachtung ſeines eignen Vortheils, noch durch die ſeiner Monarchin ſchuldige Ehrfurcht bewegen, ihr Abbitte zu thun. „Habe ich die niedrigſte Begegnung erfahren müſſen, ſagte er zu ſeinem Freunde dem Kanzler Egerton, ſo kann die Religion mich unmöglich zwingen, um Verzeihung zu bitten. Fodert Gott dies? Iſt es Gottloſigkeit, es nicht zu thun? Sind Unterthanen bloß da, um Beleidigungen zu dulden? Giebt es denn eine unendliche Gewalt auf der Erde? Verzeihen Sie, Mylord, wenn ich dieſe Grundſätze nicht annehmen kann. Salomons Narr mag lachen, wenn er mit Füßen getreten wird. Mögen diejenigen, die von Fürſten Vortheile erwarten, über die Beleidigungen, die ſie von denſelben empfangen, keine Empfindlichkeit zeigen; mögen ſie

1598 eine unumschränkte Gewalt auf Erden zugeben, indeß sie vielleicht keine im Himmel erkennen: für meine Person, ich bin beleidigt, und ich fühle diese Beleidigung. Ich habe eine gute Sache, ich kenne sie, und was auch immer die Folge davon sein mag, so können alle Mächte der Erde nicht mehr Kraft und Standhaftigkeit zeigen mich zu unterdrücken, als ich beweisen werde, alles was über mich verhängt werden kann, zu dulden. \*) Der Vorwurf der in den Worten liegt, indeß sie vielleicht keine im Himmel erkennen, ging ohne Zweifel auf Raleigh. Dieser hatte den Ruf eines Religionsverächters, und hatte, als er wegen Liebesverständnisse mit einer Hoffräulein bei der Königin in Ungnade gefallen war, an seinen Freund, Robert Cecill, einen sklavischen Brief geschrieben. Er beklagte sich darin, daß seine Königin ihn dem Elende in einem finstern Gefängnisse überlassen hätte. Sonst, sagte er, sah ich sie ein muthiges Roß lenken wie Alexander, jagen wie Diana, und lustwandeln wie Venus: dann schien sie eine Nymphe, um deren schöne Wangen ihr schönes Haar im Winde flatterte! Bald saß sie im Schatten eines

*) Hume, S. 437 des Textes. S. 526 der Anmerkungen, Note (II). Birches Memoires, Bd. 3, S. 388. (S. Belege, No. XVII.)

Baumes einer Göttin gleich, bald sang sie mit der Stimme eines Engels, bald rührte sie, wie ein anderer Orpheus, die Saiten." Diese Göttin, diese Venus, diese Nymphe, war damals über sechszig Jahr alt. Der Brief, worin Raleigh sich so ausdrückte, worin er sagte, das Leben wäre ihm unerträglich, da er fern von derjenigen wäre, die das Licht und das Glück desselben machte, wurde der Königin gewiesen; und anstatt darüber zu lachen, und ihren Günstling als einen Schmeichler oder einen Fantasten zu behandeln, fühlte sie sich durch den Ausdruck seines Schmerzes gerührt, und begnadigte ihn in Betracht seiner Liebe. Sie hörte nicht ungern von den Gesandten fremder Höfe ihre Reize und verführerische Schönheit preisen. Heinrich Hatton erzählte ihr, Heinrich IV hätte ihn zu Gabrielle d'Estrée geführt, welche damals in dem vollen Glanze der Jugend und Schönheit prangte. Er hätte diesem Fürsten Elisabeths Bildniß gezeigt, und ihr vor Gabrielle den Vorzug gegeben: Heinrich, vor Bewunderung außer sich, hätte ihm dies Bildniß weggerissen, es ehrfurchtsvoll geküßt, und ihm geschworen, er würde sich nie von demselben trennen. Elisabeth zweifelte keinesweges an der Wahrheit dieser Erzählung.*) Essex war einer

*) Hume, Note (KK) S. 526 der Anmerkungen.

1598 ſolchen niedrigen Schmeichelei nicht fähig. Die unerſchütterliche Standhaftigkeit, die er bei dieſer Gelegenheit bewies, zwang ſie zum Schweigen, und ſie ſah ſich gezwungen von ſelbſt eine Verzeihung anzubieten, die ſie zu ſchenken wünſchte. Der Graf erſchien gleich nach ſeiner Zurückberufung wieder bei Hofe.

Bald nach dieſem Sturm wurde er von ſeinem mächtigſten Feinde befreiet; Lord Burleigh ſtarb in einem hohen Alter. Die Königin verlor in demſelben einen getreuen Unterthan, den ſie aufrichtig beklagte. Alle Geſchichtſchreiber haben ſeine Verwaltung gerühmt. Sie haben Recht hierzu gehabt, wenn ſie ſeine Kenntniſſe, in den einzelnen Stücken derſelben, ſeine Scharfſichtigkeit, ſeine Liebe zu Intriguen, ſeine Kunſt das verſchiedene Intereſſe der Menſchen zu entdecken, und den Nutzen ſeiner Monarchin auf Koſten jedes andern Intereſſes zu befördern, haben loben wollen. Dies waren wirklich Cecills Talente. Die großen Ausſichten, die wichtige Sorge für die Zukunft, der Ruhm und das Glück der Nation, die erhabenen Gegenſtände der Freiheit, des Eigenthums, der perſönlichen Sicherheit waren ihm unbekannt. Er folgte überall nur den Ideen der Königin; und die Freiheit ihres Volks gehörte nicht in ihr Syſtem.

Er war Sklave der Leidenschaften seiner Monarchin, 1598 wandte sein ganzes Leben dazu an dieselben zu befriedigen, alles mit Gewalt oder List ihnen zu unterwerfen, und erlaubte sich nie ihnen Gründe entgegen zu setzen, oder die Ausführung der Befehle, die sie ihm gab, im geringsten aufzuschieben.

· Elisabeth erneuerte jetzt ihre Traktaten mit den vereinigten Provinzen, und versprach mit Spanien nie einen Frieden einzugehen, bis die Völker, die sie unter ihren Schutz genommen hatte, in Sicherheit sein würden. Man behauptete damals, sie hätte auf eine geschickte Art die Furcht benützt, worin die Staaten waren, daß sie für sich Frieden machen möchte. Indeß hatte sich diese Fürstin nie auf eine billigere und uneigennützigere Art gegen die Niederlande betragen. Sie hatte durch die Anerkennung ihrer Unabhängigkeit allem Recht auf dieselben entsagt. Da Frankreich die Waffen niedergelegt hatte, so blieb ihr die ganze Last des Krieges. Sie hatte Heinrich IV eine Million dreihundert neununddreißigtausend französische Pfund vorgestreckt;\*) Die Staaten hatten über zwei Millionen von ihr erhalten, und in ihrem

\*) Sawyer. Sammlung von Staatspapieren. London 1725, in Fol. B. 2, S. 28 Heinrich Nevils Negociation in Frankreich.

1598 Traktate. dachte sie nur darauf, die Summen, die sie zu fodern hatte, sicher zurückbezahlt zu erhalten, und keine neue Truppen geben zu dürfen. Sie versprach bloß andre auf eigne Kosten werben, und die alten auf dem bisherigen Fuße zu lassen. Die Staaten setzten lange Termine zur Bezahlung ihrer Schuld an, und machten sich zum Beistande anheischig, wenn England zum Schauplatze des Krieges werden sollte. In diesem Falle würden sie keine größere Lasten zu tragen gehabt haben, da sie damals sicher waren ihr Land von den Spaniern zu befreien. Sie erhielten die Zurückberufung des Englischen Generals und des Englischen Präsidenten in ihrem Conseil. So nahmen die Bevollmächtigten der Staaten das Interesse ihres Landes besser wahr, als die Engländer das ihrige. Die Treue der Königin gegen ihre Bundesgenossen bei dieser Gelegenheit ist desto lobenswürdiger, da aus dem Wohl der letztern kein Vortheil für sie entsprang, und, wenn der Zufall ihre Hoffnungen täuschte, großes Uebel für sie daraus entstehen konnte.

Elisabeth mußte den Tod eines Königs, welcher ihr mehr als einmal nach dem Leben getrachtet hatte, als eine Wohlthat der Vorsehung betrachten. Mit Entwürfen zum Meuchelmorde war er vertraut. Des Prinzen Willhelms von Oranien Sohn,

Sohn, Moriz, wäre bald das Opfer eines Böse: 1598
wichts geworden, der sich von den Jesuiten hatte
verführen und mit Spanischem Golde bestechen lassen *). Zu gleicher Zeit hatten eben diese Jesuiten einen gewissen Eduard Squirre mit einem für
Elisabeth und den Grafen von Essex bestimmten
Giftpulver nach England geschickt. Ein Englischer
Jesuit, Namens Walpole, hatte es übernommen
diesen zu unterrichten. Da er die Nachricht von
dem Tode der Königin und des Grafen vergebens
erwartete, glaubte er von Squirre betrogen zu
seyn. Um sich an ihm zu rächen, ließ er ihn durch
einen Spanier anklagen; und dieser gab die klein-
sten Umstände so genau an, daß Squirre nach seiner Einziehung die ganze Verschwörung bekannte.
Er betheuerte aber auf dem Blutgerüste, er hätte
ungern in Walpoles Absichten eingewilligt. Allein
der Jesuit machte kurz nachher eine förmliche Ab-
läugnung aller Geständnisse seines unglücklichen
Proselyten bekannt **) Da Elisabeth sich glück-
licher Weise von einem Feinde befreit sah, dessen
Nachstellungen sie vielleicht nicht entgangen sein

*) Grotius Gesch. B. 7, S. 327. Geschichte der ver-
einigten Provinzen, B. 19. S. 357.

**) Carte, S. 672.

Gesch. Elisab. 6. Th.            B

würde, so schob sie ihre Entschließungen in Absicht auf die Fortsetzung des Krieges auf, um erst zu erfahren, wozu sich der neue Monarch von Spanien entschließen würde.

1599    Weder Frankreich noch Spanien, noch die Niederlande machten jetzt diese Fürstin mehr besorgt; ihre eignen Staaten foderten ihre größte Aufmerksamkeit. Tir-oen hatte den größten Theil von Irland zum Aufstande gebracht. Er hatte Phelim Mac-Pheag und O'Byrneß Hülfe zugeschickt, um sich in Leicester eine Parthei zu machen. Er hatte das Fort Blackwater eingeschlossen, und sich vor demselben auf Holländische Art verschanzt. Ein Engländer, der durch seine treulosen Gesinnungen großes Unheil gestiftet hatte, Heinrich Bagnal, war zum Entsatz des Forts angerückt, und mit dreizehn Offizieren und ohngefähr sechshundert Mann geblieben, die übrigen waren, mit Hinterlassung der Lebensmittel und der Bagage, nur mit genauer Noth entkommen. Die ganze Provinz Connaught war in Aufruhr, und die Provinz Mounster hatte unter Anführung des Grafen von Ormond die Waffen ergriffen. Thomas Desmond verwüstete die Englischen Pflanzungen, plünderte die Schlösser, und machte alles nieder, was sich seiner Wuth widersetzte. Die O'Donnels, die

O'Rürke, Mac-Guire und Mac-Mahon, hatten 1595 sich mit ihren Vasallen zu Tir-oen versammlet, welcher sich den Befreier des Vaterlandes und die Stütze der Freiheit nannte. Der Befehlshaber der Englischen Armee, John Norris, war von Fitz-Williams Betragen Zeuge gewesen, und hielt die politischen Grundsätze und das eigennützige Verfahren desselben für die Quellen aller Unruhen in Irland. Eben so wenig war er mit Russels Verwaltung, welche auf Fitz-Williams gefolgt war, zufrieden. Bagnal, welcher vor Blackwater blieb, hatte dieses letztern ganzes Vertrauen besessen, und ihm die gefährlichsten Rathschläge gegeben. Der junge Russel hatte die bescheidne Vorsicht gehabt sich Norris zum Beistande zu erbitten; er schien dessen Rathschlägen folgen und sich auf seine Erfahrung verlassen zu wollen. Bagnal aber schmeichelte Russels Stolz, und verderbte sein Herz. Er schilderte ihm Norris als einen gefährlichen Mann, welcher sich alle Ehre allein anmaßen, und ihn als ein schwaches karakterloses Kind behandeln würde. Diese Eingebungen hatten die gewünschte Wirkung. Russel schenkte dem Verführer sein Vertrauen, und verübte jeden Frevel, den die Geschichte von den Vicekönigen von Irland erzählt. Bei seiner Ankunft ging Tir-oen zu ihm, beklagte sich wegen

1599der von Fitz-Williams verübten Ungerechtigkeiten und Erpressungen, und trug einen Vergleich an. Der Vicekönig empfand die Regungen des Mitleids, welche die Vorstellung fremdes Unglücks hervorbringt. Es war noch Zeit alles wieder gut zu machen; durch Ordnung und Gerechtigkeit konnten Ruhe und Friede wieder hergestellt werden. Auf Bagnals Vorstellungen aber verschloß er sein Herz der Gerechtigkeit und dem Mitleid. Tir-oen wurde mit Härte zurück gewiesen, versammlete seine Freunde, und schwur mit ihnen sich zu rächen. Von dem Augenblicke an ward alle menschliche Klugheit unnütz, die Gerechtigkeit verstummte, und die Waffen allein konnten gegen ein ganzes bewaffnetes Volk entscheiden. Eben diese Strenge, die alles in Verwirrung gesetzt hatte, ward nun nothwendig, und Richard Bingham, welcher wegen seines Despotismus zurückberufen war, wurde wieder zur Behauptung der Englischen Macht dahin geschickt. Er starb bei seiner Ankunft in Dublin. Jetzt war das Conseil der Königin ungewiß über die Wahl eines Vicekönigs und eines Generals. Lord Mountjoy kam in Vorschlag. Aber der Graf von Esser setzte dieser Wahl die geringen Vermögensumstände und die wenige Kriegserfahrung des Lords entgegen, und bezeichnete den zu wählenden

Mann auf eine Art, wodurch er aller Augen auf "15" feine Perſon wandte. Seine Feinde ergriffen mit Freuden dieſe Gelegenheit, ihn zu einem gefährlichen Poſten zu erheben, auf dem ſein Karakter ſein Unglück machen muſte. Es waren der Graf von Nottingham, Robert Cecill, Raleigh und Cobham, Männer von böſem Herzen, aber von einem hellſehenden, und durchdringenden Verſtande. Sie kannten ſein Genie, ſeine glücklichen Eigenſchaften, ſeine ſanften und populären Sitten, ſeinen Muth und ſeine edlen Geſinnungen. Sie zweifelten nicht, daß er den Frieden in Irland wieder herſtellen würde. Sie wuſten aber auch, daß ſein Betragen der ehrgeizigen und eiferſüchtigen Monarchin mißfallen würde, und verſprachen ſich, in ſeiner Abweſenheit den Zauber, der ſie an ihn feſſelte, zu vernichten. Seine Freunde geriethen in Schrecken. Die Königin war noch unruhig über die Beleidigung, die ſie ihm in der letzten Aufwallung ihres Zorns zugefügt hatte. Kaum hatte ſie ſein Verlangen bemerkt nach Irland zu gehen, als ſie die Gelegenheit ergriff ihn für ſeinen Verdruß zu entſchädigen, und ihn zum Abgeordneten in Irland und zum General ihrer Armee ernannte. Robert Cecil, welcher den Haß und den neidiſchen Karakter ſeines Vaters geerbt hatte, trug aus allen

B 3

1599 Kräften dazu bei, dem Grafen eine fast unum=
schränkte Gewalt zu verschaffen. Elisabeth erlaubte
ihm, Verrätherei zu vergeben, die Beamten,
die keine Patente hatten, ihrer Stellen zu entsetzen,
und diejenigen, die mit Patenten versehen waren,
von ihren Verrichtungen zu suspendiren, in des Ad=
mirals Abwesenheit die Schiffe zu kommandiren, und
endlich so viel Geld, als er nöthig hätte, aus dem
öffentlichen Schatze zu nehmen *). Er ging im Mo=
nat April nach Dublin ab, um eine Zeit, die sei=
nem Einmarsch in die Provinz Ulster wenig günstig
war, wo sichs nur im Junius eindringen ließ. Da
er nicht unthätig bleiben, und doch, seinen Instruk=
tionen gemäß, nicht geradezu wider Tir=oen an=
rücken konnte, so drang er in die Provinz Moun=
ster ein. Das Irländische Conseil bat ihn die dor=
tigen Pflanzungen zu schonen, welche die vonehm=
sten Einkünfte von diesen erst neu angebauten Län=
dereyen ausmachten. Er bemerkte jetzt, daß die
Armee der Rebellen stärker als die seinige war, und
daß die Feinde durch die Kenntniß des Landes, die
ihm und den meisten Engländern fehlte, einen

*) Carte, S. 673. Lelands Geschichte von Irland,
    K. 4. Rymers Acta publica, Bd. 16, S. 366,
    Cambden, S. 700 f. Hume, S. 404. Cabala
    s. Scrinia, S. 79.

großen Vortheil vor ihm voraus hatten. Er 1599 glaubte sich einiger von denen Provinzen bemächtigen zu müssen, welche um diejenige herum gränzten, wo Tir-oen sich festgesetzt und befestigt hatte, und trug einige kleine Vortheile davon, welche ihm vergebens streitig gemacht wurden. Hierauf kam er mit seinen abgematteten, kranken und sehr zusammengeschmolzenen Truppen den 16ten Junius nach Dublin zurück. Ein Haufen derselben, den er zur Belagerung eines schwach befestigten Schlosses abgeschickt hatte, wurde von einer Handvoll Irländern geschlagen und in die Flucht gejagt. Essex argwohnte Verrätherei oder Felgheit als Ursache dieser Niederlage; er kassirte die Offiziere bei ihrer Zurückkunft, und decimirte die Soldaten. Indessen befestigten die Rebellen die Posten Loughfoegten und Ballyshannan in der Provinz Ulster, erhielten Ammunition von Spanien, und nahmen neuntausend Schotten zu Fuß und tausend vierhundert zu Pferde in Sold. Die Nachrichten von diesen Vorfällen kamen nach England, von wo aus Elisabeth auf das Betragen ihres Günstlings Acht gab. Ihre Räthe hatten ihr den Sieg über Tir-oen und seine Alliirten als äußerst leicht vorgestellt. Sie glaubte also, der Graf hätte falsche Maßregeln genommen, und übereilt oder nachlässig ge-

1599 handelt. Er führte sich, hieß es ferner, bei seinen Unternehmungen und bei der Behandlung der Soldaten als höchster und unumschränkter Herr auf. Mehr bedurfte es nicht, um dieser auf ihre Gewalt so eifersüchtigen Monarchin einen außerordentlichen Haß gegen ihren Günstling einzuflößen. Der Graf schadete sich selbst nicht wenig durch die Zuversicht, die er anfangs gezeigt hatte, daß er die Empörung in kurzem dämpfen würde. Die Königin schrieb ihm in sehr ernsthaften Ausdrücken, und in einer grausamen Beängstigung bat er um frische Truppen. Er gestand, das Unternehmen wäre größer als er gedacht hätte. Er führte übrigens an, er hätte auf die Vorstellungen des Irländischen Conseils der Provinz Mounster zu Hülfe kommen müssen, deren neue Anbauungen nicht allein für die Pflanzbürger, sondern auch für die Staatseinkünfte sehr wichtig wären; er hätte diese Provinz zum Gehorsam gebracht, wobei aber seine Truppen durch Strapazen sehr mitgenommen wären; er hätte in der Grafschaft Ophelie die O'Connor und O'Moore gezwungen die Waffen zu strecken; jetzt aber, nach seiner Zurückkunft nach Dublin sähe er sich in der Unmöglichkeit Tir-oen anzugreifen, wenn er nicht eine Verstärkung von zweitausend Mann erhielte. Robert Cecill und Not-

tingham verbargen ihre Treulosigkeit unter einem 1599
falschen Eifer, und riethen, ihm die verlangte Verstärkung zu schicken. Kaum hatte der Graf diese erhalten, als er sich in Verfassung setzte die Provinz Ulster anzugreifen. Allein, anstatt von der den Engländern sonst eignen Begierde Kriegsruhm zu erwerben und von dem Gehorsam der Truppen unterstützt zu werden, fand Essex nichts als Furcht und Widerstreben, wovon vielleicht der Grund in gewissen Intriguen seiner Feinde lag, welche durch die Offiziere die Soldaten aufreizten. Einige dieser letztern gaben ihre Abneigung ohne Rückhalt zu erkennen, andere gaben Krankheiten vor, und noch andre desertirten. Der Graf konnte kaum viertausend Mann gegen die Rebellen zusammen bringen. Es war schon spät im Jahre, der Feind war den Engländern an Anzahl überlegen, und hatte einen von Natur schon festen Posten mitten in Wäldern und Bergen. Essex verlor bei den Hindernissen, die er allenthalben antraf, fürchtete mit Recht den Zorn der Königin, und war vielleicht nun überzeugt, daß ihn seine Feinde verriethen und auf eine arglistige Art hintergingen. Er nahm also Tir-oens Vorschlag zu einer persönlichen Unterredung an. Der letztere zeigte in derselben viel Ehrfurcht und Unterwürfigkeit. Er war schmei-

1599 chelnd und einnehmend. Er trug seine Beschwer=
den mit wirklicher oder anscheinender Offenherzig=
keit vor, denn es ist unmöglich seinen wahren Ka=
rakter zu bestimmen. Die Englischen Geschicht=
schreiber, welche für ihre Nation ausserordentlich
parthetisch sind, haben immer die Irländer als
Treulose und Rebellen, als wortbrüchig und als
Menschen von unbändigen Sitten vorgestellt. Ver=
nünftiger Weise müssen wir an der Wahrheit die=
ser Behauptungen zweifeln, und diese Beschuldi=
gungen als übertrieben ansehen. Tir=oen soll in
dieser Unterredung dem Grafen von Essex angebo=
ten haben, ihn, wenn er es wollte, zu einem der
grösten Herren von Irland zu machen, und dieser
soll sogar bald nachher zu seinen Offizieren gesagt
haben, es würden in kurzem grosse Unruhen in
England entstehen, und er würde dahin zurückkeh=
ren müssen *). Gewiß ist es, daß Essex einen

*) Leland, K. 4. Es haben sich nie Beweise ge=
funden, daß dergleichen Reden unter beiden vor=
gefallen sind, daher wir die Erzählungen davon
als Verläumbungen ansehen können, welche Ra=
leigh, Cobham und Robert Cecill erdacht haben.
Sie hatten Spione in dem Lager des Grafen von
Essex. Hume, dessen Urtheil von demselben nicht
günstig ist, giebt den Argwohn, den diese Unterre=

Waffenstillstand auf sechs Wochen einging, welcher 1599 bis auf den Monat Mai von einem Termin zum andern konnte verlängert werden, mit der Bedingung, vierzehn Tage vor Ergreifung der Waffen einander davon zu benachrichtigen. Er versprach Tireens Anerbietungen der Königin vorzulegen; ausserdem versprach er eine allgemeine Amnestie, freie Relgionsübung, die Wiedererstattung der Ländereien, und Befreiung von der Englischen Regierung. Von diesen Vorschlägen, welche die Englischen Geschichtschreiber ausschweifend finden, war wohl nur der letzte nicht zuzugestehen. Nie wird ein eroberndes Volk gutmüthig und billig genug sein, um dem überwundenen Volke seine Freiheit völlig wieder zu geben. Elisabeth hätte indeß edelmüthig genug sein können, um zu verzeihen, und vernühftig genug, ums uurpirtes Eigenthum heraus zu geben, Freiheiten zu bewilligen und immer im Aufruhr begriffenen Sklaven friedsame Unterthanen vorzuziehen. Essex konnte dies glauben, ohne sich eines Verraths schuldig zu machen; er konnte hoffen Menschenblut zu sparen, ohne seine Monarchin vom Throne stürzen zu wollen. War dies wirklich seine Absicht, wie es bei dem Mangel der Beweise

dung veranlaßte, als bloße Vermuthung. Dies ist auch Cambdens und Cartes Meinung.

1599 für das Gegentheil seine Denkungsart vermuthen läßt, so hatte er sich bloß in seinen Schlüssen betrogen. Elisabeth glaubte durch Tir-oens Vorschläge und des Grafen von Essex Annahme derselben ihre Ehre aufs Spiel gesetzt. Sie tadelte sein Betragen in einem Schreiben an ihr Conseil in Irland so strenge, daß er in die lebhafteste Besorgniß gerieth, und nach England zurückging. Einigen Nachrichten zufolge wurde er so aufgebracht, daß er mit dem Kern seiner Armee nach London gehen, und sich mit gewaffneter Hand an seinen Feinden rächen wollte, woran er aber durch seinen Freund, den Grafen von Southampton, und seinen Schwiegervater Christoph Blount gehindert wurde. Bacon klagte ihn wegen dieses Vorhabens an *). Aber dieser war sein Feind geworden, nachdem er tausend Wohlthaten von ihm genossen hatte; er opferte Freundschaft und Erkenntlichkeit dem Wunsche der

---

*) Staatsprozesse. Bacon, Bd. 4, S. 514. Hume mißt diesen Nachrichten keinen Glauben bei. Carte sagt, des Grafen Freunde haben ihm gerathen die Waffen zu ergreifen, aber nicht, daß er dies gewollt habe, oder daran verhindert sei: S. 674. Cambden beschuldigt ihn ohne hinlänglich untersucht und Sibneys Briefe zu Rathe gezogen zu haben (B. 2, S. 112 ff.) Leland hat ihm bloß nachgeschrieben.

Königin zu gefallen auf, und konnte wohl auch an[1599] der Wahrheit zum Verräther werden. Essex ging in aller Eile von Dublin ab, kam früh Morgens zu London an, und stürzte, noch ganz mit Schweiß und Staub bedeckt, in das Zimmer der Königin, welche eben am Putztische saß. Er warf sich ihr zu Füßen, küßte ihre Hand, und bat sie flehentlich, seine Rechtfertigung anzuhören, und vielmehr ihren gütigen Gesinnungen für ihn, als dem Hasse seiner Feinde gemäß, über ihn zu urtheilen. Er hätte, setzte er hinzu, in keinem Stücke seine Vollmacht überschritten; er hätte derselben zufolge von den Rebellen die Beweise ihrer Unterwerfung angenommen, die Waffen gebraucht, wo er es für nöthig gehalten hätte, und einen Waffenstillstand bewilligt; und ob er gleich auch bevollmächtigt gewesen wäre Bedingungen anzunehmen, so hätte er doch Tir-oens Anträge nicht bewilligen wollen, ohne ihr selbst dieselben erst zur Untersuchung vorzulegen. Die Ueberraschung bei einem so unerwarteten Anblick, die Freude ihren Günstling wieder zu sehen, das Feuer in den Ausdrücken eines Mannes, den sie liebte, alles dieses machte einen so lebhaften Eindruck auf ihre Sinne, daß sie nicht das Herz hatte ihm Strenge zu zeigen; sie empfing ihn huldreich, und entließ

1599 ihn zufrieden. Kaum hatte er sie verlassen, als sie sich an alle die Fehler erinnerte, deren er beschuldigt wurde. Seine Feinde stellten ihr vor, ihr Ansehen würde verachtet; ein hochmüthiger Mann hätte die Absicht, aus ihrer Nachsicht Nutzen zu ziehen, um ihr alleiniger Rathgeber, um das Oberhaupt des Staats, Herr ihrer Entschliessungen, und vielleicht Monarch von Irland zu werden. Sie deuteten sein Betragen aufs schlimmste, nannten sein Mitleid einen Kunstgriff um das Volk an sich zu ziehen; seine Klugheit hieß ihnen Feigheit oder unerlaubte Nachsicht mit den Feinden des Staats. Kurz, sie wusten die Königin so geschickt aufs neue gegen ihn aufzubringen, daß sie ihm noch denselbigen Nachmittag befehlen ließ, in dem Hause des Kanzlers Egerton unter dessen Aufsicht zu bleiben, ohne seine Gemahlin zu sprechen, ja ohne ihr nur zu schreiben, bis er vor dem Conseil verhört sein würde *). Essex antwortete mit Mäßigung und Unterwerfung, und versprach sich auf seine Güter zu begeben, ohne sich je in Staatssachen zu mischen. Der Zwang, den er sich anthat sich zu mäßigen, hatte einen solchen Einfluß auf seine Gesundheit, daß er in eine heftige Krankheit fiel, welche an seinem Aufkommen zweifeln

*) Hume, S. 410. Sidneys Briefe, Bd. 2, S. 127.

ließ \*). Sie erschrack bei dieser Nachricht. Sie 1599 schickte ihm acht Aerzte zu, mit dem Befehle, alles zu seiner Genesung beizutragen. Sie trug unter diesen ihrem eignen Arzte, dem Doktor James auf, ihr zu wissen zu thun, ob der Zustand des Kranken einen Besuch von ihr nöthig machte, und versprach in diesem Falle ihren Rang bei Seite zu setzen. Die Anwesenden bemerkten, daß sie diese Worte mit thränenden Augen sagte. Die Feinde des Grafen wurden über diese Beweise von den gütigen Gesinnungen der Königin gegen ihn äußerst unruhig. Raleigh, der unversöhnlichste unter ih=nen, ward krank, und Elisabeth, von der er glei=che Huldbezeugungen genossen hatte, sah sich ge=zwungen, ihm dieselbigen Beweise ihrer Gunst zu geben. Des Grafen Zustand verbesserte sich durch die Wiederkehr der Gnade seiner Monarchin; er erhielt fast zu gleicher Zeit die Erlaubniß seine Ge=malin zu sprechen, und bald nachher durfte er in sein eignes Haus zurückkehren, doch mit dem Be=fehle, sich mit niemanden zu unterhalten. Ohn=geachtet dieser noch übrigen Strenge behielt er so viel Hoffnung, daß er die Königin mehr als ein=mal seiner Dankbarkeit, seines Eifers und seiner Ehrfurcht schriftlich versicherte. Der Ausbruck

---

\*) Hume, S. 411. Birches Memoires, S. 144.

einer zärtlichern Empfindung würde ihm sicherlich
völlige Verzeihung zuwege gebracht haben.

1600    Für Irland muſte indeß ein Gouverneur ernannt werden. Tir-oen hieß ein Treuloſer und ein
Verräther. Vermuthlich war Treuloſigkeit bei ihm
ein Verbrechen, und bei denen die am Ruder der
Engliſchen Regierung ſaßen, eine Tugend. Es
war ihm ein Waffenſtillſtand verſprochen worden;
er erfuhr aber, daß Lord Mountjoy an des Grafen von Eſſex Stelle ernannt wäre, und Befehl
hätte die Irländer anzugreifen. Er brach alſo die
Bedingungen, welche die Engländer nicht halten
wollten, zuerſt, und nützte den von Spanien erhaltenen Beiſtand. Der Papſt ſchickte ihm zugleich
eine Krone von Phönixfedern, nebſt Ablaß und
Segen, ſo daß ſein Eifer für die Sache des Staats
durch das Intereſſe der Religion noch verſtärkt wurde. Mountjoy übernahm nur ungern das Kommando an der Stelle ſeines unglücklichen Freundes. Er
fand die Irländiſchen Angelegenheiten in einer ver-
zweifelten Lage. Aber niemand hatte ſeinen Untergang geſchworen und ihm ſeine Truppen abgeneigt
gemacht. Er erhielt ſo viel Mannſchaft und Geld,
als er brauchte. Dieſelbigen Offiziere, denen die
Feinde des Grafen aufgetragen hatten die Truppen,
die er kommandirte, muthlos zu machen, hatten
                                              jetzt

jetzt Befehl, sie aufzumüntern, und sie zu überre-1600
den, daß der Sieg unter Mountjoys Kommando
leicht und sicher seinwürde. Er bräng mitten in die
Provinz Ulster ein, wo er die wichtigstenPosten weg-
nahm und befestigte, und zwang die Empörer sich in
Wälderund Gebirge zu flüchten. Er zeigte sich klug
und tapfer. Er schonte nicht weniger als Esser das
Blut und die Ehre seiner Feinde, und wuste besser als
er, sich von ihnen Achtung und Gehorsam zu
verschaffen.*)

Mitten unter diesen Unruhen gerieth England
wegen einer neuen Gefahr in Besorgniß. Im
Januar war stark geworben worden, um die alten
Krieger, die Esser nach Irland übergeführt hatte,
zu ersetzen. Jeder Staatsbürger hätte von seinem
jährlichen Einkommen acht Pfennige vom Pfunde
zu dieser Truppenrüstung bezahlt; im Monat Februar war eine neue Subsidie gefordert, und
im März waren zwei Funfzehnden von allen Ein-
künften erhoben worden. Alle diese Taxen wurden von der Königin willkührlich aufgelegt. Im
Anfange des Augusts verbreitete sich das beunru-
higende Gerücht, daß Spanien sich gegen England

*) Hume, S. 413. Carte, S. 674. Cambden,
S. 618.

Gesch. Elisab.                                    C

1600 rüstete. Der Großadmiral wurde zum Generalissimus der Land- und Seetruppen ernannt, und in London wurden in der Eile sechstausend Mann geworben. Die Furcht entriß den Englischen Unterthanen neue Gaben. Es wurden sechzehn Schiffe ausgerüstet, die Person der Königin wurde mit der größten Sorgfalt bewacht, vor alle Straßen und Plätze der Stadt wurden Ketten vorgezogen. Alles war in der äußersten Unruhe; die Armada selbst hatte weniger Schrecken verursacht. Diese gefürchtete Rüstung der Spanier bestand in acht Galeeren, welche unter dem Kommando des Marquis von Spinola ausgelaufen und nach Sluys bestimmt waren. Philipp III glaubte, sie würden in der Mündung der Maas eine Unternehmung auf Zeeland sehr begünstigen. *) Die bei dieser Gelegenheit in England geworbenen Soldaten wurden mehrmals verabschiedet, und fast in demselbigen Augenblicke wieder angenommen; ganz England schien von einem Schwindel befallen. Im September war endlich alles wieder ruhig. Wenn man ohne Leidenschaft die geringe Ursache eines so allgemeinen Schreckens betrachtet, so sollte man eher hier eine listige Finanzoperation vermuthen, um dem Volke neue Subsidien abzulocken, als daß man

*) Carte, S. 675.

glauben könnte, das ganze Conseil und die Köni-1600 gin selbst wären in Schrecken gerathen, weil sie in der Ferne acht Galeeren wahrgenommen hätten. *)

Elisabeths Alter ließ den König von Schott-land hoffen, daß er bald über eine blühende Nation und über Menschen von einem mehr gebildeten Ka-rakter als die Schottländer, herrschen würde. Er erwartete mit Ungeduld den Augenblick, wo er ein Land würde verlassen können, welches beständig in Faktionen getheilt, immer Bürgerkriegen ausge-setzt, und wo er selbst an seinem Hofe nicht sicher war. Durch seine Verbindung mit dem Könige von Dännemark war er zugleich an verschiedene deutsche Fürsten geknüpft, von denen er Unterstü-tzung hoffte. Er wünschte seine Rechte bei ihnen geltend zu machen, und sie für seine Sache einzu-nehmen, wenn eines Tages ein Mitwerber ihm die Englische Krone sollte streitig machen wollen. Er

*) Leland setzt diesen Vorfall in die Zeit, da Essex, seiner Erzählung nach, mit einer Armee nach Eng-land übergehen wollte. Die Nation, sagt er, erfuhr dieses Vorhaben, ernannte einen General, und versammlete viertausend Mann um die Per-son der Königin her. Durch eine solche Verän-derung der Zeiten und der Thatsachen läßt sich eine Geschichte nach Gutdünken schreiben.

1600 schickte ihnen Gesandte zu. Alle diese Fürsten erkannten seine Ansprüche als gegründet, versprachen
ihm aber nur schwachen und sehr entfernten Beistand. Jakobs Gesandter am Englischen Hofe,
der Abt von Kinloß Eduard Bruce, drang in Elisabeth, daß sie ihren Nachfolger ernennen möchte,
und nahm sich der Sache seines Herrn mit dem
größten Eifer an. Er stellte der Königin diese Ernennung als das einzige Mittel vor, dem Unglücke
zuvorzukommen, welches eine ungewisse Thronfolge
ihren Unterthanen zuziehen könnte. Aber ihr Ende
ihr als nahe vorzustellen, war nicht die rechte Art
sie zu einem so wichtigen Schritte zu bereden.
Elisabeth glaubte sich noch jung und schön, und
hätte sich selbst gerne überreden mögen, daß sie un-
sterblich wäre. Der Gesandte erhielt eine zweideu-
tige Antwort, welche dem Könige zwar nicht alle
Hoffnung benahm, aber ihn auch nicht befriedigen konnte. Bruce bemühte sich indessen, den Befehlen seines Herrn gemäß, die Engländer in ihren
günstigen Gesinnungen für denselben zu erhalten
und zu bestärken. Er dachte richtig, war schlau,
verschwiegen und beredt, kurz er besaß alle Talente,
die zu glücklichen politischen Unterhandlungen erfodert werden. Er war ganz der Mann, der der
Nation gefallen konnte. Verschiedene Vornehme

schlugen sich zu ihm, und versprachen ihm, nach dem Tode der Königin seine Parthei zu verstärken. Indessen erschienen täglich Schriften, worin Jakobs Rechte bestritten wurden. In einigen wurden ihm die Rechte der von dem königlichen Hause abstammenden Englischen Familien entgegengesetzt, und in andern, deren Verfasser sich heimlich von der spanischen Parthei besolden ließen, wurden die sonderbaren Ansprüche Philipps III. verfochten. Jakob ließ diese Schriften durch gelehrte Männer widerlegen. Es erschien ein Werk unter dem Titel Basilicon Doron, welches dem Könige selbst zugeschrieben wurde. Es enthält Vorschriften über die Regierungskunst, welche an seinen Sohn Heinrich gerichtet sind. Diese Schrift wurde sehr bewundert. Die Gedanken, die vernünftigen und menschlichen Grundsätze, welche darin herrschen, ließen die Engländer mit Sicherheit erwarten, daß die Nation unter einem so weisen und von Liebe zu seinen Unterthanen so durchdrungenen Könige an Glanz und Reichthum zunehmen würde. *) Je geschickter dieses Werk war eine solche Hoffnung zu begründen, desto schwerer ist es, Jakob VI für den Verfasser desselben zu halten. Wie dem auch

*) Robertson, S. 246. Carte, S. 677.

C 3

1600fei, so glückte ihm seine Absicht weniger in seinem
eignen Reiche als in England. Die reformirten
Priester fanden in dem Buche Sätze, die sie ihrer
Lehre entgegen glaubten; und dies war ein
Saame von Zwietracht, welcher bald eine gewalt-
same Wirkung hervorbrachte.

Elisabeth sah mit Verdruß, daß der schlaue
Bruce in ihren eignen Staaten eine Parthei für
einen Fürsten gewonnen hatte, den sie verabscheute.
Sie bemerkte überdem, so gut wie die Schottländer,
daß er eine große Nachsicht für die römische Kirche
blicken ließ. Die den Lords von der katholischen
Parthei zugestandene Verzeihung und die Wiederherstellung des papistischen Erzbischofs von Glasgow, welchem das Andenken an Maria Stuart
immer heilig war, in alle seine Benefizien, machten
sie besorgt, daß er ins künftige den Umsturz der
eingeführten Religion befördern möchte. Man war
indeß gewiß, daß der König eine Verbindung mit
Spanien gesucht, und während dem Kriege nur eine
anscheinende Neutralität beobachtet hatte, um Spanien aufzumuntern, und der Königin von England
in allen ihren Unternehmungen zu schaden. *) Lord

S. in Sawpers Sammlung, London 1725, in Fol.
den Auszug aus den Negoziationen eines
Schottischen Edelmanns, John Ogleby, in

Graz, welcher sich als Spion in Rom anhielt, 1600
wuſte sich die Abschrift eines Briefes von Jakob VI

Spanien, wie auch den Auszng eines Memo-
rials, welches ein Englischer Prieſter, John
Cecill, im Namen der katholiſchen Herren
in Schottland, im Monat Mai 1596 zu To-
ledo überreichte. Jene Unterhandlungspunkte
ſind überſchrieben: Gründe, welche den unü-
berwindlichſten König von Schottland bewogen, ſich mit dem Apoſtoliſchen Stuhle wieder zu vereinigen, und ein Bündniß mit
Spanien zu wünſchen. Von dieſen Gründen
war der Tod der Königin Maria Stuart der
erſte und ſtärkſte; dann die vor der Hinrichtung
derſelben gemachte Engliſche Parlamentsakte,
wornach jeder Abkömmling von denen, die ſich
wider Eliſabeth verſchworen hatten, von der
Thronfolge ausgeſchloſſen war; das hinterliſtige
Verſprechen der Königin, das Recht des Königs
von Schottland anzuerkennen, wenn er im
Kriege neutral bliebe; der Argwohn, daß die
Königin von Schottland an dem Tode ſeines
Vaters mitſchuldig geweſen, daß ſie die bisherigen Unruhen in Schottland unterhalten und
befördert hätte ꝛc. Nach der Auseinanderſetzung
dieſer Beſchwerden, verſprach der unüberwind-
lichſte König von Schottland, ſich mit der rö-

1600 an Clemens VIII zu verschaffen. Der König verſicherte in demſelben den Papſt ſeiner Neigung für

miſchen Kirche anzuſöhnen, und zur Ausrottung
der Kezerei in den drei Reichen behülflich zu
ſein; ein Truz- und Schuzbündniß mit dem
Könige von Spanien zu ſchließen, der Königin
von England unverzüglich den Krieg zu erklären,
und ſich allen ihren Unternehmungen in England,
Irland und Schottland zu widerſetzen; ſich ſogleich mit den ſchottländiſchen Katholiken, welche die Waffen zur Vertheidigung ihrer Religion ergriffen hatten, auszuſöhnen; alle katholiſche Engländer und Irländer zu ſchützen, und
ihnen freie und ſichere Religionsübung zu geſtatten
ꝛc. Die Bedingungen waren, daß der König
von Spanien ſich den Anſprüchen jedes andern
Fürſten auf die Krone der drei Reiche widerſetzen ſollte, dieſe Anſprüche möchten ſich auf Zu-
laſſung, Erbſchaft oder Eroberung gründen ꝛc.
(Sawyer, 1 B. S. 1—7.) Die Schrift der Prieſter war den Vorſchlägen des Königs von Schottland geradezu entgegen, und ſcheint eigentlich
aufgeſetzt zu ſein, um die Perſon deſſelben, ſeine
Verſprechungen und ſeine Allianz verächtlich zu
machen, und den König von Spanien von dieſer
Verbindung abzuziehen. (ibid, S. 7—14.) Ogleby
negoziirte nicht unter Jakobs Nahmen, ſo, daß

ple katholische Religion, und bat ihn um den Kardi-1600
nalshut für einen Schottischen Edelmann Eduard
Drummond, Bischof von Vaison in Provence. *)
Elisabeth hatte schon von einer solchen Korrespondenz zwischen dem Könige von Schottland und dem
Papste gehört. Da sie in diesem Schreiben offenbar sah, was sie bisher vermuthet hatte, so
schickte sie Robert Bowes an Jakob, und ließ ihm
wegen seiner Bundbrüchigkeit Vorwürfe machen.
Dieser läugnete seine Korrespondenz mit dem Papste
und Spanien, und sein erster Staatssekretair
gleichfalls. Da es aber unmöglich war den Brief
zu vernichten, so suchte sich der König durch eine
Erdichtung aus der Sache zu ziehen. Elphingston
sollte der Urheber dieser Unterhandlung gewesen
sein; er sollte dem Monarchen diesen Brief anstatt
eines andern Papiers zur Unterschrift vorgelegt
haben, weswegen ihm förmlich der Prozeß gemacht wurde. Elisabeth war von der Nichtigkeit

dieser Fürst völlige Freiheit hatte, die Unterhandlung abzuläugnen. Es ist aber wohl
nicht gut zu glauben, daß ein Unterthan es gewagt habe, ohne Einwilligung seines Herrn ein
solches Unternehmen so weit zu treiben.

*) Robertson, S. 247. Calderwood, S. 333. Carte,
S. 675.

C 5

1600 dieſer Beſchuldigung überzeugt, und hatte von dem Tode des Unſchuldigen keinen Vortheil zu erwarten. Sie hielt alſo um ſeine Begnadigung an, konnte aber nichts weiter erhalten, als daß ihm das Leben geſchenkt wurde. *) Er blieb im Gefängniſſe, wo kurz nachher der Gram über die Behandlung, die er von dem ſchwachen Monarchen leiden muſte, ſeinem Leben ein Ende machte **) Der Papſt machte ſogleich zwei Breven bekannt, worin er allen Römiſch-Katholiſchen verbot, nach Eliſabeths Tode Jakob VI oder irgend einem andern Fürſten zu gehorchen, wenn er die alte Religion nicht wieder herſtellen wollte. Dieſe päpſtlichen Befehle machten der Königin keine Beſorgniß. Die Päpſte waren unter den gegen ſie feindſelig geſinnten Fürſten die einzigen, wider die ſie in ihren Staaten keine Vorſichtsregeln brauchte.

*) Spotswood erzählt dieſe Geſchichte ſo, wie ſie für den König, von dem er eine hohe Idee zu geben ſucht, am günſtigſten ſein muß. (S. 456. ff.) Johnſton iſt ihm gefolgt. (S. 448.) Allein andere Schriftſteller halten den König für den einzigen Urheber des Komplots. Calderwood, Bd. 5, S. 322. Bd. 6, S. 147. Winwoods Mem. Th. 2, S. 57. Carte, S. 676.

**) Robertſon, S. 249. Carte, S. 676.

Jakob ließ jezt das Vorhaben die römische Re-1600
ligion wieder herzustellen gänzlich fahren; Ehrsucht
hatte ihn dazu verleitet, und er würde nie Muth
und Klugheit genug gehabt haben es auszuführen.
Er blieb nicht lange in Ruhe. Es brach eine Verschwörung wider ihn aus, welche der Graf von
Gowrie angestiftet hatte. Er wurde von seinen
Unterthanen ergriffen, gewaltsamer Weise an einen
abgelegenen Ort geschleppt, und dankte seine Rettung, indem er sich mit Meuchelmördern herum-
balgen muste, nur einem Ohngefähr. Einige glaubten damals, Gowrie hätte nach dem Throne ge-
strebt, und deswegen mit Hülfe seines Bruders
den König aus dem Wege räumen wollen. Nach
anderer Meinung wollte Ruthwen, einer der
Verschwornen, den Tod seines Vaters rächen.
Allein es war nicht zu glauben, daß dieser Mann,
wenn er auch seinen Groll so lange genährt hätte,
an Jakob eine That habe rächen wollen, woran
derselbe keinen Antheil gehabt hatte, und welche
während seiner Minderjährigkeit unter seinem Namen befohlen war. Nach andere, und unglücklicher
weise die vernünftigsten, hielten Elisabeth für die
Urheberin der Verschwörung. Aus Rache wegen
der Vergebung, die er den katholischen Lords bewilligt hatte, und seiner Intriguen mit Spanien

1600 und dem Römischen Hofe hatte sie die protestanti-
sche Geistlichkeit wider ihn aufgebracht; und diese
war aus Eigennutz und Fanatismus immer bereit,
Meuchelmörder zu Erreichung ihres Zweckes zu
brauchen. Der Graf von Gowrie stammte von
einem der größten Häuser in Schottland ab. Er
hatte eine besondere Ergebenheit für die Königin
von England gezeigt, und war von derselben an
ihrem Hofe sehr gnädig aufgenommen worden.
Gegen die Zeit, da Ruthwens Plan ausgeführt werden sollte, hatte sich ein Englisches Schiff bei Forth
gezeigt. Der Verdacht schien gegründet, und ward
nachher beinahe in Gewißheit verwandelt, als die
Königin die beiden jungen Gebrüder Gowrie, welche
in England Schutz suchten, gütig aufnahm. *) Ist
es wahr, daß sie die Verschwörung gerathen, gebilligt oder geleitet hat, so ging sicherlich ihre Absicht
nicht weiter, als Jakob VI nach England bringen
zu lassen, wo sie ihn bis an ihren Tod behalten
haben würde. Ihm das Leben zu nehmen, würde
für sie mehr ein gefährliches als nützliches Verbrechen gewesen sein. Der rechtmäßige Erbe ihrer

*) Robertson, S. 251—269. Winwood, Th. 1. S.
156—274. Spotswood, S. 454—461. Carte
S. 678.

Krone diente ihr selbst zum Schutze. Sein Tod 1600 würde fremden oder alten Englischen Familien Rechte gegeben haben, woraus furchtbare Faktionen hätten entstehen können. Wenn sie aber einen schwachen, unentschlossenen Fürsten an ihrem Hofe gefangen hielt, und seinen Karakter nach ihrem Willen lenkte, so war sie für ihre eigene Ruhe unbesorgt, und sie verschaffte sich die einzige Befriedigung, die ihr Ehrgeiz immer vergebens wünschte, England und Schottland zu einem Reiche zu verbinden.

Sie dachte damals auf verschiedene Traktaten mit auswärtigen Nationen. Die französischen und Englischen Seeräuber machten die Schiffahrt beider Nationen sehr unsicher. Heinrich IV schickte Biossise nach London, um die hieraus entstandenen Streitigkeiten, welche leicht einen Krieg nach sich ziehen konnten, zu endigen. Die Königin empfing den Gesandten mit Bezeugung ihres Wohlwollens; ehe sie aber auf Heinrichs Anträge entscheidend antwortete, foderte sie einen Theil des Geldes zurück, das sie ihm unter Bouillons und Sancys Gewährleistung geliehen hatte. Der König war noch nicht im Stande, diese Schuld abzutragen. Auch hatte der Gesandte keine Vollmacht, die Streitigkeiten zu beendigen, die über die Abgaben von den in den

160 französischen Seestädten ankommenden Englischen Waaren und das Nachmachen der Englischen Manufakturarbeiten entstanden waren. Es wurde hierüber nichts ausgemacht. Doch blieb Elisabeth bei ihren freundschaftlichen Gesinnungen für den König von Frankreich. Dieser Monarch suchte sie zugleich zu einem Frieden mit dem neuen Könige von Spanien zu vermögen. Sie zeigte sich hierzu geneigt, doch mit der Bedingung, daß die vereinigten Provinzen als frei und unabhängig angesehen würden. Der Erzherzog Albrecht lag sie um ihre Einwilligung zu Haltung eines Kongresses an. Der Gesandte der Staaten hingegen bat sie, zu den Konferenzen, welche Heinrich zu Boulogne eröffnet hatte, keine Abgeordnete zu schicken. Als eines Tages dieser Gesandte vertraulicher als gewöhnlich mit ihr sprach, ersuchte er sie, ihm ihre Gesinnungen in Absicht des Kongresses zu erklären. „Ueber diesen Punkt, antwortete sie ihm, muß ich mich noch erst entschließen; begnügen Sie sich den Staaten zu versichern, daß sie auf mich wie auf einen Felsen bauen können.„ Sie wandte sich hierauf gegen die Hofleute, und sagte, indem sie auf den Gesandten wies: Vir modicae fidei, quare dubitasti? *) Der Gesandte hörte

*) Aus Matth. 14, 31. O du Kleingläubiger, warum zweifelst du? (S. Vor. B. 37, S. 17. f.)

és, und beruhigte sich; er sah ohne Furcht Hein- 16000
rich Nevil, John Herbert, Thomas Edmund und
Robert Beale im Namen der Königin zu dem Kon-
greß nach Boulogne gehen.  Die Streitigkeiten
über Titel, Würden und Vorrang nahmen hier die
meiste Zeit weg. Elisabeth erlaubte ihren Abgeordneten, ein eitles Zeremoniel aufzuopfern, und sich
mit den wichtigen Gegenständen der Konferenz zu
beschäftigen: allein es war unmöglich das verschiedene Interesse der Höfe zu vereinigen, und die
Versammlung trennte sich, nachdem sie drei Monate
gedauert hatte.  Heinrich IV verlor indeß nicht die
Hoffnung, mit der Zeit zu seinem Zweck zu gelangen.
Er arbeitete immer auf einen allgemeinen Frieden,
ohne dem Interesse seiner Alliirten entgegen zu handeln. Gleich nach den Konferenzen schickte Elisabeth
der Republik fünftausend Mann, mit der Bedingung, daß sie in Flandern dienen sollten, und daß
dem Ritter Vere die Vertheidigung von Ostende
aufgetragen würde.  Diese Stadt wurde von dem
Erzherzoge Albrecht belagert.  Die Staaten sahen
wohl ein, daß die Königin sich eines Havens an
ihren Küsten bemächtigen, und der Vortheile der

Briefe des Gesandten der Generalstaaten am
Englischen Hofe, Noel Carons.

1600 Handlung faft ausſchließlich genießen wollte. Aber
die Nothwendigkeit legte ihnen das Geſetz zu gehorchen auf; ja ſie ſchickten einen Geſandten nach
London, um Eliſabeth für die Beweiſe ihres Wohlwollens zu danken. Sie wußten, daß Robert Cecill
ihnen dieſes Wohlwollen zu entziehen ſuchte; und
nachdem ihr mächtigſter Beſchützer, der Graf von
Eſſer, in Ungnade gefallen war, glaubten ſie beſtändig Urſache zu fürchten zu haben.

Das raſche Kriegsglück des Lords Mountjoy
in Irland ſchien der Königin ein Beweis von dem
ſchlechten Betragen ſeines Vorgängers. Dieſer
war der Gefangenſchaft, wozu er ſich mitten in
London, in ſeinem eigenen Hauſe verurtheilt ſah,
endlich müde, und ſuchte zu einer Unterredung mit
Eliſabeth gelaſſen zu werden. Cecill und Raleigh
erſchracken über dieſes Vorhaben. Sie ſahen vorher, was für Wirkung ſeine Gegenwart auf das
Herz der Fürſtin haben würde, und vermochten ſie
daher, ihm dieſe Gnade nicht eher zu bewilligen, bis
er ſich vor der Sternkammer gerechtfertigt hätte.
Eliſabeth, welche nun achtundſechzig Jahr alt war,
fing an mehr mit ihrer Miniſter und Günſtlinge
als mit eignen Augen zu ſehen. Cecill war ſeinem
Vater in ihrer Gunſt gefolgt. Raleigh hatte Rechte
über ihr Herz gehabt, und ſein Haß gegen Eſſer
schien

schien die Wirkung einer Eifersucht zu sein, durch 1600
welche sich Elisabeth geschmeichelt fand. Noch im=
mer glaubte sie an die Gewalt ihrer verlornen
Reize, welche sie vor jeder Schmälerung ihres An=
sehens hätten schützen sollen. Die Liebe des Volks
für Essex war Beleidigung gegen sie. Die Schmäh=
schriften, welche heimlich gegen Cecill und Raleigh
verbreitet, und von diesen interpretirt wurden,
schienen ihr Keime zur Empörung zu sein, wovon
sie selber das Opfer werden könnte. Indeß war es
nicht von ihr zu erhalten, daß sie die vorgeblichen
Verbrechen des Grafen vor der Sternkammer hätte
untersuchen lassen; sie ließ ihn vor das geheime
Conseil fodern. Der Generalanwald Cofe behan=
delte ihn ohne Schonung. Dieser strenge Mann
zeigte gern seine Beredsamkeit gegen Angeklagte.
Seine Schriften, welche immer für die Englische
Gesetzgebung von großem Werthe sein werden, und
welche in ihren großen allgemeinen Grundsätzen
allen Nationen zum Muster dienen könnten, tra=
gen das Gepräge seines unbiegsamen Karakters;
und die Entscheidungen, die darin enthalten sind,
fodern oft jene Milderungen, welche die menschli=
che Schwäche nothwendig macht, und welche ein
weiser Gesetzgeber ihr nicht versagen darf. Er
stellte alle Vergehungen des Beklagten ins Licht,

Gesch. Elisab. 6. Th.          D

1600 ohne des Antheils zu erwähnen, den Umstände und Leidenschaften an denselben haben konnten, und sah in einem vielleicht unwillkürlichen Ungehorsam nichts als Feigheit, Nachläßigkeit oder Verrätherei. Er übertrieb die Folgen von den Bedingungen, die Tir-oen vorzuschlagen gewagt hatte, deklamirte, wie ein Fanatiker, gegen die Duldung einer Religion, die er gottlos und abgöttisch nannte, und wie ein eigennütziger Mann, über die Wiedererstattung der Ländereien, welche von der Krone den unglücklichen Irländern mit Gewalt abgenommen waren. Der Generalprokurator Flemming, stellte noch nachdrücklicher den elenden Zustand vor, in welchem Essex das Königreich Irland gelassen hatte. Bacon, mit so vielen Beschuldigungen noch nicht zufrieden, wovon die geringste den Tod des Schuldigen nach sich ziehen muste, setzte ohne Scham hinzu, die Briefe des Grafen wären mit Ausdrücken angefüllt, wodurch das Ansehen der Königin angegriffen würde. *). Der durch sein Genie und seine Talente so berühmte Bacon, war Cecills Lords von Burleigh Neffe, und mit Robert Cecill Geschwisterkind. Unter der Verwaltung des erstern, welcher vielleicht auf seine Verdienste

*) Hume, S. 414. Carte, S. 684. Birches Memoires, Bd. 2, S. 449.

eifersüchtig war, hatte er zu keinem Posten gelan= 1605
gen können. Essex schätzte das Verdienst, und
fürchtete es nicht. Er knüpfte eine genaue Freund=
schaft mit Bacon, und bemühte sich lange ihm die
Generalprokuratorsstelle zu verschaffen. Da seine
Bemühungen vergeblich waren, und Bacons Ver=
mögen kaum zur Behauptung seines Ranges hin=
reichte, so schenkte er ihm ein Landgut, dessen
Werth sich auf achtzehnhundert Pfund Sterling
belief. *) Das Publikum sah mit Unwillen, daß
Bacon, welcher dem Grafen so viel zu verdanken
hatte, im geheimen Rathe sein Ankläger ward. Die
Königin selbst erstaunte darüber, und fragte ihn, was
aus seiner alten Freundschaft geworden wäre. Er
nahm das Beste des Staats und das Wohl seiner
Königin zum Vorwande, um seine Undankbarkeit
zu entschuldigen, als ob er nicht leicht ein Ge=
schäfte von sich hätte ablehnen können, dem sich genug
andre mit Eifer unterzogen. Der Graf erschien
mit edler Dreistigkeit, doch ohne Stolz, vor seinen
Richtern. Er begab sich seiner Vertheidigung.
Da er von den Ränken seiner Feinde keine Be=
weise in Händen hatte, so glaubte er nicht sich
in eine schwierige Rechtfertigung einlassen zu dür=
fen. Er hatte Fehler begangen, und hielt es für

*) Cabala f. Scrinia, S. 78.

1600 unschicklich sich deswegen zu entschuldigen. Er
zeigte eine tiefe Betrübniß über die Ungnade der
Königin, und schwur auf seine Ehre, er hätte nie
den Gedanken gehabt, den Staat und die Monarchin zu verrathen. Er sprach mit einem edlen Ton und Anstande, und so vieler Beredsamkeit,
daß die meisten Zuhörer zu Thränen gerührt wurden. Cecill, es sei aus Politik oder aus unwider-
stehlicher Empfindung, behandelte ihn ohne Härte.
Der Kanzler Egerton, welcher sich durch Beweise
seiner freundschaftlichen Gesinnungen gegen den
Beklagten nur desto verdächtiger gemacht haben
würde, da derselbe sich nicht hatte vertheidigen
wollen, sprach das Urtheil in folgenden Worten
aus: „Wenn diese Sache vor die Sternkammer
gebracht wäre, so würde ich auf eine stärkere Geld-
buße, als noch je einem Großen des Reichs aufgelegt worden, und auf eine ewige Gefangenschaft
in dem Tower von London angetragen haben. Da
wir aber hier in einem Gerichtshofe sitzen, wo
Milde sprechen darf, so sage ich nur, daß der Graf
für itzt seiner Bedienungen im Reiche verlustig
sein, und nach seinem Hause zurückkehren soll, wo
er so lange als Gefangener bleiben muß, bis es Ihrer Majestät gefallen möchte ein anders über ihn

zu beschließen. *) Dieser Spruch, wodurch das 1600
Schicksal des Grafen lediglich der Königin überlaſ=
sen wurde, war das einzige Mittel, wodurch Eger=
ton ihn noch retten konnte. Der Graf von Cum=
berland setzte dem Urtheil einen schwachen Wider=
spruch entgegen: er behauptete, es hätte länger
darüber berathschlagt werden müſſen; es schiene
ihm zu hart, und nie wären einem Feldherrn dergleі=
chen Strafen zuerkannt worden; indeſſen, setzte er
hinzu, stimmte er, voll Vertrauen auf die Gnade der
Königin, der Meinung der übrigen bei. Der Graf
von Worcester drückte, mit sklavischer Unterwer=
fung unter die höchste Gewalt, seine Meinung in
zwei lateinischen Versen des Inhalts aus: Wenn
die Götter beleidigt sind, so müſſen Un=
glücksfälle als Verbrechen angesehen werden,
und Zufälle sind keine Entschuldigung für Ver=
gehungen wider die Befehle des Himmels" **).

Elisabeth war mit der geschickten Wendung,
welche der Kanzler Egerton in dem Urtheilsspruche
genommen hatte, zufrieden, und verbot denselben
zu regiſtriren. Jedermann glaubte, der Graf
würde bald wieder bei ihr in Gnaden sein. Auch

*) Birch, S. 454. Cambden, S. 626. Hume, S. 416.
**) Hume, S. 416.

D 3

1600 Eſſer glaubte es. Er ſchrieb an die Königin in gemäßigten und ehrfurchtsvollen Ausdrücken, und verſicherte ihr, er wäre über die Ungnade, die ſie auf ihn geworfen, in der äußerſten Betrübniß; er wäre von jeder Art Ehrgeiz völlig geheilt, und entſchloſſen, wenn ſie es erlauben wollte, von öffentlichen Geſchäften entfernt in einer Provinz zu leben. Sie antwortete ihm in einem gütigen Schreiben, ſie wäre mit ſeinen Geſinnungen zufrieden, ſie hoffte er würde darin beharren, er dürfte vieles von der Zeit und von der Probe erwarten, wodurch ſie ſich von der Aufrichtigkeit ſeiner Verſicherungen zu überzeugen dächte. Unglücklicher Weiſe zeigte ihr Eſſer nicht diejenigen Geſinnungen, die ſie von ihm verlangte; er hielt ſich immer in den Schranken der Ehrfurcht, und ſeine Feinde arbeiteten unabläßig daran, ihn auf immer vom Hofe zu entfernen. Er hatte ſeit einigen Jahren ein Monopolium auf ſüße Weine gehabt, welches einen beträchtlichen Theil ſeines Vermögens ausmachte. Sein Privilegum ging bald zu Ende. Seine Feinde überredeten die Königin, ſie müſte ſeine Treue noch durch eine letzte Kränkung auf die Probe ſtellen. Der Graf von ſeiner Seite erwartete die Entſchließung der Königin in Abſicht auf die Erneuerung des Freiheitsbriefes, als einen untrüg-

lichen Beweis von ihrem Haſſe oder von ihrer
Gunſt. Eliſabeth hegte wirklich noch einigen Groll
gegen ihn. Sie ſchlug ihm die gehoffte Gnade mit
Verachtung ab, und ſagte am Ende ihres Briefes:
ein unbändiges Thier müſte weniger Futter
bekommen. *)

Nun ſah Eſſex, daß ſeine Feinde ſeinen Unter- 1601
gang geſchworen hatten, und die Königin auf ihrer Seite war. Er wuſte ſeinen Zorn nicht
mehr zu mäßigen; er überließ ſich ganz ſeiner natürlichen Heftigkeit, und brach in die beleidigend-
ſten Reden über das Alter, die Anmaßungen und die
Häßlichkeit ſeiner Monarchin aus. Sie erfuhr
dieſe beſchimpfenden Aeuſſerungen, die ein Weib
nicht leicht verzeiht, durch ihre Hofdamen, welche
gleichfalls von ihm mit Kälte behandelt waren, und
ſich dafür zu rächen ſuchten. Er war von Spionen
umringt, welche alle ſeine Handlungen und Reden zur Kenntniß der Königin brachten. Er achtete
nicht auf den Rath ſeiner Freunde, und überließ
ſich ganz den Eingebungen einiger Verwegenen,
welche ſich einbildeten, ſie würden Männer, welche die Königin zur Verwaltung der Staatsangele-

---

*) Cambden, S. 628. Hume, S. 418. Winwood,
  Bd. 1, S. 350.

16orgenheiten nothwendig glaubte, mit Gewalt vom
Hofe entfernen können. Im Vertrauen auf die Liebe
des Volks entschloß er sich alles zu wagen, und machte
aus seinem Hause einen öffentlichen Versammlungs-
ort, wo er die Häupter der puritanischen Parthei
hinzog. Diesen folgte eine Menge Sektirer, um
den Predigten und Gebeten ihrer Religionsparthei
beizuwohnen. Feste und Schauspiele waren es
nicht, die damals das Vergnügen des Volks machten. Menschen, die über Glaubensmeinungen verschieden dachten, und von der herrschenden Religion tyrannisirt wurden, fanden mehr Befriedigung
in der Uebung einer Religion, die sie sich gemacht
hatten, als in Vergnügungen, die sie im heiligen
Eifer für verdammlich ansahen. Die vornehmsten
Glieder der Sekte, welche der Graf von Essex bei
sich aufnahm, predigten vor einer ansehnlichen
Versammlung; und da die Widersetzung gegen die
Befehle der Obrigkeit einen Hauptartikel ihrer
Lehre ausmachte, so hielten sie diese Versammlung
für ein Mittel das Volk vorzubereiten, daß es zur
Ausführung des Plans, den Essex vorhatte, mit-
wirken möchte. *)

*) Hume, S. 419. Birch, S. 463. Cambden,
S. 630.

Er fing damit an, daß er den König von 1601. Schottland auszuforschen suchte, welchen er noch wegen der Verschwörung des Grafen von Gowrie aufgebracht glaubte. Er gab ihm zu verstehen, die Königin von England wäre geneigt die Infantin von Spanien in Absicht auf die Englische Thronfolge zu begünstigen. Aber vergebens versuchte er es, Jakob VI wankend zu machen. Dieser Fürst hatte aus Erfahrung gelernt, wie gefährlich es war Elisabeth aufzubringen. Essex trat hierauf mit mehrern Europäischen Höfen nach einander in Unterhandlungen; und ohne bestimmt zu versprechen, schmeichelte er den Katholiken auf eine geschickte Weise mit der Hoffnung, daß sie unter einer andern Regierung mehr Freiheiten erhalten dürften. Ob er gleich von mütterlicher Seite mit dem königlichen Hause verwandt war, so mißbilligte er es doch, wenn seine Anhänger wünschten, seine Ansprüche auf den Thron zu behaupten. Er entdeckte dem Könige von Schottland und allen übrigen Europäischen Mächten seine Absicht, Jakob dem Sechsten, als dem nächsten und rechtmäßigen Erben der Königin, die Thronfolge zu sichern. Er war so unvorsichtig, dem Grafen von Mountjoy sein Vorhaben zu eröffnen, und suchte denselben zu bereden, daß er mit seiner Armee nach England über-

1601gehen, und die Königin zwingen sollte, den König
von Schottland zum Erben ihres Reichs zu erklä-
ren. Allein Mountjoy wollte sich in ein so gefähr-
liches Komplott nicht einlassen. Er verrieth seinen
Freund nicht; aber er mißbilligte die gewaltsamen
Mittel, welche dieser anwenden wollte, um eine
Sache, die seines Beistandes nicht bedurfte, aus
Rachsucht zu verfechten. Er wollte von seinem
Plane nicht weiter unterrichtet sein, und nicht den
geringsten Antheil daran nehmen. Die Vernunft
vermochte nichts mehr über Essex. Er benützte die
Geneigtheit, die Lord Howard, der Graf von
Nottingham, der Schatzmeister Buckurst und Cecill bei den fruchtlosen Unterhandlungen zu Boulogne gezeigt hatten Frieden zu schließen. Die
Englische Nation war auf das Glück ihrer Waffen
stolz geworden. Sie glaubte schon die Schätze
Spaniens zu besitzen, und konnte nicht leiden, daß
nachdenkende Männer den Eroberungsgeist, von
dem sie beseelt war, zügeln wollten. Essex überredete seine Clienten mit leichter Mühe, daß die Minister das Beste ihres Vaterlandes dem Vortheile
Spaniens aufopferten, und daß sie einem Fürsten
von dieser Nation ohne Bedenken gehorchen würden.

Er glaubte nun die Köpfe des Volks genug erhitzt zu haben, um seine Entwürfe auszuführen.

Sein Geheimschreiber Cuffe, ein feuriger, unbe: 1601
dachtsamer Mensch, hatte sein ganzes Zutrauen erworben, und mit ihm verbunden sich Christoph
Blount, Ferdinand Gorges, Gouverneur des
Forts von Plymouth, Georg Davis, Karl Davers,
Merrick, Littleton und der Graf von Southampton. Die Verbündeten wollten mit gewaffneter
Hand Elisabeth zwingen, alle diejenigen, die sie
als offenbare oder geheime Feinde des Grafen von
Essex ansahen, vom Hause, aus dem Rathe, und
selbst aus dem Reiche zu verjagen. Einige thaten
auch den Vorschlag, sich sogleich des Pallastes der
Königin, und andre, sich des Towers zu bemächtigen. Die erstere Meinung behielt die Oberhand.
Es wurde demzufolge ein Plan zum Angriffe verabredet. Christoph Blount sollte mit einem Haufen der bravsten Bürger, welche Essex in seine Parthei gezogen hatte, die Thüren besetzen; Davis
sollte den Audienzsaal, Davers das Wachtzimmer
einnehmen; und Essex sollte mit bewaffneter Mannschaft durch den Marstall in den Pallast selbst eindringen, sich der Königin zu Füßen werfen, und
sie bitten, daß sie seine Feinde entfernen, und ein
Parlament zusammenberufen möchte. Dann, glaubten sie, würde es ihnen leicht sein, eine neue Re-
gierungsform einzuführen. Allein dergleichen

1601 Plane laſſen ſich nicht ohne Mitwirkung einer großen Menge Perſonen anlegen; und ſelten ſind dieſe alle verſchwiegen. Ja, dürfte man auf ihre Klugheit rechnen, ſo geben doch dergleichen tägliche zahlreiche Zuſammenkünfte bei einem ſchon verdächtigen Manne, nothwendig zu neuem Verdachte Anlaß. Die Königin ward würklich unruhig, und ſchickte den 7. Febr. 1601 den Sohn des Schatzmeiſters Buckurſt, Robert Sacville, zu dem Grafen, mit dem Befehle, unter dem Vorwande eines Beſuchs zu beobachten, was derſelbe für Leute um ſich hätte. Eine Stunde nachher brachte ihm Herbert den Befehl, in dem Hauſe des Schatzmeiſters vor dem Rathe zu erſcheinen. Er dachte noch über dieſen Befehl nach, der ſo kurz auf Sacvillens Ankunft gefolgt war, als er heimlich gewarnt wurde, auf ſeine Sicherheit zu denken. Er ließ ſich hierauf bei dem Rathe entſchuldigen, daß er wegen ſeiner Geſundheitsumſtände nicht erſcheinen könnte, und verſammlete ſogleich ſeine Freunde, um mit ihnen zu berathſchlagen, ob ſie augenblicklich den Pallaſt angreifen, oder erſt die Geſinnungen der Einwohner von London prüfen, oder ob ſie die Flucht als das einzige Mittel wählen wollten, dem Gefängniſſe zu entgehen. Sie waren unſchlüſſig. Die meiſten hielten die Ausführung des Plans ſich

des Pallastes zu bemächtigen, da sie weder Waffen 1601
noch Truppen hatten, für unmöglich. Sie be-
dachten, daß ein fruchtloses Unternehmen auf einen durch die Gegenwart der Königin geheiligten
Ort als Hochverrath würde angesehen werden. Indeß sie noch so überlegten, zeigte sich jemand, der
vermuthlich von einem der mächtigsten Feinde
des Grafen abgeschickt war, versicherte ihn der
eifrigsten Zuneigung der Stadt London, und versprach ihm im Namen Derselben wider alle seine
Feinde Beistand. Essex ging in die Schlinge, und
war thöricht genug sich einzubilden, die Bürger,
die Negozianten, diese Leute, die alle ihren Stand
und ihren guten Ruf zu erhalten hatten, würden
ihr Leben und ihre Ehre einem Privatmanne verkaufen, und ihm helfen, Elisabeths Regierung
umzustürzen, die auf Weisheit gegründet war, mit
Klugheit geführt, durch Geschicklichkeit behauptet,
und von der Nation verehrt und geliebt wurde. *)
Wie in einem Anfalle von Wahnsinn, glaubte er
die Stadt London zu einem Aufstande bewegen zu
können, und setzte schon den folgenden Tag zur
Ausführung seines Vorhabens an. In der Nacht
ließ er seinen Freunden sagen, er hätte ihre Hülfe
nöthig, indem Lord Cobham und Raleigh ihm nach

*) Hume, S. 425.

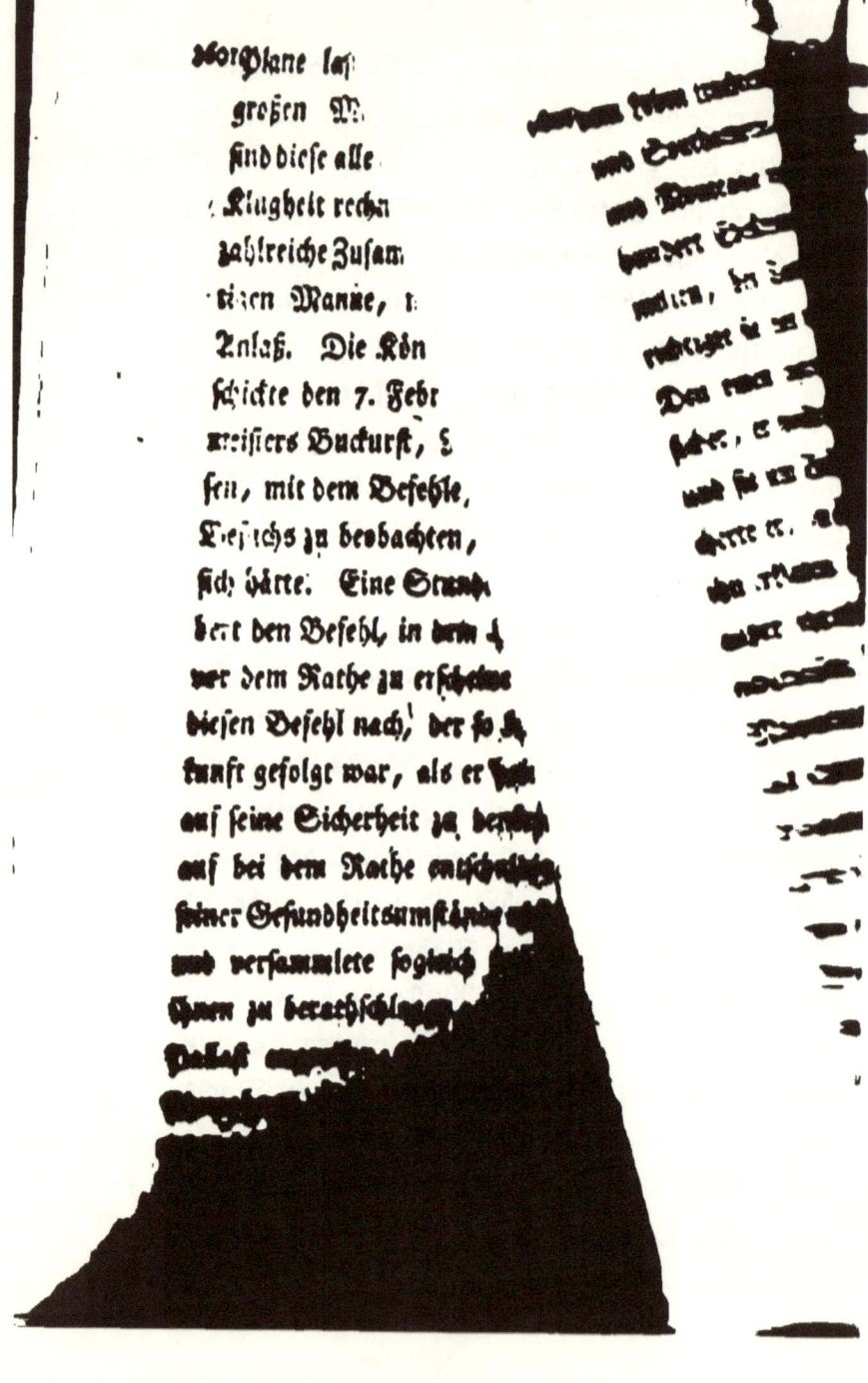

Morphine laß
großen M.
sind diese alle
Klugheit recht
zahlreiche Zusam
sitzen Manäe, i
Anlaß. Die Kön
schickte den 7. Febr
weisiers Buckurst, L
sen, mit dem Befehle,
Reichs zu beobachten,
sich hätte. Eine Stund
ließ den Befehl, in dem d
vor dem Rathe zu erschein
diesen Befehl nach, der so d
kunft gefolgt war, als er sich
auf seine Sicherheit zu bereit
auf bei dem Rathe entschei
seiner Gesundheitsumstände
und versammlete sogleich
ihnen zu berathschlagen

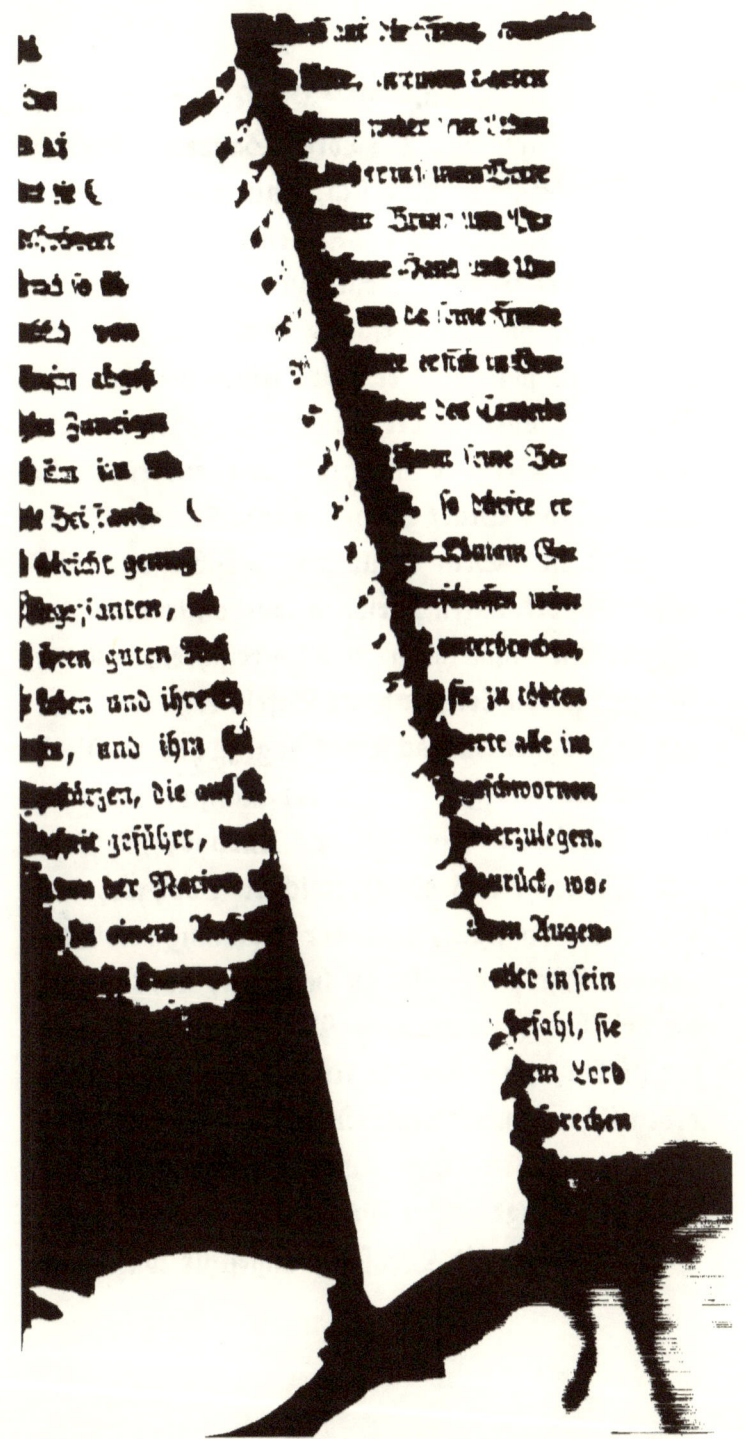

1601 dem Leben trachteten. Die Grafen von Rutland und Southampton, die Lords Sanders, Parker und Monteagle begaben sich, mit ohngefähr drei hundert Edelleuten von den besten Englischen Familien, bei Tages Anbruch zu ihm. Er benachrichtigte sie von der Gefahr, worin er schwebte. Den einen sagte er, er wäre seines Lebens nicht sicher, er wollte sich der Königin zu Füßen werfen, und sie um Beistand anflehen; den andern versicherte er, die Stadt London würde sich gewiß für ihn erklären. Sein Haus war verschlossen, und außer sehr bekannten Personen wurde niemand hineingelassen. Raleigh hatte alles erfahren, und der Magistrat von London hatte Befehl erhalten, über alle Einwohner ein wachsames Auge zu haben. Noch denselbigen Morgen kamen der Kanzler Egerton, Lord Buckurst, Sir Williams Knollys, der Graf von Worcester und der Oberrichter Popham, auf Befehl der Königin, nach der Wohnung des Grafen von Essex, um ihn zu befragen, was er und die bei ihm versammleten Personen für Absichten hätten, und was die Ursache eines so außerordentlichen Zusammenlaufs wäre. Sie wurden allein eingelassen, und ihrem Gefolge wurde der Eintritt versagt. Der Graf empfing sie in seinem Hofe, welcher mit Menschen angefüllt war. Er antwortete dem Lord Buckurst auf die Frage, was 1601 dieser Tumult zu bedeuten hätte, in einem harten Ton: es wäre eine Verschwörung wider sein Leben angezettelt, er hätte erfahren, daß er in seinem Bette ermordet werden sollte; es wären Briefe und Papiere verbreitet worden, worin seine Hand und Unterschrift nachgemacht wären; und da seine Feinde nach seinem Blute dürsteten, so hätte er sich in Vertheidigungsstand gesetzt. Die Glieder des Conseils antworteten ihm ruhig, wenn er ihnen seine Beschwerden genau entwickeln wollte, so dürfte er versichert seyn, daß sie ihm von der Königin Gehör und schleunige Gerechtigkeit verschaffen würden. Sie wurden von dem Pöbel unterbrochen, und durch Geschrei und Drohungen sie zu tödten in Schrecken gesetzt. Lord Buckurst foderte alle im Namen der Königin und bei dem ihr geschwornen Eide der Treue auf, die Waffen niederzulegen. Der Graf von Essex ging in sein Haus zurück, wohin die Räthe ihm folgten, um sich einen Augenblick mit ihm zu unterhalten. Allein er eilte in sein Verderben, ließ sie plötzlich allein, und befahl, sie gefangen zu halten, indeß er sich mit dem Lord Mayor und den Sheriffs der Stadt besprechen wollte. Einer seiner Geheimschreiber, Namens Temple, hatte in der Nacht die Straßen durch-

1601 ſtrichen, und einige wenige Bürger aufgewiegelt. Eſſex hatte keine Pferde, um bei einem ſchlimmen Ausgange ſeines Unternehmens ſich durch die Flucht zu retten. Er ließ zweihundert Mann, welche keine andere Waffen als ihre Degen hatten, zur Bewachung der Gefangenen in ſeinem Hauſe zurück, lief mit entblößtem Degen durch die Stadt, und ſchrie: Zur Königin, zur Königin, es iſt ein Anſchlag auf mein Leben gemacht. Er ging, in Begleitung einiger von ſeinen Anhängern in das Haus des Sheriffs Smith, auf den er, falſchen Nachrichten zufolge, gerechnet hatte. Die Bürger verſammleten ſich um das Haus herum; Eſſex redete ſie an, ſagte ihnen, die Miniſter wären der Infantin verkauft, und er hätte zu den Waffen gegriffen, um ſie vor einem verhaßten Joche zu bewahren. Alle blieben unbeweglich; der unglückliche Graf erſchrack, und ſah nun endlich, in welche Gefahr er ſich geſtürzt hatte. In demſelbigen Augenblick hörte er ſich, ſeine Mithelfer, Mitſchuldigen und Anhänger von dem Grafen von Cumberland und dem Lord Burleigh öffentlich für Staatsverräther erklären. Nun ſah er ſich verloren, verließ das Haus des Sheriffs, und nahm durch abgelegene Straßen, den Weg nach ſeiner Wohnung zurück, in der Hofnung, durch den Lord

Buckurſt

Buckurst, den Kanzler Egerton und seine übrigen 1601
Gefangenen, die Königin noch zu besänftigen. Als
er aber bei dem Ludgatethor ankam, verlegte ihm
John Lawison, welcher dasselbe mit Truppen besetzt
hielt, den Weg. Er versuchte es nicht, den Durch-
gang mit Gewalt zu erhalten, sondern bat ihn sich
bloß für einen der Seinigen aus, welchem er Befehl
gab die Räthe in Freiheit zu setzen. Hierauf versuchte er es, durch eines der Thore von St. Paul
zu gehen. Dies war aber besetzt, und die Ketten
waren vorgezogen. Hier mußte Gewalt gebraucht
werden. Zwei von seinen Begleitern wurden getödtet, andere verwundet und gefangen genommen.
Er wollte sich schon seinem schlimmen Schicksale
überlassen, und mit dem Degen in der Hand sterben, als die Bürger, von seinem Unglücke gerührt,
die Ketten abnahmen. Er begab sich nach seiner
Wohnung, verbrannte einige Papiere und machte
Vertheidigungsanstalten. Aber der Admiral Howard umsetzte das Haus mit einigen Regimentern,
und pflanzte Kanonen auf; eine Anstalt, die vermuthlich zur Absicht hatte, das Volk und die Königin in Schrecken zu setzen. Essex sah wohl ein,
daß hier aller Widerstand vergeblich war. Nach
einer kurzen Unterredung mit Robert Sidney ergab
er sich um zehn Uhr des Abends, und wurde nebst

1601 dem Grafen von Southampton nach dem Pallaſte des Erzbiſchofs zu Lambeth geführt. Er brachte daſelbſt die Nacht zu, und wurde, ohne die geringſte Kränkung erfahren zu haben, wie er ſich von Sidney ausgebeten hatte, den 9. Februar nach dem Tower gebracht. *)

Die Königin war in beſtändiger Unruhe, bis der Prozeß des Grafen von Eſſex geendigt war. Es wurden häufige und ſtrenge Befehle zur Bewachung der Stadt London und des Weſtmünſterpallaſtes gegeben. Der Hauptmann Thomas Lee, ein Mann von Rechtſchaffenheit und Muth, wurde angeklagt. Er ſollte den 12 Februar ſich haben verlauten laſſen, es würde ein herrliches Unternehmen ſein, mit ſechs braven Gefährten die Königin zur Loslaſſung des Grafen und der übrigen Gefangenen zu zwingen. Er wurde auf die Anklage eines gemeinen Soldaten eingezogen, ins Gefängniß geſetzt, und ganz kurz darauf ohne Verhör und weitere Beweiſe zu Tyburn hingerichtet. Er betheuerte noch ſterbend ſeine Unſchuld, und ſchwur, er hätte nie etwas pflichtwi-

*) Hume, S. 417—427. Carte, S. 684—687. Birch, S. 462—473. Cambden, S. 628—632 Staatsprozeſſe, Bd. 2, S. 171, 200, 201.

briges weder gesagt noch unternommen. *) Der 1601
Prozeß des Grafen nahm den 19. Februar seinen
Anfang. Seine Freunde sollten keine Zeit behalten, Elisabeths Seele für ihn zum Mitleid zu
stimmen. Er erschien vor dem Tribunal der Geschwornen, welches aus fünfundzwanzig Pairs bestand, und worin Buckurst als Lord Marschall saß.
Die Verbrechen der übrigen Angeklagten waren
schon durch ihr eigenes Bekenntniß ausgemacht.
Ihre Aussagen wurden dem Grafen Essex vorgelesen. Er hörte sie kaltblütig an, und betheuerte seine
Unschuld und die Reinheit seiner Absichten. Vielleicht hatte er wirklich keinen Anschlag auf das Leben und die Gewalt der Königin gemacht; wenig-

**) Osborne (Elisabeth, S. 98.) behauptet, sein
Verbrechen habe einzig in seinen freundschaftlichen
Gesinnungen für die Grafen von Essex und Southampton bestanden. Ein anderer, setzt er hinzu,
wurde zu Smithfield hingerichtet, weil er seinem
Vater die Nachricht von beider Gefangennehmung
geschrieben hatte. (Carte, S. 687, Note 1.) Hume sagt von diesen Thatsachen nichts; und die Königin war nach seiner Erzählung bei dem Aufstande
ganz ruhig. Es scheint nach den hier erzählten
Umständen nicht, daß sie es war, und sie hatte
eben keine Ursache es zu sein.

160!ſtens rechtfertigen ſeine übrigen Handlungen und
ſein Karakter die Meinung derer, die in ſeinem un-
beſonnenen Betragen nur die blinde Begierde erbli-
cken, ſich an ſeinen Feinden zu rächen, welche ihn
bei der Königin und der Nation um ſeinen Kredit
und ſeinen guten Namen gebracht hatten. Er be-
ſchuldigte den Sekretair Cecill, er wäre Spanien
ergeben und hätte die rechtmäßigen Rechte des Königs von Schottland der Infantin aufgeopfert.
Cecill foderte ihn auf Beweiſe vorzubringen, aber
die Beweiſe die er anführte, wurden als ſchwach
und ohne Gewicht befunden. Vielleicht wären ſie
nicht einmal unterſucht worden, wenn ſie wirklich
hinreichend geweſen wären; und das Betragen des
Grafen konnte unglücklicher Weiſe vor dem Geſetze
nicht gerechtfertigt werden. Er wurde zum Tode
verurtheilt, und mit Recht. Er erblickte aber nicht
mit Befremden den undankbaren Bacon, welcher
doch nicht Advokat der Krone war, und keine Pflicht
auf ſich hatte in dieſem Gerichte zu erſcheinen, unter
ſeinen Richtern. Er hätte ihm ſein niedriges Betragen und ſeine Undankbarkeit vorhalten, und ihn als
Richter verwerfen können. Allein er ließ ihm die
Freiheit, ſein durch große Talente ſo berühmtes Andenken auf immer zu ſchänden. Eines einzigen Unrechts machte ſich Eſſex nach ſeiner Verhaftnehmung

schuldig: er klagte ohne Noth unverdächtige Leute an, welche um seine Entwürfe gewußt hatten, ohne sich auf dieselben einlassen zu wollen. Zu diesen gehörte Heinrich Nevil, welcher eine Zeitlang Briefe mit ihm gewechselt hatte, aber fast in keiner andern Absicht, als um ihm zu rathen und ihn zu besänftigen. Auch Mountjoy war in diesem Falle. Er glaubte vielleicht von ihnen verrathen zu sein; allein er muste erst Gewißheit von seiner Vermuthung haben, ehe er diese Männer einer solchen Gefahr aussetzte, ohne sich selbst dadurch retten zu können. Nevil wurde ins Gefängniß gesetzt und hart behandelt. Mountjoy blieb in der Gnade seiner Königin, weil er ihr in Irland nothwendig war; vielleicht, weil gerade damals niemand ihn hätte ersetzen können, oder weil er vormals einer ihrer Günstlinge gewesen war, und sie sich noch des Eindrucks erinnerte, den er auf ihr Herz gemacht hatte.

Nachdem dem Grafen als Hochverräther das Todesurtheil gesprochen war, erfuhr Elisabeth in der That jenen innern Kampf zwischen Gerechtigkeit und Milde, welchen sie vor Mariens Hinrichtung vorgegeben hatte. Sie unterzeichnete das Urtheil; und befahl die Vollstreckung desselben noch aufzuschieben; sie gab Befehl zur Hinrichtung, und

E 3

1601 widerrief ihn; sie schwankte immer zwischen Zorn und Mitleid. Ihre Günstlinge widersetzten sich dieser letztern Regung, suchten sie immer mehr wider den Gefangenen aufzubringen, und versicherten ihr, er wollte sterben, ja er hätte geäußert, so lange er lebte, wäre für die Königin keine Sicherheit. Diese Reden schienen eine ganz andere als die erwartete Wirkung auf sie hervorzubringen, nur das konnte sie dem Grafen nicht vergeben, daß er seine Zuflucht nicht zu ihrer Gnade nahm, niemanden deswegen an sie schickte, sich zu keinen Bitten herabließ. Die unglückliche Fürstin wußte nicht, daß diejenigen, die sich ihm nähern konnten, sich seinen Feinden verkauft hatten, daß ihm jeder Zugang zu ihr verschlossen war. In einem Ausbruche von Zorn befahl sie die Vollziehung des Urtheils, und er wurde den 25 Februar, in einem Alter von vierunddreißig Jahren enthauptet. Die Hinrichtung geschah auf seine eigene Bitte im Tower, um einem Aufstande unter dem Volke vorzubeugen, welches ihn liebte. *) Walter Raleigh konnte seine grausame Freude nicht verbergen, und wohnte ohne Rührung der Hinrichtung eines Mannes bei,

*) Hume, S. 430. Carte, S. 687. Cambden, S. 637. Murdin, S. 611.

der ihm kurz vorher' das Leben gerettet hatte, in 1601
dem er seinen Ungehorsam gegen die strengen Gesetze der Kriegszucht ungeahndet ließ; eines Mannes, den er, dieser Großmuth uneingedenk, so
treulos geworden war in die Schlinge zu locken und
aufs Blutgerüste zu bringen.  Diese barbarische
Handlung vermehrte noch den Haß des Publikums
gegen ihn.  Als er unter Jakobs VI Regierung
1617 dieselbige Todesstrafe litt, nachdem er schon
1603 dazu verurtheilt war, wurden seine Verurthei-
lung, seine lange Gefangenschaft und sein Tod als
göttliche Gerichte angesehen, welche endlich wegen
seiner Grausamkeit gegen Essex über ihn gekommen
wären.  Fast alle Mitschuldige des Grafen musten
ihr Leben auf dem Blutgerüste oder am Stricke endigen; einige wurden begnadigt.  Die Leute vom
Volke, die er in seinem Hause versammelt hatte,
entgingen sogar aller gerichtlichen Untersuchung,
weil die Königin überzeugt war, sie hätten, ohne
von seinem Vorhaben unterrichtet zu sein, bloß aus
Ergebenheit für ihn gehandelt.  Sie stand länger
an, den Grafen von Southampton zu begnadigen.
Sie schenkte ihm endlich das Leben; doch muste er
im Gefängnisse bleiben, bis der König von Schottland den Englischen Thron bestieg.

E 4

1601 Dieser Fürst schickte, aus Besorgniß, sein Briefwechsel mit Essex möchte entdeckt worden sein, und die Königin beleidigt haben, eine Gesandschaft an dieselbe, und ließ ihr Glück wünschen, daß sie die verwegenen Unternehmungen dieses Aufrührers hintertrieben hätte. Heroisch würde er diese Unternehmungen genannt haben, hätten sie ihm den Englischen Thron verschafft. Elisabeth wuste dieses ganz wohl; aber der Tod des Grafen hatte sie zu sehr gebeugt. Sie nahm die Freundschaftsversicherungen des Königs gütig auf, ohne ihm die geringsten Vorwürfe zu machen. Die Gesandten hatten Befehl, wegen der Güter der Gräfin von Lenox für ihn anzusuchen. Die Königin wollte ihm dieselben nicht zugestehen, schenkte ihm aber, vielleicht um seine unnützen Gesuche auf immer abzuweisen, zur Unterhaltung seines Hofstaats eine jährliche Rente von zweitausend Pfund Sterling. Cecill, welcher nach dem Tode des Grafen van Essex allgewaltig geworden war, versicherte den Gesandten des Königs, er dürfte nur ruhig sein, er würde nach dem Tode der Königin gewiß den englischen Thron besteigen; er müste sich aber hüten, diese auf ihre Gewalt so eifersüchtige Monarchin durch neue Intriguen zu beleidigen, welche zu keinem nützlichen Zwecke führen könnten.

Dieser Mann war in seinem besten Alter, und 1601 muste seines eignen Nutzens wegen sich dem Nachfolger der Monarchin auf alle Art gefällig zu machen suchen, wenn er sich ein eben so glänzendes Glück versichern wollte, als sein Vater genossen hatte. Jakob blieb in dieser Ueberzeugung, auf Cecills Versicherung, ruhig, und vermied alles, wodurch er der Königin Besorgnisse hätte erwecken können. Allein Heinrich IV, welcher den König von Schottland weder liebte noch schätzte, war mit der Einigkeit, die zwischen beiden Höfen zu herrschen schien, nicht sehr zufrieden. Da er nicht hoffen durfte, mit diesem schwachen Fürsten eine vortheilhafte Verbindung zu knüpfen, so wünschte er nicht ihn den Englischen Thron besteigen zu sehen. Er suchte Mittel seine Rechte zu entkräften oder zweifelhaft zu machen. Allein er muste der Nothwendigkeit nachgeben, und den Plan einer Widersetzung gegen ein unvermeidliches Ereigniß fahren lassen. Die Belagerung von Ostende hatte ihn nach Calais gerufen, um sein Reich von dieser Seite in Sicherheit zu setzen. Elisabeth ging bis nach Dover, um ihren Bundesgenossen zu sprechen; aber verschiedene Hindernisse, welche niemals recht bekannt geworden sind, waren dieser Zusammenkunft entgegen, welche beide gleich ernstlich wünsch=

1601ten. Elifabeth ſchrieb zweimal an Heinrich, und
ließ ihm durch Robert Sidney ſagen, ſie wünſchte
ſich mit einem ſeiner Miniſter über einen Plan von
der äußerſten Wichtigkeit zu unterreden. Heinrich
hatte ſie ſchon durch den Marſchall Biron kompli-
mentiren laſſen; er befahl ſogleich ſeinem getreuen
Rosny, welcher damals noch nicht Herzog von
Sully war, nach England überzugehen, aber bloß
als für ſich, und um dieſes Land kennen zu lernen.
Elifabeth bezeugte ihm die Hochachtung, die der
Freund Heinrichs IV verdiente. Sie unterhielt ihn
lange über die Lage der europäiſchen Angelegenheiten ſeit dem Traktate von Vervins, und that dies
mit ſolcher Klarheit, Beurtheilungskraft und Leichtigkeit, daß Rosny ſie mit ſtaunender Bewunderung anhörte. Er ſah jezt, daß ſie nicht, wie
er bisher wohl hatte vorausſetzen können, bloß
durch ihre Miniſter regierte, daß ſie mit den
Schwachheiten ihres Geſchlechts das Genie eines
großen Königs verband, daß ſie von dem politiſchen
Intereſſe aller europäiſchen Mächte, von der Lage, der
Stärke und dem Reichthum derſelben vollkommen
unterrichtet war, und daß ſie, nach erprobter Erfahrung, aus der Regierungsart und der Verwaltung dieſer Staaten auf die Hülfsquellen und die
Schwächen derſelben ſchloß. Er bemerkte, daß ſie

nicht allein große, vielumfaffende Entwürfe zu ma- 1601
chen wuſte, daß ſie auch die einzelnen Theile und
den ganzen Umfang derſelben überſah, die Vortheile und Nachtheile davon deutlich erkannte, die
Hinderniſſe nebſt den Kräften, wodurch dieſelben zu
überwinden wären, berechnete, die möglichen Er-
folge vorausſah und Mittel dagegen vorbereitete,
und nur das dem Zufalle überließ, was der Menſch
demſelben nothwendig überlaſſen muß. Er nahm
wahr, daß ſelbſt das Verdienſt der Ausführung
nur einem ſehr kleinen Theil nach ihren Miniſtern
gehörte, und endlich, daß ſie und Heinrich, ohne
einander ihre Gedanken über das Intereſſe von Europa mitgetheilt zu haben, dieſelbigen Ideen ge-
gehabt, und zur Bewirkuug des gemeinſchaftlichen
Beſten denſelbigen Plan gefunden hatten. *) Beide
hatten auf die Bildung eines neuen politiſchen Sy-
ſtems gedacht, und wollten die Vergrößerung des
Hauſes Oeſtreich durch ein Gleichgewicht von Macht
verhindern. Dies konnte nicht anders als durch
Errichtung neuer Staaten geſchehen, die ihre
Macht und ihren Reichthum auf den Untergang
dieſes Hauſes bauen muſten. Eliſabeth ſchlug eine

---

*) Sully, S. 38—45. Hume, S. 434. Carte,
S. 688.

1601 Vereinigung zwischen England und Frankreich vor,
um die vereinigten Provinzen auf immer unabhängig
zu machen, aber mit der Bedingung, daß keine
der beiden verbündeten Mächte etwas zum Nachtheil der andern wünschen, oder Eroberungen machen sollte, wodurch sie bei ihren Nachbarn sich der
Vergrösserungssucht verdächtig machen würde.
Denn, sagte sie, wollte der König mein Bruder
den eigenthümlichen Besitz der vereinigten Provinzen oder nur die Lehnsherrschaft über dieselben sich
zueignen, so würde ich, das kann ich nicht verhee-
len, Recht haben, auf diese Vergrößerung seiner
Macht eifersüchtig zu sein, und ich würde es nicht
unrecht finden, wenn ihm ein ähnliches Verfahren
von meiner Seite eine gleiche Besorgniß erweckte.
Die Hauptgegenstände ihrer Unterredung mit Rosny waren, Deutschland in Absicht auf die Wahl seiner Kaiser und die Ernennung eines römischen Königs in seine alten Rechte wieder herzustellen; die
vereinigten Provinzen von Spanien unabhängig
zu machen, und die Macht dieses Freistaats allenfalls
durch einige, von Deutschland abgerissene Provinzen zu vergrößern; eben so mit der Schweiz zu
verfahren, und derselben einige angränzende Länder, besonders die Franche-Comté und das Elsaß
einzuverleiben; die ganze Christenheit in eine ge-

wiſſe Anzahl Mächte zu vertheilen, die einander 1601 ohngefähr gleich wären, und endlich alle Religionen darin auf die katholiſche, lutheriſche und reformirte, als die am allergemeinſten angenommenen, einzuſchränken. *)

Da Eliſabeth nichts von ihren Entwürfen, die mit Heinrichs Gedanken ſo genau übereinſtimmten, vor Rosny verborgen hatte, ſo entdeckte ihr dieſer ohne Umſchweife die Lage der Franzöſiſchen Finanzen, und die Unmöglichkeit, worin ſich Heinrich befand, ſich ſchon damals mit ihr zur Ausführung dieſer großen Entwürfe zu verbinden, wozu viel Truppen und Geld erfodert würden. Er geſtand ihr, der König ſuchte alles, was dazu nothwendig wäre, aufzubringen; allein das Unternehmen müſte noch einige Jahre ausgeſetzt werden; das Haus Oeſtreich wäre noch zu mächtig, um unter einer Verbindung zu erliegen, mit der ſich Frankreich nicht vereinigen könnte, und zu reich, um nicht die ſchwachen Beſtrebungen dieſer Macht, wenn gleich England und die vereinigten Provinzen ſie unterſtützten, zu vernichten. Einen bloßen Vertheidigungskrieg, ſetzte er hinzu, gegen einen ſo furchtbaren Feind zu führen, würde ſo unnütz als

---

*) S. die eben angeführten Schriftſteller.

oder unvorsichtig sein; und während dieser dem Französischen Reiche zur Wiederherstellung seines Wohlstandes so nothwendigen Zwischenzeit, könnte daran gearbeitet werden, die Deutschen Fürsten, die der Oestreich'schen Tyrannei am meisten ausgesetzt wären, und die Könige, denen so eine furchtbare Macht Besorgnisse erwecken könnte, in das Bündniß zu ziehen. Elisabeth billigte alle die Vorstellungen, die ihr Heinrichs Freund gemacht hatte, und gestand den zur Zurüstung Frankreichs nothwendigen Aufschub zu. Da aber ihr Nachfolger unfähig war, einen so großen Plan zu fassen und anzunehmen, so blieb derselbe nur noch in Heinrichs Seele; und es ist bekannt, daß er ihn eben ausführen wollte, als ein zu frühzeitiger Tod diesen vortrefflichen Fürsten seinem Volke entriß. Auch mit dem Marschall von Biron hatte die Königin vor Rosnys Ankunft in England eine Unterredung gehabt. Sie zeigte ihm den Tower, worin Essex war enthauptet worden, redete mit ihm von dessen Verrätherei, stellte ihm die Pflicht vor rechtmäßigen Monarchen treu zu sein, und die Gefahr, worin Männer von großen Verdiensten sich freiwillig stürzen, wenn sie sich in verrätherische Entwürfe gegen ihre Landesherren einlassen. Sie kannte seine Verbindungen mit Spanien; aber ihre Warnungen waren unnütz.

Bei Mountjoys schleunigem Kriegsglücke in 1601 Irland hatte die Unterhaltung einer Armee, welche beständig rekrutirt werden muste, außerordentlich große Summen gekostet. Es musten neue Festungen errichtet, die alten Festungswerke durch neue verstärkt, Kundschafter bezahlt, und die Anhänger der königlichen Parthei durch Auszahlung beträchtlicher Summen vermehrt werden. Lord Buckurst bemerkte, daß auf diese Art fast alles Englische Geld den Empörern in die Hände gerieth, und ihnen zur Anschaffung dessen diente, was ihnen bisher gefehlt hatte. Er gerieth über dieses Uebel, welches von einem in feindlichem Lande geführten Kriege unzertrennlich ist, in Besorgniß, und wählte das unrechte Mittel gegen daßelbe. Er beredete die Königin ihre Armee in geringhaltiger Münze zu bezahlen, damit die Rebellen verhindert würden, sich mit Lebensmitteln und Kriegsbedürfnissen in Spanien so reichlich als bisher zu versehen. Die übrigen Mitglieder des Raths machten die richtige Bemerkung, die Irländer würden durch die größere Menge dieser Münzen denselbigen Vortheil erhalten, indem die Truppen bei verringertem Gehalte des Geldes einen erhöheten Sold bekommen müsten, widrigenfalls sie bei dem nothwendigen Verkehr verlieren, Meutereien anfangen und sich aller Kriegs-

1601zucht widerſetzen würden. Allein die Königin hatte nun einmal die Schwäche, jeden Vorſchlag, der auf Erſparniß zu gehen ſchien, gerne anzunehmen. Sie hatte ſchon die üblen Folgen von der Ausprägung ſchlechter Geldſorten erfahren, und im Anfange ihrer Regierung den richtigen Gehalt wieder hergeſtellt; und doch ließ ſie jezt ſchlechtes Geld ſchlagen und nach Irland bringen. *) Die Truppen behielten ihren bisherigen Sold; da aber der ſchlechtere Werth des Geldes durch die Menge wieder gleich gemacht wurde, ſo blieb der Umlauf derſelbige, und die Rebellen verloren nur ſehr wenig bei dieſer Veränderung. Die ganze Operation war nur den Engliſchen Finanzen nachtheilig. Dieſe fanden ſich durch den Aufwand von dreimal hunderttauſend Pfund Sterling, eine Summe, welche den Belauf der letzten Subſidien weit überſtieg, in der ſchlimmſten Lage. Die Königin verſammelte deswegen ein Parlament, welches den 27 Oktober ſeine Siѣtzungen eröffnete. Sie hatte ſchon ihre Juwelen verpfändet, ihre Domänen veräußert, Anleihen gemacht, und ſah ſich gezwungen, ihre Zuflucht zu den Geſchenken ihrer Unterthanen zu nehmen.

Seit

*) Hume S. 435. Carte, S. 689. Cambden S. 643. Rymers Acta publ. Bd. 16, S. 414.

Seit dem Tode des Grafen von Essex hatte sie das 1601 Volk kaltsinnig gefunden; sie hörte, wenn sie sich öffentlich zeigte, nicht mehr den freudigen Zuruf desselben. Ihr glänzender Putz, worin sie noch eben so gesucht war als in ihrer Jugend, ihre Abwechselung in den Kleidern, die sich so wenig für ihre Jahre schickten, ihre Liebe zum Tanz, die Feste und Schauspiele, die ihrem Alter noch weniger anständig waren, alles dieses machte sie lächerlich in den Augen des gemeinen Volks, welches nur auf das Aeuser: sieht. Doch ohngeachtet des Verdrusses, den sie über diese Beweise von Gleichgültigkeit empfand, zeigte sie in der Versammlung des Parlaments nicht die geringste Schwäche, und sie behauptete das Vorrecht der Krone mit ihrem gewöhnlichen Steifsinn. *) Sie sah sich indeß gezwungen, wegen Abstellung einiger unerträglich gewordener Misbräuche Versprechungen zu thun, dergleichen sie sich bisher nicht hatte abdringen lassen, wobei sie aber so viel Einschränkungen machte, daß das, was bloß Gerechtigkeit war, das Ansehen von Gnade bekam.

Um die Civil- und Militärbedienten, die sich unter ihrer Regierung gebildet und ausgezeichnet

*) Winwood, Bd. 1, S. 360. Ernst Tagebuch, S. 629. Hume, S. 438. Carte, S. 688.
Gesch. Elisab. 6. Th.            F

1601 hatten, zu belohnen, hatte sie eine große Menge mehrentheils ausschließender Privilegien auf Gegenstände der ersten Nothwendigkeit für viele Handlungszweige, und auf Materialien für die Manufakturen ertheilt. Ihre Hofleute und Günstlinge besaßen den größten Theil dieser Privilegien, und traten dieselben nachher andern ab, welche ihr Recht den Preis der Waaren zu bestimmen, so mißbrauchten, daß sie dieselben doppelt und dreifach über ihren Werth ansetzten, und dadurch dem Kunstfleiße, dem Handel und der Nacheiferung unaufhörlich Fesseln anlegten. Die Gemeinen hatten sich gegen den Misbrauch der königlichen Gewalt, wodurch diese übermäßigen Monopolien begünstigt wurden, immer laut erklärt. Jezt foderten sie die Abstellung dieser Mißbräuche desto nachdrücklicher, da sie durch ihre Dauer unerträglicher geworden waren. Als der Sprecher des Unterhauses das Verzeichniß der Waaren vorgelesen hatte', auf deren Verkauf ausschließende Privilegien standen, fragte ein Parlamentsglied, ob nicht auch das Brodt darunter begriffen wäre? Die übrigen Mitglieder erstaunten über diese Frage. Ja, setzte jener hinzu, ich bin sicher, wenn das so fortgeht, so werden wir vor der nächsten Parlamentsversammlung das Brodt unter den Monopolienwaaren

sehen. Einige Redner zeigten in den hierüber 1601
entstandenen Debatten eine sklavische Unterwerfung
unter eine despotische Gewalt; aber die freimü=
thigen Antworten der Gegenparthei zeugten von dem
Freiheitssinn, den die Lehre der Puritaner bei den
Staatsbürgern erweckt hatte. Bacon redete für
das Vorrecht der Krone. Er behauptete, dieses
müßte nie ein Gegenstand der Untersuchung sein;
die Königin hätte eine erweiternde und eine ein=
schränkende Macht *); sie könnte verbotene Dinge
erlauben, und bisher erlaubte Dinge verbieten;
sie allein könnte ein non obstante **) wider die Straf=
gesetze bewilligen; in Absicht auf ausschließende Pri=
vilegien und andere dergleichen Fälle wäre es immer

*) Die Verfasserin sagt: die Königin hätte das Recht,
ihre Gewalt zu erweitern oder einzuschränken.
Offenbar unrichtig, wie schon der Zusammenhang
zeigt. Man vergl. Hume bei diesem Jahre, und
D'Ewes Tagebuch, S. 644. The Queen, as she
is our Sovereign, hath both an enlarging and a
restraining Power.

**) Ein Ausdruck, wodurch angezeigt wird, daß
eine Verordnung für einen gewissen Fall nicht gel=
ten, oder durch eine neue Verordnung aufgeho=
ben sein solle.

1601 Gebrauch gewesen, sich unter die Hand der Königin zu demüthigen, und sie in unterthänigen Bittschriften um Erleichterung der Bürger in ihren Nöthen anzuflehen, besonders wenn das nothwendige Gegenmittel ihr Vorrecht so nahe anginge, als welches die Parlamentsglieder weder beurtheilen, noch sich auf irgend eine Weise darein mischen dürften. — Lorenz Hyde sagte: er hätte selbst die Bill gemacht, und glaubte sie zu verstehen; aber sein Herz widerstrebe jedem Plan zur Verringerung des königlichen Vorrechts, und er würde nie Sachen vorbringen, die von seiner Denkungs- und Empfindungsart so entfernt wären. — Es wurde vorgeschlagen, die Bill in eine demüthige und unterthänige Bittschrift zu verwandeln. Dies war die Meinung des Sprechers. — Montague bemerkte hierauf, die Misbräuche, deren Abstellung sie verlangten, wären groß, und gab zu bedenken, daß das Parlament in seinen letzten Sitzungen nur Bitten gebraucht, aber nichts ausgerichtet hätte. — Ich weiß, setzte Franz Moore hinzu, daß das königliche Vorrecht ein kitzlicher Gegenstand ist; aber was es bei dieser Gelegenheit leiden möchte, ist nicht mit dem Uebel zu vergleichen, das aus unsern übermäßigen Lasten entspringt. Mein Herz kann es nicht genug empfinden, und mein Mund euch nicht genug ausdrü-

fen, was die Stadt und die Provinz, deren Re-<sup>1601</sup>
präsentant ich bin, von dem Monopolium leiden!,
unter dessen Last sie niedergedrückt werden. Es
bringt den Gewinn, der allgemein sein sollte, in
die Hände eines einzigen zusammen, und für die
Unterthanen der Königin entstehen daraus Elend
und Sklaverei. Der Lederhandel ist durch ein Gesetz für frei erklärt; die Königin hat denselben aus
eigner Gewalt einem ausschließenden Privilegium
unterworfen. Wozu nützen uns die Parlaments-
akten, wenn die königliche Gewalt sie ungültig
machen kann? Keine von den Handlungen der
Prärogative ist dem Nutzen der Königin nachtheili-
ger, ihren Völkern verhaßter, und für das gemeine
Beste verderblicher. — Martin, Repräsentant
einer andern Provinz, drückte sich so aus: Die
Stadt, für die ich rede, bejammert ihren zu Grunde
gerichteten Wohlstand; die Provinz für die ich rede,
klagt und schmachtet unter den ungeheuren Placke-
reien der Unterbedienten von Monopolisten, denen
der Verkauf von Stärke, Zinn, Fischen, Tuch,
Oel, Salz, Essig, und so vielen andern Handels-
waaren ausschließlich zugestanden ist. Die noth-
wendigsten Bedürfnisse der Stadt und des Landes
haben diese Blutigel des Staats an sich gezogen.
Das ist der Zustand meiner Provinz. Ihr Handel

F 3

1601 ist vernichtet, die Waaren, die sie erzeugt, werden weggenommen, und niemand darf ohne Erlaubniß der Monopolisten Gebrauch davon machen. Sollen sie berechtigt sein, sich der besten Erzeugnisse unsers Bodens zu bemächtigen, was wird aus uns werden? Was wir aus unsern Ländereien, was wir durch unsern Fleiß, durch unsre saure Arbeit gewinnen, wird uns kraft eines Machtbefehls entrissen werden, ohne daß das arme Volk sich wird widersetzen dürfen. — Die Antwort auf alle diese Reden war: Die Gewalt der Königin litte keine Einschränkung; das Parlament müßte sie um die nothwendigen Verbesserungen bitten, und dieselben nicht in einem aufrührischen Tone anbefehlen; denn alles was der Habsucht eines Höflings oder eines Ministers entgegen ist, wird dem Fürsten als Aufruhr und Empörung vorgestellt. Es wurde hierauf berathschlagt, ob die Königin sollte gebeten werden, diese lästigen Privilegien zurück zu nehmen, und dem Parlamente die Erlaubniß zur Abfassung einer Akte zu geben, vermöge deren dieselben nicht mehr Kraft, Wirkung oder Gültigkeit haben sollten, als ihnen die gemeinen Landesgesetze ohne Zwischenkunft des königlichen Vorrechtes geben könnten. Einige Tage darauf wurde eben diese Bill mit noch mehrerm Nachdrucke vorgelegt, aber

auch mit noch größrer Heftigkeit verworfen. Spicer1601
sagte, es wäre unnütz, der Königin die Hände durch
eine Parlamentsakte binden zu wollen, da sie dieselbe vernichten könnte. Davis setzte hinzu, Gott
hätte den unumschränkten Monarchen eine der seinigen ähnliche Gewalt beigelegt; Dixi quod Dii
estis *) Indeß hatte die Magna Charta die Englischen Könige nicht unumschränkte Monarchen genannt. Cecill unterstützte Davis. Ich bin Diener
der Königin, sagte er; und ich würde mir lieber die
Zunge ausschneiden lassen, als in etwas willigen,
wodurch das königliche Vorrecht angegriffen oder
geschmälert werden könnte. Ich bin gewiß, daß
die Gesetzgeber ehe gewesen sind als die Gesetze.
(Dies sollte ohne Zweifel so viel heissen: als die Regenten wären über die Gesetze.) Ein Gentleman
hat sich auf das von Eduard II wider solche ausschließende Privilegien gemachte Gesez berufen;
das war gut, als noch die Könige vor dem Volke
zitterten. Er erinnerte dann den Sprecher, daß
ihm die Königin verboten hätte, irgend eine Bill
von der Art anzunehmen, und versicherte, die Ohren Ihrer Majestät wären allen Klagen über Mißbräuche offen, und ihre wohlthätigen Hände für
die Unglücklichen, die zu ihr flehten, ausgestreckt.

*) Ich habe gesagt, ihr seid Götter.

F 4

1601      Die Köpfe wurden bei dieser Gelegenheit so
erhitzt, die Sklaven der willkührlichen Gewalt so
wenig geschont, die Erbitterung, welche sie erregten,
wurde so heftig, daß Elisabeth, so äußerst unzufrie-
ben sie auch war, den Sprecher kommen ließ, und
ihm befahl, dem Unterhause zu sagen: sie würde
einen Theil dieser lästigen Privilegien, worüber
die Nation mißvergnügt wäre, aufheben. Dieser
Beweis von Herablassung sezte die beiden Häuser
in Erstaunen, und erfüllte die Gemeinen mit Freude
und Dankbarkeit. Der Sprecher und verschiedene
Mitglieder des Unterhauses wurden an die Königin abgeordnet, und dankten ihr in Ausdrücken,
die für Männer, welche nichts, als die den billigen
Beschwerden der Nation gebührende Gerechtigkeit
erhalten hatten, zu stark waren. Die Königin,
erstaunt über eine so lebhafte Erkenntlichkeit für die
erzwungene Billigung ihrer Foderungen, bezeugte
in ihrer Antwort eine Zärtlichkeit für ihr Volk,
welche wenig mit ihrer Unempfindlichkeit bei den
ersten Bitten desselben übereinstimmte. Ihr dankt
mir, sagte sie, ich habe vielmehr Ursache euch zu
danken, da ihr mir einen Irrthum so klar gezeigt
habt, in den ich nicht vorsezlich, sondern durch un-
richtige Vorstellungen gerathen war. Meine Ehre
würde ohne mein Verschulden hiedurch gelitten ha-

feu; denn ich fehe das Glück meiner Unterthanen, 160
als mein eigenes an — hättet ihr mich nicht auf das
schändliche Betragen dieser Harpyen aufmerksam
gemacht. Lieber wollte ich mein Herz und meine
Hand aufopfern, als solchen Monopolisten Privilegien zugestehn, die meinen Unterthanen verderblich werden könnten. Der Glanz einer Krone ver-
blendet mich nicht so sehr, daß ich eine willkühr-
liche Gewalt der Gerechtigkeit vorziehen sollte. Der
glänzende Fürstentitel mag die Augen derer blenden, die nicht zu regieren wissen, wie Kranke sich
durch übergoldete Arzneikügelchen täuschen lassen;
ich gehöre nicht zu diesen unklugen Regenten. Ich
weiß, daß ich bei meiner Regierung das Beste des
Staats und nicht meinen eigenen Nutzen vor Augen
habe, und dereinst vor einem höhern Richterstuhl
erscheinen muß. Ich schätze mich glücklich, durch
Gottes Gnade meine Regierung in jeder Hinsicht
so beglückt gesehen, und Unterthanen beherrscht zu
haben, für deren Wohl ich meine Krone und mein
Leben gerne hingeben würde. Ich bitte euch, die
Verirrungen und Fehler, an denen andere durch
falsche Eingebungen schuld sind, nicht mir zuzurech-
nen. Ihr wißt, daß die Diener der Fürsten gemeiniglich nur ihre eignen Vortheile beabsichtigen;
daß die Vergehungen derselben nicht zur Kenntniß

F 5

1601ihrer Herren gelangen, und daß diese, so gerne sie wollen, unter der beschwerlichen Sorge für die öffentlichen Angelegenheiten, ihre Diener nicht immer genau beobachten können *). Die Gemeinen hatten ihr ein außerordentliches Geschenk von vier Subsidien und zwei Funfzehenden bewilligt; eine Beihülfe, welche schon vor der Monopolienangelegenheit berichtigt war, weil die Mitglieder des Unterhauses fürchteten, die Königin möchte aufgebracht werden, wenn sie glaubte, sie sollte die verlangten Auflagen nur unter Bedingung erhalten. Die Bill wegen dieser neuen Subsidie gab gleichfalls zu sonderbaren Debatten Anlaß. Die Hofleute behaupteten, die Monarchin hätte das Recht, die Güter ihrer Unterthanen, selbst ohne diese Einwilligung, zu nehmen. Der Advokat Heyle versicherte, sie könnte über die Ländereien derselben, wie über ihre eignen Kroneinkünfte schalten. Ein allgemeines Zischen, Murren und lautes Gelächter waren die Antwort auf diese niedrige Schmeichelei. Ein anderer behauptete, der Sprecher hätte das Recht eine Bill anzunehmen oder zu verwerfen, wie vor-

*) Ewes Tagebuch, S. 629—659. Cambden, S. 642. Hume, S. 439—443. (Note LL.) S. 528. Carte, S. 689. Rapin Thopras, B. 17. S. 154

mals die römischen Konsuln, zu bestimmen, ob über¹⁶⁰¹ diese oder jene Angelegenheit im Senate berath- schlagt werden sollte oder nicht, und erregte dassel- bige Gelächter und denselbigen Unwillen.

Die Sternkammer, die hohe Kommißion und das Kriegsgericht hatten vorzüglich beigetragen, Elisabeths nach den Rechten eingeschränkte Gewalt zu einer despotischen Gewalt zu erheben. Sie ließ sehr viele Sachen von dem Kriegsgerichte entschei- den, von dessen schleunigen und strengen Aussprü- chen keine Appellation statt fand, dessen Verfahren sich besser für die Regierung von Marocco und Al- gier, als für die Majestät eines freien und unter seinen eignen Gesezen lebenden Volkes schickte. Vor dieses Gericht gehörten eigentlich nur Verbrechen, die in Zeiten der Unruhe und des Aufruhrs began- gen wurden. Elisabeth wollte sich desselben oft ge- gen Menschen bedienen, die nur ihre Vorurtheile angegriffen, oder sich über die Gränzen ihrer Gewalt erklärt hatten. Ein gewisser Hayward hatte eine Geschichte von dem ersten Regierungsjahre Hein- richs IV von England geschrieben, und dieselbe dem in Ungnade gefallenen Grafen v. Essex zugeeignet. Elisabeth sah diesen Beweis von Treue, den ein achtungswürdiger Mann seinem unglücklichen Wohl- thäter gab, als eine aufrührische Handlung und

1601als eine Verachtung ihres königlichen Ansehens an. Sie wollte den Schriftsteller auf die Folter bringen lassen. Die Geschwornen würden es nicht gewagt haben, einen Angeklagten frei zu sprechen, der dem Hofe verdächtig war. Bacon war so glücklich, Elisabeths Zorn zu besänftigen, und sie von der Ausübung eines schrecklichen Despotismus abzuhalten. *) Sie hatte auch zum Besten ihres Vorrechts die Gewalt, einen Unterthan aus bloß politischen Ursachen zu Uebernehmung von Diensten und Aemtern auch wider seinen Willen zu zwingen. Wenn sie argwöhnte, daß jemand seinen Kredit bei dem Volke oder die Gunst, worin er bei ihr stand, mißbrauchen wollte, wenn sie fürchtete, er würde sich ihrem mit der Volksfreiheit streitenden Willen widersetzen, so zwang sie ihm eine Bedienung außer Landes oder bei einem Departemente auf, wobei er sich, wie sie wußte, nicht hervorthun konnte. Die fiskalischen Beamten, die Hofleute, die Obrigkeiten drükten denjenigen, die sich dieser Tyrannei zu entziehen suchten, bisweilen ansehnliche Summen ab. Das Parlament hatte damals keine gesezgebende Macht; nicht als ob die Statuten ihm dieselbe nicht gegeben, oder als ob Elisabeth irgend ein der Freiheit günsti-

*) Cabala f. Scrinia facra , S. 81.

ges Gesetz abgeschafft hätte, sondern weil es selbst [1601] seine Rechte aufgegeben hatte, und Elisabeth, welche von ihren Unterthanen geliebt wurde, es immer verhinderte sich wieder in den Besitz dieser Rechten zu setzen. Unter Heinrich VIII und Marien zur Abhängigkeit gewöhnt, hatte das Parlament nicht Stärke genug, um die Gewalt einer Fürstin gehörig einzuschränken, die von Anfang ihrer Regierung an sich Liebe, Furcht und Bewunderung zu erwerben wuste. Sie hatten keine dringende Nothwendigkeit gesehen das zu thun; und als die unter der vorigen Regierung angefangenen Mißbräuche durch ihre Fortdauer empfindlicher geworden waren, als neue eingeführt wurden, und einzelne Unterthanen wider den Druck tyrannischer Gerichtshöfe, königlicher Minister und Günstlinge ihre Stimme erhoben, da war es zu spät der Eigenmacht der Königin Einhalt zu thun. Ihr Einfluß auf die fremden Staaten, ihre weitaussehenden Unternehmungen, ihre Arbeiten für die Größe und den Ruhm ihrer Nation versicherten ihr eine unumschränkte Gewalt über die Herzen des Volks; welches allein die Schritte des Parlaments bestätigen oder aufhalten konnte. Sie herrschte durch eine Art von Enthusiasmus über die Gemüther; denn das Volk war nicht glücklich. Es wurde von

1601den Landeigenthümern gedrückt, die Taxen waren stark, die von dem Parlamente bewilligten Beisteuern übertrafen bisweilen das Vermögen der Landleute und der Handwerker. Für die Armen wurde erst gegen das Ende dieser Regierung gesorgt. Die ausschließenden Privilegien waren Ursache, daß die Manufakturen vernachläßigt wurden, und die Industrie nicht aufkommen konnte. Die Polizei war schlecht. Doch gehorchte die Nation ohne Murren, liebte und verehrte ihre Monarchin, zitterte für das Leben derselben', und war fest überzeugt, wenn sie Mißbräuche nicht abstellte, so wäre ihr dies, wegen ihrer beständigen Sorgen für den Ruhm und den Flor des Staates unmöglich. Dies war gewissermaßen richtig. Sie konnte nicht alles das Gute thun, was sie zu thun wünschte. Ihre großen Entwürfe und die vielerlei Mittel, die sie zur Ausführung derselben brauchte, verstatteten ihr nicht, alle die einzelnen Umstände und Verhältnisse zu beobachten, deren genaue Kenntniß zu einer allgemeinen Verbesserung der Gesetze nothwendig gewesen wäre. Die Freiheit vernichtet eine große Menge Mißbräuche, und sezt unzählig viel Gutes an deren Stelle. Elisabeth war zu eifersüchtig auf ihre Gewalt, um sie auf irgend eine Art theilen zu wollen. Lieber ließ sie die Fehler ihrer Vorfahren bestehen, als daß sie andern den Ruhm gelassen hätte sie zu 1601 verbessern. Aber sie wußte die Mißbräuche selbst zu benützen, um ihrer Nation einen größern Glanz zu verschaffen. Sie verwandte die öffentlichen Einkünfte auf die ersprießlichste Weise für das Reich; sie erweiterte den auswärtigen Handel, vermehrte ihre Seemacht, schüzte ihre Nachbarn, schloß mit entfernten Staaten Bündnisse, stellte sich der fernern Ausbreitung einer furchtbaren Macht entgegen, demüthigte den Stolz derselben und vernichtete ihre Hoffnungen. Sie wußte ihre Diener zu wählen, und die Fähigkeiten derselben zu brauchen. In dem, was sie großes that, ist ihr Genie zu bewundern; an ihren Fehlern war mehr ihr Jahrhundert als ihr Karakter schuld. Ueber die wichtigsten Gegenstände die Regierung und das Glück der Völker betreffend, waren die Ideen noch ziemlich verwirrt und dunkel; diese entwickelten sich sehr langsam und haben noch jezt nicht den höchsten Grad von Genauigkeit und Klarheit erlangt. Hatte Elisabeth große Fehler, von denen die menschliche Natur nie frei ist, so ersezten wenige Regenten diese und noch größere Fehler durch so viel Genie, durch so viel Begierde nach Ruhm. Keiner der gleichzeitigen Fürsten regierte klug und gerecht wie sie; und in Staaten, wo ihre durch eine andere Verfassung

befestigte Macht ihnen so viel Gutes erlaubte,
richteten sie Uebel an, deren Folgen noch unsere
Zeiten empfinden.

1602    Elisabeth hatte schon seit zwei Jahren zur Beförderung des Handels und der Schiffahrt die Errichtung einer Ostindischen Handlungskompagnie
für nothwendig gehalten. Sie gab damals Erlaubniß Schiffe auszurüsten, worüber Kapitän James
Lancaster das Kommando erhielt. Der Fond dieser Kompagnie bestand in zweiundsiebenzigtausend
Pfund, und sie bekam große Freiheiten, die im
Stande waren die Theilhaber aufzumuntern. Die
Schiffskapitäne erhielten von der Königin Briefe
für die ansehnlichsten Indischen Fürsten. Sie hatten 450 Mann und ohngefähr siebenundzwanzig-
tausend Pfund an Geld und Waaren am Bord.
Das übrige Geld war auf die Ausrüstung und Ver-
proviantirung der Flotte verwandt worden. Diese
segelte den 13 Februar 1601 von Woolwich ab.
Ihre Reise war in allem Betrachte glücklich; sie
kam aber erst nach Elisabeths Tode, den 11 September 1603, nach England zurück. Sie brachte
von den Beherrschern von Java, Bantam, Achem,
und allen Fürsten dieser entfernten Länder Briefe
und prächtige Geschenke für die Königin mit. Elisabeth sah noch Parker, Gosnold, Monson und

Levison

Levison nach Westindien, dem nördlichen Virgi-1602
nien und den Spanischen Küsten, Reisen unternehmen, welche den Spaniern so verderblich, als
den Engländern vortheilhaft waren. Aber alle diese
Schiffahrer hatten weder die Vollmacht noch die
gute Gelegenheit, wie die Ostindische Kompanie,
Handlungshäuser zu errichten, und Traktaten zu
schließen. Neben dem Vortheile, diese Kompanie
gegründet, und die Hoffnungen Spaniens von
neuem vernichtet zu haben, erlebte Elisabeth noch
das Vergnügen, das Irland sich unterwarf, der
Rebelle Tir-oen sie um Gnade und Vergebung an-
flehte, und ihr ewige Treue schwur. *) Sie muste
freilich den Irländern und besonders ihrem furchtbaren Anführer, um ihn von seiner Verbindung
mit Spanien abwendig zu machen, sehr vortheilhafte Bedingungen zugestehen; aber dafür genoß
sie nun von dieser Seite Ruhe und Frieden. Frankreich nahm unter der Regierung eines gerechten
Königs eine neue Gestalt an; die vereinigten Provinzen eilten mit starken Schritten der glücklichen
Epoche ihrer Freiheit zu. Elisabeth sah den glück-
lichsten Veränderungen in ihrem Reiche entgegen,
wohin ihre Unterthanen auf ihr Geheiß neue Reich-

---

*) Carte, S. 694 ff. Hume, S. 445.

thümer aus den entlegenſten Theilen der Erde hol-
ten. Aber ſie ſtand jezt am Ende ihrer Laufbahn.

1603 Sie hatte bis dahin, ihres hohen Alters ohngeachtet, einer vollkommnen Geſundheit genoſſen.
Sie ritt noch, war noch geſchickt und behende auf
der Jagd, tanzte und ſang noch mit derſelbigen
Munterkeit, wie in den erſten Jahren ihrer Regierung; der Glanz ihres Hofes nahm immer zu,
ihr gebietender Blick demüthigte alles, was ſich
ihr nahte, und ihre Großen bedienten ſie knieend.
Auf einmal verſank ſie in eine tiefe Schwermuth.
Ihre Hofleute glaubten anfangs, der Verdruß, daß
ſie dem Grafen von Tir - oen hatte verzeihen müſſen,
wäre Schuld hieran. Sie beredeten einen jungen
ſchönen Irländer, den Grafen von Clanricard, ihr
die Aufwartung zu machen. Aber ſie bemerkte
ſeine Bemühungen ihr zu gefallen mit Kaltſinn.
Sie ſagte zu denen, die um ſie waren, ſeine Aehnlichkeit mit dem Grafen von Eſſer, welche ſie vielleicht als einen günſtigen Umſtand für ihn anzuſehn
hätten, wäre vielmehr eine Urſache, weswegen
ſie ihn von ſich entfernt wünſchte, indem ſeine Gegenwart nur ihren Schmerz über den erlittenen
Verlüſt erneuerte. Dieſen Schmerz ſchien ſie in
der That, ſeitdem die Ruhe in Irland hergeſtellt
war, ſehr lebhaft zu empfinden. Die mit Tir - oen

eingegangenen Bedingungen waren ohngefähr die- 1603
selbigen, die er dem Grafen von Essex angetragen
hatte. Obgleich Mountjoy ihre Gunst genossen
hatte, ob sie gleich an seinem erworbenen Ruhme
mit Vergnügen Antheil nahm, so durfte sie doch
nur auf die Art sehen, wie er den Krieg in Irland
geführt, auf die Summen, die derselbe gekostet,
und endlich auf den Ausgang, den er genommen
hatte, um sich zu überzeugen, daß die Anklagen
gegen Essex ungegründet gewesen waren. Schon
in der Mitte des Novembers 1602 hatte sie die
Abnahme ihrer Kräfte bemerkt, aber den Gram,
der sie verzehrte, sorgfältig verborgen. Sie ließ
das Jahrsfest ihrer Regierung anordnen, und
wohnte demselben, wie sonst, mit anscheinender Zufriedenheit bei. Den 31. Januar des folgenden
Jahres ging sie bei sehr kaltem und regnichten
Wetter von London nach Richmond. Diese Un-
vorsichtigkeit zog ihr eine Erkältung zu, welche sie
einige Tage in ihrem Zimmer zu bleiben zwang. Der
französische Gesandte wuste von ihren veränderten
Gesundheitsumständen noch nichts, als er wünschte
vor sie gelassen zu werden, um ihr Briefe von
Heinrich IV zu überreichen. Die Audienz wurde
ihm auf einige Tage später versprochen, weil die
Königin ihm dieselbe wegen des Todes der Gräfin

1603 von Nottingham gegenwärtig nicht geben könnte. Sie war in der That seit diesem Todesfall untröstlich. Sie weinte und schluchzte, und konnte sich weder ihrem Hofe noch Fremden zeigen. Die Gräfin, Lord Hunsdons Schwester, war des Admiral Howards Lord Essinghams Gemalin gewesen, welcher zu den grausamsten Feinden des Grafen von Essex gehört.

Als der Graf im Jahr 1597 von dem glücklichen Unternehmen gegen Cadix zurückkam, bemerkte er, wie gefährlich der Haß seiner Feinde war. Er rechnete indeß auf die Zärtlichkeit, die ihm die Königin bezeugte. Er gab ihr seine Unruhe über die Intriguen zu erkennen, die in seiner Abwesenheit gegen ihn gemacht werden könnten. Er stellte ihr vor, da er, um dem Staate zu dienen, sie oft verlassen müße, so ließe er sie mitten unter seinen Neidern, welche ihres eignen Nutzes wegen alles thun würden, ihn um ihre Gunst zu bringen. Elisabeth glaubte in diesen Reden eine Regung von Eifersucht zu entdecken, welche ihrer Leidenschaft schmeichelte. Sie sprach ihm Muth ein, zog einen Ring vom Finger, und gab ihm denselben als ein Zeichen ihrer Zuneigung, mit der Versicherung, wenn er je, durch die Kabalen seiner Feinde, durch seine eigne Schuld ihre Gunst verlöre, ja wenn er noch so tief in Ungnade bei ihr fallen sollte, so 1601 dürfte er ihr nur diesen Ring zuschicken; bei dem Anblicke eines so werthen Unterpfandes sollte sogleich alles vergeben, oder aufgeklärt und vergessen seyn. Als Essex sich zum Tode verurtheilt sah, vergaß er dieses Versprechen nicht, welches er als heilig betrachtete. In der Zeit, da Elisabeth sich nicht entschließen konnte, den Befehl zur Vollziehung des Urtheils zu unterzeichnen, und immer wartete, daß er ihr dieses Unterpfand der versprochenen Gnade schicken sollte, ließ er es in geheim der Gräfin von Nottingham einhändigen, mit der Bitte, es der Königin zu überreichen. Die Gräfin vertraute ihrem Gemahle diesen Auftrag an. Effingham vermuthete ein Geheimniß darunter, und überredete sie den Ring zu behalten. Elisabeth glaubte, der Graf von Essex stieße ihre Güte mit stolzer Verachtung von sich, und gab aus Rache den Befehl zu seiner Hinrichtung; der Unglückliche starb mit dem Gedanken, die Königin hätte selbst das Andenken an ihre vorigen Gesinnungen gegen ihn aus ihrem Herzen verbannt. Die Gräfin von Nottingham wurde seit diesem Augenblicke von den schrecklichsten Gewissensbissen gefoltert. Ihre Gesundheit schwand unter beständigen innerlichen Kämpfen, und sie erkrankte im Anfange des Jahrs

1603 1603, zu eben der Zeit, da die Ueberzeugung von
der Unschuld des Grafen der Königin den grausamsten Kummer verursachte. Sie ließ Elisabeth
bitten, sie auf ihrem Sterbebette zu besuchen, weil
sie ihr ein wichtiges Geheimniß zu offenbaren hätte.
Die Königin gerieth bei dem schrecklichen Bekenntnisse der Sterbenden in Entsetzen, stieß voll Unwillen ihre ausgestreckte Hand zurück, warf ihr
wütende Blicke zu, überhäufte sie mit harten Vor-
würfen, und sagte, indem sie hinausging: Gott
möge euch verzeihen, ich werde es nie. Sie begab
sich in ihr Zimmer, wies allen Trost und Beistand
von sich, warf sich auf den Fußteppig auf Kissen ge-
lehnt, wollte weder Nahrung noch Arzneimittel zu
sich nehmen, und erklärte, das Leben wäre ihr eine
unerträgliche Last geworden. *) Sie hatte kein
Fieber, konnte nichts essen, fühlte eine ausseror-
dentliche Hitze im Magen, und hatte einen bren-
nenden Durst, welcher sie beständig zu trinken
zwang. Cecill und der Erzbischof von Canterbury
warfen sich ihr zu Füßen, und baten sie einige Arznei zu nehmen, und sich zum Besten des Staats
zu erhalten, aber vergebens; ihre letzte Antwort

*) Carte, S. 696. Hume, S. 446. Robert Car-
rys, Grafen von Monmouth, Memoires, London, in 8. 1759, S. 172.

war, man sollte sie in Ruhe sterben lassen, sie 1603 wäre dazu entschlossen. Der Graf von Monmouth kam eben damals aus Schottland an, und erhielt eine Audienz in ihrem Zimmer, wo sie noch immer auf ihren Kissen ausgestreckt lag. Er näherte sich ihr, küßte ihr die Hand, und wünschte ihr, um ihr alle Vorstellung von Gefahr zu benehmen, zu ihrer Gesundheit Glück. Sie nahm seine Hand, blickte ihn traurig an, und sagte: „nein, Robert, ich befinde mich nicht wohl". Sie beschrieb ihm alles, was sie seit zehn Tagen litte, wobei sie Thränen vergoß und tiefe Seufzer ausstieß. *) Er verließ sie mit inniger Rührung über den Zustand, worin er sie gefunden hatte. Den 23. März war sie so schwach geworden, daß sie ihres Willens nicht mehr mächtig war, und wurde in ihr Bette gebracht. Da sie den Gebrauch der Sprache verloren hatte, so glaubten die Umstehenden aus einigen Zeichen, die sie gab, wahrzunehmen, daß die Mitglieder des Rathes vor sie kommen sollten. Der Graf von Monmouth kam mit denselben. Sie fanden sie schon ihrem letzten Augenblicke nahe. Als Cecill gewiß war, daß sie nicht reden, ja kaum ihn noch verstehen konnte, fragte er sie, wen sie zu ihrem Nachfolger bestimmte,

*) Carrys Memoires, S. 173.

1603 und nannte ihr den König von Schottland. Die Königin legte in dem Augenblicke ihren rechten Arm auf den Kopf, wo sie vermuthlich einen großen Schmerz empfand; und dieses ungewiße Zeichen wurde von den Räthen, und besonders von Cecill, für den Beweis eines unbedingten Beifalls genommen, ob sie gleich sie nicht ansah, sie nicht erkannt, ja nicht einmal wahrgenommen zu haben schien. Cecill hat nachher vorgegeben, sie habe ihm sehr leise geantwortet: sie wollte einen Nachfolger von königlichem Geblüte, und dies könnte kein anderer als der König von Schottland sein. Verschiedene Geschichtschreiber haben ihm und dem Admiral Effingham dieses nacherzählt. Allein keiner von ihnen würde es gewagt haben, dieser Fürstin von ihrem Nachfolger zu sprechen, wenn sie geglaubt hätten, sie wäre noch im Stande, sie zu vernehmen, und ihnen zu antworten. *) Cecill wollte sich

*) Carte scheint die unmittelbare Ursache, von der Krankheit der Königin und was bei dem Tod der Gräfin von Nottingham vorgefallen, in Zweifel zu ziehen. Birches Unterhandlungen ( S. 206.) und seine Memoires (Bd. 2, S. 481 — 506) enthalten indeß zu umständliche Nachrichten darüber. Hume ( S. 445 — 447.) und Robertson ( S. 284 — 286.) erzählen die Sache als ausge-

bei dem Könige von Schottland dadurch ein Anse-1603
hen geben, daß er der sterbenden Königin diese
Einwilligung zu seinen Gunsten entrissen hätte.
Das Conseil wollte übrigens jede Streitigkeit über
die Thronfolge, wozu Jakob VI ein gegründetes
Recht hatte, vermeiden. Sobald alle Hoffnung
zur Wiederherstellung der Königin verschwunden
war, wurden alle nothwendige Maßregeln genommen, um diesem Fürsten den Eingang ins Reich
zu öffnen. Er hatte eine Parthei in England, aber
auch viel Feinde; und es war eine Revolution zu
befürchten, welcher Cecill und die übrigen Räthe

macht. Cambden und Rapin Thoyras haben derselben nicht erwähnt. Carte, ohne die Erzählung von dem Ringe anzunehmen, welche indeß
durch Osbornes und besonders des behutsamen
Birches Zeugniß bewiesen zu sein scheint, schreibt
das plötzliche Hinschwinden der Königin ihrem
Gram über die Entdeckung zu, daß Essex unschuldig gewesen war. Wir würden uns also, auch
mit Verwerfung eines einzigen Umstandes, nicht
von der gemeinen Meinung entfernen; es ist immer gewiß, daß diese Monarchin erst nach ihrer
Unterredung mit der sterbenden Gräfin von Nottingham eine gänzliche Abnahme ihrer Kräfte erfuhr, und so heftige Zeichen ihrer Verzweif-
lung gab.

G 5

1603 desto wirksamer vorzubeugen glaubten, wenn sie vorgäben, die Königin hätte den König von Schottland zu ihrem Thronerben ernannt. Nachdem die Mitglieder des geheimen Raths sich entfernt hatten, ließen ihre Kammerfrauen den Erzbischof von Canterbury rufen. Sie schien ihn zu verschiedenen malen zu erkennen, sein Gebet zu verstehen, und selbst mitzubeten. Ein einziges mal gab sie ihm durch ein Zeichen zu verstehen, daß sie auf die Barmherzigkeit Gottes ihr Vertrauen setzte, und war gleich darauf wieder ohne Besinnung. Gegen Abend fiel sie in einen Todtenschlaf, worin sie um zehn Uhr Morgens, im siebenzigsten Jahre ihres Alters, und im fünfundvierzigsten ihrer Regierung, ohne Schmerz und ohne Zuckungen ihren Geist aufgab.

Das war das Ende einer Regentin, die durch ihren Verstand, durch ihr Genie und ihre tiefen Einsichten die Bewunderung ihres Jahrhunderts auf sich zog, und deren Andenken bei den Engländern noch ein Gegenstand der Verehrung blieb, als die Schmeichelei keine Bewegungsgründe mehr fand öffentliche Ehrfurchtsbezeugungen zu gebieten. Von dem Anfange ihrer Regierung an bis zu Ende hatte sie in dem Innern ihres Reiches Stürme abzuwehren oder zu bekämpfen, welche von den rän, **1603** kevollsten, hinterlistigsten und mächtigsten Feinden erregt wurden. Philipp II und der Herzog von Alba, die Päpste, der Französische Hof unter Heinrich II, Karl IX, Katharina von Medici und den Guisen, legten ihr unaufhörlich Fallstricke, und setzten durch Intriguen und Verschwörungen ihre Ruhe und ihr Leben beständigen Gefahren aus. Die Könige von Frankreich und Spanien bedien, ten sich der treulosen Jesuiten zu Werkzeugen ihrer Rache. Sie trug über Philipp die herrlichsten Siege davon. Wären die Hülfsquellen dieser Für, stin ihren Unternehmungen angemessen gewesen, so würden diese nicht ausserordentlich geschienen haben. Aber sie siegte durch ihre Klugheit, Wirthschaft, lichkeit und Mäßigung über ihre furchtbaren Fein, de. Sie unterhielt eine lange Reihe von Jahren hin, durch den Frieden in ihren eignen Staaten, indem sie ihre Nachbarn wider ihre Feinde bewaffnete. Sie befreite die Niederlande von dem Joche der Tyrannei, führte Krieg, ohne ihr Reich arm zu machen, und benützte vielmehr diesen Umstand als ein Mittel, ihren Unterthanen eine Quelle uner, meßlicher Reichthümer und Kenntnisse zu eröffnen. Durch ihre kriegerischen Unternehmungen machte

1603 fie die Englische Flagge in unbekannten Meeren
berühmt, vernichtete die Spanische Macht in ihrem Ursprunge, und raubte ihrem Feinde in Ame-
rika die Mittel, wodurch er in Europa siegen
konnte, machte sich bei ihrem Volke beliebt, welches ihre großen Thaten als eine Entschuldigung
ansah, wen sie, gezwungen oder nicht, die zu dem
Glücke desselben nothwendigen Gegenstände aus
den Augen verlor, und setzte sich in Achtung und
Furcht bei ihren Alliirten, indem sie ihnen nicht
mehr Beihülfe gab, als gerade ihre Bedürfnisse foderten, um sie immer von sich abhängig zu erhalten. Sie regierte fünfundvierzig Jahre lang
despotisch, ohne den Gedanken an Freiheit vergessen zu machen; sie änderte keines von den
Gesetzen, worauf die Freiheit ruhte, und erhielt
ihrem Volke dieselben für die Zukunft. Sie
schützte den Ackerbau, die Künste und Manufakturen, erleichterte den Armen ihren Unterhalt,
und ließ Hospitäler bauen. Sie legte öffentliche
Schulhäuser an, und beschleunigte die Fortschritte
der Aufklärung durch Belohnung geschickter Lehrer.
Sie legte den Grund zu einer ansehnlichen Seemacht, und ließ ihre Häven, ihre Gränz - und
Seeplätze befestigen. Kurz, sie schuf gleichsam

ihr Reich, welches bei ihrer Thronbesteigung an 1607
Geld und Menschen arm, von dem größten Theil
seiner Bürger verlassen, von allem entblößt und
ohne Handel, und durch die schrecklichste Sklaverei in tiefes Elend gerathen war, zu einem neuen
Staate um. Wenn man solche Wunder durch das
Genie einer Frau bewirkt sieht, so verschwinden
alle Fehler, alle Schwächen ihres Geschlechts und
ihres Karakters vor den Augen der strengsten Richter; man verzeiht ihr einzelne Ungerechtigkeiten
und Irrthümer in der Staatsverwaltung; man
erkennt gerne, daß ihr unter so vielen Gegenständen, auf die sie beständig ihre Aufmerksamkeit richtete, einige entgehen konnten, oder daß sie Gegenstände, die ins einzelne gingen, übersah, um nicht
an der Ausführung größerer Absichten gehindert zu
werden; daß sie verschiedenes Gute, was sie nicht
that, aus Mangel an Zeit nicht einsah. Man verzeiht ihr beinahe ihren Despotismus, wenn man
bemerkt, daß sie eine solche Art zu regieren für
das wahre Beste ihrer Nation nothwendig glaubte,
und daß dieser Irrthum nicht sowohl ihrer besondern Denkungsart, als ihrem Jahrhunderte ange-
hörte. Konnte sie bei den Zügen eines männlichen
Karakters, welche ihr einen Rang unter den grö-

1603ßen Königen gaben, nicht auf die Annehmlichkeiten
ihres Geschlechts Anspruch machen, so muß man
bedenken, daß das Sanfte, die Schwäche selbst,
welche in der That zu den Reizen eines Frauenzimmers in der Gesellschaft das meiste beitragen, ihren
Regententugenden, würden geschadet haben; und
daß Maria, welche alle Anmuth, alle Reize ihres Geschlechtes besaß, ihrer furchtbaren Rivalin vielleicht
widerstanden haben würde, wenn sie weniger lie-
benswürdig gewesen wäre, aber den festen Muth, den
großen und starken Karakter der letztern gehabt
hätte. Der Tod der Königin von Schottland, ist der
einzige Fleck, der sich aus Elisabeths Leben nicht
verwischen läßt; er läßt sich, unter welchem Ge-
sichtspunkte man die Sache betrachten mag, nicht
entschuldigen; und die vergeblichen Bemühungen
der Engländer, ihre Königin zu rechtfertigen, indem sie Maria als schuldig darstellen, beweisen
bloß, daß sie die Handlung der erstern als einen
Schandfleck betrachten, von dem sie ihr Andenken
rein waschen möchten.

In ihren ersten Jugendjahren legte sich Elisabeth, aus Wahl und Nothwendigkeit auf die
ernsthaftesten Studien, und widmete ihre Erho-
lungsstunden der Litteratur. Sie wuste die grie-

chische, die lateinische, die französische, italiäni-1603 sche und spanische Sprache. Sie hatte Erklärungen über den Plato angefangen; sie übersetzte einen Theil der Werke des Isokrates, ein Trauerspiel des Euripides, ein Buch aus des Boethius Trostgründen der Philosophie, und Xenophons Gespräch zwischen Hiero und dem Dichter Simonides, über das Leben des Regenten und des Privatmanns. Ferner übersetzte sie den Jugurthinischen Krieg von Sallustius, Plutarchs Abhandlung über die Neugier, und den größten Theil von Horazens Poetik. Ihre Werke finden sich in verschiedenen Sammlungen gedruckt. *) Sie war für ihren schriftstellerischen Ruf nicht gleichgültig. Um ihr Bacon von einer für sie schmeichelhaften Seite zu empfehlen, sagte ihr Essex eines Tages, sie könnte in England keinen bessern Beurtheiler ihrer vortreflichen Uebersetzungen finden; diese Worte machten einen solchen Eindruck auf sie, daß sie Bacon, dessen Gunst seinem Wohlthäter so theuer zu stehen kam, sogleich an ihren Hof zog. Sie machte bisweilen Verse, welche ihr aber weniger als andre Arbeiten glückten. Die Gedanken in folgendem Stücke, welches sie noch in ihrer

*) S. Belege, No. XVIII.

1603 Jugend als Gefangene zu Woodſtock ſchrieb, ſind nicht ohne Verdienſt:

„O Fortuna, mit wie vielen Unruhen hat dein ewiger Unbeſtand meine bekümmerte Seele erfüllt! Zeuge deſſen ſei dies Gefängniß, wohin das Schickſal mich bannte; Zeuge deſſen der Verluſt ſonſt genoſſener Freuden. Schuldloſe verdammſt du zu harter Gefangenſchaft, und entreiſſeſt boshafte Verbrecher dem verdienten Tode. Aber möge ihr eiferſüchtiger Haß in ſeinen Entwürfen ſcheitern, und Gott meine Feinde alles erfahren laſſen, was ſie mir zuzufügen denken!"

Ohngeachtet dieſer Liebe der Königin zu den Wiſſenſchaften und zur Litteratur, hatte ſie zu viel Aufmerkſamkeit auf die politiſchen Angelegenheiten ihres Reichs und die Verhältniſſe deſſelben mit auswärtigen Staaten zu wenden, um etwas zur Aufmunterung der Dichter und der Gelehrten zu thun. Spenſer, einer der beſten Schriftſteller ſeiner Zeit, wurde lange vernachläſſigt, obgleich ſeine Fairy-Queen eines der ſonderbarſten Denkmäler von Schmeichelei iſt, das je ein Schriftſteller hinterlaſſen hat. Er verdankte Philipp Sidney allein ſeine Verſorgung, und ſtarb nachdem er ſeinen Beſchützer verlohren hatte, im Elende. Shakeſpear ſchrieb ſein

Trauerſpiel

Trauerspiel Heinrich V, als Essex die Englischen 1603 Truppen in Irland kommandirte, und seinen Heinrich VIII gegen das Ende der Regierung der Königin Elisabeth. In dem ersten dieser Stücke richtete er ein sehr sinnreiches Kompliment an den Grafen, in den letzten Versen des vierten Aufzuges, und in dem zweiten an die Königin und an ihren Nachfolger den König von Schottland. Im Jahre 1599 bestätigte diese Fürstin in ihn allen Titeln und Ehren seiner Vorfahren, welche Edelleute aus der Grafschaft Warwick waren, und unter denen ein John Shakespeare von Heinrich VII verschiedene Ländereien und Kronlehne zur Belohnung erhalten hatte. Sie scheint so wenig diesem großen Manne als seinem Zeitgenossen und Freunde, Ben Johnson, andre Auszeichnungen zugestanden zu haben. Sidney, Lord Burleigh, Essex und einige andre trugen durch ihre Wohlthaten und ihren Schutz mehr als Elisabeth zum Fortgange der schönen Wissenschaften und der Gelehrsamkeit bei. Die Kosten, welche die Ausführung ihrer großen Plane erfoderte, machte eine strenge Sparsamkeit nothwendig; zur Belohnungen für Gelehrte und schöne Geister durften in einem so zerrütteten Staate, wie der ihrige zu Anfang ihrer Regierung war, und zu dessen

Gesch. Elisab. 6. Th.　　H

1603 Erhaltung so viel Klugheit und Vorsicht gehöret, nicht zu den ersten Ausgaben des öffentlichen Schatzes gerechnet werden. Der Verlust dieser Monarchin erregte in dem ganzen Reiche die äusserste Betrübniß. Der ungeheuchelte Schmerz, den das Volk bezeugte, war ein sicherer Beweis, daß es unter ihrer Regierung glücklich gewesen war, und die Herrschaft eines Fürsten fürchtete, der noch keine Eigenschaften gezeigt hatte, wodurch er fähig gewesen wäre Elisabeth vergessen zu machen.

b e.

# Belege.

# Ein Wort über die folgenden Belege.

Ein Geſchichtſchreiber dokumentirt ſeine Geſchichte vorzüglich in einer doppelten Abſicht, theils um die Leſer derſelben in ſtand zu ſetzen über die Glaubwürdigkeit und Richtigkeit ſeiner Erzählungen zu urtheilen, theils um durch die gegebenen Belege gewiſſe Punkte aufzuklären, deren weitläuftige Auseinanderſetzung in dem Werke ſelbſt ſeinem Zweck entgegen war, oder daſſelbe weitſchweifig und langweilig gemacht haben würde. Auſſerdem haben ſolche Belege noch den Nutzen, daß ſie uns mit der Denkungsart und den Sitten des Zeitalters, worin die erzählten Begebenheiten vorfielen, und der Personen, die daran Theil nahmen, näher bekannt machen, als die Erzählung des neuern Schriftstellers gemeiniglich thun kann. Die erste Absicht kann wohl nicht gut bei andern als geübten Geschichtsforschern und Geschichtskundigen erreicht werden, und wird nie völlig erreicht, als durch die Mittheilung der Dokumente und Aktenstücke in der Sprache, worin sie geschrieben sind, indem wir bei Uebersetzungen doch immer nur mit fremden Augen sehen, und es bei manchen Umständen vorzüglich darauf ankömmt, den Originalausdruck eines Dokuments zu wissen. Dergleichen Untersuchungen aber sind nicht für solche Leser, für die eine übersetzte Geschichte nöthig ist; und diese werden gerne manche Belege entbehren, die der Geschichtskundige, der Geschichtsforscher in der Grundsprache studirt. Uebrigens ist für alle Klassen von Lesern oft ein bloßer Auszug aus einem alten Dokumente hinlänglich; ja es giebt mehrere Beweisstücke, von denen

niemand weiter etwas zu wissen verlangt, als
daß sie existiren. Mademoiselle Keralio ist mit
ihren Belegen wirklich etwas zu freigebig ge=
wesen; und der deutsche Uebersetzer hat sich da=
her ein Gewissen daraus gemacht, durch Ueber=
setzung der ganzen Dokumentensammlung das
Werk zu vertheuern. Er hat also mehrere
Stücke ganz weggelassen, und verschiedere bloß
ausgezogen, jedoch mit Fleiß nichts merkwür=
diges übergangen. Er hat übrigens bei jedem
weggelassenen oder von ihm nur ausgezogenen
Stücke, die Gründe seines Verfahrens angege=
ben. Nur bei einigen von der Verfasserin über=
setzten Dokumenten hat er das Glück gehabt,
die Originale brauchen zu können, und bei die=
sen geht er bisweilen von der französischen
Uebersetzung ab; ob mit Recht oder Unrecht,
dies muß er Kennern überlassen, die Gelegen=
heit haben, die beiden Uebersetzungen mit den
Originalschriften zu vergleichen. Wo es nicht
gleich in die Augen fiel, ob die Geschichtschrei=

herin oder der Ueberſetzer redete, hat er dieſes
durch die Wörter, die Verf., der Uebers., an=
gezeigt. Er hat ſich übrigens bemüht, ſeinen
Leſern dieſe Sammlung zu einer nicht ganz un=
angenehmen Lektüre zu machen. Obgleich die
Bände des Werks ſelbſt im Deutſchen anders
als im Franzöſiſchen abgetheilt ſind, ſo beziehen
ſich doch die Zahlen der unter dem Texte ange=
führten Belege auf die Ordnung, worin ſie in
der franzöſiſchen Sammlung ſtehen, welches
aber keine Verwirrung verurſachen kann, da
der Ueberſetzer den Band und die Seite, wohin
ſie in der deutſchen Ueberſetzung gehören, über=
all genau angezeigt hat.

## Belege zur Einleitung.

### N°. I. zu S. 73.

Die Magna Charta, oder der große Freiheitsbrief des Königs Johann von England,
gegeben den 15. Jun. 1215, im 17ten Jahre
seiner Regierung. *)

Johann von Gottes Gnaden, König von England,
Herr von Irland, Herzog von Normandie und Aqui-
tanien und Graf von Anjou, entbietet seinen Erzbi-

*) Mademoiselle Keralio hat bei ihrer Uebersetzung
der Magna Charta die Grundgesetze und Ver-
fassungen der sieben mächtigen Europäischen
Staaten, von Philipps gebraucht. Die gegenwärtige deutsche Uebersetzung dieser Urkunde ist so
wörtlich als möglich, nach dem lateinischen Originale gemacht, wie es Sprengel, am Ende des
ersten Bandes seiner Geschichte von Großbri-
tannien und Irland, seinen Lesern nach dem
besten und richtigsten Exemplare mitgetheilt hat.
Dieses ist unter Robert Cottons Manuskripten
gefunden, und in England in Kupfer gestochen worden. S. Sprengel l. c. S. 502 f. 507 ff.

H 5

ſchöfen, Biſchöfen, Aebten, Grafen, Baronen, Ober-
forſtrichtern, Sheriſs, Statthaltern, Gerichtsvögten
und Getreuen ſeinen Gruß. Wir thun euch hiermit
kund, daß wir unter der Obhut Gottes, und zum Heil
unſerer und aller unſerer Vorfahren und Erben Seelen,
zur Ehre Gottes, und zum größern Ruhm der heiligen
Kirche und zur Erledigung der Gebrechen unſers Reichs,
mit Rath unſerer Ehrwürdigen Väter, der Erzbiſchöfe
und Biſchöfe, der Edlen und anderer unſerer Getreuen,
1. vor allen Dingen Gott das Verſprechen gethan, und
durch dieſen unſern gegenwärtigen Brief für uns und
unſre Nachkommen zu ewigen Zeiten bekräftigt haben,
daß die Engliſche Kirche frei ſeyn, und ihre Rechte
unvermindert, und ihre Freiheiten unverletzt beſitzen
ſolle, und wollen, daß dieſelben alſo beobachtet werden:
als welches daraus zu erſehen, daß wir die Freiheit
der Wahlen, welche für die Engliſche Kirche als ſehr
wichtig und nothwendig erachtet wird, aus eignem und
freiem Willen, ehe ſich die Zwietracht zwiſchen uns
und unſern Baronen erhoben, zugeſtanden, und durch
unſern Freiheitsbrief bekräftigt, und die Beſtätigung
deſſelben von dem Herrn Papſt Inocenz III erhalten
haben, welchen wir beobachten und von unſern Erben
zu ewigen Zeiten beobachtet wiſſen wollen. Wir haben
auch allen freien Männern unſers Reichs, für uns und
unſere Erben, zu ewigen Zeiten alle hier folgende Freiheiten bewilligt, welche ſie und ihre Erben von uns
2. und unſern Erben haben und genießen ſollen. Wenn

jemand von unsern Grafen oder Baronen oder andern
unsern unmittelbaren ritterlichen Vasallen stirbt, und
bei dessen Ableben sein Erbe volljährig ist, und ein
Lehngeld (relevium) zu bezahlen hat, so soll er, um
seiner Erbschaft zu geniesen, das alte Lehngeld bezahlen: nämlich der Erbe oder die Erben eines Grafen
sollen die ganze Herrschaft eines Grafen mit hundert
Pfund, der Erbe oder die Erben eines Barons die ganze
Herrschaft mit hundert Mark, der Erbe oder die Erben
eines Ritters das ganze Ritterlehn mit hundert solidis
aufs höchste lösen, und wer weniger zu bezahlen hat,
der soll das wenigere nach dem alten Lehnsgebrauche
geben. Wenn aber der Erbe eines solchen Kronvasallen 3.
das gehörige Alter noch nicht erreicht hat, und unter
Vormundschaft steht, so soll er, wenn er zu diesem Alter
kömmt, seine Erbschaft ohne Lehngeld und ohne Abgaben erhalten. Der Lehnvormund eines solchen Erben 4.
der noch unter dem erforderlichen Alter ist, soll von
dem Gute des Erben bloß geziemende Vortheile, geziemende Gefälle und geziemende Dienste ziehen, und
dies ohne Menschen oder Sachen zu beschädigen, oder
zu Grunde zu richten. Wenn wir eine solche Lehnsvor-
mundschaft einem Sherif oder sonst einem andern auftragen, welcher uns für die Einkünfte des Gutes ver-
antwortlich sein muß, und er das ihm anvertraute
Gut in Verfall gerathen läßt, und herunterbringt, so
so wollen wir ihn zur Vergütigung anhalten, und das
Gut soll zwei redlichen und vernünftigen Vasallen von

diesem Lehn anvertraut werden, welche für deffen Ein=
künfte uns oder demjenigen, dem wir dieselben anwei=
sen mögen, stehen sollen. Und wenn wir jemanden
wegen eines solchen Guts die Vormundschaft geben
oder verkaufen, und er dasselbe in Verfall gerathen
läßt und herunterbringt, so soll er die Vormundschaft
verlieren, und sie soll zwei redlichen und vernünftigen
Vasallen von diesem Lehen übertragen werden, welche
uns gleichfalls, wie oben gesagt worden, für die Ein=
5. künfte desselben stehen sollen. Der Vormund aber muß,
so lange er die Vormundschaft führt, die Häuser,
Parke, Gehege, Teiche, Mühlen, und was sonst zu
diesem Gute gehört, von dem Ertrage desselben in
gutem Stande erhalten, und dem Erben, wenn er das
gehörige Alter erreicht hat, sein Gut, ganz mit Pflügen
und Ackerfuhrwerk versehen, übergeben, so viel dessen
vür die Zeit, da es gebraucht wird, erfoderlich ist, und
6. son dem Ertrage des Gutes ordentlich unterhalten wer=
den kann. Die Erben sollen nicht zu einer ungleichen
Heirath gezwungen, und die Ehe soll vor Schließung des
Heirathskontraktes den nächsten Verwandten des Erben
7. zur Einwilligung bekannt gemacht werden. Eine Witt=
we soll nach dem Tode ihres Ehemannes sogleich und
ohne Schwierigkeit ihre Aussteuer und ihre Erbschaft
bekommen, und nichts für ihr Leibgedinge und ihre Aus=
steuer oder ihre Erbschaft abzugeben schuldig sein,
welche Erbschaft sie und ihr Ehemann an dem Tage,
da der letztere starb, besaßen; und sie soll vierzig Tage

lang nach dem Tode ihres Ehemanns auf dem Wohn-
sitze deſſelben bleiben, binnen welcher Zeit ihr Witthum ihr angewieſen werden ſoll.   Keine Wittwe ſoll
gezwungen werden ſich wieder zu verheirathen, ſo lange
ſie unverheirathet bleiben will; doch ſoll ſie Sicherheit
ſtellen, daß ſie ſich nicht, wenn ſie von uns zu Lehn
geht, ohne unſre Einwilligung, oder wenn ſie von
einem andern zu Lehn geht, nicht ohne Einwilligung
des Lehnsherrn verheirathen will.   Weder wir noch 9.
unſre Gerichtsvögte wollen uns eines Landgutes oder
einer Rente Schulden wegen bemächtigen, ſo lange das
Vermögen des Schuldners zur Abtragung der Schuld
hinreicht.   Auch ſollen die Bürgen eines ſolchen
Schuldners nicht zur Bezahlung gezwungen werden,
ſo lange der Hauptſchuldner noch zu bezahlen im Stande
iſt: wenn aber das Vermögen des letztern nicht hinreicht, dann ſollen die Bürgen für die Schuld haften,
und wenn ſie wollen, ſich der Ländereien und der Einkünfte des Schuldners bemächtigen, bis ſie aus denſelben wegen der abgetragenen Schuld befriedigt ſind,
wenn anders der Hauptſchuldner nicht beweiſt, daß er
gegen dieſe Bürgen ſeiner Schuld entledigt ſei. Wenn 10.
jemand etwas von Juden geborgt hat, es mag viel
oder wenig ſein, und er vor Bezahlung des Geborgten
mit Tode abgeht, ſo ſollen von dieſer Schuld, ſo lange
der Erbe noch nicht das gehörige Alter erreicht hat,
keine Zinſen bezahlt werden; und wenn eine ſolche
Schuld in unſre Hände fällt, ſo wollen wir von dem

Vermögen nichts weiter nehmen, als was in dem
11. Instrumente bemerkt ist. Wenn jemand bei seinem
Tode Juden etwas schuldig bleibt, so soll dessen
Ehefrau ihr Leibgedinge bekommen, ohne von demselben etwas zur Abtragung der Schuld herzugeben; und
wenn ein solcher minderjährige Kinder hinterläßt, so
sollen diese ihren Unterhalt nach Maßgabe dessen, was
dem Verstorbenen vermöge der Eigenschaft seines Lehns
zukam, erhalten, und die Schuld soll von dem Ueber-
schusse, dem Lehndienste unbeschadet, bezahlt werden.
Dasselbige soll statt finden, wenn jemand andern als
12. Juden schuldig geblieben ist. Es soll in unserm Reiche
keine Lehntaxe (scuragium) oder Beisteuer, anders
als mit Bewilligung einer allgemeinen Versammlung
unsers Reichs, aufgelegt werden, außer zur Loskau-
fung unserer Person aus der Gefangenschaft, bei Er-
theilung der Ritterwürde an unsern ältesten Sohn und
bei einmaliger Verheirathung unserer ältesten Tochter;
und eine solche Beisteuer soll nur mäßig sein. Eben
das soll von denen von der Stadt London zu erhebenden
13. Beisteuern gelten. Die Stadt London soll aller ihrer
alten Freiheiten und freien Herkommensrechte zu Wasser und zu Lande genießen. Ueberdem wollen und bewilligen wir, daß alle andre Cities und Burgflecken
und Städte und Häven, aller ihrer Freiheiten und
freien Herkommensrechte genießen sollen. Wenn eine
14. Reichsversammlung zu halten ist, um in andern als
den drei oben benannten Fällen eine Beisteuer, oder

um eine Lehntaxe aufzulegen, so wollen wir die Erzbischöfe, Bischöfe, Aebte, Grafen und großen Barone einzeln durch unsere Briefe zu derselben berufen,
und überdem im allgemeinen durch unsere Sherifs und
Gerichtsvögte alle diejenigen, die unmittelbar von uns
zu Lehn gehen, auf einen Termin von wenigstens vierzig Tagen nach einem bestimmten Orte hinberufen
lassen, und in allen solchen Zusammenberufungsbefeh-
len wollen wir die Ursache der Zusammenberufung ausdrücken; und nachdem diese also geschehen ist, soll die
Sache an dem bestimmten Tage mit Rath der Anwesenden vorgenommen werden, wenn auch alle, die berufen sind, sich nicht eingestellt haben. Wir wollen 15.
inskünftige niemanden gestatten, daß er von seinen
Freimännern eine Beisteuer erhebe, als nur um sich
aus der Gefangenschaft loszukaufen, um seinen ältesten
Sohn zum Ritter zu machen, und um seine älteste
Tochter einmal zu verheirathen; und in diesen Fällen
soll nur eine billige Beisteuer gefodert werden. Nie- 16.
mand soll gezwungen werden, für ein Ritterlehn oder
sonst für ein Freilehn mehr Dienste zu leisten, als er
dafür schuldig ist. Das Gericht der gemeinen Rechte 17.
soll unserm Hofe nicht mehr folgen, sondern an irgend
einem bestimmten Orte gehalten werden. Die Unter- 18.
suchungen über neue Besitzergreifung, über den Todesfall des Vorwesers und letzte Präsentation, sollen nicht
anders, als in den Gräfschaften, die sie angehen, vorgenommen werden, und dies auf folgende Art. Wir,

oder in unserer Abwesenheit außer dem Reiche, unser
Oberrichter, wollen viermal im Jahre zwei Richter in
jede Grafschaft senden, welche mit vier aus jeder Grafschaft und von derselben gewählten Rittern, die eben-
genannten Grafschaftsgerichte in der Grafschaft an
19. einem bestimmten Tage und Orte halten sollen. Und
wenn an dem bestimmten Tage die Sachen in der Ge-
richtssitzung nicht können ausgemacht werden, so sollen
von denen Rittern und freien Männern, die an demselben Tage in dem Gerichte der Grafschaft gewesen sind,
so viele zurückbleiben, als nach Maßgabe der Geschäfte
20. zur Entscheidung hinreichen. Ein freier Mann soll für
ein kleines Vergehen keine größere Buße erlegen, als
dem Verbrechen angemessen ist, und für ein großes
Vergehen bloß nach der Größe desselben mit einer Buße
belegt werden, ohne sein Gut zu verlieren, und auf
gleiche Weise ein Kaufmann ohne Wegnahme seiner
Waare, und eben so ein Fröhner ohne Wegnahme seines
Ackerfuhrwerks, wenn sie sich unserer Gnade überlassen
müssen. Keine der besagten Strafen soll anders als nach
eidlicher Aussage redlicher Zeugen aus der Nachbarschaft
21. aufgelegt werden. Grafen und Barone sollen nicht anders, als durch ihre Pairs und nach dem Maße des Ver-
22. gehens, zu solchen Strafen verurtheilt werden. Kein
Geistlicher soll von seinem weltlichen Lehn anders als
nach Art anderer oben besagter Personen Strafe erlegen,
und nicht nach dem Werthe seiner geistlichen Pfründe.
23. Weder eine Stadtgemeinschaft, noch eine einzelne
Person,

Person soll gezwungen sein, Brücken über Flüsse bauen
zu lassen, wenn sie nicht schon von alten Zeiten her
und von Rechts wegen dazu verbunden sind.  Kein 24.
Sherif, Konstabel, Coroner, oder andre unsre Gerichtsvögte, sollen die Gerichte unserer Krone halten.
Alle Grafschaften, Hundreds, Wapentachs und Ti- 25.
things sollen in Absicht auf die Pachten ohne einige
Vermehrung auf dem alten Fuße bleiben, ausgenommen auf unsern eignen herrschaftlichen Gütern.  Wenn 26.
ein Besitzer eines von uns ihm verliehenen simpeln
Lehns verstirbt, und der Sherif oder unser Gerichtsvogt von uns einen offenen Befehl zu Einfoderung
einer Schuld vorweist, die der Verstorbene uns schuldig geblieben ist, so soll es dem Sherif oder unserm
Gerichtsvogt erlaubt sein, die von dem Lehn abhan-
genden Güter des Verstorbenen, bis auf den Belauf
der gedachten Schuld, durch redliche Männer taxiren
zu lassen, in gerichtliche Verwahrsam zu nehmen und
aufzuzeichnen, und es darf nichts davon auf die Seite
gebracht werden, bis uns unsre Schuld bezahlt ist; der
reine Ueberschuß soll den Testamentsexekutoren des
Verstorbenen zu Ausrichtung seiner Verfügungen überlassen werden: und wenn uns der Verstorbene nichts
schuldig geblieben ist, so sollen alle Güter desselben zu
seiner Verlassenschaft gehören, von welcher aber vor
allen Dingen seine Wittwe und seine Kinder die ihnen
gebührenden Theile bekommen müssen. Wenn ein freier 27.
Mann ohne Testament verstirbt, so sollen seine nach-

Gesch. Elisab. 6. Th.                    J

gelaffenen Güter durch die Hände feiner nächften Verwandten und Freunde, nach dem Gutachten der Kirche
vertheilt werden, ohne daß einer feiner Gläubiger
28. etwas von feinen Foderungen verlieren darf. Kein Konftabel oder fonft einer unferer Gerichtsvögte foll Ge-
treide oder andre Sachen von jemanden nehmen, ohne
fogleich den Werth derfelben zu bezahlen, es wäre
denn, daß ihm der Verkäufer einen Auffchub wegen
29. der Bezahlung zugeftände. Kein Konftabel foll einen
Ritter zwingen für die Hut einer Burg Geld zu erlegen, wenn diefer diefelbe in eigner Perfon, oder wo-
fern ihn wichtige Urfachen daran hindern, durch einen
andern zuverläßigen Mann, beforgen will; und wenn
wir ihn zum Heere führen oder fenden, fo foll er wäh-
render Zeit, daß er auf unfern Befehl bei dem Heere
30. fein wird, der Burghut völlig entlaffen fein. Kein
Sherif, Gerichtsvogt oder fonft jemand, foll zur Be-
ftellung feines Ackers die Pferde oder Pflüge eines
freien Mannes ohne deffelben eigne freie Einwilligung
31. nehmen. Weder wir noch unfre Vögte wollen fremdes
Holz zum Bau unferer Schlöffer oder zu andern unfern
Einrichtungen nehmen, es müßte denn mit dem Wil-
32. len deffen fein, dem das Holz gehört. Wir wollen
die Ländereien derer, die einer Felonie überwiefen find,
nicht länger als ein Jahr und einen Tag zurückbehalten,
und dann follen diefelben den Lehnsherren wieder über-
33. geben werden. Alle Wehren an der Themfe und in
ganz England, ausgenommen an den Seeküften, follen

von nun an weggenommen werden. Niemanden soll 34.
inskünftige durch irgend eine Lehnbedingung ein Writ,
Praecipe genannt, zugestanden werden, wodurch ein
freier Mann seine Rechtssache verlieren könnte. Es 35.
soll nur ein Weinmaß in unserm ganzen Reiche statt
finden, und ein Biermaß, und ein Getreidemaß, nämlich das Londoner Quarter, und die gefärbten, und
schwärzlichen Tücher und Halbergetten *) sollen eine
Breite, nämlich zwei Ellen innerhalb der Ränder haben. Das Gewicht soll wie das Maß überall eins sein.
Für ein schriftliches Zeugniß über jemandes Leben 36.
oder Gliedmaßen, soll nichts gegeben oder genommen,
sondern es soll unentgeldlich zugestanden und nicht verweigert werden. Wenn jemand von uns ein Gut als 37.
Zinslehn, oder als Frohnlehn oder als dienstfreies
Bauergut, und von einem andern ein Kriegslehn besitzt,
so wollen wir uns nicht die Vormundschaft über jenes
Zinslehns oder Frohnlehn oder dienstfreies Bauergut
anmaßen, wenn anders der Besitzer durch die Pachtbe-
dingungen selbst nicht zu Kriegsdiensten verpflichtet ist.
Wir wollen über jemandes Erben oder Gut, wenn er
dieses von jemanden anders als Kriegslehn hat, nicht
die Vormundschaft behaupten, weil er uns etwa zu
einem kleinen Lehndienst (petty sergeantry) verpflichtet
ist, als uns Degen, Pfeile und dergleichen zu liefern.

*) Halbergetten, halbergetti, haubejects, sollen
   eine besondre Art wollener Zeuge sein.
                    Der Uebers., nach Sprengel.

38. Kein Gerichtsvogt soll inskünftige auf seine bloße Anklage jemanden vor Gericht belangen, ohne glaubwür-
39. dige Zeugen zu stellen. Kein freier Mann soll eingezogen oder ins Gefängniß gesetzt, oder aus seinem Besitz
getrieben, oder geächtet, oder auf irgend einige Art
gefährdet werden, und wir wollen nicht gegen ihn verfahren oder verfahren lassen, als nach dem rechtlichen
Ausspruch seiner Pairs und nach den Gesetzen des Lan-
40. des. Wir wollen niemanden Recht und Gerechtigkeit
41. verkaufen, verweigern oder verzögern. Alle Kaufleute
sollen frei und sicher aus England gehen und nach England kommen, und sich daselbst aufhalten, und dasselbe
zu Lande und zu Wasser durchreisen, um zu kaufen
und zu verkaufen, ohne alle drückende Abgaben, den
alten und löblichen Gebräuchen gemäß, ausgenommen
in Kriegszeiten. Und wenn sie aus dem Lande sind,
welches wider uns im Kriege begriffen ist, und solche
Kaufleute beim Ausbruche des Krieges in unserm Lande
gefunden werden, so sollen sie, ohne an ihren Personen oder Sachen Schaden zu leiden, verhaftet werden,
bis von uns oder unserm Oberrichter in Erfahrung gebracht worden, wie die Kaufleute aus unserm Reiche,
die sich dann in dem wider uns im Kriege begriffenen
Lande befinden, behandelt werden; und wenn diese daselbst in Sicherheit sind, so sollen auch jene in unserm
42. Lande in Sicherheit sein. Es soll inskünftige jedem
erlaubt sein, mit völliger Sicherheit, zu Wasser und zu
Lande, aus unserm Reiche zu gehen und zurückzukom-

men, insoweit dieses mit dem uns geleisteten Eide der
Treue bestehen kann (zu Kriegszeiten aber nur auf eine
kurze Zeit, zum gemeinen Besten des Reichs), ausgenommen die Gefangenen und Geächteten nach dem
Reichsrechte, und die Leute aus einem mit uns in
Krieg befangenen Lande, und die Kaufleute, mit denen
es, wie oben gesagt, gehalten werden soll. Wenn je-  43.
mand von einem uns heimgefallenen Gut, als von den
Herrschaften Wallingford, Nottingham, Boulogne,
Lancaster oder andern heimgefallenen Gütern, welche
in unserm Besitze, und Baronien sind, zu Lehn geht,
und derselbe stirbt, so soll sein Erbe kein anderes Lehngeld bezahlen und keinen andern Dienst leisten, als er
dem Baron gethan haben würde, wenn die Baronie
in dessen Händen wäre, und wir wollen das Lehn auf
eben die Weise besitzen, wie der Baron dasselbe besessen hat. Diejenigen, die außer den Forstbezirken woh-  44.
nen, sollen inskünftige nicht auf allgemeine Vorladun-
gen vor unsern Forstrichtern zu erscheinen gehalten sein,
wenn sie nicht in einem ordentlichen Prozeß begriffen
sind, oder Bürgschaft für einen oder mehrere gestellt
haben, die für ein Vergehen wider die Forstgesetze in
Anspruch genommen worden. Wir wollen zu Richtern,  45.
Konstabeln, Sherifs, oder Gerichtsvögten keine andre
als solche nehmen, die der Gesetze kundig sind, und
den Willen haben sie getreu zu befolgen. Alle Barone,  46.
welche Abteien gegründet, worüber sie Dokumente von
den Königen von England aufzuweisen oder einen

Rechtstitel von alten Zeiten her haben, sollen, wenn
sie erledigt sind, die Verwaltung derselben führen, wie
47. sie ihnen zukömmt. Alle Hölzungen, welche zu unserer Zeit zu den königlichen Forsten geschlagen sind, sol-
48. len bei denselben verbleiben. Alle mißbräuchliche
Rechte, die Forsten und Jagdbezirke und Förster und
Wildmeister, wie auch die Sherifs und deren Beamten, die Flüsse und die Aufseher über dieselben betreffend, sollen ungesäumt in jeder Grafschaft von zwölf
geschwornen Rittern aus derselbigen Grafschaft, welche
von redlichen Männern derselbigen Grafschaft erwählt
werden müssen, untersucht werden, und sollen von denselben innerhalb vierzig Tagen nach geschehener Untersuchung völlig und auf immer aufgehoben sein, so daß
uns binnen der Zeit, oder wenn wir außer England sein
sollten, unserm Oberrichter davon Bericht erstattet
49. werde. Wir wollen ungesäumt alle Geiseln und schrift-
liche Versicherungen, welche uns von den Engländern
zur Sicherheit für ihr ruhiges Betragen und ihre treuen
50. Dienste überliefert worden, herausgeben. Wir wollen
Gerhards von Athyes Verwandte völlig und auf immer
von den Aemtern (balliis, bailliages) in England entfernen, so auch Engelhard von Cygony, Peter und
und Gyon von Cancelles, Gyon von Gyony, Walfried von Martini und dessen Brüder, Philipp Mark
und dessen Brüder, sammt seinem Neffen Walfried und
51. allen Angehörigen derselben. Und gleich nach wieder-
hergestellter Ruhe wollen wir alle ausländische Ritter,

Bogenschützen, Söldner, welche zum Schaden unsers
Reiches mit Pferden und Waffen gekommen sind, aus
dem Reiche entfernen. Wenn jemand von uns, ohne 52.
rechtliches Urtheil seiner Pairs, aus seinem Besitze
vertrieben oder seiner Ländereien, seiner Schlösser, seiner Freiheiten oder seines Rechtes beraubt worden, so
wollen wir ihm dieselben unverzüglich wieder erstatten;
und wenn darüber ein Streit entstehen sollte, so sollen
fünfundzwanzig Barone, deren weiter unten in der
Disposition zur Sicherung dieses Friedens *) (in securi-
tate pacis) gedacht wird, denselben entscheiden. Wegen
aller Sachen aber, welche jemanden, ohne rechtlichen
Ausspruch seiner Pairs, von unserm Vater, König
Heinrich, oder von unserm Bruder, König Richard,
genommen oder gewaltthätiger Weise entzogen worden,
welche wir in Händen haben oder andre besitzen, und
für welche wir Gewähr leisten müssen, soll uns bis auf
den gemeinschaftlichen Termin der Kreuzfahrer Anstand
gegeben werden, diejenigen ausgenommen, über die
vor unserm Entschlusse zu einem Kreuzzuge ein Prozeß
erhoben oder auf unsern Befehl schon eine Untersuchung
angestellt worden ist. Wenn wir aber von unserer Pilgerschaft zurückgekommen sein werden, oder wenn wir
eine solche Pilgerschaft nicht unternehmen sollten, so wollen wir über diese Sachen unverzüglich nach der strengsten Gerechtigkeit entscheiden lassen. Eben dieser Auf- 53.
schub soll uns auch, und auf gleiche Weise, zugestan-

*) S. Art. 61.

J 4

den werden, in Abſicht auf die rechtliche Entſcheidung,
ob Waldungen, welche unſer Vater Heinrich oder unſer
Bruder Richard zu den königlichen Forſten geſchla-
gen haben, von denſelben wieder getrennt werden oder
bei denſelben verbleiben müſſen, imgleichen in Abſicht
auf die vormundſchaftliche Verwaltung der Güter, die
zu einem fremden Lehen gehören, dergleichen Verwal-
tungen wir bisher über ein Lehen gehabt haben, das
jemand für Ritterdienſte von uns hatte, und über die
Abteien, welche in dem Lehnsgebiete eines andern als
dem unſrigen gegründet worden, und auf welche der
Herr des Lehens ein Recht zu haben behauptet: wenn
wir von unſerm Zuge zurückgekommen ſein werden, oder
wenn wir denſelben nicht unternehmen ſollten, ſo wollen
wir denen, die über dieſe Punkte Beſchwerde führen,
54. völlige Gerechtigkeit verſchaffen. Niemand ſoll auf
die Klage einer Frau wegen des Todes eines andern
als ihres eignen Ehemannes in Verhaft genommen oder
55. ins Gefängniß geſetzt werden. Alle Bußen, welche
ungerechter Weiſe und dem Geſetze des Landes zuwider
unter unſerer Regierung aufgelegt worden, und alle
ungerechter Weiſe und dem Geſetze des Landes zuwider
aufgelegte Strafen, ſollen ſchlechthin aufgehoben, oder
es ſoll durch den Ausſpruch von fünfundzwanzig Baronen, deren weiter unten in der Diſpoſition zur Sicherung dieſes Friedens gedacht wird, oder durch den
Ausſpruch des größten Theils derſelben, mit Zuziehung
des oben benannten Stephanus, Erzbiſchofs von Can-

terbury, wenn er dem Gerichte beiwohnen kann, und
anderer, welche er dazu mag berufen wollen, geschehen:
und wenn er nicht gegenwärtig sein kann, so soll nichts
desto weniger die Sache ohne ihn vorgenommen werden, in der Art, daß, wenn einer oder einige der vorbesagten fünfundzwanzig Barone in einer solchen Klag-
sache begriffen sind, dieselben von der Berathschlagung
über diesen Fall ausgeschlossen sein, und an ihrer Stelle
von den übrigen dieser fünfundzwanzig Barone andre
zu solchem Gerichte gewählt und beeidigt werden sollen.
Wenn wir Welsche aus ihrem Besitze vertrieben oder 56.
sie ihrer Ländereien oder Freiheiten oder anderer Dinge
ohne rechtlichen Ausspruch ihrer Pairs in England
oder Wales beraubt haben, so sollen ihnen dieselben
unverzüglich wieder erstattet werden: und wenn darüber
ein Streit entstehen sollte, so soll derselbe auf der
Gränze durch den Ausspruch ihrer Pairs, und zwar
wegen Englischer Besitzungen, nach den Gesetzen von
England, wegen Welscher Besitzungen, nach den Gesetzen von Wales, und wegen Gränzbesitzungen nach den
Gränzgesetzen entschieden werden; und eben so sollen
die Welschen in Betreff unser und unserer Unterthanen
handeln.    Wegen aller Sachen aber, welche irgend 57.
einem Welschen, ohne rechtlichen Ausspruch seiner
Pairs, von unserm Vater, König Heinrich, oder unserm Bruder, König Richard genommen oder gewaltthätiger Weise entzogen worden, welche wir in Händen haben oder andre besitzen, und für welche wir

J 5

Gewähr leisten müssen, soll uns bis auf den gemeinschaftlichen Termin der Kreuzfahrer Anstand gegeben
werden, diejenigen ausgenommen, über die vor unserm Entschlusse zu einem Kreuzzuge ein Prozeß erhoben oder auf unsern Befehl eine Untersuchung angestellt
worden ist. Wenn wir aber von unserer Pilgerschaft
zurückgekommen sein werden, oder wenn wir eine solche
Pilgerschaft nicht unternehmen sollten, so wollen wir
ihnen über diese Sachen nach den Gesetzen der Welschen und den obenbesagten Partheien völlige Gerech-
58. tigkeit angedeihen lassen. Wir wollen Lewelins Sohn,
und alle Welsche Geiseln und Schriften, die uns zur
Sicherung des Friedens überliefert worden, unverzüg-
59. lich zurückgeben. Wir wollen, in Absicht auf Alexander, König der Schotten, wegen Wiederauslieferung
seiner Schwestern und Geiseln, und wegen seiner Freiheiten und seines Rechtes, nach der Form verfahren,
in der wir in Absicht auf unsre übrigen Barone von
England verfahren werden, wenn nicht durch die Dokumente, die wir von seinem Vater Wilhelm, König der
Schotten, haben, etwas anders bestimmt ist; und dieses soll nach rechtlichem Ausspruche seiner Pairs an
60. unserm Hofe geschehen. Alle diese obengenannten
Rechte aber und Freiheiten, welche wir in unserm
Reiche unsern Unterthanen von unserer Seite zugestanden haben, müssen auch sowohl Geistliche als Laien unsers Reiches von ihrer Seite gegen die ihrigen beobach-
61. ten. Da wir nun um Gotteswillen und zur Erledigung

der Gebrechen unsers Reichs, und zu besserer Beile-
gung der zwischen uns und unsern Baronen entstandenen Zwistigkeiten, alles Obbesagte bewilligt haben,
und wollen, daß dasselbe auf immer und ohne Ausnahme
fest stehen soll, so geben und verleihen wir ihnen folgende Sicherheit, nämlich: daß die Barone fünfundzwanzig Barone des Reiches nach eigner freier Macht
ernennen mögen, welche verpflichtet sein sollen, nach allen ihren Kräften den Frieden und Freiheiten, die wir ihnen bewilligt haben, und durch diesen unsern gegenwärtigen Freiheitsbrief bestätigen, zu beobachten, zu halten
und beobachten zu lassen, und zwar so, daß, wenn wir,
oder unser Oberrichter, oder unsre Gerichtsvögte, oder
jemand von unsern Beamten in irgend einem Punkte
uns gegen jemanden vergehen oder irgend einen dieser
Friedens- oder Sicherheitsartikel übertreten, und das
Vergehen vieren der vorbesagten fünfundzwanzig Barone angezeigt wird, jene vier Barone uns, oder in
unserer Abwesenheit außer dem Reiche unsern Oberrichter antreten, uns das Unrecht vorstellen, und verlangen
mögen, daß wir solches Unrecht ohne Aufschub wieder
gut machen lassen: und machen wir das Unrecht nicht
wieder gut, oder macht bei unserer Abwesenheit außer
dem Reiche, unser Oberrichter dasselbe nicht wieder gut,
innerhalb vierzig Tagen, von der Zeit angerechnet, da
uns, oder bei unserer Abwesenheit aus dem Reiche unserm Oberrichter dasselbe angezeigt worden, so mögen
jene vier Barone diese Sache vor die übrigen von den

fünfundzwanzig Baronen bringen; und diese fünfundzwanzig Barone sollen befugt sein, mit Beistand der
Commüne des ganzen Landes, uns auf alle ihnen mögliche Art zu bedrängen und zu beschweren *) (diftringent
et gravabunt nos), namentlich durch Wegnahme der
Schlösser, Ländereien und Besitzungen, und auf andre
ihnen mögliche Art, bis es nach ihrem Ermessen wieder
gut gemacht ist, doch ohne Verletzung unserer Person
und der Person unserer königlichen Gemahlin (regine
noftre, unserer Königin) und unserer Kinder; und wenn
es wieder gut gemacht worden, sollen sie uns gehorchen, wie sie vorher gethan haben. Und wer immer
von den Einwohnern will, mag schwören, daß er zur
Ausführung alles Obbesagten den Befehlen obbesagter
fünfundzwanzig Barone Folge leisten, und mit ihnen
gegen uns nach allem seinem Vermögen Gewalt brauchen wolle; und wir wollen öffentlich und freiwillig jedem, der schwören will, die Erlaubniß zu schwören
geben, und niemanden jemals einen solchen Eid zu leisten verwehren. Alle diejenigen Einwohner aber, welche
für sich und aus freiem Willen den fünfundzwanzig
Baronen nicht schwören wollen, mit ihnen uns zu bedrängen und zu beschweren, diese wollen wir durch unsern Befehl anhalten zu schwören, wie oben gesagt
worden. Und wenn jemand von den fünfundzwanzig
Baronen versterben oder aus dem Lande gehen, oder

*) Durch offenbare Gewalt zu zwingen. Der Ueb.

sonst auf eine andre Art verhindert werden sollte, die
obenbesagten Dinge ins Werk zu setzen, so mögen die
übrigen von den fünfundzwanzig Baronen nach eige-
nem Gutdünken einen andern in seine Stelle wählen,
welcher denselbigen Eid wie die übrigen ablegen soll.
In allen den Dingen aber, deren Ausführung diesen fünfundzwanzig Baronen aufgetragen wird, diese
mögen nun alle fünfundzwanzig gegenwärtig sein, und
in ihrer Meinung über diese oder jene Sache von
einander abgehen, oder einige von ihnen mögen auf
geschehene Berufung nicht gegenwärtig sein wollen
oder können, soll das, was der größte Theil der anwesenden festsetzt oder verordnet, gültig und kräftig sein,
nicht anders als wenn alle fünf und zwanzig einmüthig
ihre Beistimmung dazu gegeben hätten; und die eben-
besagten fünfundzwanzig sollen schwören, daß sie alles
vorbesagte getreulich beobachten, und nach allem ihrem
Vermögen dazu beitragen wollen, daß dasselbe beobachtet werde. Und wir wollen nichts von irgend jemand
uns einräumen lassen, weder unmittelbar noch durch
jemand anders, wodurch irgend eine dieser Bewilligungen und Freiheiten widerrufen oder vermindert werden
möge; und sollte uns irgend dergleichen bewilligt werden, so soll es ungültig und nichtig sein, und wir wollen uns dessen niemals weder selbst noch durch einen
andern bedienen. Was auch für üble Gesinnungen, persönliche Feindschaften und Groll unter uns und unsern
Vasallen, sowohl geistlichen als weltlichen Standes,

seit der entstandenen Zwietracht statt gefunden haben, die sollen hiermit allen erlassen und vergeben sein. Außerdem wollen wir hiermit alle bei Gelegenheit eben dieser Zwietracht seit Ostern des sechszehnten Jahres unserer Regierung bis zur Wiederherstellung des Friedens begangenen Vergehungen allen Geistlichen und Weltlichen völlig erlassen, und für uns und unsererseits völlig vergeben. Ueberdem noch haben wir ihnen von dem Herrn Stephanus Erzbischof von Cantorbury, dem Herrn Heinrich Erzbischof von Dublin, und den vorgenannten *) Bischöfen, und Magister Pandulf über

*) Nämlich im Eingange, wo ich die Namen derer, die der König als seine Räthe bei Verfertigung des großen Freiheitsbriefes nennet, weggelassen habe, um Leser von ekelm Geschmack nicht gleich zu Anfang durch eine ausschweifend lange Periode von der Lesung eines so wichtigen Dokumentes abzuschrecken. Die dort genannten Personen sind: Stephanus, Erzbischof von Canterbury, Primas von England, und der heil. Römischen Kirche Kardinal; Heinrich, Erzbischof von Dublin; die Bischöfe, Wilhelm von London, Peter von Winchester, Josselin von Bath und Glastembury, Hugo von Lincoln, Walter von Worcester, Wilhelm von Coventry, und Benedikt von Rochester; Magister Pandulf, Subdiakonus und vertrauter Diener des Papstes; Bruder Emmerich, Tempelordensmeister in England; die Edlen: Wilhelm Marschall, Graf von Pembrock; Wilhelm, Graf von Salisbury; Wilhelm, Graf von Warenne;

diese Versicherung und die vorstehenden Bewilligungen offene Testimonialbriefe ausfertigen lassen. Wir wollen 63. also und setzen hiermit fest, daß die Englische Kirche frei sein, und daß die Unterthanen in unserm Reiche alle vorstehende Freiheiten, Rechte und Bewilligungen von uns und unsern Erben wirklich und friedlich, frei und ruhig, völlig und uneingeschränkt, für sich und ihre Erben, in allen Dingen und an allen Orten zu ewigen Zeiten, obenbesagtermaßen haben und genießen sollen. Daß alles oben gesagte getreulich und ohne Gefährde beobachtet werden soll, ist sowohl von unsrer Seite als von Seiten der Barone beschworen. Zeugen waren oben genannte und viele andre. Gegeben unter unserm Insiegel, auf der Wiese, welche Runingmead genannt wird, zwischen Windsor und Staines, am funfzehnten Junius im siebenzehnten Jahre unserer Regierung.

Wilhelm, Graf von Arundel; Allan von Gallo- way, Connetable von Schottland; Warren Fiß- Gerald; Peter Fiß-Herbert; Hubert von Burg, Senechal von Poitou; Hugh von Nevil; Mathäus Fiß-Herbert; Thomas Basset; Allan Basset; Philipp von Aubigni; Robert von Ropele; Jo- hann Marschall; Johann Fiß-Hugo.

## Nᵒ. II. zu S. 76.

### Bemerkungen über die Magna Charta, aus Cokes Institutionen gezogen von Philipps.

Diese Bemerkungen des gelehrten Oberrich=
ters von England sollen, nach der Absicht der Ge=
schichtschreiberin, zum Beweise dienen: daß, wenn
nicht ein so langer Zwischenraum zwischen der Be=
kanntmachung und der Beobachtung der Magna
Charta und der Forstgesetze gewesen wäre, dieses
Land sogleich hätte frei seyn können. Als ein sol=
cher Beweis möchten sie hier wohl am unrechten
Orte stehen, da man nur die vorstehende Urkunde
aufmerksam durchlesen darf, um sein Urtheil zu
bestimmen. Am meisten wurden durch dieselbe der
Adel und die Geistlichkeit begünstigt; unter den
übrigen Ständen wurden die Kaufleute und andre,
die nicht unmittelbar von einem Herrn abhingen,
von den drückendsten Lasten befreit, indeß diejeni=
gen, die durch den Landbau alle übrige Klassen der
Einwohner nährten, noch immer als das Eigen=
thum der Güterbesitzer angesehen wurden, und
weiter nichts erhielten, als daß ihnen die Ackerge=
räthschaften, ohne die sie das Land nicht hätten
bearbeiten können, nicht genommen werden durften.
Der angezeigte Auszug aus Cokes Institutio=

nen

nen enthält, außer ein paar allgemeinen Bemerkungen über den großen Freiheitsbrief, Erklärungen über den 39 und 40ten Artikel desselben, welche
unsern Lesern durch die Einleitung zur Geschichte
der Königin Elisabeth entbehrlich gemacht sind.
Seine Vermuthung, daß die Magna Charta von
dem Parlamente sanktionirt sey, wird durch die
Geschichte widerlegt; indem es gewiß ist, daß erst
49 Jahre nachher ein Englisches Parlament statt
hatte, insofern unter diesem Worte eine Versammlung der Stände des Königreichs verstanden wird.
(Vergl. S. 76. ff. der Einleitung.) Uebrigens
bemerkt Coke noch, daß König Johann, ob es gleich
in der Urkunde heißt, er habe diese Freiheiten
gegeben und bewilligt, seinen Unterthanen keine
neue Freiheiten und Rechte geschenkt, sondern ihnen
nur diejenigen, deren sie schon lange genossen hatten, und die ihnen unrechtmäßiger Weise waren
entzogen worden, von neuem versichert habe. Ein
unläugbarer Satz, der bei den Englischen Rechts-
gelehrten als ausgemacht gilt, sich auf die Geschichte gründet, und selbst durch die von unserm
Schriftsteller angeführten Ausdrücke des Freiheitsbriefes, ihre Rechte, ihre Freiheiten, ihre
alten Freiheiten und freien Herkommensrechte, bestätigt wird.

### N°. III. zu S. 81.

Eduards I Bestätigung des großen Freiheits⸗
briefes und des Freiheitsbriefes wegen der
Waldungen, vom 25sten Jahre seiner Re⸗
gierung.

Die wissenswürdigsten Artikel dieser Urkund⸗
sind folgende: Kap. III. Die beiden Charters
sollen in die Kathedralkirchen des ganzen Reichs
geschickt, daselbst aufbewahrt, und dem Volke
zweimal des Jahrs vorgelesen werden. — Schon
von Heinrich I. wissen wir, daß er seine Charter
oder Bestätigung der ständischen Freiheiten an alle
Stifter zur Aufbewahrung schickte; aber von einer
solchen Bekanntmachung der Grundsätze durch
Vorlesung vor dem Volke, scheint bis auf Eduards
Zeiten noch nicht die Rede gewesen zu seyn. —
Kap. IV. Diejenigen, die durch Reden, Hand⸗
lungen oder Rath die Artikel dieser Freiheitsbriefe
brechen oder andre sie zu brechen verleiten, sollen
von den Bischöfen und Erzbischöfen exkommuni⸗
zirt werden. Kap. V. und VI. Die Taxen und
Steuern, welche der König vor dem Kriege mit
Bewilligung der Unterthanen gehoben hat, und
die von den königlichen Beamten festgesetzten Waa⸗
renpreise sollen zu keinem beständigen Rechte wer⸗

ben. Auch will der König inskünftige dergleichen
ohne die Einwilligung aller Stände nicht auflegen,
er möchte denn durch das Herkommen dazu berechtigt seyn. — Kap. VII. Die unmäßige Auflage
auf die Wolle, 40 Schillinge auf jeden Sack, wird
aufgehoben; und es soll inskünftige, ohne allgemeine Einwilligung, von Wolle, Häuten und Le-
der, nicht mehr genommen werden, als was schon
vorher davon bewilligt worden.

### Nᵒ. IV. zu S. 81.
### Das Statut de Tallagio non concedendo, vom 24sten Jahre Eduards I.

#### Kap. I.
Keine Art von Steuern soll von uns oder unsern
Erben in unserm Reiche ohne den guten Willen und
die Beistimmung der Erzbischöfe, Bischöfe, Grafen,
Barone, Ritter, Bürger und anderer freien Leute
unsers Reiches aufgelegt und erhoben werden.

#### Kap. II.
Keiner von unsern oder unserer Erben Hofbeam-
ten soll sich des Getreides, Leders, Viehes, noch
sonst irgend einer Art von Dingen, die jemanden zu-
gehören, ohne den guten Willen und die Einwilligung des Eigenthümers bemächtigen.

#### Kap. III.
Es soll inskünftige keine widerrechtliche Abgabe
von den Wollsäcken erzwungen werden.

K 2

In dem vierten Kapitel werden allen Unterthanen, weltlichen und geistlichen Standes, ihre Gesetze, Freiheiten und Rechte bestätigt, und die königlichen Statuten, die denselben entgegenstehen möchten, aufgehoben; und im fünften wird verschiednen Großen und andern Güterbesitzern wegen ihrer gegen den König bewiesenen feindseligen Gesinnungen Vergebung zugesichert.

# Belege zum ersten Theil.

### N°. I. zu S. 204.

Eid des Königs von Frankreich, worin derselbe den mit dem Könige von England errichteten Friedens- und Freundschaftstraktat zu beobachten verspricht. Dieser Eid enthält nichts merkwürdiges, und trägt zur Erklärung der Stelle, wobei er angeführt ist, nichts bei. Es ist genug zu wissen, daß er sich in Rymers Akten befindet.

### N°. II. zu S. 267.

Franz des Ersten Brief an seine Unterthanen, aus seinem Gefängnisse in Spanien.

Die Worte des Königs, worauf sich die Verfasserin bezieht, sind folgende: „und seid gewiß

verſichert, daß ich, um meiner und meiner Nation
Ehre willen, lieber ein ehrenvolles Gefängniß als
eine ſchändliche Flucht gewählt habe, und wenn ich
nicht ſo glücklich geweſen bin zum Beſten meines
Reichs beizutragen, ich doch nie, um frei zu werden, demſelben Uebels zufügen werde, und mich
vielmehr ſehr glücklich ſchätze, für das Wohl meines Landes mein ganzes Leben in der Gefangenſchaft zuzubringen."

## N°. III. zu S. 261.

Die hundert Beſchwerden der deutſchen Nation, welche die weltlichen deutſchen Fürſten
dem Papſte Hadrian VI. durch ſeinen Lega-
ten zuſchickten.

Dieſes Stück mag wohl franzöſiſchen Leſern
angenehm ſeyn; für Deutſche, bei denen ich mit
Recht die Kenntniß der Geſchichte ihres Vaterlandes vorausſetze, halte ich es für überflüßig; und
mit der Engliſchen Geſchichte hat es nichts zu thun.
Es gehört zu dem Jahre 1522. Daß der Beſchwerden gerade hundert ſeyn muſten, kam von
dem Geſchmack der damaligen Zeiten her; man
ſuchte vermuthlich dadurch der Sache ein ernſthaf-
teres Anſehen zu geben. Auch iſt wohl nicht zu

läugnen, daß einige dieser Beschwerden, ob sie gleich durch mehrere einzelne Fälle belegt werden konnten, doch nicht so ganz allgemein statt fanden.

## N° IV. zu S. 302.

Protokoll, enthaltend die Vertheidigung des Allerchristlichsten Königs wider den erwählten Römischen Kaiser, wegen des von dem letztern verzögerten Zweikampfes zwischen beiden.

Ein Stück, welches die romanhafte Denkungsart Franz des Ersten ins Licht setzt, und für die Kenntniß der damaligen Sitten wichtig ist, aber zu lang, um hier ganz übersetzt zu werden. Ich werde es daher bloß im Auszuge mittheilen, wozu ich um desto mehr berechtigt zu seyn glaube, weil es keinesweges zur Englischen Geschichte gehört.

Es war von Karl V. ein Herold angekommen, welcher, seiner Versicherung nach, das Geleite wegen des Kampfplatzes mitgebracht hatte. Der König begab sich, um dem Herolde öffentlich Gehör zu geben, den 10. September 1528 nach dem großen Saale des königlichen Pallastes. Hier ließ er sich auf einem funfzehn Stufen erhöhten Sitze nieder, von dem Könige von Navarra, dem Her-

zoge von Alençon und Berry, dem Herzoge von
Vendome, dem Herzoge von Chartres und Mon-
targis und andern Großen des Reichs, dem Regenten von Schottland, Herzog von Albany, von
vier Karbinälen, verschiednen Erzbischöfen und
Bischöfen, und den Gesandten der vornehmsten
Europäischen Staaten, ꝛc. umgeben. Er zeigte
den Zweck dieser feierlichen Versammlung an, erzählte den Ursprung des zwischen ihm und seinem
Gegner entstandenen Streits, die harten Behandlungen, die er seit seiner Gefangennehmung bei
Pavia von diesem erfahren hatte, und suchte die
Nichtigkeit des Vertrages von Madrid, welcher
mit Gewalt erpreßt worden wäre, darzuthun.
Karl, sagte er, hätte ihm mit Unrecht Wortbrü-
chigkeit vorgeworfen; er hätte ihm nie sein Wort
gegeben, ja es ihm nicht geben können, weil er
keinen Augenblick auf sein Ehrenwort gefangen
gewesen wäre. Auch hätten die Minister des Kaisers dieses selbst eingestanden, und es für nothwendig gehalten, daß er sein Versprechen erneuerte.
Der Französische Gesandte Johann de Calvimont
hatte sich schriftlich von Karln eine Erklärung über
gewisse nachtheilige Reden ausbitten müssen, die
sich dieser gegen den König erlaubt hatte, und zur
Antwort bekommen, der Kaiser hätte ihm in Gra-

naba gesagt, sein Herr hätte ehrvergessen und boshaft gehandelt, daß er den Madridter Frieden gebrochen hätte, und er würde, wenn dieser das
Gegentheil sagen sollte, die Sache durch einen
Zweikampf mit demselben ausmachen; ja er hätte
dem Könige selbst zu Madrid gesagt, er würde ihn
für ehrvergessen und boshaft halten, wenn er ihm
sein gegebnes Wort nicht hielte; Reden, die er
dem Gesandten gerne von ihm eigenhändig unterschrieben wiederholte, damit derselbe so wenig
wie jemand anders daran zweifeln möchte. Franz
hatte hierauf seinem Gegner folgende Ausfoderung zugeschickt *): „Wir Franz, von Gottes
Gnaden, König von Frankreich, Herr von Ge-
nua, ꝛc. thun Euch Karl, durch dieselbige Gnade
erwähltem Römischen Kaiser und König von Spanien zu wissen, daß, da Wir erfahren haben, daß
Ihr in allen Euren Antworten an Unsre Gesandten und Herolde, welche Wir zu Beförderung des

---

*) Dieses Kartel findet sich nicht unter den Belegen,
obgleich hier auf dasselbe zurückgewiesen wird, als
ob es oben schon mitgetheilt wäre. Ich habe diese
Lücke aus demselbigen Dokumente, wie es in der
Sammlung: Des Etats généraux & autres assem-
blées nationales (Paris 1788. 1789. Bd, 10.
S. 237. ff. abgedruckt ist, ergänzt.

Friedens an Euch geschickt, um Euch ohne Grund
zu entschuldigen, Uns angeklagt, und gesagt habt,
Wir hätten Euch Unser Wort gegeben, und wären
auf dieses oder unser Versprechen aus Euren Händen und aus Eurer Gewalt losgelassen worden.
Wir zur Vertheidigung Unserer Ehre, welche in
diesem Falle zu empfindlich angegriffen sein würde,
Euch dieses Kartel haben zuschicken wollen. Ohnerachtet jeder, der in enger Gefangenschaft gehalten wird, kein gültiges Versprechen thun kann,
und dieses Uns hinlänglich entschuldigen würde;
dennoch, um jedem und Unserer Ehre genug zu
thun, welche Wir haben bewahren wollen, und
wenn es Gott gefällt, bis an Unser Ende bewahren wollen, geben Wir Euch hiermit zu verstehen,
daß, wenn Ihr Uns habt beschuldigen wollen, nicht
allein wegen Unsers besagten Versprechens und
Unserer Befreiung, sondern auch, daß Wir je etwas
gethan haben, was ein ehrliebender Edelmann
nicht thun muß, Wir sagen, daß Ihr in Euren
Hals gelogen habt, und jedesmal daß Ihr es saget,
lügen werdet, indem Wir Unsre Ehre bis auf den
letzten Augenblick Unsers Lebens zu vertheidigen
gesonnen sind. Da Ihr Uns also, wie schon gesagt, wider die Wahrheit an Unserer Ehre habt
schaden wollen, so schreibt Uns von nun an nichts

K 5

mehr, sondern zeigt Uns den Kampfplatz an, und Wir werden Euch die Waffen mitbringen. Wir protestiren zugleich, daß, wenn Ihr nach dieser Erklärung fernerhin schriftlich oder mündlich Ausdrücke braucht, die Unsre Ehre beleidigen können, die Schande wegen des verzögerten Kampfs Euer seyn wird, da, wenn Ihr Euch zu diesem Kampfe einstellt, dies das Ende aller Schreibereien seyn wird. Gegeben ꝛc." — Diese beiden Briefe wurden in der Versammlung vorgelesen, und dann auf Befehl des Königs der Herold vorgerufen. Dieser erschien mit seinem Waffenrocke bekleidet. Herolt, redete ihn der König an, bringst du das Geleite wegen des Kampfplatzes, so wie es ein Ausfoderer wie dein Herr ist, einem Ausgefoderten wie ich bin, geben muß? Der Herold antwortete: Sire, Ihr werdet die Gnade haben mir zu erlauben, daß ich meinen Auftrag ausrichte. Der König sagte hierauf: gieb mir die Akte wegen des Kampfplatzes, und ich will dir Erlaubniß geben, nachher alles was du willst, im Namen deines Herrn zu sagen. Der Herold fing an: Die geheiligte Majestät . . . Zeige mir, unterbrach ihn der König, das geschriebene Geleit wegen des Kampfplatzes; denn ich denke, dein Herr, als ein edeldenkender Fürst, oder der es wenigstens seyn soll, wird nicht

eine so große Hinterlist brauchen wollen, dich ohne
ein solches Geleite zu schicken, nach dem, was ich
ich ihm gemeldet habe; und du weißt wohl, daß
dein sicheres Geleit dahin lautet, du sollest Sicherheit wegen des Kampfplatzes mitbringen. Der
Herold antwortete, er glaubte, der König würde
mit seinem Auftrage zufrieden seyn. Aber dieser
erwiederte: Herold, gieb mir das Geleit wegen
des Kampfplatzes, gieb es mir; wenn es hinret-
chend ist, so nehm ich es an, und nachher magst
du alles sagen, was du willst. Der Herold versetzte hierauf, er hätte von seinem Herrn Befehl,
es nicht eher zu übergeben, bis er erst einen Auftrag desselben mündlich ausgerichtet hätte. Dein
Herr, sagte der König zu ihm, hat in Frankreich
keine Gesetze vorzuschreiben; übrigens sind die
Sachen so weit gediehen, daß es keiner Worte
mehr braucht, und du must wissen, daß ich durch
meinen Herold keinen mündlichen Auftrag an dei-
nen Herrn habe ausrichten lassen, sondern was ich
von ihm verlangte, war geschrieben, und von mir
eigenhändig unterzeichnet; hierauf hatte er keine
andre Antwort zu geben, als das besagte Geleit
wegen des Kampfplatzes, ohne welches ich nicht
gesonnen bin dir Gehör zu verstatten, denn du
könntest etwas sagen, was nachher, als mit bei-

nem Auftrage nicht übereinstimmend, würde abgeläugnet werden; auch habe ich weder mit dir zu
reden noch zu kämpfen, sondern allein mit dem
erwählten Kaiser. Dem Herolde wurde auf sein
Verlangen sein Abschied und sicheres Geleit zu seiner Rückreise zugestanden. Die Antwort, welche
der spanische Herold dem Könige von Frankreich
übergeben sollte, war eben so unhöflich abgefaßt,
als des letztern Kartel. Karl wiederholte in derselben die Injurien, wegen deren ihn Franz schon
Lügen gestraft hatte, und bestimmte ihm einen Ort
an dem Flusse, der Fuentarabia von Andoya
trennt, zum Kampfplatz. Franz des Ersten Weigerung den Herold des Kaisers zu hören, machte
dem ganzen Possenspiele auf einmal ein Ende.

## N°. V. und VI. zu S. 446.

Beide Stücke beweisen weiter nichts, als daß
Heinrich den Brief, wovon S. 446 geredet wird,
an den Papst hat abgehen lassen, und daß der
Papst in seiner Antwort das Verlangen der Unterzeichneten abgelehnt hat. Wenn die Verfasserin
aus dem Briefe an den Papst den Schluß zieht,
alle Engländer, sowohl Priester als Laien, wären
von der Oberherrschaft des Königs in Religionssachen überzeugt gewesen, und hätten den Ent-

schluß gefaßt, sich selbst die Freiheit zu verschaffen, wenn der päpstliche Stuhl sie ihnen verweigern sollte, so urtheilt sie wohl ein wenig zu rasch. Alle hatten ja nicht unterschrieben; und wer weiß, wie mancher von denen, die diese Schrift unterzeich- neten, es wider seine eigne Ueberzeugung that. Der Papst erkennt in seiner Antwort die großen Verbindlichkeiten, die er Heinrich VIII schuldig ist, bemerkt aber, daß die Erkenntlichkeit ihn nicht be- rechtigen könne ungerecht zu handeln. Er behaup- tet, alles in der Sache gethan zu haben, was ihm sein Gewissen erlaubte. Verzögerung des Pro- zesses könne ihm nicht zur Last gelegt werden, da derselbe noch nicht hinlänglich instruirt sei, und er doch nicht nach Gunst, sondern nach vollständigen Akten sprechen dürfe. Die Entscheidungen der Doktoren und Universitäten seien ihm nicht hin- länglich, um in einer so wichtigen Sache, worin er nur den beklagten Theil und keinen Kläger sehe, ein Urtheil zu fällen. Dieses seien bloße Privat- meinungen, ohne hinzugefügte Gründe, und welche ohne die Autorität der Concilienschlüsse und der heiligen Schrift nichts gelten: sie seien ihm nur in kleiner Anzahl, ohne rechtliche Form, und ohne ausdrückliche Genehmigung des Königs vorgelegt worden. Die Gegenparthei führe doch auch Gründe für sich an. Der ganzen Christenheit werde ein großes Aergerniß gegeben: die Ehe habe so lange Jahre bestanden; sie sei auf Verlangen zwei großer Könige, Heinrichs und Ferdinands des Katholischen, nach erhaltener päpstlicher Dispensation, geschlossen; es sei aus derselben eine Tochter am Leben, und die Königin sei mehrmals niedergekommen. Die Uebel, die das Reich bedrohen sollen, würden eher zu befürchten sein, wenn er sich durch übertriebene Zärtlichkeit gegen den König verleiten ließe, sich von dem Wege der Gerechtigkeit und der Pflicht zu entfernen. „Ihr könnt, „setzt der Papst hinzu, nicht eifriger als Wir „Sr. Durchlauchten einen männlichen Leibeserben „wünschen. O möchte die christliche Republik „Söhne haben, die diesem Könige glichen, und „Erben nicht allein seines Reichs, sondern auch „seiner Tugenden! Aber Gott allein, und nicht „Wir, kann Kinder verleihen". Am Ende sagt er, der Entschluß seiner vielgeliebten Söhne, wenn er ihrem Verlangen nicht nachgeben sollte, sich selber zu helfen, sei weder ihrer Religion noch ihrer Klugheit würdig, und versichert, er kenne die redlichen Gesinnungen des Königs zu gut, als daß er glauben könnte, er habe einen solchen Entschluß gebilligt. Er ermahnt sie also väterlich, davon ab-

zuſtehen, und verſpricht ihnen, die Sache, nachdem ſie völlig inſtruirt und beide Theile gehört ſein
werden, baldigſt und der Gerechtigkeit gemäß zu
entſcheiden.

Nach dieſem Auszuge des päpſtlichen Schreibens
läßt ſich der Inhalt des Briefes, worauf es zur
Antwort diente, leicht errathen. Die Unterſchrie-
benen ſtellen darin ihren König als einen mit allen
Tugenden gezierten Regenten vor, und nennen ſich
ſelbſt des Papſtes unterthänige und gutgeſinnte
Söhne, welche ihre Pflichten aufs genaueſte zu
erfüllen ſuchen, und dann erſt, wenn ſie ſich vergebens mit ihren kindlichen Bitten an Se. Heiligkeit
gewandt haben, andere Maßregeln ergreifen wollen.

## N°. VII. zu Seite 428.
### Anrede der Königin Katharina von Arragonien
### an den König.

Dieſe Rede iſt beſonders wegen einiger Ausdrücke merkwürdig, welche ſich heut zu Tage eine
Königin, beſonders in einer großen öffentlichen
Verſammlung nicht erlauben würde, wenn es anders wirklich Katharinens eigne Worte waren. —

Sire, ich bitte Ew. Majeſtät demüthig, mich anzuhören, damit ich mich nicht beklagen dürfe, daß Sie

ungerecht gewesen seien, oder daß Sie mich an der Ihnen eigenen Milde nicht haben Theil nehmen lassen. Ich bin ein Frauenzimmer und eine Fremde, ohne Freunde und ohne Rath, die selbst ihre Sache nicht zu führen weiß, und niemanden kennt, der sie vertheidigen könnte. Meine Familie und meine Freunde sind weit von mir, und ich kann mich in einer Sache von so großer Wichtigkeit nicht auf sie verlassen. Die für mich sind, das sind diejenigen, die Sie mir zu nennen geruht haben; wenn sie sich aufrichtig erklären wollten — doch es sind Ihre Unterthanen, sie können Ihrem Willen nicht widerstehen. Aber was für ein Verbrechen habe ich denn begangen, daß Sie nach einer dreißigjährigen friedlichen Verbindung ein so großes Verlangen tragen, Sich von mir zu trennen? Ich war Wittwe von Ihrem Bruder, es ist wahr, wenn anders diejenige Wittwe heißen kann, die ihren Mann niemals erkannt hat; denn ich nehme Gott zum Zeugen, und Ihnen kann es nicht unbekannt sein, daß ich Ihr Lager als eine reine Jungfrau bestieg. Ich berufe mich auf mein Betragen seit der Zeit, auf diejenigen, welche es auch sein mögen, die mir übel wollen. Wie Sie sonst auch denken mögen, so werden Sie doch zugestehen, daß Sie immer eine getreue Gemahlin an mir gefunden haben, indem ich meines Wissens mich nie Ihrem Willen widersetzte. Ich habe immer diejenigen geliebt, die Ihnen gefielen, ohne das

Ver-

Verdienst derselben zu untersuchen. Ich habe mich
mit solcher Sorgfalt Ihrem Vergnügen gewidmet,
daß ich eher glaube, durch zu großes Bestreben von
dieser Seite, als durch die geringste Vernachläßigung
meiner Pflichten, Gott beleidigt zu haben. Bei
dieser Liebe, die ich für Sie gehegt habe, bei unserm Bruder, bei dem Andenken meines Vaters,
welches Ihnen so theuer gewesen ist, beschwöre ich
Sie, die Entscheidung dieser Sache aufzuschieben,
bis Sie mich nach Spanien werden zurückgeschickt
haben; dort kann ich meine Freunde wegen der Parthei, die ich ergreifen soll, zu Rathe ziehen. Wenn
ich alsdann durch rechtlichen Ausspruch verurtheilt
werde, mich von Ihnen zu trennen, von dem ich so
lange einen Theil ausmachte, so werde ich ferner gehorchen. Aber wenn unsre Eltern, welche diese Heirath schlossen, so weise waren, wie ich glaube, so
kann ich nicht anders, als wegen meiner Sache
gute Hofnung fassen. Ihr Vater war an Weisheit ein anderer Salomo; weder Spanien noch ein
andres Reich kann einen König aufweisen, der meinem Vater Ferdinand geglichen hätte. Ei, wer wären denn die Räthe dieser Fürsten gewesen, wenn wir
durch ihre Schuld so unglücklich geworden wären,
eine blutschänderische Ehe einzugehen? Aber es wurde
damals gar nicht an der Gesetzmäßigkeit dieser Ehe
gezweifelt; und es gab damals, ich weiß es nur zu
gut aus Erfahrung, Männer von Kenntnissen, die

Gesch. Elisab. 6. Th.          L

wohl so viel Weisheit und Wahrheitsliebe, als alle
Schmeichler dieser Zeit, besaßen * ).

Goodwins Annalen von England, S. 95.

## N°. VIII. zu S. 437.

Rede eines vornehmen Parlementsgliedes über
den Grund der Religionen, als Antwort auf
die Einwendungen des Bischofs von Roche=
ster, im Jahre 1529 gehalten.

Eines der merkwürdigsten Stücke aus dem
16ten Jahrhunderte, sowohl in Absicht auf den
Inhalt, als den Ausdruck, obgleich der letzte et=
was schwerfällig, und hin und wieder etwas un=
bestimmt ist. Der Uebersetzer würde sich ein Ge=
wissen daraus machen, diese Rede zu übergehen,
um desto mehr, da die darin vorgetragene Mei=
nung in dem folgenden Jahrhunderte das Glau=
bensbekenntniß einer ausgezeichneten Parthei ward.

* ) Diese Worte gingen auf die Englischen Bischöfe,
welche alle diese Ehe für ungültig erklärt hatten.
Jeder von ihnen hatte zu dem Dekrete gestimmt
und es unterzeichnet, und es war in Gegenwart des
Königs öffentlich vorgelesen worden. Nur Fisher,
Bischof von Rochester, protestirte, er hätte nicht
unterschrieben, und der Primas hätte seine Unter=
schrift nachgemacht.

Die Verfasserin.

„Wenn jeder andere, als der Bischof von Rochester und seine Anhänger, eine solche Rede geführt
hätte, so würde ich weniger erschrocken sein. Aber
da von so vielen in der Welt verbreiteten neuen Sekten
jede sich ausschließlich den Namen der wahren Kirche
anmaßt, und durch zudringliche Vorstellungen und
Drohungen sich bemüht, unsern Glauben auf bloßen
Gehorsam einzuschränken, so bitte ich um Erlaubniß,
meine Meinung von dem, was ich für uns Laien
und Weltleute in diesem Falle für das Beste halte,
vorzutragen. Nicht als ob ich meine Meinung als
eine Regel geben wollte, da es vielleicht eine bessere
zu befolgen giebt, sondern ich untersuche diese Sache,
als die wichtigste von allen, die uns betreffen, und
betreffen können.

Wenn es uns schwer scheint, bei den menschlichen
Handlungen eine Mittelstraße zu finden, welche uns
hindert, auf der einen oder der andern Seite zu weit
zu gehen, so ist es noch schwerer, diese Mittelstraße
in Religionssachen zu treffen. Der Fußsteig ist schmal,
und geht von allen Seiten zwischen Abgründen hin.
Der Mensch ist von Gott zu einem freien Weltbürger
geschaffen, der bloß nach dem zu forschen verpflichtet
ist, was ihn zu der ewigen Glückseligkeit führen kann.
Er muß also untersuchen, unter welchen Schutz er
sich begeben, welches Betragen er beobachten soll.
Denn mehrere Religionslehrer, verschieden nicht
allein in der Sprache, in Kleidungen und Gebräu-

L 2

chen, oder wenigstens in einigen dieser Punkte nicht
einig, sondern noch dazu in Absicht auf den Grund
ihrer Lehre entgegengesetzter Meinung, geben es selbst
zu, daß die Menschen hier sehr behutsam gehen müssen. Der Mensch findet also verschiedne Wegweiser,
denen er folgen kann. Einige derselben schränken sich
mit ihren Religionsgrundsätzen auf den Ort ein, wo
sie selbst geboren sind; andre hingegen suchen dieselben weiter zu verbreiten. Der Mensch irrt unter den
verschiednen Zweigen so vieler Systeme und Religionen, die vormals existirten, herum, bis er endlich
bestimmen könne, was das Beste sei; denn, wenn
jeder glaubt, was andre vor ihm gedacht haben, ohne
weiter zu suchen, wo wird der Wegweiser seines Gewissens sein? Sieht er nach einer Seite hin, so werden ihm die Schrecknisse der von allen Hierarchien
und sichtbaren Kirchen der Welt ausgesprochenen
ewigen Verdammniß angedrohet werden, wenn er
eine andre Lehre als wahr annimmt. Läßt es sich
denken, daß Gott bloß seine Kirche inspirirt, und
alle übrige Menschen verworfen habe, da das ganze
menschliche Geschlecht nur eine Nachkommenschaft
ausmacht, welche nicht allein Gott zum gemeinschaftlichen Vater hat, sondern auch von denselbigen Vor-
eltern abstammt? Läßt es sich denken, daß jeder seinen Priestern, in welcher Religion es auch sein mag,
glaube, und ihre Lehre seinen eignen Glauben nenne?
Aber von der andern Seite, wenn er die Punkte,

worin die Glaubenslehren von einander abgehen, unter=
suchen soll, wie viel Zeit wird er nicht darauf verwenden?
Wie viel wird er an seinem Vermögen und seiner Gesund=
heit verlieren; wie viel Sprachen wird er studiren, wie
viel Schriftsteller wird er lesen, wie viel Zeiträume
mit ihnen durchlaufen, wie viel Glaubensmeinungen
untersuchen, wie viele verschiedne Darstellungen ge=
gen einander halten müssen? Wie viele Länder wird
er zu durchreisen haben, welchen Gefahren wird er
sich aussetzen? Wird nicht sein Leben eine ewige Pil=
gerschaft sein, indeß in den übrigen Ländern jeder
einzelne Mensch, der die Pfade zum Himmel sucht,
eben so wenig weiß, ob er die richtigen erkannt hat,
oder nur bis zu denselben gelangt ist? Was bleibt
also übrig? Soll der Mensch also das, was ihn die
Priester, unter dem Vorwande ihrer vorgeblichen
göttlichen Offenbarungen, lehren wollen, annehmen,
weil dem so sein kann, oder soll er es als etwas Un=
mögliches verwerfen? Gewiß, es ist nicht möglich,
alle Religionen anzunehmen, und ihre Gebräuche,
ihre Glaubenslehren, ihre Ueberlieferungen und Sy=
steme mit einander zu vereinigen; es würde unglaub=
liche Mühe und Nachforschen erfodern, sie alle ken=
nen zu lernen, und das Leben eines Menschen würde
dazu nicht hinreichen. Sie alle verwerfen, würde
Ruchlosigkeit sein. Es ist also eine Wahl zu treffen;
nicht als ob ich jemanden für fähig hielte, unter
allen in der Welt verbreiteten Dogmen das vollkom=

menſte zu unterſcheiden, da jedes eine ſo weite Aus-
dehnung hat, daß der Verſtand ihre äuſerſten Enden
nicht faſſen kann: aber jeder kann doch die weſentlich-
ſten Theile in ſeiner eignen Religion abſondern, und
ſie vertheidigen, ohne auf die Drohungen oder Ver-
heiſſungen einer andern Religion zu achten, welche
ihn in Schrecken ſetzen, und von ſeinem Wege abbrin-
gen könnten. Da aber die gewöhnlichen Methoden
nicht beſtimmt, verſtändlich und kurz genug ſind, um
zu dieſem ſo gewünſchten Ziele zu führen, ſo muß
der Menſch, nachdem er ſich geſammlet, nachdem er
das höchſte Weſen, welches alle Nationen erkennen,
um Beiſtand angeſlehet hat, unterſuchen, welches
die innern Mittel ſind, welche Gott ihm gegeben
hat, um das Wahre nicht nur von dem Falſchen,
ſondern auch von dem bloß Möglichen und Wahr-
ſcheinlichen zu unterſcheiden. Eben ſo wenig darf er
bloß raiſonniren, welches ihn auf ketzeriſche Meinungen bringen könnte; ſondern, nachdem er die zwei-
felhaften und einander widerſprechenden Sätze gehörig von einander abgeſondert hat, muß er ſich an den
erkannten, ausgemachten und allgemeinen Wahrheiten halten, und dann bei ſich ſelbſt unterſuchen, ob
die verſchiedenen Artikel, die ihm vorgelegt werden,
mit dem, was ihm ins Herz geſchrieben iſt, und den
Grund aller Religionen ausmacht, übereinſtimmen.
Dann wird er nicht betrogen werden, denn er wird
die Ueberzeugung von der Güte Gottes unter dem

ganzen menschlichen Geschlechte finden, und sehen,
wie weit sie sich nach seiner allgemeinen Vorsehung er-
streckt. Indem er so sich auf denselbigen Stufen zu Gott
erhebt, auf denen Gott sich zu uns herabläßt, kann
er nicht ermangeln, die Gottheit zu finden. Es be-
unruhige ihn nicht, wenn er diese Wahrheiten mit
Schwierigkeiten oder Irrthümern vermischt sieht, da
seine Bemühung dahin gehen wird, ohne sich bei
mehrern angenommenen Punkten aufzuhalten, dieselben in Ordnung zu bringen, welches desto weniger
Mühe erfodert, da es deren nur wenige giebt, die
einer gewissen Ordnung und Verbindung fähig sind.
Laßt uns nicht auf die Lehrmeinungen unserer verschiedenen Religionslehrer achten, welche uns zur
Annahme derselben bringen wollen, ohne ihnen die
nöthige Klarheit zu geben, um unsre Schritte zu bestimmen, oder die uns vielmehr bereden möchten,
uns dem Tageslichte zu entziehen, um dem Schein
ihrer Kerze zu folgen. Es ist sicherlich unserer Arbeiten werth, zu untersuchen, wie die allgemeinen
Begriffe uns zu Wegweisern dienen sollen, ehe wir
uns in die abstrakten Geheimnisse dieser Lehrer und
in übernatürliche Offenbarungen vertiefen. Es ist
hiermit nicht gesagt, daß sie nicht mit Recht in unserm Glauben Plaz finden sollten, wenn sie auf un-
läugbaren Autoritäten beruhen; aber sie können für
das ganze Menschengeschlecht keine untrügliche Grundsätze des Glaubens sein. So nehmen wir unter den

Gottheiten, welche bisher in den vier Theilen der
Welt angebetet wurden, diejenige an, deren Dasein
uns außer allem Zweifel, und die uns unserer tiefen
Ehrfurcht würdig zu sein scheint.

Unter den Zeremonien, den Kirchengebräuchen,
den Gebeten, welche uns als zu seiner Verehrung ge-
hörend vorgestellt werden, muß die Tugend, wo
nicht den einzigen, doch einen vorzüglichen Platz behaupten. Es giebt kein Sakrament, welches nicht
die Ausübung derselben fodern sollte; die Sitten,
die Nächstenliebe, der Glaube, die Liebe zu Gott,
welche so wesentliche Theile der Religion ausmachen,
sind in der Tugend enthalten.

Unter den Versöhnungs- und Reinigungsmitteln,
welche für unsre Sünden in den verschiedenen Welt-
theilen eingeführt sind, ist der bittere Schmerz über
diese Sünden, und die gegen den Gott, den wir beleidigt haben, bezeugte wahre Reue der vornehmste
Grund dieser Zeremonien.

Endlich, in den verschiedenen Dogmen von Belohnungen und Bestrafungen, welche zu verschiednen
Zeiten angenommen sind, bemerken wir nicht, daß
die Gerechtigkeit oder die Güte Gottes eingeschränkt
wären; man hat vielmehr immer geglaubt, daß sie
sich jenseits des Grabes erstrecken: und daher die Idee
von ewigen Strafen und Belohnungen. Diese allgemein anerkannten Grundsätze müssen also, meiner
Meinung nach, allgemein angenommen werden. Sie

bewahren uns wenigſtens vor der Gottesläugnung
und Religionsverachtung; ſie ſind durch die Hofnung eines beſſern Lebens der Grund zu einem guten
Betragen. Sie lenken die Menſchen von einer Menge
eitler und verworrener Vorſchriften auf beſtändige
Uebung der Tugend; oder wenn die Leidenſchaften
ſie davon entfernen, ſo bringen ſie dieſelben zur Reue,
ohne ſie eine leichte und zu erkaufende Vergebung
hoffen zu laſſen. Endlich, ſie ſtimmen unſer Gemüth
zu einer allgemeinen Eintracht; denn wenn wir über
jene ewigen Urſachen unſerer Seligkeit einig ſind,
warum wollten wir über das Uebrige ſtreiten? Da
ſie nichts von allem ausſchließen, was der Glaube
oder die Tradition uns zur Ehre Gottes lehren, zu
welcher Zeit es auch immer geſchehen ſein mag, ſo
läßt es uns nicht unrecht finden, wenn die verſchiedenen Nationen ſich es erlauben, alles für wahr anzunehmen, was eben dieſe Ehre befördert. Da die
Wahrheiten, die ich angezeigt habe, die Grundlage
der Einheit ſind, ſo muß alles, was ſich von dieſer
entfernt, es mag geſchrieben ſein oder nicht, vor denſelben verſchwinden. Man laſſe uns alſo dieſe großen
und allgemeinen Ideen feſtſetzen. Sie ſind dem, was
das Anſehen der Kirche feſtgeſetzt hat, keineswegs
entgegen. Wenn die Religionslehrer von den vier
Enden von Europa, wenn Milord Biſchof von Ro-
cheſter, Luther, Zwingli, Eck, Erasmus, Melanch-
thon, ꝛc. hierzu berechtigt ſind: ſo dürfen wir Laien

L 5

gleichfalls auf diesen Grund der katholischen (allge=
meinen) Religion bauen, und sowohl wie andre,
alle Gebäude aufführen, welche dieser Grund nur
tragen kann."

(Lord Herberts Geschichte Heinrichs VIII. S. 321.)

## N°. IX. zu S. 441.

Enthält weiter nichts, als was in der Note zu
S. 441 von der Entscheidung der Universität zu
Oxford gesagt ist.

## N°. X. und XI. zu S. 452.

Eid, den die Prälaten dem Papste leisteten, und
derjenige, den sie dem Könige schwuren.

In dem ersten Eide versprachen sie dem Papste,
sich in keine Unternehmungen gegen seine Person
und gegen die Römische Kirche einzulassen, oder
in dergleichen einzustimmen; niemanden die Ge=
heimnisse des Römischen Stuhls zu offenbaren;
die Oberherrschaft desselben, die Vorschriften der
heiligen Väter- und die königlichen Rechte des hei=
ligen Petrus zu vertheidigen und aufrecht zu er=
halten; die Rechte, die Würden, die Privilegien
und das Ansehen der Römischen Kirche zu vermeh=
ren und auszudehnen; den Schismatikern, Ketzern

und Gegnern des heiligen Stuhls sich zu wider=
setzen, und sie aus allen Kräften zu verfolgen, ihre
Besitzungen ohne Einwilligung des Papstes nicht
zu veräußern ꝛc. Eben diese Prälaten entsagen,
in dem zweiten Eide, allen Verbindungen mit dem
Papste, welche dem Könige und dessen Rechten
entgegen stehen könnten. Sie schwören dem Kö=
nige und seinen Nachfolgern hold und treu zu seyn,
und ihn mehr als alle Geschöpfe zu ehren; ihm
aus allen Kräften in seinen Bedürfnissen und An=
gelegenheiten beizustehen; seine Geheimnisse im=
mer zu verschweigen; zu erkennen, daß sie ihm
allein ihre Bisthümer schuldig seyn; die Wiederer=
stattung der damit verknüpften weltlichen Besitzun=
gen und Einkünfte nur ihm verdanken zu wollen:
sie versprechen endlich für diese Wiedererstattung,
alle Dienste und andre ihnen deswegen obliegende
Pflichten, als treue und gehorsame Unterthanen,
zu erfüllen.

# Belege zum zweiten Theil.

### N°. XII. zu Seite 195.

#### Bucers Bemerkungen über die Reformation.

Mit Auslassung derjenigen Artikel, deren In=
halt die Verfasserin bloß angezeigt hat, wird es hin=
reichend sein, aus den übrigen nur das wichtigste
anzumerken.

Bucer wünschte das Amt der Seelenhirten
wieder in seinem alten Glanze zu sehen, und schlug
daher vor, die Bischöfe sollten sich nicht ferner mit
weltlichen Angelegenheiten beschäftigen, und sich
ganz der Seelsorge widmen. Einigen Prälaten
sollten, nach seinem Vorschlage, Koadjutoren ge=
geben, und allen sollten Priester als Räthe zur
Seite gesetzt werden. Diejenigen Bischöfe, die
sich wider ihre Ueberzeugung den Gesetzen unter=
würfen, welches zu erkennen ihm leicht schien, soll=
ten ihre Bisthümer verlieren; überall sollten Land=
superintendenten angestellt werden, welche über
zwanzig bis dreißig Kirchspiele die Aufsicht haben,
die Geistlichen von Zeit zu Zeit zusammenberufen,

und sich genau nach ihren Sitten und ihrer Aufführung erkundigen sollten. Zweimal im Jahre
sollte eine Provinzialsynode gehalten werden, und
der König sollte einen weltlichen Kommissar zu derselben senden, um ihre Schritte zu beobachten.

Die Kirche müste nicht um der Fehler einzel-
ner Personen willen ihre Besitzungen verlieren;
ein Theil derselben müste ihr wenigstens wiedergegeben werden, damit die Geistlichen etwas beque-
mer leben könnten. In Absicht auf den Unterhalt
der Armen bemerkte er, diesen hätte vor Alters
der vierte Theil der geistlichen Einkünfte gehört.

Einige Strafgesetze schienen ihm zu hart. Der
Diebstahl, meinte er, sollte nicht mit dem Leben
bestraft werden, indeß die Gesetze mit dem Ehe-
bruche Nachsicht hätten, auf den, nach Mosaischen
Rechten, der Tod stand; und in der That, setzte
er hinzu, der Nächste leidet mehr, wenn ihm
seine Ehre, als wenn ihm sein Vermögen geraubt wird.

### No. XIII. zu S. 161.

Dieses Stück enthält den in Burnets Geschichte
der Reformation enthaltenen Auszug aus den zwei-
undvierzig Artikeln, welche von Cranmer und
Ridley im Jahre 1551 aufgesetzt, und das sol-

gende Jahr in einer zu London gehaltenen Kirchen-
versammlung gebilligt wurden. Den wenigsten
Lesern möchte wohl hier mit einem solchen Aufsatze
gedient sein, welcher besser in einer Kirchenge-
schichte stehen würde.

## N°. XIV. zu S. 259. f. f.

Ein Brief an Burnet, über die Schritte des
Kardinals Reginald Polus, zur Wiederherstellung der katholischen Religion in England.

Der Verfasser dieses Schreibens theilte dem
Geschichtschreiber der Englischen Reformation verschiedene Papiere mit, woraus erhellte, daß der
Kardinal von dem Papste nicht die absolute Vollmacht erhalten hatte, den weltlichen Besitzern der
Kirchengüter dieselben auf immer zu überlassen.
Der Pabst selbst hatte als Pabst nicht einmal das
Recht, diese Güter zu veräussern; und gewissen-
hafte Katholiken konnten sie nicht behalten, ohne
den Zorn des Himmels zu fürchten. Der Römische Hof gab auch nur so viel zu, als er mit Bei-
behaltung des Wohlstandes thun konnte, um die
Englische Nation nicht auf immer von sich abwendig zu machen. Er wollte nur das Vergangene
vergessen und das, was die unrechtmäßigen Be-

ſter geiſtlicher Güter bisher aus denſelben gezogen und zu ihrem Nutzen verwandt hatten, nicht
zurückfordern; übrigens wollte er der Kirche alle
ihre Rechte erhalten wiſſen, und der Kardinal
ſollte dafür ſorgen, daß die derſelben gehörigen
Ländereien ihr zurückgegeben würden. Der übrige
Inhalt des Schreibens iſt für den Geſchichtsfor-
ſcher, nicht für den bloßen Liebhaber der Geſchichte. Es findet ſich in dem Anhange zum
2ten Bande der Engliſchen Reformationsgeſchichte
von Burnet, No. I.

## N⁰. I. zu S. 333.

Aus dieſer ganzen, in einem ekelhaften Stile
geſchriebenen Anerkennungsakte des Rechts der
Königin Eliſabeth an die Krone, iſt weiter nichts
zu lernen, als was der Leſer ſchon aus der Geſchichte weiß.

## N⁰. II. zu S. 392. f f.

In dem erſtern der unter dieſer Nummer ab-
gedruckten Briefe, wird der Regentin von Schottland, von der Ankunft einiger Abgeordneten der
Kongregation Nachricht gegeben, welche eine ſehr
geheime Unterredung mit Eliſabeth gehabt haben

sollen. Der Gesandte will dieses von Personen
wissen, die er nicht nennt. Seine übrigen Nachrichten betreffen die Zurüstungen der Engländer zu
Wasser und zu Lande; zugleich meldet er der Regentin den Inhalt der Kommission, welche die
Königin von England dem Herzoge von Norfolk
mitgegeben. Das zweite Schreiben betrifft besonders die Verabredung, welche der Graf von Arran
wegen Schottlands mit Elisabeth soll getroffen haben. Es heißt aber in Absicht auf diesen Artikel
nur: es ist mir gesagt worden.

## Nᵒ. III. zu S. 411. f.

Ausfoderung des Herzogs von Chatellerauld
an den französischen Gesandten am Englischen Hofe, und des letztern Antwort darauf.

Nach allen Regeln geschrieben, die in solchen
Fällen beobachtet wurden. Der Herzog wirft dem
Gesandten vor, er habe der Königin von England
und ihrem Rathe eine falsche Nachricht von ihm
hinterbracht, als hätte er den König und die Königin von Frankreich, durch Abgeordnete für sich
und seine Freunde, wegen der in Schottland begangenen Verbrechen, um Vergebung bitten
lassen. Er straft den Herrn von Seure hierüber

Lügen,

Lügen, und fodert ihn zur Genugthuung auf.
Er habe, sagt er, nichts gethan, als was zur
Beförderung der Ehre Gottes, und zur Aufrechthaltung der Freiheit des Königreichs gereichen
könnte. Und wenn Ihr selbst, setzt er am Ende
hinzu, so weit gegangen seid, solche Dinge zu behaupten, wie Wir gehört haben, daß Ihr gethan
habt, so sollt Ihr wissen, daß wir hundert Edelleute in unserm Brodte haben, von denen der geringste vornehm genug ist, (wenn Ihr nicht
mehr die Stelle eines Gesandten bekleidet, die
Ihr jetzt versehet) um Euch in dieser Streitigkeit
mit den Waffen in der Hand zu beweisen, daß Ihr
fälschlicher und unglücklicher Weise gelogen habt.
Der Gesandte meldet dem Herzoge den Empfang
dieses Briefes, mit allen Umständen, wiederholt
den Inhalt desselben wörtlich, und behauptet, er
könne ihn nicht als von dem Herzoge von Chatelle-
raud geschrieben ansehen, da der Ueberbringer
nicht dem Herzoge angehöre, und dieser, wo er
des Königs und der Königin erwähne, vergessen
habe, dieselben seine souvrainen Gebieter zu
nennen. Er läugnet die Beschuldigung, erklärt
denjenigen von den hundert Edelleuten des Herzogs,
der ihm einen solchen Vorwurf machen würde, für einen Lügner, und erbietet sich, nach Beendigung seiner

Gesch. Elisab. 6. Th.          M

Gesandschaft, und mit Erlaubniß seines Herrn,
den Kampf, wie es einem Edelmanne gebühre,
zu bestehen. Uebrigens ist diese Antwort mit
vieler Schonung für die Person des Herzogs geschrieben.

### No. IV. zu S. 420. f. f.

### Traktat von Edimburg vom 8. Jul. 1560, aus einem Briefe von Cecil und Wotton, an die Königin Elisabeth. (Haynes, S. 554.)

### Erster Artikel.

Wiederherstellung des guten Vernehmens zwischen Frankreich und England, und der Traktat
von Cateau-Cambresis in seine erste Kraft und
Gültigkeit wiederhergestellt. Alle Kriegsleute sollen zurückgerufen werden, ausgenommen sechzig
Mann, welche in Leith gelassen werden sollen,
keinesweges aber in der Absicht, daselbst Dienste
zu thun, womit die Franzosen zufrieden sind,
und sechzig zu Dunbar, deren neue Festungswerke geschleift werden sollen, ehe die Englische
Armee die schottischen Gränzen verläßt. Auch
die Festungswerke der Stadt Leith, sollen gänzlich demolirt werden.

. Item. Alle feindliche Zurüstungen sollen von beiden Seiten aufhören. Kein Schiff soll bewaffnete Mannschaft oder Kriegsvorrath aus Frankreich, noch mit Einwilligung des Königs von Frankreich anderer Orten her, nach England, Schottland oder Irland, auch nicht von England, Schottland oder Irland nach Frankreich überbringen.

Item. Aymuth soll geschleift werden, ehe die Englische Armee Barwick verläßt.

Das gewisse Recht der Königin Elisabeth an die Krone soll bekannt und anerkannt, und dabei die zuverlässige Erklärung gegeben werden, daß niemand sich den Titel und das Wapen soll zueignen dürfen, welche Elisabeth allein völliger und rechtmäßiger Weise besitzt. (Cecil setzt hier hinzu, diesem Artikel sei derjenige beigefügt worden, vermöge dessen das Unrecht, welches in diesem Punkte in Frankreich und Schottland wider die Königin begangen worden, wieder gut gemacht werden soll.)

Item. Was die Herausgabe von Calais betrifft, worauf die Engländer bestehen, und die fünfhundert Kronen zur Entschädigung, so sollen diese beiden Artikel für einen neuen Traktat verspart werden, welcher zu London selbst gemacht werden soll; und sollte dieses nicht in Verlauf

von drei Monaten geschehen, so soll die Sache
binnen einem Jahre vor den König von Spanien als Schiedsrichter gebracht werden, und
wenn derselbe sie in der Zeit nicht zum Schlusse
bringt, soll das Recht der Engländer auf die
Stadt oder die Entschädigung der Königin von
England vorbehalten bleiben.

Ferner wurde, Cecilen zufolge, der zwischen
beiden Höfen errichtete Vertrag, um die Vollziehung des Traktats zwischen Frankreich und
Schottland zu sichern, eingeschaltet, und dieser
Artikel soll nicht ohne Schwierigkeiten zugestanden seyn; dann folgte die Anerkennung des Rechtes der Königin Elisabeth zu der Krone von
England, ꝛc.

Der übrige Theil des Briefes enthält nichts
als die Disposition der Artikel zwischen Frankreich und Schottland; diese sind hier als Belege
nicht wichtig, da der Inhalt derselben nie ist bestritten worden. Aber aus den besondern Artikeln zwischen Frankreich und England ist klar,
daß derjenige, der die Stadt Calais betraf, etwas ganz anders enthielt, als man geglaubt
hat; daß das Wort recompense oder Entschädigung in der That auf die durch den Traktat von
Cateau-Cambresis bestimmte Entschädigung geht,

in dem Falle das Frankreich die Stadt Calais in
der verabredeten Zeit von acht Jahren nicht herausgeben follte; und daß in dem Artikel von der
Stadt Calais, welcher von allen denen abgesondert
steht, die den französischen und schottländischen
Krieg betreffen, von einer Entschädigung wegen
der Kriegskosten gar nicht die Rede ist.

Die Verfasserin.

# Belege zum dritten Bande.

## N°. V. zu S. 10.

Artikel des zwischen der Königin Elisabeth und
Ludwig von Bourbon Condé und dessen Alliirten geschlossenen Vergleichs.

Außer denen im Texte schon angeführten Bedingungen sind noch folgende zu bemerken: Zur
Besatzung von Havre de Grace waren 3000
Mann bestimmt, so daß die Königin in allem
6000 Mann übersetzen ließ. Auf die Erhaltung
und Vertheidigung der übrigen Städte wurden
40000 Kronen gerechnet, welche Elisabeth hier-

auf verwenden oder an den Prinzen bezahlen
sollte. Dann verspricht die Königin von England, dem Könige von Frankreich, dessen getreue Diener der Prinz von Condé sich und seine
Parthei nennt, Havre de Grace und alles was
dazu gehört, wiederzugeben, ohne von denen
darin angetroffenen Kriegsmaschienen irgend eine
mitzunehmen, und ohne die auf Ausbesserungen
gewandten Kosten zurückzufodern, sobald Calais
und was davon abhängt, durch die Bemühungen des Prinzen, der Königin, oder ihren
Statthaltern, dem Traktate von Cateau-Cambresis gemäß überliefert sein wird, wenn gleich
die Uebergabe dieser Stadt durch jenen Traktat weiter hinausgesetzt worden, und sobald die
oben gedachte Summe von 140000 Thalern der
Königin oder ihren Bevollmächtigten ohne Zin-
sen zurückbezahlt worden.

Die durchlauchtigste Königin wird Havre de
Grace nicht zurückgeben, und Calais von dem
Könige von Frankreich nicht annehmen, ohne
daß der Prinz von Condé oder die vornehmsten
von seiner Parthei eingewilligt, und für die
Güter deren sie in Hinsicht auf die Ueberliefe-
rung des Havre in die Hände der Königin be-

sandt worden, Entschädigung erhalten haben.
Forbes, Bd. 2. S. 48. 30 September 1562.

Das übrige ist für die Geschichte zu unwichtig.

## N°. VI. VII. VIII. zu S. 12.

No. VI. ist eine an Poynings gerichtete Erklärung, worin die Königin den Beistand, den sie
dem Prinzen von Condé leisten will, einen De-
fensivkrieg gegen diejenigen nennt, die die Unruhen in Frankreich angefangen haben, und auch
den Küsten von England gefährlich werden könnten. Die Expedition soll keinesweges gegen den
König von Frankreich, sondern gegen dessen re-
bellische Unterthanen unternommen werden. Die
bewegenden Ursachen, welche die Königin zu ihrem Unternehmen angiebt, gehen auf nichts weniger, als auf die Ehre Gottes, die Erhaltung ihres Reichs und ihrer Unterthanen, und
auf das Wohl der Englischen Krone. Forbes,
Bd. 2. S. 60. — No. VII. ist ein an die Unterthanen des Königs von Frankreich gerichtetes
Manifest, nach welchem die Königin von England keine andere Absicht hat, als die guten
Unterthanen des Königs von Frankreich gegen

M 4.

die Guisen zu vertheidigen, und ihnen ihre Gewissensfreiheit zu verschaffen. Besonders will sie
in dieser Absicht den Einwohnern von Rouen,
Dieppe und Havre de Grace zu Hülfe kommen,
welche den grösten Gefahren ausgesetzt sind. Sie
thut dieses auf Bitten jener guten Unterthanen,
welche von der Parthei der Guisen gehindert werden, Gott und ihrem Könige den schuldigen Gehorsam zu leisten, und aus Liebe zu dem jungen
Monarchen, welcher wegen seiner Jugend nicht
Ansehen genug hat, um sich den Feinden der öffentlichen Ruhe mit Nachdruck zu widersetzen. Forbes, Bd. 2. S. 79. — No. VIII. enthält ein Re-
glement für die Englischen Soldaten, wegen ihres
Betragens in Havre de Grace; Alle Ausschwei-
fungen werden darin bei harter Strafe untersagt.
Nach dem ersten Artikel sollen alle Offiziere und
Soldaten, gleich nach ihrer Ankunft in der Kirche
oder auf dem Marktplatze, in einem vorgeschrie-
benen geistlichen Liede oder Gebete, Gott für ihre
glückliche Ueberfahrt und Ankunft danken. Forbes,
ibid. S. 87.

## No. IX. und X. zu S. 15.

Der Admiral Coligny giebt der Königin Elisabeth von der Lage der Angelegenheiten in Frank-

reich Nachricht, und bittet um fernere Unterstützung, um seine Truppen zu bezahlen. — Die
Königin giebt Middelmoren den Auftrag, dem
Admiral ihrer fortdauernden guten Gesinnungen
zu versichern, und ihm, wenn es nöthig sein sollte,
für den Prinzen von Condé noch 100000 Thaler zu
versprechen. Der Admiral soll sich wegen der Aufrechthaltung der protestantischen Religion und des
Schutzes ihrer Bekenner auf den Beistand der
Englischen Monarchin verlassen, er soll sich in Absicht auf seine und seiner Verbündeten Sicherheit
vor den Schlingen seiner Feinde in Acht nehmen, und dahin sehen, daß Elisabeth, die schon
so viele Lasten zu tragen hat, nicht gezwungen sei,
ihre Nachbarn, welche für Gottes Sache streiten,
zu verlassen. Er soll sich mit seinen Gegnern in
keinen Vergleich einlassen, der dem Interesse der
Königin auf einige Weise schädlich sein könnte.
Middelmore soll jeden solchen schädlichen Vergleich
zu verhindern suchen, und ihr von allen wichtigen
Vorfällen bei Zeiten Nachricht geben.

## N°. XI. zu S. 71.

### Brief von Christoph Columbus.

Obgleich dieser Brief mit der Geschichte der
Königin Elisabeth keine Verbindung hat, so ist er

M 5

doch wegne seines Verfassers zu merkwürdig, um
hier bloß angezeigt, oder im Auszuge gegeben zu
werden. Ein Deutscher hat ihn freilich schon vor
Erscheinung dieses Werkes seinen Landsleuten im
56sten Stücke der Hamburgischen Addreß-Com-
toirnachrichten, vom J. 1785 mitgetheilt; allein
in solchen Blättern, welche weder allgemein gelesen, noch sorgfältig gesammlet werden, gehen die
wichtigsten Aufsätze zu leicht verloren. Der
deutsche Herausgeber sagt in einer Note: „Dieser
„niemals bekannt gemachte Brief ward aus einem
„alten Buche voll Manuskripten auf der Insel Ja-
„maika genommen, welches gleichfalls Venables
„Erzählung mit politischen und die Kolonie betref-
„fenden Untersuchungen und Gedenkschriften wäh-
„rend des letzten Jahrhunderts enthält. Herr Long
„hat in seiner schätzbaren Uebersicht von Jamaika
„häufige Allegazionen aus diesem Buche gemacht,
„Die Uebersetzung davon ist aber fehlerhaft." —
Mademoiselle Keralio glaubt, dieser Brief sei während der dritten Reise des berühmten Weltent-
deckers geschrieben worden; unser Landsman vermuthet in der angeführten Note, Columbus habe
ihn auf seiner vierten und letzten Reise geschrieben,
welches durch die darin enthaltene Beschreibung
seiner traurigen Lage sehr wahrscheinlich wird.

Ich habe in Ermangelung des Originals die
deutsche und französische Uebersetzung zusammenge-
halten, um den Sinn desto sicherer zu treffen,
und wo der deutsche Uebersetzer denselben gefaßt zu haben schien, mehrentheils dessen eigne
Worte beibehalten.

Herr,

Diego Mendes, und die Papiere, die ich ihm
mitgebe, werden Ew. Hoheit *) benachrichtigen,
welche reiche Goldminen ich in Veragua entdeckt
habe, und wie ich Willens war, meinen Bruder an
dem Flusse Berlin zu lassen, hätten nicht der Rath-
schluß des Himmels und die größten Unglücksfälle
von der Welt es verhindert. Es ist indessen genug,
wenn Ew. Hoheit und deren Nachfolger den Ruhm
und den Vortheil von allem einernten, wenn die Entdeckung vollendet wird, und die ersten Einrichtungen
einem Glücklichern, als dem unglücklichen Columbus, aufbehalten sind. Gewährt mir Gott die Gnade, ihn (den Mendes) nach Spanien zu führen, so
zweifle ich nicht, wird er Ew. Hoheit und meine
große Gönnerin überzeugen, daß dies keine Luft-
schlösser sind, sondern die Entdeckung einer Welt von

*) Im Französischen steht immer: Ew. Majestät;
es ist aber bekannt, daß damals die größten Fürsten noch Ew. Hoheit, oder Ew. Gnaden, ti-
tulirt wurden.

Unterthanen, Land und Reichthümern, größer als die ausschweifendste Einbildungskraft sie sich hätte vorstellen, oder die Habsucht selbst hätte wünschen können. Aber weder er, noch dieses Papier, noch die Zunge eines Sterblichen, kann die Angst und die Leiden meines Gemüths und Körpers ausdrücken, noch das Elend und die Gefahren meines Sohnes, meines Bruders und meiner Freunde schildern. Seit länger als zehn Monaten haben wir uns hier unter freiem Himmel auf den Verdecken unserer gestrandeten und mit Seilen an einander gebundenen Schiffe aufgehalten. Diejenigen von meinen Leuten, die gesund geblieben sind, haben sich unter Peras von Sevilla empört, meine mir treu gebliebenen Freunde sind theils krank, theils gestorben. Wir haben die Vorräthe der Indianer verderbt, und so haben sie uns alle verlassen; deßwegen sind wir dem Augenblicke nahe, vor Hunger umzukommen; und dieses Elend wird von so manchen erschwerenden Umständen begleitet, daß es mich zu dem bejammernswürdigsten unglücklichen Gegenstande macht, den die Welt jemals sehen kann; gleich als ob das Mißfallen des Himmels der Bosheit Spaniens zu Hülfe käme, und diese Unternehmungen und wichtigen Dienste als Verbrechen bestrafen wollte.

Gütiger Himmel, und ihr seligen Heiligen, die darin wohnen, möchten doch der König Don Ferdinand und meine erhabenen Gönnerin Donna Isabella

wiſſen, daß ich der elendeſte lebende Menſch bin, und
daß mein Eifer für ihren Dienſt und ihren Nutzen
mich dazu gemacht hat; denn es iſt unmöglich, zu
leben, und ſolche Leiden zu erfahren, wie die meinigen
ſind. Ich fürchte, und ſehe mit Schrecken meinen
und dieſer braven Leute Untergang, welche um mei-
netwillen ſterben, vor Augen. Ach! Frömmigkeit
und Gerechtigkeit ſind zu ihren Wohnungen dort
oben zurückgekehrt, und es iſt ein Verbrechen, den
Menſchen zu viel Gutes gethan oder verſprochen zu
haben. Mein Elend macht mir das Leben zur Laſt,
und ich fürchte, die leeren Titel eines beſtändigen
Vicekönigs und Admirals haben mich der Spaniſchen
Nation verhaßt gemacht. Man kann ſich eines bit-
tern Lachens nicht enthalten, wenn man ſieht, was
alles für Mittel gebraucht werden *), den Faden
abzuſchneiden, der in kurzem von ſelber reiſſen wird;
denn ich werde in meinen hohen Jahren von unaus-
ſtehlichen Podagraſchmerzen gemartert. Ich ſieche
nun, und ſterbe mit dieſen und andern Gebrechlich-
keiten hin, unter Wilden, wo ich weder Nahrung
noch Arzneien für den Körper, weder Prieſter noch
Sakramente für meine Seele habe. Meine Leute
haben ſich empört, mein Bruder, mein Sohn, und
alle meine treu gebliebnen Freunde, ſind krank, aus-

---

*) Nach der deutſchen Ueberſetzung heißt es bloß:
Es iſt ſichtbar genug, daß man alle Mittel
gebraucht hat ꝛc.

gehungert, und dem Tode nahe. Die Indianer ha=
ben uns verlaſſen; und Seine Gnaden von St. Do=
mingo, Ovando, hat vielmehr hieher geſchickt, um
zu wiſſen, ob ich todt ſei, oder mich hier lebendig
zu begraben, als um uns beizuſtehen; denn ſein
Boot ließ ſich auf nichts ein, überbrachte keinen
Brief, und wollte keinen von uns annehmen. Da=
her ſchließe ich, Ew. Hoheit Diener haben die Ab=
ſicht, daß meine Reiſe und mein Leben hier enden
ſollen.

O heilige Mutter Gottes, die du der Elenden
und Unterdrückten dich erbarmeſt, warum muſte
mich Cenell Bovadilla nicht tödten, als er mich und
meinen Bruder des Goldes beraubte, das uns ſo
viel gekoſtet hatte, und uns ohne Urtheil, ohne
Verbrechen, ohne Schein von Verbrechen, in Ket=
ten nach Spanien ſchickte. Ach! dieſe Ketten ma=
chen den Schatz aus, den ich jetzt beſitze, und ſollen
mit mir begraben werden, wenn ich ja einen Sarg
oder ein Grab haben ſollte; denn ich wünſchte, daß
das Andenken einer ſo ungerechten und tragiſchen
Handlung mit mir ausſtürbe, und zur Ehre des
Spaniſchen Namens auf ewig vergeſſen würde. Wäre
es ſo geweſen, o heilige Jungfrau! ſo würde Ovando
uns nicht zehn bis zwölf Monate lang, durch Bos=
heit, die ſo groß als unſer Unglück war, dem äußer=
ſten Elende überlaſſen haben. O, daß es doch keine
fernere Schande auf den caſtilianiſchen Namen brin=

gen, noch künftige Zeiten es erfahren mögen, daß
es zu unſern Zeiten ſolche niederträchtige Böſewich-
ter gegeben habe, die ſich Don Ferdinanden durch
Vernichtung des unglücklichen und elenden Chriſtoph
Columbus, nicht wegen ſeiner Bemühung eine neue
Welt für Spanien zu entdecken, zu empfehlen mein-
ten. Du warſt es, o Himmel, der es mir eingab,
und mich dahin führte; weine du alſo über mich,
und zeige mir Mitleiden. *). Und ihr, o verherr-
lichte Heilige Gottes, die ihr meine Unſchuld kennt,
verzeihet dem gegenwärtigen Zeitalter, welches zu
neidiſch und zu verhärtet iſt, um über mich zu weinen! Gewiß diejenigen, die noch ungeboren ſind,
werden über mich weinen, wenn ſie hören werden,
daß Chriſtoph Columbus mit Gefahr ſeines Lebens
und des Lebens ſeiner Brüder, mit ſeinem eignen
Vermögen und wenigen oder gar keinen Koſten für
die Spaniſche Krone, in zwanzig Jahren und vier
Reiſen größere Dienſte that, als je ein Menſch einem Fürſten oder Königreiche, und daß er dennoch,
ohne des geringſten Verbrechens ſchuldig befunden

---

*) Nach der Franzöſiſchen Ueberſetzung fährt Co-
lumbus ſo fort: „Verzeiht dieſer unglücklichen
„Unternehmung. Die ganze Erde, und alles was
„in der ganzen Welt Gerechtigkeit und Menſch-
„lichkeit liebt, weine über mich! Und ihr, hei-
„lige Engel des Himmels, die ihr meine Unſchuld
„kennt ꝛc.“

zu sein, arm und elend umkommen muſte, nachdem
ihm alles, außer seine Ketten, genommen war; ſo
daß der, der Spanien eine neue Welt gab, weder
in dieſer noch in der alten Welt für ſich und ſeine
unglückliche Familie eine Hütte fand. Sollte aber
der Himmel mich ferner verfolgen, und über das,
was ich gethan habe, unzufrieden ſcheinen, als ob
die Entdeckung dieser neuen Welt für die alte unglücklich ſein könnte: ſo bringet doch, o ihr guten
Engel, die ihr dem Unterdrückten und Unſchuldigen
zu Hülfe kommt, dieſes Papier zu meiner hohen
Gönnerin. Ihr iſt es bekannt, wie viel ich für ihren Ruhm und ihren Dienſt gelitten habe; und ſie
wird ſo gerecht und gottesfürchtig ſein, die Söhne
und Brüder desjenigen, der dem Königreiche Spanien unermeßliche Reichthümer verſchafft, und deſſen
Beſitzungen mit weitläuftigen unbekannten Reichen
vermehrt hat, nicht Mangel an Brod leiden, oder
von Almoſen leben zu laſſen. Sie wird, wenn ſie
noch lebt, beherzigen, daß Grauſamkeit und Undankbarkeit den Himmel erbittert. Die Reichthümer, die ich entdeckt habe, werden das ganze menſch-
liche Geſchlecht zum Raube herbeirufen, und mir
Rächer erwecken; und die Nation wird vielleicht dereinſt für das leiden, was jetzt ein neidiſches, bös-
tiges und undankbares Volk begeht.

No.

### N°. XII. zu S. 242.

Brief des Bischofs von Roß, John Lesley,
an den Erzbischof von Glasgow, über die
Krankheit der Königin; ein Original, aus
der Bibliothek des Schottischen Kollegiums
zu Paris. (Geh. Mem. Bd. 1. S. 269.)

Der Anfang enthält eine Krankheitsgeschichte
der Königin, woraus die Aerzte lernen können,
daß man eine Person, die in einer tödtlichen Ohn-
macht zu liegen scheint, so lange zerren muß, bis
sie wieder zu sich kommt. So machte es der geschickte Doktor Naw. Er zerrte die Kranke so,
daß sie nach drei Stunden Athem und Sprache
wieder bekam, und stark schwitzte. Sie ward von
Tage zu Tage besser, aber die häufigen Abfüh-
rungs- und Brechmittel, und das heftige Hin-
undherzerren hatte sie so abgemattet, daß sie noch
zu der Zeit, als der Bischof diesen Brief schrieb,
weder Hand noch Fuß bewegen konnte.

Die Königin bezeigte sich während ihrer Krankheit sehr gottesfürchtig, ließ oft den Bischof holen,
um mit ihm zu beten, beichtete und versicherte
mehrmals, sie würde in der katholischen Religion
sterben, in der sie geboren und erzogen wäre.
Dann wandte sie sich an den anwesenden Adel, bat

Gesch. Elisab. 6. Th.          N

denselben, sich der Regierung des Staats anzunehmen, und um dieses mit desto mehr Weisheit zu thun, sich vor allem Partheigeiste zu hüten; besonders aber empfahl sie diesen Großen, in Absicht auf ihren Sohn, denselben nie den Händen schlechter Menschen von niederm Herkommen anzuvertrauen, sondern immer solchen Männern als diejenigen, unter deren Aufsicht er gegenwärtig wäre, fähig, ihm tugendhafte Grundsätze einzuflößen, und keinen Fehler an ihm zu leiden, die er von seinem Vater, seiner Mutter oder andern Verwandten an sich haben könnte. Sie empfahl ihnen ferner den Zustand der Religion in ihrem Reiche, und bat sie herzlich, niemanden wegen des katholischen Glaubens zu verfolgen, und jedem völlige Gewissensfreiheit zu lassen; gewiß ein lebenswürdiger Rath, setzt der Bischof hinzu. Hierauf empfahl sie ihnen ihre Diener, einige besonders, andre im allgemeinen, und trug ihnen auf, dieselben für ihre guten Dienste zu belohnen.

Endlich, hier fahre ich mit den eignen Worten des Bischofs zu erzählen fort, ließ sie Herrn du Croc rufen, und erklärte ihnen in seiner Gegenwart, sie stürbe in dem katholischen Glauben. Sie gab ihre Anhänglichkeit für das Königreich Frank-

reich und für die Verbindung mit dieser Krone zu
erkennen, empfahl den Prinzen, ihren Sohn, dem
Könige und der Königin Mutter, und bat ihren
Adel, den Frieden und die Freundschaft, welche
zwischen beiden Reichen beschworen waren, zu erhalten, und besonders dem Prinzen, ihrem Sohne,
dieselbigen freundschaftlichen Gesinnungen einzuflößen. Sie wünschte, Herr du Croc möchte in
ihrem Namen dem Könige, der Königin Mutter,
dem Kardinal von Lothringen und allen ihren
Freunden in Frankreich das letzte Lebewohl sagen, und den König und die Königinn bitten, daß
ihr ein Jahr von ihrem Leibgedinge zugestanden
würde, um ihre Diener in Frankreich zu belohnen . . . . . . Die anwesenden Lords, als die
Gräfin von Huntley, von Murray, Bothwell,
Rothes, Caithneß, die Lords Levingston, Ar-
broth, Seaton, Zeister, Borthwick, Sommer-
ville, nebst vielen andern Baronen und Bischöfen,
versprachen ihr, sie wollten ihre Willensmeinung,
sobald sie wieder in Edinburg sein würden, getreu
erfüllen, sich genau zusammenhalten, eine Con-
vention errichten, und ihr Testament eröfnen; sie
wollten dieses, sofern es den Gesetzen des Reichs
nicht entgegen stände, vollziehen, für die Regentschaft und die Erziehung des jungen Prinzen sol-

che Leute ernennen, von denen sich die Befolgung
der Gesetze erwarten ließe, in keinem Theile der
Reichsverwaltung irgend eine gesetzwidrige Handlung zugeben, schon zum voraus alle diejenigen,
die Streitigkeiten erregen würden, als Feinde des
Staats und der öffentlichen Ruhe betrachten, und
sie den Gesetzen denunziiren, damit sie aufs schärf-
ste dafür bestraft würden  Dies versprachen sie
eidlich, auf den Fall des Absterbens der Königin.
Aber ich hoffe, Gott wird uns nicht das Unglück
erleben lassen, eine so gute Fürstinn zu verlieren.
Während dieser ganzen Zeit ist der König
zu Glasgow geblieben und hat der Königin keinen Besuch abgestattet. Ihre Majestät ist noch so schwach, daß sie unmöglich an
die Sache des Nunzius denken kann, ob sie
gleich die dieselbe betreffenden Depeschen schon
vor ihrer Krankheit fertig hatte. Der Kardinal
von Lothringen muß also gebeten werden, daß
er den Nunzius zur Geduld verweise; denn
wegen ihrer Krankheit wird die Taufe noch müssen aufgeschoben werden.

Die Verfasserin giebt den Brief nicht weiter,
weil der fernere Inhalt desselben nicht interessant
genug war, und bemerkt nur noch die Nachricht, welche Lesley am Ende giebt, der ver-

wundete Graf von Bothwell, sei in der Genesung, und habe die Ruhe auf den Gränzen
von England und Schottland wieder hergestellt.

## No. XIII. zu S. 246.

Dieses Stück ist aus Andersons und Goodalls
Sammlungen gezogen. Anderson giebt es ganz,
Goodall im Auszuge, vom 21. Jan. 1567. Im
Anderson ist es betitelt:

Papier, welches eine kurze Erzählung einiger
wichtigen, die Königin Maria von Schottland betreffenden Umstände, in Form eines Tagebuchs
enthält, von der Geburt ihres Sohnes an, bis
auf ihren Uebergang nach England, aus einer Kopie von Cecills Hand.

Den 19. Jun. 1566. Geburt des Königs Ja-
cobs VI.

20. Jul. Maria vermeidet die Gegenwart des
Königs, und geht auf einem kleinen Fahrzeuge mit
den Seeräubern nach dem Schlosse Alloway, wohin der König kommt, und von wo er verjagt wird.

13. August. Die Königin geht nach Magatland
auf die Jagd. Seit der Geburt des Prinzen bis auf
diesen Augenblick, war der König nach Dalkeith geschickt worden, und nach Mariens Zurückkunft von

der Jagd zu Magatland wurde er nach Stirling geschickt. Um diese Zeit veranstaltete Mylord Murray eine Zusammenkunft zwischen beiden, und brachte sie dahin, daß sie mit einander zu Bette gingen. (Mslle. Keralio hat es nicht gewagt, die letzten Worte buchstäblich zu übersetzen, führt sie aber aus dem Originale auf Englisch an.)

24. Septemb. Sie wohnt im Chekker-gonfle, und findet sich daselbst mit Bothwell zusammen. Der König kömmt von Stirling dahin, und wird auf eine verächtliche Art weggejagt.

7. Oktober. Mylord Bothwell wird zu Lyddisdale verwundet, und die Königin kömmt nach Borthwick.

8. Oktober. Die Königin erfährt, daß Bothwell verwundet ist, und fliegt eilend nach Jedburgh, und von da nach dem Schlosse Hermitage. Sie wird daselbst krank, indem sie von Jedburgh zurückkommt, wo sie bis den ersten November bleibt, da Bothwell zu genesen anfing. Der König kommt dahin, um sie zu besuchen, und wird weggejagt.

5. November. Die Königin und Bothwell kommen nach Kelso, und wohnen daselbst zwei Nächte.

7ten. Sie kommen nach Laytoun,

9ten. Sie kommen nach Wedderburn.

10ten. Sie kommen nach Coldingham, wo Lady Reyres und die von ihrer Gesellschaft erkoren werden, Wache zu halten.

12ten. Sie kommen nach Dunbar, wo sie drei Nächte bleiben.

16ten. Sie kommen nach Tamtalloun zu dem Laird von Baß.

17ten. Sie kommen nach Craigmillar zurück, und fangen an über die Ehescheidung zwischen ihr und dem Könige, ihrem Gemahl, zu rath- schlagen, und ihr Aufenthalt daselbst währt bis den dritten December. Zu derselbigen Zeit kommt der König von Stirling, erscheint vor ihr, und wird weggejagt.

3. December. Sie kommen nach Edinburg, wo sie ihre besondere Sorgfalt auf die Kleidung richtet, die der Graf von Bothwell bei der Taufe tragen soll. Mylord Bedford kömmt zu Edinburg an.

5ten. Sie gehen nach Stirling, nehmen dem Kö- nige seine Wohnung auf dem Schlosse William- Bellis, und geben ihm einen dunkeln und unbequemen Ort ein.

17ten. Der Prinz, unser gegenwärtiger Souve- rain, wird getauft, und sie bleiben drei Tage da.

24sten. Sie gehen nach Drymere, bei Lord Drummonds (da Mylord Bedford den Tag vor Andreas abgegangen war) und bleiben daselbst fünf Tage. Der König, welcher gerade nach Glasgow gegangen war, wird daselbst gefährlich krank.

31sten. Sie gehen zusammen nach Stirling zu- rück, und bleiben daselbst bis den 14. Januar.

6. Jan. Sie verheirathet ihren Sekretair zu Stirling.

14ten. Sie gehen nach Edinburg zurück, und lassen den Prinzen mit sich dahin bringen. Sie bleiben da bis den 21. Januar, und dann kommt die Königin nach Glasgow.

Hier fängt Goodalls Auszug an. Bis hierher giebt es indeß verschiedne falsche Fakta, andre sind erweitert oder verstümmelt, und alle sind überhaupt mit Fleiß so vorgestellt, daß sie auf schlimme Auslegungen führen müssen. Der übrige Theil des Tagebuchs, wie er sich in Goodalls Sammlung, Bd. II. Nr. XCII., S. 247 findet, ist betitelt:

Theil eines vorgeblichen Tagebuchs von einer Reise der Königin Maria, von Murray und dessen Verbündeten vorgelegt, und zum Belege ihrer Beschuldigung über Bothwells Briefe gebraucht.

Aus einer von Cecill korrigirten Abschrift. Cott. Biblioth. Cat. B. IX. fol. 247. (Gewiß dieselbige, die Anderson gehabt hat.) Wörtlich übersetzt.

21. Jan. Die Königin tritt ihre Reise nach Glasgow an, und wurde von dem Grafen von Huntley und Bothwell nach dem dem Lord Levingston zugehörigen Schlosse Kalendar begleitet.

23ften. Die Königin kommt nach Glasgow, und stößt unterweges auf Sir Thomas Crawford, den Grafen von Lenor und Sir James Hamilton, mit den übrigen in ihrem Briefe erwähnten Personen. Die Grafen von Huntley und Bothwell kehren dieselbige Nacht nach Edinburg zurück, und Bothwell bleibt daselbst.

24ften. Die Königin hält sich zu Glasgow auf, lebt daselbst, wie sie den 25. und 26ften that, und hat die Konferenz mit dem Könige, wovon sie schreibt, und eben in der Zeit schreibt sie ihr Billet und andre Briefe an Bothwell; und Bothwell wurde den 24. sehr eilig hingeschickt, um die Wohnung des Königs zu besehen, die für ihn eingerichtet wurde, und dieselbige Nacht ging er nach Liddisdale ab.

27ften. Die Königin führte, dem erhaltenen Auftrage zufolge, wie sie schrieb, den König von Glasgow nach Kalenbar, gegen Edinburg hin.

28ften. Die Königin führt den König nach Linlithgow, wo sie den ganzen Morgen bleibt, indeß sie Bothwell'n durch Ormeston, einen von den Mördern, von ihrer Zurückkunft nach Edinburg Nachricht giebt. Denselbigen Tag kommt der Graf von Bothwell von Liddisdale nach Edinburg.

29ften. Sie bleibt zu Linlithgow mit dem Könige, und schreibt von da an Bothwell.

30ften. Die Königin führt den König nach Edinburg, und bringt ihn in seine Wohnung, wo sie einen Brief schreibt, und Bothwell wird dahin bestellt, und findet sich bei ihr ein.

5. Febr. Sie brachte die Nacht in dem Zimmer unter dem Könige zu, worin nachher das Pulver zurechte gelegt wurde, und wozu ihr Kammerdiener Paris *) den Schlüssel verwahrte.

7ten. Sie bringt die Nacht und einen Theil des Tages in dem oben genannten Zimmer zu; und von da schrieb sie dieselbige Nacht den Brief, die Aeußerung des Abtes von Holyroodhouse betreffend.

8ten. Sie konfrontirte den König und Mylord von Holyroodhouse, ihrem die vorige Nacht geschriebenen Briefe gemäß.

9ten. Sie und Bothwell speisten mit dem Bischofe von Ollis auf dem Hochzeitsschmause zu Abend, und hierauf ging sie, in das Zimmer des Königs mit Argyle, Huntley und Bothwell, wo sie blieb und ihm liebkosete, bis Bothwell alles in Ordnung gebracht hatte; und ihr Kammerdiener Paris empfing in ihrem Zimmer das Pulver, und kam nachher, und winkte ihr, und sie gingen weg auf Sebastians Hochzeitsschmaus, gegen eilf Uhr; und kurz nachher kehrten sie (alle beide) nach der Abtei zurück, und blieben daselbst bis zwei Stunden nachher.

*) Maria hatte diesen Menschen, welcher eigentlich Nicolas Hubert hieß, und vordem in Bothwells und Lord Seatons Diensten gewesen war, in ihre Dienste genommen. Der Uebers.

10ten. Zwischen zwei und drei Uhr wurde der König mit Pulver in die Luft gesprengt.

11ten. Die Königin schreibt an Mylord Lenox, und verspricht ihm, die Thäter zur Strafe zu ziehen.

12ten. Der Leichnam des Königs wurde herbeigebracht und in der Kapelle von Holyroodhouse gelassen, und sie blieb bis den 21. mit Bothwell. Während dieser Zeit wurden verschiedne Plakate angeschlagen; und Heinrich Killegrew kam von der Königin von England an.

21ften. Sie begaben sich zusammen nach Seytoun, und brachten daselbst bis den 10. März zu, da der französische Gesandte du Croc sie beredete, nach Edinburg zurückzugehen.

10. März. Sie gehen auf du Crocs Anrathen nach Edinburg zurück, wo sie bis den 24. desselbigen Monats bleiben, und sich eifrig bemühen, die Urheber der Plakate ausfündig zu machen, aber keinesweges, die Mörder des Königs zu entdecken. Um diese Zeit erhielt der Regent Erlaubniß, abzureisen.

24ften. Sie gehen nach Seytoun zurück, und bringen da ihre Zeit bis auf den 10. April 1567 bloß mit Vergnügungen zu.

5. April. Der zweite Ehekontrakt per verba de praesenti wurde von Mylord Huntley geschrieben und gemacht, welcher, um in seine Güter wieder eingesetzt zu werden, eine von seiner Schwester, damaligen Gemalin Bothwells, unterschriebne Voll-

macht erhalten hatte; und da wurde über Bothwells
Lossprechung Rath gehalten.

9ten. Der Regent reiste aus Schottland ab.

10ten. Sie kehren nach Edinburg zurück, wo
Bothwell losgesprochen wird.

12ten. Welches ein Sonnabend war, wurde
Bothwell auf eine sehr sonderbare Art weiß gewa-
schen, wie die Akten bezeugen.

14ten. Welches Montags war, der erste Ver-
sammlungstag des Parlements, welches sich bloß
versammlete, um das Konfiskationsurtheil gegen
den Lord Huntley aufzuheben.

18ten. Freitags, war der Tag der Appellation
mit der Wiedereinsetzung des Grafen von Huntley.

19ten. Welches Sonnabends war, wurde dem
Grafen von Huntley und allen seinen Freunden das
Wiedereinsetzungsdekret gegeben. Dieselbige Nacht
machten die Lords nach dem Abendessen die Erklärung für den Grafen Bothwell, nachdem sie von ihm
ingeheim zum Abendessen zusammen gebeten waren.

21sten. Montags, ging die Königin nach Stirling, wo sie listige Anschläge machte, und schrieb
von da den Brief, betreffend den zu ihrer Entführung angelegten Plan. Huntley kam zu ihr, und
fing an, Reue zu fühlen; in derselbigen Zeit blieb
Bothwell zu Edinburg, und versammlete seine
Macht.

23ſten. Sie kam nach Linlithgow, und Bothwell nach Galtour.

24ſten. Sie ſchickte den Grafen von Huntley
des Morgens an Bothwell; er fand ſich auf dem
Wege, und that als ob er ſie entführte. Er nahm
Huntley und ſeinen Secretair gefangen, und brachte
ſie nach Dunbar, wo ſie bis den 2. May blieben.

26ſten. Der Prozeß zwiſchen dem Grafen von
Bothwell und ſeiner Gemahlin wurde in erſter In-
ſtanz vor den Kommiſſarius von Edinburg gebracht.

27ſten. Deſſelbige Prozeß in der zweiten In-
ſtanz vor John Manderſon, Kommiſſarius des Bi-
ſchofs von St. Andrews.

3. May. Sie wurde von Bothwell und allen
ſeinen Freunden, mit Lanzen bewaffnet, nach dem
Schloſſe von Edinburg gebracht; und damit kein
Grund zur Anlage da ſein mögte, warfen ſie ihre
Lanzen unterweges weg. Den folgenden Sonntag
wurde ihre bevorſtehende Heirath auf ihre eigne Einwilligung und eigenhändige Unterſchrift öffentlich
abgekündiget.

12ten. Sie kam mit Bothwell aus dem Schloſſe
nach Tolbunth vor die Herren der Aſſiſe, und verſicherte, ſie wäre in völliger Freiheit, und ſie gingen
zuſammen nach der Abtey.

15ten. Sie wurden öffentlich nach den Gebräuchen der beiden Religionen, der katholiſchen und re-

formirten, verheirathet, und blieben zu Edinburg
bis den 7. Junius.

7. Junius. Er marschirte gegen die Lords Hume
und Ferneherst, und ging von da nach Metros, und
sie nach Borthwick. Bothwell floh nach Dunbar,
und die Lords zogen sich nach Edinburg zurück. Sie
folgte Bothwell'n verkleidet nach Dunbar.

15ten. Sie kommen von Dunbar nach Carbe-
ryhill, wo die Lords auf sie trafen. Der Graf von
Bothwell nahm die Flucht, und sie kam mit den
Lords nach Edinburg.

16ten. Sie ging nach Loklevin, und blieb da
bis den 2. May 1568.

20sten. Dalgleish, Mylord Bothwells Kammerdiener, wurde mit dem Kästchen und den Briefen,
welche er aus dem Schlosse trug, festgenommen. Um
diese Zeit floh Bothwell zur See nach Norden.

24. Julius. Die Königin resignirt ihre Krone
zu Gunsten ihres Sohns, unsers gegenwärtigen Monarchen, und übergiebt ihm die Regierung. Zu dieser
Zeit war Sir Nikolas Throgmorton in Schottland.

27sten. Der König wurde zu Striveling gekrönt. Middelmore war dabei gegenwärtig.

14. August. Mylord Murray, gegenwärtig
Regent, kam aus Frankreich zurück, und kam nach
Edinburg.

17ten. Mylord ging nach Locklevin, und sprach
die Königin.

22ſten. Mylord, gegenwärtig Regent, über=
nahm die Regentſchaft, und leiſtete den gewöhnli=
chen Eid.

15. December. Das Parlement wurde gehal=
ten, und alles Vorgegangene beſtätigt.

2. May. Die Königin entkommt von Locklevin,
und kommt nach Hamilton, indeß Mylord zu Glas=
gow iſt.

13ten. Zu Langſide bei Glasgow fiel das Ge=
fecht vor.

15ten. Middelmore, Geſandter der Königin
von England, bewegt Mylord, ſich aller Thätlich=
keiten und Gewaltthätigkeit zu enthalten.

## N°. XIV. zu S. 248. ff.

### Auszug aus der Proteſtation der Grafen von Huntley und von Argyle.

Enthält nichts merkwürdiges, das die Verfaſ=
ſerin in der Geſchichte nicht ſchon geſagt hätte, es
möchte denn die Antwort Lethingtons auf Ma=
riens Bemerkung ſein, daß Darnley in Frankreich
beſſere Sitten annehmen würde. Madam, ſagte
er, ſein ſie verſichert, daß die Lords, die hier mit
Ihnen reden, Mittel finden werden, Sie von
Ihrem Gemahl loszumachen, ohne daß das In=
tereſſe Ihres Sohns darunter leiden ſoll. Der

hier gegenwärtige Graf von Murray hat, ob er
gleich ein Protestant, und sie eine Papistin sind,
ein eben so zartes Gewissen als Sie. Ich wage
es indessen, Ihnen dafür zu stehen, daß er, wenn
Sie uns die Ausführung des Entwurfs überlassen,
sich betragen wird, als wenn er nichts davon wüßte;
er wird nicht davon reden. Auf die Antwort der
Königin, sie wollte nichts thun, was wider ihre
Ehre und ihr Gewissen wäre, versetzte Lethington:
lassen Sie uns die Sache betreiben; es wird nichts
als Gutes für Eure Majestät daraus erfolgen, und
das Parlament wird unsere Unternehmung billigen.

## No. XV. zu S. 256.

Brief der Königin Maria an ihren Gesandten
in Frankreich, den Erzbischof von Glasgow.

Dieses Stück ist für die Geschichte zu wenig
wichtig, um hier mitgetheilt zu werden.

## No. XVI. zu S. 273. f.

Brief der Königin Maria an denselbigen (Mem.
Scot. Tom. 3. F. 4.) nach dem Original.
Schottische Bibliothek zu Paris.

Unser ehrwürdigster geistlicher Vater und Rath,
Wir entbieten Euch Unsern Gruß. Wir haben diesen

sen Morgen Euren Brief vom 27. Januar durch Euren Diener Robert Dury erhalten, worin Warnungen enthalten sind, welche Wir zum Theil gegründet finden, obgleich der Ausgang der Erwartung der Urheber eine v rhaßten That, welche sie sich vorgenommen und ausgeführt haben, nicht völlig entsprochen hat, indem Gott uns gnädig bewahrt und erhalten hat, um dieses schreckliche Verbrechen exemplarisch zu bestrafen, und welches Wir nicht unbestraft lassen, oder lieber sterben wurden. Die Sache ist entsetzlich, und so außerordentlich, daß Wir glauben, sie sei in unserm Lande ohne Beispiel. In der verwichenen Nacht, den 9. Februar um 1 Uhr, sprang das Haus, worin der König wohnte, indem er in seinem Bette lag, auf einmal mit einer solchen Gewalt in die Luft, daß das Haus, die Mauern, alles zu Grunde gerichtet wurde, und kein Stein auf dem andern blieb. Das scheint die Wirkung einer Mine zu sein. Wir zweifeln nicht, durch die Bemühungen Unseres Conseils, welches die Untersuchungen schon angefangen hat, bald über alles zur Gewißheit zu kommen. Und wenn dieses entdeckt sein wird, und Wir bitten Gott, er möge nicht zulassen, daß es verborgen bleibe, so wollen Wir die That so bestrafen, daß die folgenden Jahrhunderte ein Beispiel daran nehmen sollen. Aber nach den Erklärungen, die Wir Euren Warnungen geben können, müssen Wir Uns selbst versichert halten, daß dieses Complott nicht weniger ge=

Gesch. Elisab. 6. Th.　　　O

gen Uns als gegen den König gemacht war; denn
Wir hatten den größten Theil der vergangenen Woche
in dieser selbigen Wohnung geschlafen, und Wir hatten daselbst den größten Theil Unserer Lords um Uns,
welche in dieser Stadt sind. Diese Nacht waren Wir
durch ein glückliches Ohngefähr für Uns, wegen einer
Masquerade auf dem Schlosse nicht dageblieben.
Wir glauben indeß, daß es nicht ein bloßes Ohngefähr war, sondern daß Gott sich Unser erbarmt hat.
Wir schicken diesen Kourier eilends an Euch ab, und
deswegen schreiben Wir Euch so kurz. Wir werden
auf den übrigen Inhalt Eures Briefes in 4 oder
5 Tagen durch Euren eigenen Diener weitläuftiger
antworten, und empfehlen Euch indessen der Obhut
Gottes. Edinburg, den 11. Februar 1567.

Maria, Königin.

Der oben erwähnte Brief des Bischofs, welcher durch Robert Dury überschickt worden war,
ist derselbige, von dem der Verfasser des Martyr-
thums der Königin von Schottland redet. Jebbs
Sammlung, S. 215. Das Originalkonzept von
der Erzbischofs Hand befindet sich noch in der
Schottischen Bibliothek zu Paris. (Mem. Scott,
tom III. F. 9 & 10.) Wir fügen einen Auszug dieses Briefes bei, welcher Warnungen enthält, woraus man Vermuthungen über das den 10. Februar

gegangene Verbrechen ziehen, und die man mit
Buchanans Erzählungen vergleichen kann.

Die Verfasserin.

## Auszug aus des Erzbischofs Schreiben an die Königin Maria.

Was einige der vorhergehenden Artikel betrift,
so hätte ich es für meine Pflicht gehalten, Ew. Majestät darüber eine eigne Depesche zuzufertigen, wenn
der spanische Gesandte mich nicht darum ersucht,
und besonders mich nicht aufgefodert hätte, Ihnen
einen Wink zu geben, daß Sie wegen Ihrer eignen
Person auf Ihrer Hut sein möchten. Ich habe mehrmals von andern Personen verlauten hören, daß etwas zu Ihrem Nachtheile im Werke wäre, aber er
hat mir nie etwas näheres davon offenbaren wollen.
Er hat mir bloß versichert, er hätte an seinen Herrn
geschrieben, um zu erfahren, ob er auf diesem Wege
tiefer eindringen könnte; er hätte aber die Erinnerung und den Rath erhalten, dahin zu sehen, daß
ich aufs eheste Ew. Majestät aufmerksam machte.
Bei diesen Umständen, und besonders auf sein Verlangen, habe ich ungesäumt mit der Königin Mutter
gesprochen, und sie gefragt, ob ihr seit kurzem Reden oder Anschläge zu Ohren gekommen wären, die
gegen Ew. Majestät Bestes gerichtet wären; aber sie
hat nicht gestehen wollen, daß ihr etwas Verdächti-

ges in dieser Hinsicht bekannt geworden wäre, und hat mir gesagt, der Graf von Brienne und der Gesandte la Forest hätten ihr versichert, daß es um Ihre Angelegenheiten sehr gut stände. So hatte auch Robert Stuart ihr vorgestellt, Sie hätten den Grafen von Morton, Ruthwen und Lindsay vergeben; sie glaubte, Sie hätten nichts zu besorgen, nachdem Sie so viel Mitleiden und Milde bewiesen hätten. Sie schien sehr zufrieden, daß Sie diese Personen so gnädig behandelt hätten, und hielt dies für das beste Mittel, sich zu behaupten, und vor allem, was Ihnen schaden könnte, sicher zu sein. Nur, bemerkte sie, es fände sich noch einige Uneinigkeit zwischen dem Könige und Ihnen, und sie wünschte, Gott möchte diese Uneinigkeit, welche einen Theil Ihres Unglücks und Ihrer Bekümmernisse ausmachten, aufhören lassen; denn dies würde ein vortrefliches Mittel sein, Ihre Absichten und Unternehmungen zu Stande gebracht zu sehen; und deswegen rieth sie Ihnen, sich an die Frau von Lenox zu wenden, von der sie weiß, daß sie bei dem Englischen Adel sehr beliebt ist; ꝛc. Paris, den 26. Januar 1567.

## Nᵒ. I. zu S. 370. ff.

### §. I.

## Associationsakte der schottländischen Edeln zu Gunsten Bothwells.

Diese Akte hat in Absicht auf ihre Fassung nichts besonders, und der Inhalt derselben findet sich in diesem dritten Bande der Geschichte, S. 374. f. umständlich genug angegeben. Sie würde also bloß dem gelehrten Geschichtsforscher interessant sein. Die Unterschriebenen waren: die Grafen von Murray, Argyle, Huntley, Cassilis, Morton, Southerland, Rothes, Glencarn, Caithneß; die Lords Boyd, Seaton, Sinclair, Semple, Oliphant, Ogleby, Rosehacat, Carlisle, Herreis, Hume, Innermeith. Der Lord Eglington entfernte sich, ohne zu unterschreiben. (Anderson, Bd. 1. S. 107. 111. Keith, S. 382. B. 2.)

### §. II.

## Einwilligung der Königin, gegeben den 14. Mai 1567.

Nachdem die Königin vorstehende Associationsakte gesehen und in Erwägung gezogen hat, verspricht sie auf ihr fürstliches Wort, daß sie und ihre Nachfolger keinen von den Unterzeichneten

seine Einwilligung und die Unterschrift zu der in
dieser Schrift verhandelten Materie jemals als
Verbrechen oder Beleidigung anrechnen wollen;
daß weder diese Personen noch ihre Erben deswe=
gen jemals sollen angeklagt oder vor Gericht geru=
fen werden; daß ihre besagte Einwilligung oder
ihre Unterschrift ihre Ehre nicht beschimpfen oder
beflecken soll, und daß sie niemals wegen ihrer
Einwilligung zu dieser Sache als ungetreue Unter=
thanen sollen angesehen werden, aller dem entge=
genstehenden Einwendungen ohngeachtet. Zu Ur=
kunde dessen haben Ihro Majestät diese Schrift
eigenhändig unterschrieben. (Anderson, S. 111.
Keith, S. 384.)

## N⁰. II, zu S. 420.

### §. I.

Proklamation der Lords vom geheimen Con=
seil und dem Adel, wider den Grafen von
Bothwell. Edinburg 12. Jun. 1567.

Der Abdruck dieser Erklärung ist unsern Lesern
durch den weitläuftigen und getreuen Auszug, den
die Verfasserin davon gegeben hat, unnütz gemacht
worden.

§. II.

Aſſociationsakte (unter dem Namen Firs-bon
bekannt) des Adels, um dem Grafen von
Bothwell den Prozeß zu machen. Edinburg,
16. Jun. 1567.

In dem Eingange dieſer Akte wird geſagt, die
Nachricht von dem ſchändlichen und verrätheriſchen
an Heinrich Stuart begangenen Morde, habe ſich
ſchnell überall in Europa verbreitet, die Nation
ſei darüber verabſcheut und verachtet worden, und
kein Schottländer habe ſich ohne Scham in
einem fremden Lande zeigen können; es ſein keine
gerichtliche Mittel angewandt worden, dieſes Verbrechen zu beſtrafen, und das nicht ohne Grund,
obgleich die Mörder genug bekannt waren.
Denn, ſo heißt es nun weiter, wer muſte nicht
einſehen, daß das Betragen, welches Bothwell zur
Zeit dieſer verhaßten That, und beſtändig nachher
beobachtete, in Ermangelung anderer Beweiſe hinlänglich war? Iſt der Prozeß nicht verhindert,
und ohne die nothwendigen Formalitäten beendigt
worden? Die übrigen Mörder, welche man ein-
zuziehen und in ſichere Verwahrung zu bringen
wünſchte, bis die Unterſuchung ihrer Sache oder
die gerichtliche Anklage gegen dieſelben begründet

O 4

und gesetzmäßig wäre, könnten diese unter die Aufsicht der Justiz gegeben werden, so lange sich ihr Anführer in Freiheit befand? Und was für ein schreckliches Gericht, worin er für unschuldig erklärt und aller Anklage entbunden worden ist? Alle Staatsbürger haben es wahrgenommen, daß keine bei Untersuchungen über Hochverrath gewöhnliche Form, daß keine andere gerichtliche Formen, und nicht eine von denen, welche der Vater und die Freunde des ermordeten Fürsten gerechter Weise wünschten, beobachtet wurden, und daß das Gegentheil geschehen ist. Der Graf von Bothwell erschien an dem zum Gerichte bestimmten Tage unter einer zahlreichen Begleitung, theils von bezahlten bewaffneten Leuten, theils von andern unbewaffneten Freunden; und niemand wagte es, zu erscheinen, um ihn wegen des begangenen Mordes anzuklagen. Indem die Gerechtigkeit so völlig betrogen war, ließ er gar nicht von seinen ungerechten und ungeordneten Ansprüchen nach, häufte Verbrechen mit Verbrechen, ohne Furcht vor Gott und Ehrfurcht für seine rechtmäßige Monarchin, und machte nachher eine neue Verschwörung, lauerte auf Ihre Majestät auf ihrem Wege, entführte sie, brachte sie auf das Schloß Dunbar, wo er sie gefangen hielt, und verschaffte sich zu gleicher

Zeit eine Ehescheidungssentenz zwischen ihm und
seiner rechtmäßigen Gemalin, eine Sentenz, die
er auf die schimpfliche Offenbarung seiner eignen
Schande auswirkte, um sich in stand zu setzen,
seine vorgebliche Heirath mit der Königin zu voll=
ziehen, welche, nach der Ehescheidung sehr eilig,
nicht allein vor den ordentlichen Kommissarien, son=
dern auch nach der Form und den Gebräuchen der
römischen Kirche geschlossen wurde, wodurch er öf=
fentlich erklärte, daß er gar keine Religion hätte,
wie auch in der That diese unrechtmäßige plötzlich
geschlossene Heirath, gegen die Gesetze Gottes und
die Gesetze aller Menschen ist, von welcher Reli=
gion sie auch sein mögen. Endlich nachdem diese
Vereinigung geschlossen war, ging dieser Mann,
dessen grausame und ehrgeizige Gemüthsart be=
kannt genug ist, auf dem Wege der Bosheit fort,
und es war keinem der Edlen von Schottland mehr
möglich, bey Ihrer Majestät Gehör zu erhalten,
und seine Angelegenheiten bei derselben zu betrei=
ben, ohne seinen Verdacht gegen sich zu erregen.
Man hat seitdem nur bei ihm gehört werden kön=
nen, indeß die Königin immer von bewaffneten
Leuten bewacht wurde. Da haben wir, freilich
zu spät angefangen, die Lage des Staats zu be=
denken, und uns selbst zu helfen, vorzüglich unt

erst das Leben des jungen Prinzen, des einzigen
Sohns und rechtmäßigen Erben unserer Monar=
chin zu erhalten, indem Ihro Majestät auf eine
schimpfliche und gesetzwidrige Weise in der Sklave=
rei gehalten wurde. Wir sehen, in welcher Ge=
fahr sich der Prinz befindet, da der Mörder seines
Vaters und der Entführer seiner Mutter, die
vornehmste Macht des Reichs in Händen hat,
und von bewaffneten Leuten umringt ist, und wie
sehr zu besorgen stehet, er werde, ehe sich jemand
dessen versieht, dieses unschuldige Kind aus dem
Wege räumen, wie er dem Vater desselben gethan
hat, und endlich durch seine Tyrannei und seine
grausamen Anschläge, die königliche Krone und
die höchste Regierung des Reichs an sich reissen.
Daher haben wir, in der Furcht Gottes und dem
unsern Monarchen gebührenden gesetzmäßigen Ge=
horsam, durch die oben angeführten Gründe bewo=
gen und gezwungen, zu den Waffen gegriffen, um
diesen schrecklichen und grausamen Mord an dem
oben genannten Grafen von Bothwell und andern
Urhebern und Rathgebern zu rächen, um unsre
Monarchin aus ihren Händen und von der
Schmach, dem Schimpfe und der übeln Nachrede,
welche ihr durch diese Sklaverei unter dem Vor=
wande ihrer gesetzwidrigen Verbindung verursacht

worden, zu befreien, um das Leben unsers rechtmäßigen Prinzen zu erhalten, und endlich, um
in allen Provinzen des Reichs und zum Besten
aller Unterthanen, die Gerechtigkeit handhaben
zu lassen. Wir Grafen, Barone, Lords, Kommissarien, Deputirten der Städte und Burgflek-
ken, und andre Unterzeichnete, haben uns also
durch gegenwärtige Akte alle und einzeln gegen einander verbunden und verpflichtet, für uns, unsre
Verwandten, Freunde und Diener, mit Gefahr
unsers Lebens, unserer Güter und unsers Vermögens, völlig und gänzlich mit denjenigen gemeinschaftliche Sache zu machen, die sich zur Beförderung und Ausführung unserer Absichten mit uns
werden vereinigen wollen, bis die Urheber des obbesagten grausamen Mordes und der obbesagten
Entführung nach der Gerechtigkeit bestraft sein
werden, die gesetzwidrige Heirath aufgehoben und
vernichtet, unsre Monarchin aus der schimpflichen
Sklaverei, worin sie gerathen ist, frei gemacht,
die Person unsers unschuldigen Prinzen von der
Wut des Mörders befreit, und von der augenscheinlichen Gefahr, der er ausgesetzt ist, errettet,
bis endlich die Gerechtigkeit in ihren ordentlichen
Gang wieder hergestellt sein, und zum Besten
aller Herren und Staatsbürger des Reichs öffent-

lich verwaltet werden wird. Wir versprechen als
Edle, die den Ruhm ihres Vaterlandes treulich zu
befördern suchen; auf unsre Ehre, unser Leben
und unsern geleisteten Huldigungseid, daß wir
diese Bedingungen treulich und beständig beobach=
ten wollen, wie wir Gott dem Allmächtigen da=
für Rechenschaft zu geben schuldig sind, und wir
schwören im Angesichte Gottes, daß, wenn wir
fähig sein sollten, wider diese Punkte zu handeln,
wir uns der Schande der Ehrlosigkeit, des Mein=
eides und der Untreue unterwerfen, und als der
eben genannten Verbrechen schuldig, als Feinde
und Verräther an unserm Vaterlande angesehen
werden wollen. Zu Urkunde dessen haben wir ge=
genwärtige Akte eigenhändig unterschrieben, zu
Edinburg, den 16 Jun. 1567.

Diese Darstellung zeigt, wie die Verfasserin
bemerkt, daß damals noch nicht die Rede davon
war, die Königin wegen des an ihrem Gemale be=
gangenen Mordes anzuklagen.

### §. III.

Akte und Proklamation, um sich des Grafen
von Bothwell zu bemächtigen. Edinburg,
26. Junius 1567.

Da gegenwärtiger Zeit die Lords vom geheimen
Conseil und die übrigen vom Adel, die Barone und

getreuen Unterthanen dieses Reichs den unglücklichen
Zustand des Staates in Betrachtung ziehen, und
wie der verstorbne König, Ihrer Majestät der Königin Gemal, schrecklicher und schändlicher Weise ermordet worden, daß keine gerichtliche Untersuchung
darüber angestellt, noch die Bestrafung der Urheber
davon erfolgt ist, ob sie gleich in den Augen der
Menschen bekannt genug waren, daß Ihrer Hoheit
eigne Person verrätherischer Weise entführt, und
nachher, wiewohl auf eine unrechtmäßige Art, göttlichen und menschlichen Gesetzen zuwider, mit dem
Grafen von Bothwell, dem vornehmsten Urheber des
gedachten grausamen Mordes, ehelich verbunden worden, und immer noch unter dem Joche dieser vorgeblichen und gesetzwidrigen Heirath ihrer Freiheit beraubt ist: so haben sie die Waffen ergriffen, um die
Urheber der gedachten Mordthat und Entführung zu
bestrafen; sie wollen die Person des unschuldigen
Kindes, des rechtmäßigen Prinzen des Reichs, vor
der blutdürstigen Grausamkeit dessen, der desselben
Vater ermordet hat, bewahren; entschlossen, die in
dieser verdorbenen Zeit entheiligte Gerechtigkeit wieder herzustellen und aufzurichten, und sie allen Unterthanen des Reichs angedeihen zu lassen. Auf der
Wahlstatt, wo eben dem besagten Grafen und seinen
Freunden eine Schlacht geliefert werden sollte, hat
derselbe einen Zweikampf zwischen ihm und einem
Grafen und einem Barone von gutem Rufe, dann

mit einem Lord und Mitgliede des Parlements, denen er selbst seine Ausfoderung und Erklärung zugeschickt hatte, indem der Ort zwischen beiden Partheien ausgemacht war, auf eine feige Weise ausge-
schlagen, hat sich endlich durch die Flucht gerettet,
die Schmach auf sich genommen, sich als durch das
Schicksal der Waffen überwunden angesehen, und
denkt gegenwärtig nicht mehr, daß er noch einfältige
und unwissende Menschen bewegen oder verführen
könne, ihm beizustehen und ihn zu vertheidigen, noch
daß er wegen des Mordes, der Grausamkeit und anderer Verbrechen, deren er sich schuldig gemacht hat,
und gegen die er sich nicht persönlich zu vertheidigen
wagt, ungestraft bleiben werde, nachdem er
jetzt durch ein ordentliches Gericht endlich nicht
allein für den Anstifter und Urheber, sondern
auch für den Vollzieher des Mordes mit seinen eignen Händen erkannt ist, wie seine eignen Bedienten,
welche zur Ausführung dieser schändlichen That mit
ihm waren, bezeugt haben. Daher befehlen die Lords
vom geheimen Conseil einem Herolde oder andern
Waffenbedienten, sich auf den öffentlichen Platz von
Edinburg und andre Plätze des Königreichs, wo es
nöthig ist, zu begeben, und da durch einen öffentlichen Ausruf allen Herren, Getreuen und Vasallen
der Krone kund zu machen, damit niemand Unwissen-
heit der Sache vorschützen könne, und allen besagten
Herren, von welchem Range und Stande sie sein

mögen, zu befehlen, daß niemand von ihnen dem besagten Grafen weder Unterstützung, noch Hülfe oder Zuflucht in ihren Häusern oder sonst, noch irgend einen Beistand an Menschen, Waffen, Pferden, Schiffen, Barken, oder worin er sonst bestehen möge, zu Wasser oder zu Lande, zugestehen soll, bei Strafe für Selbsttheilnehmer an dem Morde des verstorbenen Königs, der Entführung der Königin, und der andern von ihm begangenen Verbrechen geachtet, gehalten und gerechnet, und als solche verfolgt, und für Feinde des Staats erklärt zu werden. Ferner versprechen wir demjenigen, wer es auch sei, der den besagten Grafen gefangen nehmen, und ihn nach dem Schlosse von Edinburg bringen, und so der Gerechtigkeit zur Bestrafung für seine Uebelthaten überliefern wird, daß derselbe von dem Prinzen, Sohn des verstorbenen von dem Grafen ermordeten Königs, tausend Goldkronen zur Belohnung erhalten soll.

(Anderson, Bd. 1. S. 131. 139.)

Hier ist noch gar nicht von der Königin als Mitschuldigen die Rede. Die Briefe waren den 20. Junius weggenommen worden; sie enthielten die Beweise von Mariens Antheil an dem Verbrechen: wie wird denn jetzt noch der Graf beschuldigt, daß er sie entführt, und besonders, daß er sie gefangen gehalten habe?

Die Verfasserin.

# Belege zum vierten Theile.

## N°. III. zu S. 43. f.

### Depositionen wider Maria Stuart.

Diese Depositionen sind angeblich von Paris, Wilhelm Powries, Georg Dalgleisch, Johann Hay, Tallow dem jüngern, und Johann Hepburn, genannt von Bolton. So wichtig sie für den Geschichtsforscher sind, welcher in denselben die innern und äußern Kennzeichen ihrer Authencität oder ihrer Falschheit aufsucht, um sie als Beweise für oder wider Mariens Unschuld zu brauchen, so wenig würden sie es demjenigen Leser sein, der von schwierigen historischen Untersuchungen nur die Resultate zu wissen wünscht, besonders wenn solche authentische oder untergeschobene Stücke sonst nichts wissenswürdiges enthalten Dies ist gerade der Fall mit den angeführten Aussagen; sie enthalten nichts als Lügen und platte Widersprüche, und Erfindungen, wie sie sich nur von den unwissendsten und niedrigsten Menschen, erwarten lassen. Im Original sind sie nie bekannt geworden, und

die

die Ueberſetzung derſelben iſt ſehr unzuverläſſig. Whitaker hat in ſeiner Vertheidigung der Königin Maria von Schottland *), Th. 3, S. 190   210, weitläuftig bewieſen, daß die ſogenannten Aktenſtücke von denen, die ſie in Mariens Sache brauchten, untergeſchoben ſind.

## No. IV. zu S. 84.

Sieben Briefe von Maria, aus Haynes und Anderſon gezogen.

### Erſter Brief.

Von Carliſle den 13. Junius.

Madam und gute Schweſter, ich danke Ihnen für die Mühe, welche Sie ſich geben, die Rechtfertigung meiner Ehre anzuhören, welche alle Fürſten intereſſiren muß, und Sie um deſto mehr, da ich die Ehre habe Ihnen ſo nahe verwandt zu ſein: aber es ſcheint mir, daß gewiſſe Perſonen, welche Sie zu überreden ſuchen, meine Aufnahme werde Ihnen zur Unehre gereichen, das Gegentheil glauben machen. Aber ach, Madam, wo hörten Sie jemals, daß es einem Fürſten Unehre machte, weil er in Perſon die Klagen derjenigen annahm, welche ſich über falſche

*) Mary Queen of Scots vindicated, in 3 volumes, London 1787.

Geſch. Eliſab. 6. Th.          P

Anschuldigungen beschwerten? Entschlagen sie sich
des Gedankens, Madam, ich sei zur Rettung meines
Lebens hieher gekommen (die Welt und ganz Schott,
land haben mich nicht ausgestoßen), sondern um
meine Ehre wiederzuerlangen, und Beistand zur Be,
strafung meiner falschen Ankläger zu erhalten, nicht
um denselben als eine von ihres Gleichen zu ant,
worten; denn ich weiß, daß sie gegen ihre Monar,
chin nicht zugelassen werden dürfen, sondern um sie
vor Ihnen anzuklagen, vor Ihnen, die ich unter al,
len andern Fürsten als meine nahe Verwandte und
vollkommene Freundin ausgewählt habe, indem es
Ihnen, wie ich voraussetzte, Ehre machen würde,
zur Wiederherstellerin einer Königin ernannt zu wer,
den, welche diese Wohlthat Ihnen zu danken haben
wollte, indem ich Ihnen mein ganzes Lebenlang die
Ehre und den Dank dafür schuldig sein, und Ih,
nen auch meine Unschuld sichtlich beweisen wollte,
und wie jene mich fälschlich beschuldigt haben. Zu
meinem großen Leidwesen sehe ich, daß dieses anders
ausgelegt wird. Wenn Sie sagen, sehr angesehene
Personen haben Ihnen gerathen, sich bei dieser An,
gelegenheit in Acht zu nehmen, so verhüte Gott,
daß ich Ursache von der Verletzung Ihrer Ehre sein
sollte, da ich doch das Gegentheil zur Absicht hatte.
Daher haben Sie die Güte, da meine Angelegen,
heiten so große Eile erfodern, zu sehen, ob die an,
dern Fürsten hierüber eben so denken werden, und

dann wird Ihnen dies keinen Tadel zuziehen können. Erlauben Sie mir diejenigen aufzusuchen, welche sich meiner, ohne dieses zu fürchten, annehmen werden, und verschaffen Sie sich jede Sicherheit, sollte ich mich auch nachher Ihren Händen überliefern müssen, welches Sie, wie ich glaube, nicht verlangen, daß ich, wenn ich wieder in meiner Heimath bin, meine Ehre wieder hergestellt ist, und alle Fremde außer dem Lande sind, selbst kommen werde, meine Sache vor Ihnen zu führen und mich zu rechtfertigen; und dieses um meiner Ehre und der Freundschaft willen, die ich für Sie hege, und nicht als ob ich mich verbunden glaubte, meinen abtrünnigen Unterthanen zu antworten, oder auch wenn Sie mich kommen lassen, unter der Bedingung, daß Sie denen nicht glauben, wie Sie zu thun scheinen, die kein'n Glauben verdienen. Lassen Sie mir erst Ihre Gunst und Ihren Beistand widerfahren, und dann werden Sie sehen, ob ich deren würdig bin: finden Sie, daß ich es nicht bin, und daß meine Foderungen ungerecht, und Ihrem Vortheil und Ihrer Ehre entgegen sind, so wird es Zeit sein, wenn ich dort sein werde, die ganze Schuld auf mich zu wälzen, und mich meinem Schicksale zu überlassen, ohne sich weiter darum zu bekümmern. Denn da ich unschuldig bin, wie ich, Gott sei Dank, mich unschuldig weiß, thun Sie mir nicht Unrecht, mich hier fest zu halten, mich so zu sagen aus einem Gefängnisse in das andere bringen

zu laſſen, meine Feinde aufzumuntern, in ihren Lügen beſtändig fortzufahren, und meine Freunde zu
ſchrecken, daß ſie mir den Beiſtand nicht leiſten, den
ſie mir ſonſt verſprochen hatten, wenn ich ihre Dienſte
brauchen wollte? Ich habe alle rechtſchaffene Leute
auf meiner Seite, und mein Zögern kann Urſache
ſein, daß ich ſie verliere, oder daß ſie ihre Geſinnungen ändern, und dann würde ich Mühe haben,
ſie erſt wieder auf meine Seite zu bringen. Ich habe
Ihretwegen denen verziehen, welche jetzt meinen
Untergang ſuchen, weswegen ich Sie vor Gott anklagen kann, und fürchte noch, Ihre Zögerung werde
mich auch um das Uebrige bringen. Entſchuldigen
Sie mich, es geht mich zu ſehr an, ich muß mich
ohne Rückhalt gegen Sie erklären. Sie laſſen meinen unächten Bruder vor ſich kommen, welcher ſich
von mir geflüchtet hat, und Sie verſagen mir dieſe
Gunſt, welche mir, wie ich ſicher glaube, um deſto
weniger wird zugeſtanden werden, je gerechter meine
Sache iſt. Denn dies iſt das gewöhnliche Mittel bei
einer ſchlimmen Sache, daß den Beklagten der
Mund geſtopft wird; und dann weiß ich auch, daß
John Wood den Auftrag hatte, dieſe Weigerung
auszuwirken, als das ſicherſte Mittel für ſie, ihre ungerechte Klage und angemaßte Gewalt geltend zu machen. Daher bitte ich Sie, helfen Sie mir, damit
ich Ihnen alles zu verdanken habe, oder erklären Sie
ſich für keinen Theil, und erlauben Sie mir, mein

Beſtes anderswo zu ſuchen; denn ſonſt werden Sie,
wenn Sie die Sachen in die Länge ziehen, mir mehr
ſchaden als meine eigenen Feinde. Wenn Sie Verletzung Ihrer Ehre davon befürchten, ſo erklären
Sie ſich wenigſtens, um des Zutrauens willen,
welches ich Ihnen bewieſen habe, weder für mich
noch wider mich, und überlaſſen es mir, wenn ich in
Freiheit ſein werde, meine Ehre zu retten; denn
hier kann und will ich nicht auf die falſchen Anklagen meiner Feinde antworten, aber wohl will ich aus
Freundſchaft und weil es mir ſo gefällt, mich gegen
Sie gutwillig rechtfertigen, aber nicht durch einen
förmlichen Prozeß gegen meine Unterthanen, ſo lange
dieſen nicht die Hände gebunden ſind; denn ſie und
ich ſind auf keine Art gleiche Partheien; und ſollte
ich wider meinen Willen hier bleiben müſſen, ſo
würde ich immer lieber ſterben, als mich auf die
Art mit ihnen einlaſſen. Nun, ſelbſt unſere ſchweſter-
liche Freundſchaft bei Seite geſetzt, muß ich Sie um
Ihrer eignen Ehre willen bitten, Mylord Herreis
ohne weitern Aufſchub mit Verſicherung ihres Bei-
ſtandes, um den er in meinem Namen bei Ihnen an-
geſucht hat, zurückzuſchicken; denn ich habe hierüber
weder von Ihnen noch von ihm einige Antwort. Auch
bitte ich Sie, da ich mich ihren Händen überliefert
habe, und ſchon ſo lange ohne einige Gewißheit geblieben bin, Mylord Scrope zu befehlen, daß er
meinen Unterthanen, deren nur einer, zwei oder

drei hier sind, freien Zutritt zu mir erlauben, damit ich nicht aus aller Verbindung mit meinen Unterthanen komme, als welches mich und meine Vertheidigungsmittel verdammen heißen würde. Möchten Sie doch das wissen, was ich Ihnen kürzlich zu sagen mir vorgenommen hatte! ich würde nicht so hingehalten seyn. Ich lege Ihnen indessen diese Kabale gegen mich nicht zur Last, sondern ich hoffe, daß Sie, aller jener schönen Anerbietungen und falschen geschminkten Reden ohngeachtet, mich für eine Freundin erkennen werden, die Ihnen nützlicher seyn kann, als jene es jemals sein können. Ich werde mich auf keinen besondern Gegenstand anders als mündlich einlassen und also hier nichts weiter hinzusetzen, als daß ich mich Ihrer guten Gunst demüthig empfehle, und Gott bitte, daß er Ihnen, Madam, meine gute Schwester, Gesundheit und das glücklichste und längste Leben verleihe.

Ihre gute Schwester und Cousine.<br>
Maria, Königin.

## Zweiter Brief.

Madam und gute Schwester, die lange Dauer meiner verdrießlichen Gefangenschaft, und die Beleidigungen von Seiten derer, denen ich so viel Gutes erwiesen habe, machen mir nicht so viel Kummer, als daß ich Ihnen mein Unglück und die Krän-

kungen, die mir von verschiedenen Seiten her zugefügt sind, nicht der Wahrheit nach offenbaren kann.
Da ich also hier einen guten Diener gefunden habe,
um Ihnen * * * * diese Zeilen zu schreiben, so habe
ich Ueberbringern dieses meine ganze Meinung offen-
baret, und bitte Sie, ihn wie mir selbst zu glauben.
(Hier folgen einige verstümmelte Perioden, worin
unter andern eines Ringes gedacht wird, den Elisabeth der Königin von Schottland geschickt hatte.)
Robert Melvil sagt mir wenigstens, er wage es
nicht mir ihn zurückzugeben, ob ich ihm gleich denselben als mein werthestes Kleinod ingeheim gegeben
hatte. Ich bitte sie also, haben sie beim Empfange
gegenwärtigen Briefes mit Ihrer guten Schwester
und Cousine Mitleid, und sein Sie versichert, daß
Sie niemals eine zärtlichere Blutsfreundin auf der
Welt haben werden. Sie können auch in Betrachtung ziehen, wie wichtig das gegen mich gegebene
Beispiel ist; man mag hierbei an einen König oder
eine Königin, oder bloß an eine Person von geringerm
Stande denken. Ich bitte Sie zu verhüten, daß
niemand erfahre, daß ich Ihnen geschrieben habe,
denn dieses würde mir eine schlimmere Behandlung
zuziehn; und sie rühmen sich, durch ihre Freunde
alles zu erfahren, was Sie sagen oder
thun. Glauben Sie dem Ueberbringer wie mir
selbst. Gott bewahre Sie vor Unglück, und gebe
mir Geduld und Gnade, daß ich Ihnen eines Tages

P 4

mein Schickſal klagen, und Ihnen mündlich mehr eröffnen könne, als ich zu ſchreiben wage, als welches
Ihnen nicht wenig nützen würde.

Aus meinem Gefängniſſe den 18. Mai ....

Maria, Königin.

## Dritter Brief.

Madam und gute Schweſter. Da der Ueberbringer des gegenwärtigen Schreibens von meinem
guten Bruder, dem Könige von Frankreich, mit dem
Auftrage gekommen iſt, ſich zu erkundigen, in welchem Zuſtande ich mich befinde, und wie ich in Ihrem Reiche behandelt werde, ſo thut es mir leid,
daß ich ſo wenig Gelegenheit habe, mit dem Betragen Ihrer Miniſter meine Zufriedenheit zu bezeugen:
denn über Sie kann und will ich mich deſto weniger
beklagen, da ich nicht allein aus der Abſchrift des
Briefes, den Sie durch Middelmore an meinen unächten Bruder geſchrieben haben, erſehe, ſondern
auch Mylord Herreis mir verſichert hat, daß Sie
meinen beſagten ſchlechten Unterthan zur Rechen-
ſchaft wegen ſeines ungerechten Betragens aufgefor-
dert haben. Aber was iſt die Folge davon geweſen?
Middelmore, welcher zum Schutz meiner getreuen
Unterthanen geſchickt war, hat bey ſeiner Anweſen-
heit auf Ihre Auffoderung, welche für ſie ein Befehl ſein muſte, keine Weigerung erfahren, aber ſie

haben in seiner Gegenwart das Haus eines der vor=
nehmsten Barone niedergerissen; und ohne hierüber
das geringste Mißvergnügen zu bezeugen, ist er zum
grösten Nachtheil für die Ehre Ihres gegebenen
Worts, auf welches ich und meine Freunde uns gänz=
lich verließen, bei denselben geblieben, wo er noch
gegenwärtig schon den achten Tag ist. Ich weiß
nicht, was für Dienste er leistet; aber alle meine
Unterthanen werden, wie sie sagen, seit seiner An=
kunft schlimmer behandelt. Sie gehen weiter, und
rühmen sich von ihm in der Ausführung ihrer Un=
ternehmungen, welche auf die Eroberung meines Rei=
ches gehen, mehr authorisirt zu sein; sie täuschen
Sie mit der Hoffnung, ihre falschen Verläumdun=
gen mit Beweisen zu unterstützen, welche ich, wegen
der verschiedenen Behandlungen, die wir erfahren,
fürchten müste, wenn meine Unschuld und mein
Vertrauen auf Gott, welcher mich bisher beschützt
hat, mir nicht Muth gäbe. Denn betrachten Sie,
Madam, sie haben das Ansehn, das mir zugehört,
sie haben sich die Gewalt angemaßt, sie haben mein
Vermögen, um es zu Bestechungen zu brauchen, die
Finanzen, *) die im ganzen Lande ihnen zu Gebote
stehen, und Ihre Minister, welche, wenigstens eini=
ge derselben, ihnen von Tage zu Tage schreiben und

*) finesses, ein Schreib= oder Druckfehler, anstatt
finances, im Original finences.

Der Uebersetzer.

P 5

anrathen, was sie zu thun haben, um Sie zu überreden. Möchten Sie doch wissen, was ich davon
weiß! Und ich, ich werde als eine Gefangene behandelt, und kann nicht die Gunst erhalten, in Ihre
Gegenwart zugelassen zu werden. Sie bemächtigen
sich, mit den Waffen in der Hand, alles dessen,
was sie nur erhalten können; *) sie erdenken
fälschlich Mittel, deren sie sich bedienen wollen, ihren Verläumdungen gegen mich einen Anstrich zu geben, indeß ich ohne Rathgeber bin und
kein Mittel habe, das zu thun, was in solchen Fällen nothwendig ist, um meine Ehre zu vertheidigen.
Ich bitte nur Gott zwischen ihnen und mir zu richten.
Da ich nun sehe, daß allein ihre Sache von derjenigen Person so günstig behandelt wird, von der ich
Beistand erwartete, und daß auch Mylord Scrope
den Auftrag hat, sich mit ihnen zu besprechen, wodurch er sie für Oberhäupter der Justiz anerkennt: so
kann ich nicht anders als mich deswegen bey Ihnen
beschweren, und Sie bitten, daß Sie mich zu sich
kommen lassen, damit ich mich bey Ihnen beklagen
könne, und daß Sie mir mit aller nothwendigen
Eile beistehen, oder mir erlauben nach Frankreich zu-

---

*) . . . se sessissent de ce que cependant ils inven-
tent faullement, ist vermuthlich ein Fehler des
Abschreibers; im Original heißt es: se sessissent
de ce que se peuvent; ils inventent faulsement
moyens &c.                    Der Uebersetzer.

rück, oder anders wohin zu gehen, wo ich mehr Bequemlichkeit finden werde, wie ich Ihnen in meinem letzten Briefe schrieb. Ich bitte Sie, da Sie sehen, was erfolgt ist, veranstalten Sie keinen ungleichen Kampf, in welchem ich von aller Vertheidigung entblößt, und meine Gegner bewaffnet erscheinen würden. Bescheiden Sie vielmehr diesen Kavalier, wenn Sie ihn anhören, dahin, daß Sie, da Ihnen, wie Sie sehen, jene doch nur Schande bringen, entschlossen sind mir beizustehen, oder mich gehen zu lassen; denn ich muß, ohne einen dritten Angriff zu erwarten, den König von Frankreich und den König von Spanien bitten, wenn Sie sich nicht darum bekümmern wollen, auf meine gerechte Klage zu merken; und dann werde ich Ihnen, wenn ich wieder in meine Rechte hergestellt bin, die boshafte Verläumdung jener Menschen und meine Unschuld beweisen. Denn wenn jene sich erst des Reichs bemächtigten, und dann mich anklagten, was würde ich durch meine Unterwerfung unter Ihren Schutz gewonnen haben? Ist das ein Beweis von ihrer gerechten Sache, daß sie wider mich verfahren, ohne auf die ihnen vorgelegten Fragen zu antworten? Urtheilen Sie, Madam, nach den erhabenen Einsichten, die Gott Ihnen vor andern verliehen hat, und nicht nach den Eingebungen derer, die nur ihren eigenen Leidenschaften folgen. Ich will niemanden einen unverdienten Vorwurf machen; aber ein Wurm krümmt

sich doch, wann er getreten wird; wie viel mehr
muß es einem königlichen Herzen wehe thun, durch
Verläumdungen, die man Sie glauben macht, beschimpft *) zu werden. Ich bitte Sie, hören Sie
die Klagen, die ich durch diesen Kavalier an Sie gelangen lasse, an, und helfen Sie denselben ab, **)
damit sie nicht weiter zu gehen brauchen. Zeigen Sie,
meiner Hoffnung auf Sie gemäß, daß Sie nicht von
andern erinnert werden dürfen, Personen von Ihrem
Geblüt und Ihrem Range, Ihre Nachbarn und wahren Freunde zu schützen, und sein Sie bedacht, den
Bedrängten, und nicht denen, die ihre Größe auf das
Unglück anderer bauen, Gehör und Beistand zu lei-
hen. Zeigen Sie sich durch die That als meine erst-
geborne Schwester, und Sie sollen sehen, ob ich
durch Erkenntlichkeit, Folgsamkeit und Freundschaft
mich würdig zeigen werde, die zweite zu sein. In
dem, was Sie unternehmen werden, wird der König, mein guter Bruder, wenn Sie es von ihm verlangen, Ihnen beistehen, und Sie dabey unterstützen,

*) Hier steht, vermuthlich durch Schuld des Ab-
schreibers, dileyé, anstatt déloyé, déloé oder
diloé, so viel als déloué, welches vor diesem für
blâmé, dénigré, déprisé, gesagt wurde.
　　　　　　　　Der Uebersetzer.

**) et les ramandés, anstatt ramandez. In den
Belegen heißt es hier: et les demandes, und die
Bitten oder Gesuche. 　Der Uebersetzer.

und der König von Spanien gleichfalls, und es wird
denselben zu großer Zufriedenheit gereichen, Sie mögen nun bloß mich für meine Person verpflichten,
oder sie zu befriedigen suchen. Ihrer Antwort und
Ihrer Entschließung zufolge, wird dieser Kavalier
seinen Herrn Ihres guten Willens versichern, oder
ihn bitten, sich selbst zu verwenden, wenn Sie meine
Bitte abweisen sollten, welches mir nahe gehen
würde, wegen der Freundschaft, die ich mir von
Ihnen verspreche. Auch bitte ich Sie, Herrn von
Flamin zu erlauben, daß er nach Frankreich gehe,
um die mich allein betreffende Sache wegen meines
Leibgedinges auszumachen. Noch eine Bitte habe
ich für einige u einer eignen Diener, welche von eben
so wenigem Belange ist, und welche ich Sie bitte,
diesen Kavalier auf sein Ansuchen ausrichten zu lassen. Doch ich will Sie nicht mit längern Vorstellungen behelligen; ich empfehle mich also voll Zärtlichkeit ihrem Wohlwollen, und bitte Gott, er wolle
Ihnen, Madam, Gesundheit, und ein langes glückliches Leben verleihen.

Carlisle, 21. Junius.

Maria, Königin.

## Vierter Brief.

Madam, und gute Schwester,

Ich ersehe aus dem Briefe, den Sie die Güte
gehabt, mir durch Lord Herreis zu schreiben, daß

Sie meine Antwort an Sie nicht verstanden haben,
worin ich sagte, ich könnte die Art des Verfahrens,
die Sie mir vorschlugen, nicht billigen. Auch hatte
ich Ihre Entschließung gegen mich (indem ich mich
Ihrem Willen überließ) nicht so gefunden, wie mir
der besagte Lord Herreis dieselbe gegenwärtig erklärt
daß Sie nämlich auf mein erstes Gesuch geantwortet
haben, Sie würden mich in meinen Stand und mein
Reich wieder einsetzen, und wünschten mich zu hören,
um meine Ehre zu retten und sich selbst bei denen zu
rechtfertigen, die ungerechter Weise wider meine
Unschuld eingenommen sind, als welche ich nicht
mich zu erklären fürchte, weil ich an der Güte meiner Sache zweifle, oder weil ich glaube, daß Sie anders als gut gegen diejenige gesinnt sein, die Ihnen
so nahe verwandt ist, und der Sie seit langer Zeit so
viele Freundschaft versprochen, und wirklich in meiner Verlegenheit zu Dunbar, als ich die Flucht
nahm, bewiesen haben. Ich werde weder diesen,
noch alle übrige Beweise ihrer freundschaftlichen Gesinnungen vergessen, sondern sie in lebhaftem Andenken behalten, um Sie dafür mein Lebenlang unver-
stellt zu lieben und zu ehren. Aber aus vielen andern Gründen, und unter andern wegen der falschen
Nachrichten, die sie über meine Aufführung verbreitet haben, worauf es mir nicht möglich gewesen
ist, zu antworten, hatte ich bis jetzt gefürchtet, meine
Sache andern Händen als den Ihrigen anzuvertrauen.

Indeß auf Ihr Wort unternehme ich alles; denn ich zweifelte nie an Ihrer Ehre und königlichen Treue. Ich werde also zufrieden sein, nach dem, was mir Herreis in Ihrem Namen gemeldet hat, daß zwei, welche Sie wollen, sich einstellen, indem ich mich versichert halte, Sie werden für eine so wichtige Sache Leute von Stande auszuwählen wissen. Hierauf kann, Ihrem Wunsche gemäß, Mora oder Morton, oder alle beide kommen, als die Hauptpersonen, denen die Führung dieser Sache gegen mich anvertraut ist, damit ich mit denselben eine Ihnen gefällige Verabredung treffe, unter der Bedingung, daß sie sich gegen mich als ihre Königin betragen, wie mir Mylord Herreis in Ihrem Namen versprochen hat, ohne meiner Ehre, meiner Krone, meinem Range und meinem Rechte zu nahe zu treten, welches ich als Ihre nächste Blutsfreundin haben kann. Wenn Sie dieses thun, so hoffe ich, sollen Sie sehen, daß ich nicht undankbar, noch so vieler Verbindlichkeiten unwerth sein werde, als von denen ich, nach der Versicherung, welche mir davon in Ihrem Namen gegeben ist, meine Unterthanen benachrichtiget habe, damit dieselben, Ihrem Wunsche gemäß, sich aller Unruhen enthalten, und ihre Depesche, welche schon nach Frankreich unterweges ist, zurücknehmen mögen. Sie waren Willens, dort Hülfe zu suchen, indem ich ihnen von hier wenig Beistand leisten konnte. Auch habe ich in Frankreich und Spa-

nien alle Unternehmungen zu verhindern gesucht, wodurch ich diesen Mächten größere Verbindlichkeiten
schuldig werden könnte; denn ich wünsche, durch diejenigen in meinen vorigen Stand wieder hergestellt
zu werden, denen ich mich wegen der Nachbarschaft
der Länder und anderer günstigen Umstände, zum
Vortheil und zur Vereinigung dieser beiden Königreiche am leichtesten dankbar erzeigen kann. Und was
den Umstand betrift, daß dieser von Mora sich Ihnen
anvertraut hat, so würde es mir leid thun, daß er,
welcher die Ehre, Ihnen anzugehören, nur vermöge
unächter Herkunft hat, mehr Vertrauen auf Sie haben sollte, als ich, die ich in aller Hinsicht mehr
Ursache habe, dieses zu thun. Wenn er seine Pflicht
kennt, um Ihnen gefällig zu sein, so werde ich mehr
dafür thun, wenn ich um Ihretwillen, gegen die mei-
nige, mich gegen ihn und die übrigen, Ihrem Rathe
gemäß, betragen werde, in sofern es nicht wider
meine Ehre sein wird. Wenn Mylord Herreis mir
in Ihrem Namen so freundschaftliche Versicherungen
gegeben hat, so habe ich nicht daran gezweifelt, sondern Freunde und Feinde davon benachrichtiget. Aber
um uns einander besser zu verstehen, damit sich,
wenn es zur Sache selbst kömmt, keine Schwierigkeit finde, so habe ich ihm anbefohlen, alles was
mir in Ihrem Namen gesagt ist, an Master Cecil zu
schreiben, wie auch das, was er von ihm und von
dem Grafenvon Leycester gehört hat, sammt meiner

Antwort

Antwort auf alle Punkte seiner Beschuldigung, damit Sie mich deutlich verstehen, und mir keine Zögerung vorwerfen, sondern diese mich betreffende unangenehme Sache bald beendigen mögen, welche mir Scham verursacht, und noch mehr verursachen würde, wenn ich nicht dadurch noch diese letzte Wohlthat von Ihnen erhielte. Kurz, ich hoffe, Ihnen zu zeigen, wie sehr ich mein Lebenlang die Ihrige bin, und sein werde. Ich habe Ihrem Vicekammerherrn, Master Knollys, frei herausgesagt, was ich darüber denke. Ich bin versichert, er werde mir den Dienst erweisen, Sie davon zu benachrichtigen, welches mich eines längeren Schreibens überheben wird. Ich füge also nichts hinzu, als daß ich Ihnen die Hände küsse, und Gott bitte, er wolle Ihnen seine Gnade verleihen, und besonders Sie in Stand setzen, die Gesinnungen derjenigen zu erkennen, welche sich zu Ihrem Dienste anbieten, vorzüglich die Gesinnungen Ihrer zärtlichen und guten Schwester und Blutsfreundin . . . . .

Bolton, den 28. Julius.

Maria, Königin.

## Fünfter Brief.

Madam und gute Schwester,

Ich habe nicht ermangeln wollen, bei Gelegenheit der Rückkehr dieses Kuriers mich Ihrer Gunst

Gesch. Elisab. 6. Th. Q

zu empfehlen, welches mir bei allen Gelegenheiten
das größte Vergnügen macht, besonders seitdem ich
durch Mylord Herreis von Ihrer guten Gesinnung
überzeugt bin, daher ich nicht mehr Ursache habe,
Sie ferner mit so verdrießlichen Briefen, als bisher,
zu behelligen. Ich bitte Sie indessen, sich zu erinnern, wenn ich mich auch nicht von einem Tage zum
andern aufs neue beklage, daß mein Zustand nicht
besser geworden ist, als nur in so weit ich, nächst
Gott, auf Sie meine Hofnung setze, und ich bitte,
Sie wollen dieselbe durch Ihre öftern und freundschaftlichen Briefe zum Troste einer Bedrängten gü-
tigst vermehren, und mir von Ihrer Gesundheit
Nachricht geben, indem ich nicht das Glück habe,
mich persönlich davon zu überzeugen, wie ich Gott
bitte, daß ich noch vor meinem Ende thun könne.
Ich hatte in meinem letzten Schreiben vergessen, eine
Bitte an Sie zu thun; es ist diese, daß Sie einigen
von meinen Edlen erlauben, wenn Herr von Mora
kommen wird, oder ein wenig vorher, mit der Erlaubniß, frei bei mir aus= und eingehen zu dürfen,
zu mir zu kommen: denn Ihre beiden Räthe haben
mir über diesen Punkt keinen sichern Bescheid ertheilt, wie Mylord Herreis glaubte, von Ihnen die
Erlaubniß zu haben. Und um, anstatt meine Pflicht
zu beobachten, nicht lästig zu werden, küsse ich Ihnen die Hände, und bitte Gott, er wolle Ihnen,

Madam und gute Schwester, Gesundheit und lan=
ges glückliches Leben verleihen . . . . .

Bolton, den 29. Julius.

## Sechster Brief.

**Madam,**

Seit meinem letzten Briefe habe ich solche Be=
weise von der bisher vermutheten Partheilichkeit Ih=
rer Minister für meine Feinde erhalten, daß ich mich
in noch größerer Gefahr sehe, da ich in Sicherheit zu
sein glaubte. Denn ich habe John Woods Briefe
gesehen, worin derselbe, dem Rathe gemäß, den,
wie es sagt, Middelmore ihm von Throgmorton, Ce=
cil und einigen andern bringt, das Conseil auffodert,
meine Freunde aufs Aeußerste zu verfolgen, keine
Bitten für das Gegentheil in Ihrem Namen anzu=
nehmen, und indessen widerrechtlich vor ihnen zu
verfahren, indem sie ihnen Versicherungen ihrer
günstigen Gesinnung geben. Meine Schwiegermut=
ter, die Gräfin von Lenox, schreibt gleichfalls, so
wie ihr Gemahl, wegen Beschleunigung der Anklage
gegen mich. Sie hat Unrecht. Nur seit diesem Au=
genblick hat sie von den Königinnen eine üble Meinung,
da sie eine so ungerechte Feindschaft gegen mich hegt.
Ich werde dieselbe, wenn es Ihnen belieben wird,
in Ihrer Gegenwart widerlegen. Uebrigens versi=
chern sie, ich werde genau genug verwahrt werden,

unt nie nach Schottland zurückzukommen. Madam,
ich überlasse es allen Fürsten, zu beurtheilen, ob das
heiße, diejenigen, die sich, im Vertrauen auf Ihre
Hülfe, Ihnen in die Arme geworfen haben, redlich
behandeln. Ich habe Ueberbringern dieses alle
Packete gewiesen, wovon ich, wenn Sie es zu erlauben geruhen, den Königen von Spanien und
Frankreich, und dem Kaiser, jedem eine Abschrift
zuschicke; und ich werde Mylord Herreis auftragen,
sie Ihnen zu zeigen, damit Sie selbst urtheilen mögen, ob es mir zuträglich sein würde, Ihr Conseil,
welches gegen mich Parthei genommen hat, als Richter anzuerkennen. Ich will nicht glauben, daß man
Ihnen diese Unehre anthun wolle, sondern daß jener
Elende sie belügt, wie es alle machen, die es mit
ihm halten. Das ist ungerecht, daß Ihre Gegenwart mir versagt wird, und daß meine Schwieger-
mutter und andere, die ich nicht für meine Feinde
hielt, bereit sind, mir zu schaden, und mich in
meiner Gegenwart anzuklagen. Ich bitte Sie, lassen
Sie mich hier nicht hintergangen werden, welches
Ihrer eignen Ehre schaden würde. Erlauben Sie
mir, daß ich mich von hier wegbegebe, um die oben
benannten Fürsten zu meiner Sache zu Richtern zu
machen, und von ihnen Rath und Beistand zu erhalten, wie meine Feinde von Ihrem Conseil genießen. Und Gott wolle, daß sie Ihrem Ansehn
nichts benehmen, wie sie sich schmeicheln, Sie zu

allem zu bringen, was sie wollen, woburch Sie die Freundschaft aller andern Fürsten verlieren, und die Freundschaft derjenigen gewinnen würden, die ganz laut sagen, Sie sein nicht würdig, zu regieren. Könnte ich Sie sprechen, so würde es Sie gereuen, mich so lange hingehalten zu haben. Ich bitte Gott, er möge Sie bewahren, ein Beispiel zu geben, welches erstlich zu meinem Schaden, und dann auch zu Ihrem Nachtheil gereichen würde. Ihre zärtlichste Schwester                    Maria, Königin.

N. S. Ich bitte Sie, Mylord Flemming zu erlauben, daß er meinem guten Bruder, dem Könige von Frankreich, dem ich so sehr verpflichtet bin, meinen Dank überbringe.

## Siebenter Brief.

### Madam,

Ich erhielt gestern, zu meinem großen Mißvergnügen, einen Brief von Ihnen, woraus ich ersah, daß Sie die meinigen ganz anders genommen haben, als ich sie jemals verstanden hatte. Ich gestehe es, daß ich Ihnen, da ich nie von Ihrem guten Willen die geringste Gewißheit erhalten hatte, zu freimüthig schrieb; indeß machte ich auf Ihre Vergebung Anspruch, wenn ich von Ihnen an Sie selbst appellirte. Gott sei mein Richter, ob ich je undankbar gewesen bin, ob ich nicht Ihre guten Dienste innig

Q 3

erkenne. Aber wer die Geduld eines andern ermüdet, der bringt sich um manches, was derselbe ihm sonst schuldig zu sein glaubte, wie ich mir selbst dieses mehrmals vorgeworfen habe. Aber Sie haben dieses einer Person zu sehr übel genommen, die Sie unter allen Lebendigen ausgewählt, um sich und alles was sie hat, Ihnen zu überliefern. Habe ich Sie beleidigt, so bin ich hier, um jede Ihnen gefällige Genugthuung dafür zu leisten; aber wenn Sie mir Unrecht thun, so habe ich niemanden, als die Königin von England, bei der ich mich über meine gute Schwester und Blutsverwandte beklagen kann, welche mich beschuldigt, daß ich das Licht scheue. Auf den schlimmsten Fall hatte ich Ihnen Westminsterhall vorgeschlagen; aber ich sehe wohl, was Sie sagen, ist wahr: Sie sind dem Löwen ähnlich; andre sollen Ihnen aus bloßer Zuneigung zu Befehl stehen, und Sie verlangen Ehre und Dank, indem Sie nach eignem Wohlgefallen handeln, oder werden böse. Wohlan denn! ich fodere Sie zum Streite auf; ich nehme Sie für den großen Löwen, erkennen Sie mich für den zweiten derselbigen Art. Ich habe alles Ihren Händen überliefert; handeln Sie so in Absicht auf mich, daß ich Ihnen gleich kommen könne, und meine Kräfte fühle; und ich werde sie zwingen, zu gestehen, daß Sie Unrecht hatten, mich undankbar zu nennen, denn ich werde Sie allen Personen auf der Welt vorziehen. Ich habe einen andern Brief

von Ihnen erhalten, woraus ich sehe, daß Ihr Zorn
Sie Ihrer natürlichen Herzensgüte nicht vergeſſen
läßt. Madam, faſſen Sie nicht ohne Grund eine
ſchlechte Meinung von mir: Sie würden Unrecht haben; Sie werden es dereinſt einſehen. Es iſt mir
ſehr lieb geweſen, daß Sie für gut gefunden haben,
daß ich mit Ihrem Vicekammerherrn konferire, welches ich freimüthig thun werde, indem ich mich verſichert halte, meine Aeußerungen gegen ihn werden
vor jedermann geheim gehalten werden, ausgenommen vor Ihnen und denjenigen, die Sie zu ernennen
geruhen mögen, um meine Angelegenheiten mit Ihnen auseinander zu ſetzen. Uebrigens habe ich ge-
ſtern Borthwick mit den Nachrichten, die ich aus
Schottland erhalten hatte, an Sie abgeſchickt, um
Sie zugleich um baldige Antwort zu bitten, ob ich
meinen Unterthanen wegen Niederlegung der Waffen
Verſicherung geben kann; denn ſonſt, wenn die andern ihr Verſprechen nicht hielten, und die meinigen
es thäten, würde dies den Untergang der Letztern
nach ſich ziehen; und die meinigen ſind auf den zehn-
ten dieſes Monats bereit. Ihr Vicekammerherr kann
es bezeugen, welche Eile nöthig iſt; denn er hat gehört, was Sie mir haben entbieten laſſen. Sie ſehen alſo, daß ich Sie mehr ſchätze, als Sie glauben;
denn auf Ihr Wort wird alles, was mir angehört,
Ihnen ohne Verſtellung gehorchen, und ich weiß
nicht, ob die andern eben das gethan haben, oder

thun werden, wenn die Nothwendigkeit sie nicht dazu zwingt. Doch ich will nicht mit Ihnen abrechnen. Vergessen Sie das Vergangene, wenn ich mich geirrt habe, nehmen Sie meinen guten Willen an, und verpflichten Sie mich so, daß ich nicht im Stande bin, mich meiner Verbindlichkeiten gegen Sie zu entledigen; denn ich werde Sie als meine ältere Schwester ehren, und bitte Sie, wenn Sie mir wegen eines leidenschaftlichen Briefes einen Theil Ihrer Gunst entzogen haben, geben Sie mir aus Großmuth und wegen meines guten Willens zwei dafür wieder. Denn je weniger ich Ihre Gunst verdient habe, desto mehr werde ich mich bemühen, sie inskünftige zu verdienen, und werde sie werth halten, als ohne mein Verdienst erworben. Sollten Sie auf mich zürnen, und mir Abschied geben, so würde ich ihn für das erstemal nicht nehmen; auch für das zweitemal bitte ich Sie, ihn mir nicht anders als nach Ihrer freien gütigen Entschließung zu geben, indem ich hoffe, Sie inskünftige zu sehen, wenn ich das erstemal nicht so glücklich sein sollte. Ich habe noch nicht die Gelegenheit gehabt, mit Ihrem Herrn Vicekammerherrn zu sprechen, denn er sandte die erste Depesche an Sie schleunig ab. Ich werde ihn bitten, sich zu verwenden, wie Sie ihm befohlen haben. Ich will Sie nicht weiter belästigen, aus Besorgniß, mein Schreiben möchte dies erstemal nicht so gut aufgenommen werden. Also erinnere ich

Sie nur, mir über die Zögerung dieses Parlements, worin diese Leute sich schlagen wollen, zu antworten, und bitte Gott, er wolle Ihnen seine Gnade geben, und Sie dahin bringen, daß Sie das Unglück Ihres Nebenmenschen bedenken (denn das ist sein Gebot), und mit demselben Mitleid haben.

Bolton, den 7 August.

## N°. V. zu S. 89.

### Brief des Grafen von Murray an die Königin Maria.

7 August 1568.

Ich habe Ew. Majestät Schreiben erhalten, welches besonders eine Beschuldigung wegen meiner Undankbarkeit und meiner schlechten Gemüthsart enthält, da ich, ohngeachtet der Bande des Bluts, die mich an Sie knüpfen, ja, ohngeachtet der vielen aus Ihren Händen empfangenen Wohlthaten, dennoch in meinem Herzen den Gedanken habe finden können, Sie vor dem Parlemente auf den Tod anzuklagen, anderer harter Beleidigungen, die Sie mir schuld geben, nicht zu gedenken. Madam, ich glaube, Sie zweifeln nicht, und jedem ist es leicht, einzusehen, daß ich, wenn es meine Absicht gewesen wäre, Ihre Tage abzukürzen, bei dem Laufe der Sachen seit einem Jahre Mittel genug würde gefunden haben; aber nie ist dieser Gedanke in meinen

Q 5

Sinn gekommen. Denn wäre ich so entschlossen gewesen, die Ruhe des Reichs zu stören, wie diejenigen, die gegenwärtig das Panier aufheben, so würden Ihre Freunde schon längst den Lauf ihres sterblichen Lebens geendigt haben. Da aber der Ausgang
in diesem Stücke das Gegentheil gezeigt hat, so
habe ich nicht nöthig, auf meine Rechtfertigung zu
dringen; ich will also bloß sagen, daß ich Gott nie
um Barmherzigkeit angefleht habe, weil mir je der
Gedanke eingefallen wäre, irgend einem Menschen,
und insbesondere Ew. Majestät, nach dem Leben zu
trachten, welches mir, Gott ist mein Zeuge, immer
so theuer gewesen, und es noch ist, als das Leben
irgend eines lebendigen Geschöpfes. Was die übrigen Beleidigungen betrift, deren Sie mich in Ihrem
Briefe beschuldigen, so bin ich zu allen Zeiten bereit,
davon Rechenschaft zu geben, und bin im Stande,
mich vor den Augen der ganzen Welt zu rechtfertigen. Ich habe auch in Ihrem Schreiben zwei Briefe
von mir eingeschlossen erhalten, welche aus der Zeit
sind, da ich so ungerechter Weise aus meinem Vaterlande verbannt war. Ew. Majestät machen mir
mit Unrecht den Vorwurf, ich habe mich für Ihre
mir damals bezeugte Huld nicht so erkenntlich bewiesen, wie es meine Pflicht erfordert hätte. Ich habe
Ew. Majestät nie wegen irgend einer Sache besonders
angetreten, die ich ohne Nachtheil des Staats thun
könnte; und das Staatsbeste war ich allen Privat-

betrachtungen vorzuziehen schuldig. Was ich Ihnen
geantwortet habe, daß ich Ihre Angelegenheiten von
ganzem Herzen in der besten Lage zu sehen wünschte,
dasselbige würde ich vor Gott selbst antworten. Sie
äußern den Wunsch, daß Ihre Freunde an dem Orte
Ihres gegenwärtigen Aufenthalts freien Zutritt zu
Ihnen haben möchten. Ich glaube, Ew. Majestät
haben nicht vergessen, daß ich allen denen, die um
diese Freiheit zum Besten Ihres Dienstes anhielten,
dieselbe zugestanden habe. Es ist wahr, daß einige
Personen, unter dem Vorwande, Ihnen aufzuwar-
ten, beständig nach England haben gehen wollen,
und daß sie mit den Gränzbewohnern Intriguen unterhalten haben, wodurch die Ruhe des Reichs in
Gefahr kam, woraus zwischen den Gränzbewohnern von
beiden Staaten die größten Unordnungen hätten entstehen und der Friede zwischen beiden Reichen hätte verletzt
werden können. Eine solche für die öffentliche Ruhe
so gefährliche Freiheit wäre nicht wohl zu erlauben
gewesen. Ich will aber die Freiheit ruhiger und
friedliebender Personen, welche für Ihre persönlichen
Angelegenheiten mit Ihnen zu thun haben, und sich
in keine dem öffentlichen Besten gefährliche Dinge
mischen, keinesweges einschränken. Denn dieser Punkt
fodert meine ganze Sorgfalt, und es ist gut, daß
diejenigen, denen die Freiheit von einem Reiche in
das andere zu gehen, zugestanden werden soll, ihrem
Namen und Karakter nach bekannt sein. Endlich,

um auf den letzten Punkt Ihres Briefes zu antworten, da Sie Gott zum Zeugen Ihrer guten Gesinnungen gegen mich anrufen, so nehme ich ihn gleichfalls zum Richter über meine guten Gesinnungen gegen Ew. Majestät, und bitte ihn demüthig, er wolle Ihnen die Kenntniß Ihrer wahren Besorgnisse, und folglich Ihrer wahren Tröstungen verleihen.

## Nᵒ. VI. zu S. 187. f f.

### Entwurf von Cecils Hand, Maria Stuart zu schrecken, und sie zu hindern zu antworten und den Grafen von Murray anzuklagen.

1mo. Die Königin von Schottland muß dahin gebracht werden, daß sie von selbst verlangt in dem Reiche zu bleiben, und es nicht zu verlassen: daß der Zustand ihres Sohns und des Regenten so bleibe, wie er gegenwärtig ist; und daß ihr Sohn, zu seiner eignen Sicherheit, nach England gebracht, und unter der vormundschaftlichen Aufsicht einiger Schottländer erzogen werde.

2do. Der Regent muß überredet werden, seine Einwilligung hierzu zu geben.

### Mittel.

Die Königin muß durch den Bischof von Roß, oder durch Franz Knollys abgeschreckt werden.

Gründe zu dieser Entschließung.

1mo. Wenn die Königin von Schottland ihren Prozeß fortsetzen will, und unzufrieden scheint, so können und müssen Ihro Majestät die Königin von England der ganzen Welt anzeigen, daß sie des Mordes und der übrigen Verbrechen schuldig sei, von denen Sie dieselbe, wie die Sachen vorgestellt sind, der Klugheit nach in Wahrheit nicht freisprechen können. Denn wenn gleich der Regent und seine Freunde von ihr als Mitschuldige an dem Morde, und nachher an ihrer gesetzwidrigen Ehe mit Bothwell angeklagt worden sind, so ist das doch kein Beweis, daß sie selbst nicht die Urheberin davon sei.

2do. Ihre Majestät die Königin von England hat den Entschluß gefaßt und dem Grafen von Murray zu Anfang der Konferenzen erklärt, daß die Königin von Schottland, wenn sie an dem Morde unschuldig befunden wird, in ihren Stand wieder hergestellt werden soll; daß aber, wenn sie für offenbar schuldig erklärt wird, Ihro Majestät die Königin von England durch den einer Mörderin geleisteten Beistand und die ihr wiedergegebne Krone Gott nicht beleidigen, und denen, die dieselbe hierbei würden schützen wollen, keine Hülfe zugestehen will, als Personen, die ihres Verbrechens theilhaftig sind; daß sie vielmehr gesonnen ist, in diesem Fall, in Betrachtung des unschuldigen Kindes, dessen Leben in augenscheinlicher Gefahr sein würde, wenn man

seiner Mutter und den Freunden derselben, den Ha-
miltons, als offenbaren Feinden des Kindes, die
Regierung wieder übergäbe, dieses Kind und alle
Freunde desselben zu schützen, und besonders den
Zustand des Reichs und die Beobachtung der Gerech-
tigkeit zu erhalten.

3tio. Da Ihro Majestät, ohne ihr Gewissen
zu verletzen, welches sie allen Dingen auf der Erde
vorziehen muß, sie nicht in ihren ersten Stand wieder herstellen kann, so muß die Königin von Schottland nach ihrer Weisheit nothwendig bedenken, daß,
da besagte Königin vor diesem offenbar, im Angesichte der ganzen Welt, und bei Gelegenheiten, die
in den Zeitregistern aufgezeichnet sind, auf Dero
Reich Ansprüche gemacht und jede Genugthuung für
diese Beleidigung verweigert hat, die Königin von
England nicht ohne große Thorheit erlauben könne,
daß besagte Königin die Freiheit erhalte, Dero offenbare Feindin zu werden, und unter Dero auswärtigen Alliirten Unruhen anzurichten; und Ihro Majestät müssen dieselbe ohne Zweifel in Ihrer Gewalt behalten, so daß sie nicht ohne neue Bedingungen in
Freiheit gesetzt werden darf.

4to. Die Königin von England hat bei dieser
Conferenz wahrnehmen können, daß die Parthei der
Königin von Schottland ganz aus dem Hause Hamilton und dessen Anhängern, und die entgegengesetzte Parthei ganz aus den Lenox und Stuarts be-

steht. Es ist daher klar, daß wenn die Königin wieder in ihre Rechte eingesetzt, und die Lenor und Stuarts unterdrückt werden sollten, wie es nicht anders würde geschehen können, die Hamilton und deren Freunde und Verbündeten, die Huntleys und Argyles und ihre Vasallen, es bald dahin bringen würden, daß weder die Königin noch ihr Sohn lange auf dem Throne blieben; und die Hamilton würden, um ihre Ansprüche zu unterstützen, die fremde französische Macht auf ihren Boden rufen, welches England nicht zugeben kann.

Endlich würde es gut sein, nebst diesen Gründen, die man ihr (Maria Stuart) vorstellen kann, ihr einige Proben von Ihrer Majestät Verfahren zu geben, woraus sie mit Gewißheit einsehen könne, daß, wenn sie die vorgeschlagene Parthei nicht ergreift, ein unwiderbringlicher und nicht zu ertragender Schade für sie daraus entstehen wird, wenn sie die Königin dazu zwingen sollte.

#### Diese Mittel sind:

1mo. Daß sie nach Bolton gebracht, und so eingeschlossen werde, daß niemand, wer es auch sei, zu ihr kommen dürfe.

2do. Daß der Graf von Murray eine günstige Aufnahme erhalte, als derjenige, der die Wahrheit ans Licht gebracht hat, bis das Gegentheil bewiesen ist.

3tio. Daß man den Kommissarien der Königin zu erkennen gebe, wie der Graf von Murray und seine Anhänger in allem begünstigt werden sollen, bis sie ihm bestimmt werden geantwortet haben, und nachher Schutz und Vertheidigung genießen werden, wenn ihre Anklagen nicht widerlegt sind.

Beweise, daß Maria Stuart mit Recht gefangen gehalten werde.

1mo. Sie ist den Rechten und bündigen Verträgen gemäß gefangen.

(Es ist schwer, den Sinn dieses Artikels einzusehen. Vielleicht geht er auf die Kommission und die Vollmachten, welche der Königin von Schottland ihren, in gegenseitiger Verbindung mit den Deputirten ihres Sohns und der Königin Elisabeth stehenden Deputirten gegeben hatte, um sich dem schiedsrichterlichen Ausspruche dieser Fürstin zu unterwerfen. Gilbert Stuart, Bd. 1, S. 425. Note.) Die Verf.

2do. Sie kann ihre Freiheit nicht eher wieder erhalten, bis sie die Ihro Majestät zugefügte Beleidigung, da sie sich den Titel und das Wapen der Königin von England anmaßte, ohne gehörige Genugthuung gegeben zu haben, wieder gut gemacht hat.

3tio.

3tio. Die Lehnsherrlichkeit der Englischen über die schottländische Krone.

4to. Die Verbindlichkeit, welche Maria Stuart hat in Absicht sich auf die von ihren Unterthanen gegen sie, und von ihr gegen ihre Unterthanen angebrachten Beschuldigungen wegen des Mordes zu einzulassen.

**Bewegungsgründe, die man bei dem Grafen von Murray brauchen kann.**

1mo. Seine eigne Gefahr von Seiten des Kindes.

(Hier ist vermuthlich von der Bestrafung die Rede, die der Graf nach erlangter Volljährigkeit des Prinzen, für sein gegenwärtiges Betragen zu fürchten hat. Gilbert Stuart, ibid. Note.)

Die Verf.

2do. Dessen Gefahren im entgegengesetzten Falle.

(Unerklärbar.) Die Verf.

3) Die Allianz mit Frankreich zu befürchten.

4) Die Gefahr das Kind nach Frankreich bringen zu lassen. (Goodall, Bd. 2. No. CIV. S. 274.)

## N°. VII. zu S. 216.

Protestation der Grafen von Huntley und von Argyle. S. N°. XIV. zum dritten Bande.

Gesch. Elisab. 6. Th.        R

## N°. VIII. zu S. 216.

Brief von Maria Stuart an den Grafen von
Huntley, 5. Januar 1569.

Unserm würdigsten Vetter und Rath unsern
Gruß. Wir haben euren Brief vom 5. vorigen Monats erhalten, und denselben aufmerksam durchgele-
sen. Ob wir gleich kürzlich euch über die Lage Unserer Angelegenheiten geschrieben haben, so weit wir
davon unterrichtet sein konnten, so wird doch dieses
Schreiben euch unterrichten, daß Mylord Boyd, Unser würdiger Vetter und Rath, welcher den 26. vorigen Monats am Hofe angekommen ist, uns erklärt
hat, wie unsere rebellischen Unterthanen es so arg
gemacht haben, als sie nur konnten, um uns zu entehren, welches, Gott sei Dank, nicht in ihrem Vermögen steht, und sie wider ihre Erwartung, sich
selbst in ihren Absichten betrogen haben.

Sie denken jetzt auf irgend einen Vergleich; allein ob wir gleich keine unversöhnliche Gesinnungen
hegen, so ist das wenigste, was wir von ihnen verlangen können, dieses, daß sie ihr Vergehen erkennen, und daß die Königin, unsre gute Schwester,
die falschen Erfindungen derselben und ihre uns ange-
thanen Beleidigungen kennen lerne; wodurch sie ihre
Treulosigkeit und Niederträchtigkeit beschönigen
wollen; damit zu unserer Ehre, zu unserer Genüg-
thuung und zur Zufriedenheit unserer getreuen Un-

terthanen, die ganze Welt urtheilen möge, was
dies für Menschen sein. Ich bitte Gott, daß die
Anzahl unserer Freunde zunehme, und die ihrigen
sich vermindern mögen.

Ihr werdet hierbei einen Brief empfangen, welcher von euch und unserm Vetter, dem Grafen von
Argyle, unterschrieben werden soll. Er ist auf Mylord Boyds Anrathen, zufolge der Erklärung unsers
würdigen Raths, des Bischofs von Roß, und nach
unserer eigenen wohl überlegten Entschließung geschrieben. Wir wissen freilich wohl, daß bei euch
keine Ueberredung nöthig ist, da wir völlig überzeugt
sind, daß ihr euch alles was unsre Ehre und unsern
guten Namen betrifft, äußerst angelegen sein laßt:
indeß, da es hier auf unsere gerechte Vertheidigung
ankommt, nachdem Wir durch die Untreue und Verrätherei Unserer rebellischen Unterthanen verläumdet
sind, so sehen Wir uns gezwungen, euch diesen Brief
zu schreiben, und bitten euch, zu zeigen, wie unleid-
lich es wegen eurer Tugend und Unserer guten Sache
ist, daß Unsere und eure Gegner gegen euch, gegen
Uns und gegen Unsre übigen Unterthanen solche
Ränke brauchen, als diejenigen sind, von denen uns
unsre Bevollmächtigten an dem Englischen Hofe
Nachricht gegeben haben. Da Wir von unserer Seite
entschlossen sind, ihrer nicht zu schonen, sondern die
Wahrheit völlig ans Licht zu bringen, so hoffe ich
von der Gnade Gottes und der Gerechtigkeit unserer

Sache, daß alle ihre Beschuldigungen gegen Uns ihnen selbst zum Schimpf und zur Schande gereichen
sollen. Wir überlassen es eurer Klugheit, das besagte Schreiben durchzusehen, es zu fassen, wie ihr
es am besten findet, und die euch nöthig scheinenden
Zusätze dazu zu machen, und bitten euch, es Uns,
sobald möglich, verbessert und unterschrieben zuzuschicken, damit es unter den übrigen Anklagen, die
Wir gegen diese Verräther anzubringen denken, vorgelegt werden könne.

Das Ende dieses Briefes gehört nicht hieher,
und enthält auch sonst nichts merkwürdiges.

Der Ueberf.

## N°. IX. zu Seite 225. und 208.

Schreiben der Königin Maria an den Grafen
von Huntley, welches aufgefangen und dem
Grafen von Murray geschickt wurde.

18. Januar 1569.

Indeß ich nicht zweifelte, meine Sache würde
bald einen glücklichen Ausgang nehmen, da unsre rebellischen Unterthanen mit allen den Gründen, die sie
wegen ihrer Empörung und meiner Gefangenschaft
angegeben haben, so schlecht bestanden sind: haben sie, wie sie dieses bemerkten, die Minister der Königin von England zu bewegen gesucht,

daß sie dieselbe abhalten sollten, ihr gegebenes
Wort, mich persönlich zu sprechen, nicht zu halten.
Um der Ankunft dieser Leute an ihrem Hofe einen
Anstrich zu geben, hat sie gesagt, sie wollte die Fortsetzung der Konferenzen selbst anhören, damit sie desto
eher durch eine Entscheidung zu meiner Ehre und
meiner Zufriedenheit könnten beendigt werden. Ich
wünschte daher, es möchten sogleich einige meiner
Kommissarien sich zu ihr begeben; denn meine Angelegenheiten sind aufgehalten worden, indeß meine
rebellischen Unterthanen mit ihr und ihren Ministern
heimliche Ränke schmiedeten. So sind sie dahin über-
eingekommen, und es ist wirklich beliebt worden,
daß mein Sohn diesen Leuten überliefert und in England erzogen werden soll, wie sie es für gut befinden
wird. Item. Auf die Erklärung, daß er fähig ist,
ihr Thronfolger zu sein, wenn sie ohne Leibeserben
verstürbe, und zur Sicherheit für diese Fürstin, sollen meine rebellischen Unterthanen ihnen meine Festungen Edinburg und Striveling übergeben, worin
sie Englische Besatzung legen wird. Item. Mit Hülfe
derselben, und unter Mitwirkung der Freunde des Grafen von Murray, soll unser Schloß Dunbarton belagert, uns abgenommen und gleichfalls der Königin von
England übergeben werden. Nach dem Empfange
solcher Unterpfänder verspricht sie, dem Grafen von
Murray bei der Usurpation meiner Gewalt zu schützen
und zu behaupten, und ihn nach dem Tode meines

R 3

Sohns, wenn derselbe keine rechtmäßige Erben hin=
terlassen sollte, zum rechtmäßigen Erben meines
Reichs zu erklären; und in diesem Falle verspricht
der Graf von Murray das Königreich Schottland für
ein von der Englischen Krone abhängiges Lehn zu er=
kennen. So ist also die erwiesene Gerechtigkeit mei=
ner Sache, wovon die Königin gewiß recht gut un=
terrichtet ist, auf die Seite gesetzt, und zum Verder=
ben meines Reichs elender Weise erkauft worden,
wenn anders Gott und das Herz meiner Unterthanen
es nicht abwenden. Doch dies ist noch nicht alles:
es ist außerdem ein geheimes Verständniß zwischen
dem Grafen von Murray und dem Grafen von Har=
fort, welcher eine von den Töchtern des Sekretairs
Cecil heirathen und ihr seine Rechte an die Englische
Krone bringen soll. Durch diese Heirath wollen
beide, der Graf von Murray und der von Harfort,
ihre Ansprüche auf die beiden Reiche bestärken, der
eine durch die vorgebliche Legitimation seiner Rechte,
der andre durch seine Abkunft von der verstorbenen
Katharina. So rechnen beide unzweifelhaft auf
den Tod meines Sohns; und was kann ich von dem
allen anders als ein jammervolles Trauerspiel er=
warten? Alles ist zwischen den Häuptern meiner re=
bellischen Unterthanen und den natürlichen Feinden
meines Reichs verabredet. Es bleibt ihnen jetzt
nichts mehr zu thun übrig, als die Usurpation des
Grafen von Murray fest zu gründen. Um dieses

Werk anzufangen, möchten sie mich bereden, die Regierung freiwillig niederzulegen, und zu der Regentschaft des Grafen von Murray meine Einwilligung zu geben; und um mich ihrem Verlangen geneigt zu machen, haben sie alle nur erdenkliche Ränke gegen mich gebraucht, und mir die schönsten Versprechungen gemacht. Als sie gesehen haben, daß ich nichts zu ihrem Besten zu thun gesonnen war, so hat die Königin von England, außer den vorher schon bevollmächtigten Kommissarien, noch neue ernannt, unter denen auch die besagten Verräther und Partheihäupter sind, und ohne mir zu erlauben, daß ich ihr selbst meine Gründe mündlich auseinander setzte, wie sie es in den oben bemeldeten Konferenzen schon hätte erlauben sollen, bei deren Aufhebung durch * * * * die Königin von England ihre Versprechungen gegeben hat, welche darin bestanden, daß sie dem Grafen von Murray nicht erlauben wollte, vor sie zu kommen, wenn die besagten Konferenzen zu Ende sein würden, und daß nichts zum Nachtheil meiner Ehre, meines Standes und meiner Rechte geschehen sollte. Demohngeachtet ist er nach London gekommen. Meine Kommissarien haben den sechsten dieses Monats die Konferenzen abgebrochen, und feierlich protestirt, daß alles, was zu meinem Nachtheil gesagt worden ist, null und nichtig und völlig ungültig sein soll, und den Entschluß genommen, sich sobald als möglich hieher zu begeben. Daher halte ich für

nothwendig euch zu benachrichtigen, damit ihr die
Wahrheit erfahren und unsern Freunden davon Nachricht geben könnet. Ich bitte euch, diejenigen meiner Unterthanen, die unsre Freunde sind, zu ver-
sammeln, wie ich schon an Mylord Grafen von Argyle geschrieben habe, daß er, so geheim es immer
sein kann, euch wider die Rebellen zu Hülfe eile,
und, wenn es möglich ist, zu euch komme; denn sie
werden vor euch bereit sein, wenn ihr zögert. Also
zu einem Konvent versammelt, ohne weiter fürchten
zu dürfen, daß ich, wie es vormals von mir geschehen ist, eure Absichten abläugnen oder hindern
möchte, müßt ihr die Verschwörung und Verrätherei
erklären und öffentlich bekannt machen, welche die
Rebellen wider uns und unser Königreich Schottland
angesponnen haben, in der Hoffnung, dieselbe zum
Verderben des Staats wirklich auszuführen, wenn
sie nicht schon vor der Ausführung gescheitert sein
sollten. Ihr werdet also eilen, mit Hülfe meiner getreuen Staatsbürger der Vollziehung ihres Vorhabens zuvorzukommen. Ist dieses so eingerichtet, so
bin ich sehr versichert, daß wir gegen Ende des nächsten Frühjahrs ...... von andern Freunden hin-
längliche Hülfe haben werden.

Beruft und haltet ein Parlement, wenn es möglich ist. (Haynes S. 503.)

## §. II.

**Auszug eines Briefes, welchen der Graf von Roß den 6ten December 1568 der Königin von England zur Vertheidigung der Königin von Schottland überreichte.**

Eine Defension für die Königin Maria, worin sich der Verfasser als einen geschickten Advokaten zeigt, woraus aber Mariens Geschichte keine neue Aufklärungen erhält. Bei Gelegenheit der Briefe, welche die Königin an Bothwell soll geschrieben haben, wird gesagt, sie sein schlechterdings falsch, und sie läugne förmlich die Aechtheit derselben. „Es ist bewiesen, setzt der Bischof hinzu, daß man mehrmals ihre Hand nachgemacht, und ihre Unterschrift gemißbraucht hat; und dieses Verbrechen ist nicht außerordentlicher, als das, seine Monarchin vom Throne stoßen zu wollen, es mehrmals versucht, sie endlich gefangen gesetzt, und mit den Waffen in der Hand ihrer Rechte beraubt zu haben, ja sie noch dazu eines Verbrechens zu beschuldigen, das die Ankläger selbst begingen; das Falsum kann dieselben nicht mehr gekostet haben, als die eben genannten Verbrechen."

Es sei mir erlaubt, bei eben dieser Gelegenheit noch eine Bemerkung hinzuzusetzen. Einem aufmerkſamen Leſer der Geſchichte kann es nicht entgehen, daß vor dieſem dergleichen Falſa häufiger waren, als ſie zu unſern Zeiten ſind, und daß ſie deſto öfter und ungeſcheuter begangen wurden, da die Kunſt, dieſelben zu entdecken, noch ſo weit unter ihrer jetzigen Vollkommenheit ſtand. Die Geſchichte der Königin Eliſabeth von unſerer Verfaſſerin giebt von dieſem Verbrechen mehrere Beiſpiele.          **Der Ueberſ.**

## §. III.
## Entſchließung der Königin Maria von Schottland.

Was die Abdankung von meiner Krone betrift, wovon ihr mir geſchrieben habt, ſo bitte ich euch, deswegen nicht weiter in mich zu dringen, denn ich bin feſt entſchloſſen, lieber zu ſterben, als dieſes zu thun; und das letzte Wort, das aus meinem Munde gehen wird, ſoll das Wort einer Königin von Schottland ſein, wegen folgender und anderer noch wichtigern Gründe, die mich hierzu bewegen,

Erſtlich, da die Bevollmächtigten von beiden Seiten wegen des zwiſchen mir und meinen Unterthanen entſtandenen Zwiſtes in dieſem Lande verſammlet ſind, ſo richtet gegenwärtig jedermann die Augen auf dieſe Verhandlung, um nach derſelben über das Recht oder Unrecht der Partheien zu urtheilen. Will

ich, nachdem ich in dieses Reich gekommen bin, um
Hülfe zu suchen, und mich beklagt habe, daß ich aus
meinem eigenen Reiche ungerechterweise bin vertrieben worden, meinen Gegnern alles, was sie nur verlangen können, zugestehen, was wird das Publikum
sagen? Nichts anders, als, ich sei mein eigner Richter gewesen, und habe mich selbst verdammt. Hieraus wird folgen, daß alle Gerüchte, welche von mir
ausgebreitet sind, für gewiß und wahr werden angenommen, und daß ich, besonders von den Einwohnern dieser Insel, werde verabscheuet werden.

Und wenn auch meinem Adel vorgestellt werden
sollte, daß ich zu Gunsten meines Sohnes, welcher
wegen seines Alters noch nicht zu regieren fähig ist,
die Regierung niedergelegt habe, so sind sie so entfernt, zu denken, daß ich an dem, was mir aufgebürdet wird, unschuldig sei, daß sie vielmehr mein
Betragen ganz anders auslegen, und behaupten werden, ich handele aus Furcht vor einer öffentlichen
Anklage, und wolle, da ich mich selbst schuldig finde,
lieber bezahlen, als meine Sache ausführen, und ich
würde also als Verurtheilte angesehen werden.

Item. Wenn ich einmal abgedankt hätte, und
die Königin von England, auf Zureden meiner Gegner oder auf andere Art, mich ihr gefälligen Gesetzen
oder Richtern unterwerfen wollte, so würde sie einen
scheinbaren Grund haben, dieses zu thun, indem ich
nur noch eine Privatperson sein würde. Und so wür-

se ich mich selbst in eine große und unabsehbare Gefahr stürzen, indem ich eine kleinere zu vermeiden
dachte, im Fall daß, welches Gott verhüte, die Königin von England, während meinem Aufenthalte in
diesem Reiche ohne Leibeserben verstürbe, und diejenigen, welche an diese Krone Anspruch machten, wegen der wenigen Achtung, welche ich haben würde,
Mittel finden könnten, sich meiner Person zu bemächtigen, und unter vorbesagtem Vorwande dasjenige
auszuführen, was meine gute Schwester vielleicht
nicht einmal gedacht zu haben wünschte.

Item. Wenn mein Sohn vor dem Alter sterben
sollte, in dem er regieren und Nachkommenschaft haben könnte, so würde meine Krone in eine fremde
Hand fallen, und ich könnte, in Ermangelung seiner eigenen Leibeserben, weiter keinen Anspruch darauf machen. Und außer daß ich alle meine Ansprüche
aufgeben müste, würde ich wegen meines Lebens in
beständiger Sorgen sein: denn sein Nachfolger würde nicht eher ruhen, bis er sich durch meinen Tod
Sicherheit verschafft, und es mit denen eben so gemacht hätte, von denen er einsähe, daß sie nach mir
mehr Recht dazu besäßen, als er. Beispiele von
dergleichen Fällen sind schon so oft vorgekommen, daß
ich Grund genug habe, nicht weniger zu erwarten.
Durch eine solche Abdankung würde ich jeden Beistand und jede Begünstigung von innen und von
außen verlieren; denn die Allianz von Frankreich

würde ohne Zweifel mit demjenigen, der alsdann
regieren würde, bestätigt werden, und ich, als
eine Privatperson, und vielleicht unter der Gewalt
derjenigen, die man nicht leicht wagen möchte, auf=
zubringen, ich würde erst viel Beleidigungen leiden
müssen, ehe man nur Miene machte, sich für mich
zu bewegen. Und was meine Unterthanen betrifft,
welche mir wohlwollen, so würden diese, wenn sie
sähen, daß ich sie verließe, anderstwo Zuflucht fin=
den, und ich dürfte nie hoffen, sie wieder zu gewin=
nen. Wenn man einwendet, es komme hier auf ihr
eignes Interesse an, so geb' ich dieses gerne zu, und
eben daher bin ich desto mehr versichert, daß sie sich
nicht von mir trennen werden, wenn ich sie nicht
selbst einem andern überlasse, der ihnen Beistand lei=
sten kann. Ich würde also die Ruhe in meinem
Reiche von den beiden, wahrscheinlich von einer ge=
wissen Person dieses Reiches unterhaltenen Faktio=
nen erwarten müssen, welche darin übereinstimmen
würden, daß von beiden Seiten alles im Namen mei=
nes Sohnes geschähe. Da dieses aber immer zu ent=
gegengesetzten Absichten geschehen würde, so könnte
nie vollkommener Gehorsam statt finden, und hieraus
würde ein beträchtlicher Schade für mein Reich, und
vielleicht der völlige Untergang desselben entstehen.

Diese Gefahren sind augenscheinlich: daher bin
ich entschlossen, was ich von Gott erhalten habe,
nicht leichtsinniger und übereilter Weise hinzugeben.

und nicht als Privatperson, sondern als Königin
zu sterben.

## No. X. zu S. 244.

### Abschrift eines Briefes von dem Herzoge von Norfolk an den Grafen von Murray.

Mein theurer Lord,

Ich habe Ihren höflichen Brief empfangen, aus
dem ich ersehe, nicht allein, daß Sie sich für das
Beste des Staates und das gute Vernehmen zwischen
diesem Reiche und dem Ihrigen sehr interessiren, sondern auch für mich sehr gütige Gesinnungen hegen.
Sie werden mich daher in einem Punkte Ihnen, nach
allem meinen Vermögen beizustehen bemüht, und in
dem andern nicht undankbar, sondern immer bereit
finden, Sie in allem, was mir durch Ihre Freundschaft so freimüthig dargeboten ist, aus allen Kräften zu unterstützen. Ich werde die erste Gelegenheit
ergreifen, mich zu der gerechten Belohnung Ihrer
Verdienste zu verwenden, und Natur, Freundschaft
und Gewissen verpflichten mich, eine solche Gelegenheit zu suchen, um mich meiner Verbindlichkeiten zu
entledigen. Sein Sie versichert, guter Lord, daß
Sie an mir nicht allein einen getreuen Freund, sondern auch einen wahren Bruder gefunden haben, welcher sich Ihr Bestes und Ihre Sicherheit nicht weniger als seine eigne Ehre und seinen eignen Kredit

wird angelegen sein lassen. Ich bin überzeugt, daß
Sie hieran nicht zweifeln, und habe nicht nötig,
über diesen Gegenstand mehr zu sagen. Ich will mich
also kürzlich über Ihren Wunsch wegen einer Heirath
mit Ihrer Schwester erklären. In Absicht auf diesen Punkt muß ich Ihnen, als meinem einzigen
Freunde, gestehen, daß ich zu weit gegangen bin,
um das, was ich gethan habe, mit gutem Gewissen
zurücknehmen zu können. Ich will nicht, so lange
ich die Freiheit dazu habe, mich zurückziehen, oder
in Absicht auf das, was geschehen ist, zurückgehen;
aber ich werde auch auf Ehre keine weitere Schritte
thun, bis Sie die mächtigen Hindernisse, welche unserm Wunsche sich entgegenstellen, aus dem Wege
werden geräumt haben. Wenn Sie dieselben entfernt
haben werden, so soll, auf meine Ehre, das Uebrige
zu Ihrer Zufriedenheit erfolgen. Meine dringendste
Bitte, guter Lord, ist also gegenwärtig diese, daß
Sie eilig zum Werke schreiten, damit die Feinde unserer guten Absichten (und es giebt deren nicht wenige, die der Vereinigung beider Reiche und der Aufrechthaltung der wahren Religion entgegen arbeiten)
durch den ihnen gegönnten Aufschub nicht die Gelegenheit erhalten, unser gegenwärtiges Vorhaben
leicht zu vereiteln, wider welches sie, wie ich glaube, nicht unterlassen werden, die fremden Fürsten
aufzufodern. Dieses, hoffe ich, muß ein starker
Grund für Sie sein, sich in Absicht auf diese Hei-

rath zu bestimmen. Ich verlasse mich übrigens gänzlich auf Ihre weitläuftigeren Instruktionen und Deliberationen, welche Sie Mylord Boyd mittheilen werden. Dieser hat von der Königin Ihrer Schwester und mir den Auftrag, alle Ihre Bedenklichkeiten zu heben; und ich bitte Sie, auf ihn dasselbige Vertrauen, als auf mich zu setzen. Sie werden bei der Unternehmung auf den Beistand der meisten Edeln Ihres Reiches rechnen können, von deren treuen Freundschaft ich in dieser Sache und bei allen meinen übrigen Handlungen Beweise erhalten habe.

Ich habe also in der Ueberzeugung, daß die Bemühungen, die Sie anwenden, zur Ehre Gottes und zum öffentlichen Besten auf dieser Insel gereichen, es gewagt, Ihnen, als einem Manne, auf den ich mich völlig verlasse, meine geheime Entschließung mitzutheilen. Schließlich wünsche ich Ihnen langes Leben und gute Gesundheit. Von meinem Hause in London, den ersten Jul. (Haynes, S. 520.)

## N°. XI. zu S. 249.

Instruktionen der Königin von England für die Grafen von Shrewsbury und Huntington, und den Viscount von Hereford, durch Heinrich Skipwith ihnen mitgetheilt.

Wir thun ihnen zu wissen, daß wir die Sache, die Königin von Schottland betreffend, in reifliche

Erwä-

Erwägung gezogen haben, um sie zu unserer Ehre und Sicherheit, und zur Beförderung der Ruhe zwischen England und Schottland zum gewünschten Ende zu bringen. Wir bemerken, daß sie und diejenigen, die für ihre Sache arbeiten, die Absicht haben, anders darin zu verfahren, als wir es um unserer Ehre willen zugeben können. Wir haben also gegenwärtig einige Gründe, zu vermuthen, daß sie und ihre Freunde, wenn sie sehen werden, daß ihre Art zu verfahren uns nicht angenehm ist, schon auf geheime Maßregeln werden gedacht haben, um ihre Abreise und ihre Flucht aus unserm Reiche zu befördern, welches für unser Reich gefährlich, und der Ehre desselben nachtheilig sein könnte. Wir wollen daher, daß der Graf von Shrewsbury, wie zu Anfang seiner Kommission, für die Bewachung dieser Fürstin Sorge tragen, und gegen alles auf seiner Hut sein soll, was von Schottland her bei ihr, oder sonst, ohne augenscheinlichen Grund und ohne unsre Erlaubniß für Unternehmungen gemacht werden könnten. Und zu desto größerer Sicherheit, und um den Gefahren auszuweichen, welche aus einer Absicht sie mit gewaffneter Hand in ein andres Reich zu bringen entstehen könnten, wird der Graf von Shrewsbury dem Grafen von Huntington und dem Viscount von Hereford bei Zeiten Nachricht geben, und ihren Beistand verlangen, um sich jeder Gegenbemühung zu widersetzen.

Gesch. Elisab. 6. Th.                   S

Nachdem der Graf von Huntington und der Viscount hiervon unterrichtet worden, sollen sie mit einer Schaar, besonders von Reutern, so stark, als sie für ihre Sicherheit nöthig glauben werden, bereit sein, und nach der Auffoderung des Grafen von Shrewsbury sich zu ihm begeben, und ihm persönlich zu Hülfe kommen, um sich allen Bemühungen, die zur Befreiung der besagten Königin unternommen werden könnten, zu widersetzen. Unterdessen werden wir überlegen, was in der Sache der besagten Königin zu thun sein wird, in sofern es mit unserer Ehre und unserm Gewissen bestehen, und zur Erhaltung unsers Reichs und zur Ruhe unserer Unterthanen dienen kann ꝛc. ꝛc.      (Haynes, S. 521.)

## N⁰. XII. zu der Note S. 286. f.

In der ersten dieser beiden Schriften möchten wohl bloß folgende Gedanken unsre Leser interessiren.

„Die Unruhen in Schottland, sagt Cecil, können aufhören, wenn der Graf von Murray keinen Beistand mehr erhält, weil er dann unter der den Hamilton zu Hülfe geschickten fremden Macht wird erliegen müssen; eine Macht, die, obgleich nur geringe und mit wenig Geld unterstützt, die Parthei des Grafen von Murray, welche nur klein ist, und ihn auf die Hoffnung der Rückkunft der Königin gröstentheils verlassen wird, in kurzer Zeit wird überwunden sein."

"Die Ehe mit Darnley ist zu Ende; ihre Ehe mit Bothwell wird von dem Papste getrennt werden; und ihre künftige Ehe ist in ihrer Sache von großem Gewichte, weil sie ihr das Wohlwollen der fremden Fürsten zuwege bringen kann."

"Das Gerücht, welches in Absicht auf den Tod ihres Gemals wider sie ist verbreitet worden, wird sich bald verlieren. Es wird leicht sein, sie von der Schuld an demselben freizusprechen, und es wird nichts ihre Wiedereinsetzung und ihre Entwürfe hindern."

Cecil schrieb diese Betrachtungen für sich selbst und die Königin von England nieder.

In der zweiten Schrift scheinen mir bloß die Vorschläge des Ministers für den Englischen Handel merkwürdig. Er räth:

1) Den Handel in Rußland, in Hamburg und dem Oriente zu unterhalten;

2) dem Handel von Flandern auf eine direkte oder indirekte Art Hindernisse in den Weg zu legen;

3) von allen Gütern, die den Unterthanen des Königs von Spanien gehören, und nach England gebracht sind, ein genaues Verzeichniß aufzunehmen.

# Belege zum fünften Theile.

### N°. I. zu S. 33.

Unter dieser Nummer finden sich verschiedne Briefe
und Memoires, welche fünfundzwanzig enge gedruckte Seiten einnehmen; und woraus weiter
nichts hervorgeht, als daß die von der Verfasserin
bemerkten Entwürfe zwischen dem Englischen und
Französischen Hofe wirklich auf dem Tapete waren. Ich glaube daher, meinen Lesern durch Weg-
lassung dieser so wenig interessanten Stücke einen
Gefallen zu thun, und bemerke bloß den Umstand,
daß der Herzog von Anjou sich in der Unterschrift
eines sonst eben nicht leidenschaftlichen Briefes an
die Königin von England, ihren unterthänigsten
und zärtlich ergebnen Sklaven nennt.

### N°. II. findet sich gar nicht unter den
Belegen.

### N°. III. zu S. 122 f.

Auszüge aus sechs Briefen von Castelnau, Da-
vison und Wilnes, über die projektirte Heirath

zwiſchen Eliſabeth und dem Herzoge von Anjou,
und die Lage der politiſchen Angelegenheiten in
England, Frankreich, Spanien und den Niederlanden von S. 338 bis 349; alles aus der Geſchichte der Königin Eliſabeth von unſerer Verfaſſerin ſchon bekannt.

Wilnes beklagt ſich über die wenige Aufrichtigkeit des Franzöſiſchen Hofes. Daviſon glaubt,
die Mutter des Herzogs von Anjou habe bei der
Heirath keine andere Abſicht, als ſich des Königreichs England zu bemächtigen, und macht nachher
die Bemerkung, die jedem aufmerkſamen Leſer dieſer Geſchichte von ſelbſt aufſtoßen muß, der Herzog ſuchte unter dem Vorwande einer Verbindung
mit Eliſabeth vielmehr die Niederlande zu heirathen.

## Nᵒ. IV. zu S. 140.
### Schreiben von Maria an Eliſabeth.

Madam,
Ich habe von ſicherer Hand erfahren, daß mein
Sohn unvermuthet in die Hände der Rebellen gerathen iſt; und ich bin in der größten Furcht, er werde
daſſelbige unglückliche Schickſal haben, das ich ſeit
ſo langer Zeit ſchon leide. Ich bin nicht im Stande,
meinen Unwillen und meine Empfindlichkeit zurück-
zuhalten. Zu gleicher Zeit wünſche ich, meine Kla-

gen mögen in Ihrem Herzen Eingang finden, ich wünsche, sie mögen ewig leben, und das Elend, worin ich durch die Ungerechtigkeit und Grausamkeit meiner Feinde gestürzt bin, aller Welt bekannt machen. Da aber ihre Arglist und ihre Ränke, so boshaft und niederträchtig sie auch waren, immer Ihre Unterstützung gehabt, und bei Ihnen mehr Kredit als meine gerechten und wahrhaften Beschwerden gefunden haben, da Recht und Billigkeit endlich unter der Tyrannei Ihres Zepters sich beugen, so muß ich meine Klage vor den Höchsten bringen, dessen Thron über die Thronen der Fürsten der Erde erhaben ist, bei dem Betrug und Lüge meine Stimme nicht ersticken können, und bitte ihn, uns beide an jenem Tage nach unserm Verdienste zu lohnen. Meiner Unschuld gewiß, Madam, überlasse ich ohne Furcht die Entscheidung meines Schicksals diesem unpartheiischen Gerichte, und betrachte mit Verachtung die Ränke, die meine Gegner angewandt haben, um meinen guten Namen zu Grunde zu richten, und sich selbst ein Verdienst daraus zu machen. Im Namen des Allmächtigen, in seiner Gegenwart und vor seinem Richterstuhle, fodere ich Sie auf, sich zu erinnern, daß Sie durch Ihre Spione, Ihre Agenten und Ihre geheimen Intriguen, meine Unterthanen verführt, daß Sie dieselben zum Aufruhr ermuntert haben, und daß Sie die Urheberin und die Quelle meiner grausamsten Leiden sind. Unter andern öffent-

lich bekannt gewordnen Zeugnissen, ist besonders das
Geständniß des Grafen von Morton ein merkwürdi'
ger Beweis für die Wahrheit dieser Beschuldigung.
Seine Rebellion hat ihm Ihr Zutrauen und Ihre
Freundschaft zuwege gebracht; Sie haben ihm die
Würde eines Regenten verschafft. Hätten Sie meinen rebellischen Unterthanen keinen Beistand geleistet,
und sie der Ahndung der Gesetze überlassen, so würde ich nicht in diesen Abgrund von Elend versunken,
meine Regierung würde nicht umgestürzt sein.

Nicht allein oder vorzüglich auf Ihre Verbindungen mit dem Grafen von Morton und seine Parthei schränke ich meine Beschuldigungen ein. Als
ich zu Lochlevin gefangen war, foderte mich Ihr Gesandter, Nikolas Throgmorton, auf, die Entsagung
meiner Krone zu unterschreiben. Er versicherte mir,
diese Schrift würde ungültig sein; und in der That
würde jeder nur darüber gespottet haben, wenn Sie
meine Feinde nicht unterstützt, wenn Sie ihnen nicht
Ihre Schätze geöffnet, wenn Sie Ihre Heere nicht
zum Schutze derselben hätten herbeieilen lassen. Fragen Sie Ihr eignes Gewissen, Madam, wenn sich
andre gegen Sie dergleichen Handlungen erlaubt hätten, würden Sie dieselben gut geheißen haben?
Sie können mir nicht mit Ja hierauf antworten, und
Sie können nicht läugnen, daß durch dieses Vorhaben, wovon ich rede, die königliche Würde herabge-
setzt, und in der Person meines Prinzen ein Kind

auf den Thron gehoben ist. Es hat mich schmerzlich
betrübt, zu sehen, daß mein Sohn auf fremden An-
trieb ein Usurpator ward; und nun, da ich geneigt
bin, durch Abtretung meiner Rechte ihn zum rechtmäßigen Beherrscher zu machen, bemächtigen Verräther sich seiner Person, und seine Würde und sein
Leben hangen von ihrer Willkühr ab.

Als ich aus Lochlevin entkommen und im Begriffe war, meinen rebellischen Unterthanen eine
Schlacht zu liefern, schickte ich Ihnen durch einen
Eilboten den Demant zu, den Sie mir als ein Zeichen Ihrer gütigen Gesinnung gegeben hatten, und
bat Sie um Ihren Beistand. Ich glaubte, der Anblick dieses Ringes, den ich als ein Unterpfand Ihrer Freundschaft erhalten hatte, würde Sie zu bessern
Gesinnungen zurückbringen; und als Sie ihn mir
ehemals gaben, schmeichelten Sie mir nicht allein
mit großen Verheißungen Ihres Beistandes, sondern
versprachen auch auf Ihr königliches Wort, mir selber an Ihre Gränzen entgegen zu kommen, und mich
zu empfangen, wenn ich nach Ihrem Reiche reisen
wollte. Ich verließ mich auf Ihr Ehrgefühl. Beim
widrigen Schicksal warf ich mich Ihnen in die Arme,
vertraute meine Krone und mein Leben Ihren Händen an. Aber ich bin auf meiner Reise mit Härte
behandelt, mit Wachen umringt, in Ihren befestigten Schlössern gefangen gehalten worden, und von
dem Augenblicke an, da ich meiner Freiheit beraubt

wurde, bis jetzt, habe ich Leiden ausgestanden, die bitterer und grausamer sind, als der Tod selbst.

Ich weiß, daß Sie mir meine Verbindungen mit dem Herzoge von Norfolk vorwerfen werden. Allein ich kann zuverlässig versichern, daß ich bei meinen Unterhandlungen mit ihm, Ihrem Reiche keinen Nachtheil habe b.ingen wollen noch gebracht habe; und die vornehmsten Mitglieder Ihres Conseils haben dieselben gebilligt, ja sie haben ihre Beistimmung durch ihre Unterschrift feierlich zu erkennen gegeben, und mir versichert, sie würden ihr mögliches thun, um mir Ihre Einwilligung zu der Verbindung zu verschaffen, welche Sie selbst so sehr wünschten. Nun bitte ich Sie zu erwägen, ob es möglich sei, daß Männer von dem höchsten Range und Ihre ersten Minister, im Ernste darauf gedacht haben, Sie zu Maßregeln zu verleiten, wodurch Sie sich Ihrer Ehre, Ihrer Krone und Ihres Lebens verlustig gemacht haben würden? Sie haben Vergnügen daran gefunden, diese Folgerung zu machen und dabei zu beharren; allein ich muß Ihnen bemerken, Madam, daß meine Absichten und Ihre Folgerungen mit einander geradezu im Widerspruche stehen.

Als einige meiner rebellischen Unterthanen endlich über die Uebereilung und das Schändliche in ihrem Verfahren redlich nachdachten, fühlten sie sich von Erstaunen und Scham ergriffen; und als die

Konferenzen in England ihnen den Zweifel an der
barbarischen Unmenschlichkeit, und der nimmer ru-
henden Bosheit meiner Feinde unmöglich machten,
kehrten sie voll Eifers zu ihrer Pflicht zurück. Diese
Veränderung ihres Betragens war eine Beleidigung
für Sie; Sie ließen eine Armee anrücken, um sie zu
bestrafen, daß sie von ihren Ränken und ihrer ungerechten Rebellion abließen. Die Citadelle von Edinburg wurde belagert; und zwei von ihnen von ho-
hem Range wurden, der eine durch Gift der andere
durchs Schwerdt getödtet. (Grange und Lethington.)
Auf Ihre Bitte hatte ich indeß Befehl geschickt, die
Waffen niederzulegen, und sich zu einem Vergleiche
zu bereiten. Haben Sie wohl den Muth, sich und
mir Gerechtigkeit widerfahren zu lassen? Können
sie wohl die Hand aufs Herz legen und sagen, daß
die Versicherung, die Sie von Ihrer Neigung zum
Vergleich und zum Frieden gaben, aufrichtig und un-
geheuchelt war?

Ich hatte mich entschlossen, mich in meine Gefangenschaft zu finden und zu versuchen, ob Geduld
und Ergebung mir einige Rast und einigen Trost verschaffen würden; eitle Hoffnung! Meine Lage ist
schlimmer geworden, anstatt sich zu verbessern.
Zwölf lange Monate sind es nun, daß zwischen meinem Sohne und mir jede äußere Verbindung aufge-
hört hat. Wie sehr Sie darauf bedacht sind, Madam, die stärksten Bande der Zärtlichkeit und der

Natur zu zerbrechen, und eine Mutter von ihrem
Sohne zu trennen!

Oft sind wegen unserer Eintracht und Freundschaft Vorschläge gethan worden; aber so sehr ich
mich sehnte, eine baldige und aufrichtige Aussöh-
nung zwischen Ihnen und mir bewirkt zu sehen, so
haben Sie sich immer derselben widersetzt. Ihre Bedenklichkeiten sind unzählig, Ihre Unterhandlungen
werden mit Fleiß in die Länge gezogen, meine Handlungen und meine Bestrebungen werden schlimm
ausgelegt, meine Aufrichtigkeit wird auf eine
schimpfliche Art verdächtig gemacht, meine Bemühungen werden durch arglistige Zögerungen und im-
merwährende Bedenklichkeiten vereitelt. Meine Leiden und meine Unglücksfälle sind nur Vorspiele zu
noch grausamern Leiden. Sie handeln nicht anders,
als ob Sie ein verjährtes Recht hätten, mich unmenschlich zu behandeln. Mein Rang und meine
Titel werden verachtet, und die Behandlungen, die
ich erfahre, würden selbst einem Sklaven hart und
unmenschlich vorkommen. Ich kann sie nicht länger
ertragen, und Sie werden doch nicht nach der Ehre
streben, als die Urheberin meines Todes angesehen zu
werden. Ergreifen Sie aus Achtung für sich selbst,
die erste Gelegenheit, mir einiges Mitleiden zu beweisen. Erlauben Sie mir, ehe ich sterbe, die elenden Lügen und die grausamen Verläumbungen meiner Feinde aufzudecken, und gönnen Sie mir den ge-

zingen Erſatz, den kurzen Ueberreſt meiner Tage in
Ruhe und Frieden hinzubringen.

Um allen Grund zu Streit und Mißhelligkeiten
zwiſchen uns zu vermeiden, bitte ich Sie, alle die
Beſchuldigungen, die Sie wider mich gehört haben,
zu unterſuchen. Geben Sie jedem die Erlaubniß,
mich öffentlich anzuklagen; und indeß ich Sie aus
eigener Bewegung auffodere, ſich eines Vortheils
wider mich zu bedienen, bitte ich Sie bloß um die
Erlaubniß, mich ſelbſt vertheidigen zu dürfen, damit ich nicht ungehört verurtheilt werden möge. Der
niedrigſte Verbrecher hat die Erlaubniß, ſich zu vertheidigen, und die gegen ihn auftretenden Zeugen zu
widerlegen. Kann es wohl gerecht ſein, mir, die
ich Königin, Ihre nahe Verwandte, die nächſte Erbin Ihrer Krone bin, dieſe Erlaubniß zu verweigern?
Dies muß mir ſicherlich mächtige Anſprüche auf Ihr
Wohlwollen geben: indeſſen liegt hier vielleicht der
vornehmſte Grund von dem Groll meiner Feinde.
Aber ach! meine Herkunft und meine Rechtsan-
ſprüche ſollten dieſelben nicht beunruhigen; ich berufe
mich auf Gott und mein Gewiſſen, daß ich in dieſer
langen Periode an kein anderes Reich als an das
Himmelreich gedacht habe. Da ich alſo kein Glück
mehr für mich ſehe, als jenſeits des Grabes, ſo
beſchwöre ich Sie im Namen der Gerechtigkeit, der
Verwandſchaft und der Religion, erhalten Sie nach
meinem Tode die Rechte und Anſprüche meines Soh-

nes unverletzt, und unterstützen Sie durch keine Aufmunterung die Komplotte und Entwürfe derjenigen,
die in England und Schottland auf meinen und meines Sohnes Untergang arbeiten.

Ist das schön und vernünftig, daß ich, die ich
Mutter bin, des Vergnügens, meinem Sohne Rath
zu geben, beraubt sein soll, daß sein Unglück auf
eine argliftige Weise vor mir verborgen gehalten
wird? Sie haben sich gegenwärtig in seine Angelegenheiten gemischt; wenn Sie hierbei sein Bestes
zum Augenmerk gehabt haben, so konnten Sie sicherlich, Ihrer Aufrichtigkeit und jeder Hinsicht auf ihn
unbeschadet, mir Ihre Absichten eröffnen oder mir
die Freundschaft thun, mich um meine Meinung zu
fragen. Aber was soll ich von Ihrem geheimnißvol-
len Schweigen denken, oder davon befürchten? Ich
bitte Sie, in Absicht auf seine Angelegenheiten,
ohne meine Einwilligung oder den Rath des Königs
von Frankreich nichts weiter vorzunehmen. Ich
flehe sie im Namen unsers Erlösers Jesu Christi an,
geben Sie mir und meinem Sohne Gelegenheit, Ihnen eine ewige Erkenntlichkeit zu weihen, indem Sie
mir erlauben, nach einer harten und peinlichen
Gefangenschaft, meinen hinsinkenden Körper irgend-
wo außer England zu erquicken. Ich werde nicht
aufhören, Sie mit dieser Bitte zu belästigen, und
Ihnen allein werde ich alles, was mir gutes oder
böses begegnen wird, zuschreiben.

Aber die Welt that für mich ihre Größe verlo=
ren; und wenn eine ewige Gefangenschaft mein Loos
sein, wenn ich keine Freude mehr auf der Erde ge=
nießen soll, so stören Sie mich doch wenigstens nicht
in der Hoffnung, auf eine bessere Zukunft. Lassen
Sie mir einen katholischen Priester, der mir den
Weg zu einem andern Leben öffne, und lassen Sie
mich die Gebräuche einer Religion beobachten, in
der ich bisher gelebt habe, und in der ich sterben
will; dieser Liebesdienst wird dem geringsten unter
den Menschen nicht versagt. Die Gesandten der
fremden Fürsten haben bei Ihnen das Recht, ihren
Gottesdienst nach den Gebräuchen ihrer Kirche zu
üben, und ich habe meinen Unterthanen über diesen
Punkt eine völlige Freiheit gestattet. Sollten Sie
mir indeß diese Bitte abschlagen, so hoffe ich deswe=
gen nicht weniger, bei Gott Vergebung zu erhalten.
Allein ich fürchte, Ihre Verfolgung gegen mich
möchte in diesem Falle bestraft werden; und sehe ich
nur auf Ihre zeitlichen Vortheile, so scheint mir Ihr
Verfahren unvorsichtig; denn es kann die katholi=
schen Fürsten zu einer strengen Behandlung ihrer
protestantischen Unterthanen reizen.

Es verursacht mir die tiefste Betrübniß, daß
Ihre Räthe meine erklärten Feinde und in ihren Be=
mühungen bei Ihnen unermüdet sind. Richten Sie,
ich bitte Sie darum, Ihre Aufmerksamkeit auf ihre
Ränke: schließen Sie Ihre Augen nicht über ihre Be=

mühungen zu, meinen Sohn und mich ins Verderben zu stürzen. Es ist ganz wohl möglich, Madam,
daß die Absichten dieser Menschen am Ende auf einen
Zweck hinausgehen, der für Sie selbst sehr wichtig
sein kann: unsre Erniedrigung ist vielleicht nur das
Vorspiel der Ihrigen. Folgen Sie der natürlichen
Güte Ihres Herzens; mildern Sie Ihren Zorn gegen
eine Prinzessin, die mit Ihnen so genau durch Bande des Bluts verbunden ist. Hören sie endlich auf
meine gerechten Klagen. Eine zärtliche Versöhnung
müsse uns wieder vereinigen. Geben Sie nicht zu,
daß mein Geschrei und die Seufzer meiner beküm-
merten Seele länger zu Gott aufsteigen, und lassen
Sie mich in Frieden diese Scene des Schmerzens verlassen. Ich bin Ihre sehr nahe und noch unglück-
lichere Verwandte und zärtlich gesinnte Schwester.

Maria, Königin.

(Gilbert Stuart, Bd. 2. S. 232 — 240.)

Es ist unmöglich diesen Brief mit Aufmerksamkeit zu lesen, ohne den Unterschied zwischen dem
Stil desselben und der Schreibart, die in Mariens
übrigen Briefen herrscht, wahrzunehmen. Diese
Verschiedenheit kömmt daher, weil der Gewährs-
mann der Verfasserin diesen Brief nicht im Origi-
ginal mitgetheilt, sondern Mariens Gedanken nach
seiner Manier bearbeitet hat. Eben so haben es
Camden in seiner Geschichte der Königin Elisabeth

und der P. Caussin in seiner Geschichte der Königin Maria von Schottland gemacht, und die Verfasserin scheint in ihren Auszügen, Th. 5, S. 135 bis 140, ihrem Beispiele gefolgt zu sein. Camden versichert, das Original ausgezogen zu haben. Dieses findet sich beim Blackwood; und ich halte es für meine Pflicht, dasselbe, da es, meines Wissens bisher noch nicht ins Deutsche übersetzt worden, hier zu liefern.

Madam,

Nach dem, was von den letzten gegen mein armes Kind in Schottland ausgeführten Verschwörungen zu meiner Wissenschaft gekommen ist, da ich alle Ursache habe, die Folgen davon zu fürchten, wie ich dergleichen an mir selbst sehe, so muß ich das wenige Leben und Kraft, was mir noch übrig ist, anwenden, um gegen Sie mein Herz der gerechten und jammervollen Klagen zu entledigen, wovon dieser Brief Ihnen zu einem beständigen Zeugnisse und zur unauslöschlichen Erinnerung dienen möge, sowohl um der Nachwelt meine Schuldlosigkeit zu beweisen, als um alle diejenigen zu beschämen, die mich bis jetzt so grausam und schändlich behandelt, und mich in das äußerste Elend gebracht haben, worin ich mich gegenwärtig befinde. Da aber ihre Entwürfe, heimlichen Ränke, Handlungen und Verfahrungsarten, so

so abscheulich sie auch immer sein mochten, bei Ih=
nen immer gegen meine sehr gerechten Vorstellungen
und mein aufrichtiges Betragen die Oberhand behal=
ten, und Sie sich durch die Gewalt, die Sie be=
sitzen, unter den Menschen immer Recht verschafft
haben: so werde ich zu dem lebendigen Gott, unserm
einzigen Richter, welcher uns beide gleichmäßig, und
unmittelbar unter seinen Befehlen, zur Regierung
seines Volks bestellt hat, meine Zuflucht nehmen;
ich werde ihn in dieser meiner äußersten dringenden
Noth anrufen, daß er Ihnen und mir, wie er es an
dem Tage des letzten Gerichts thun wird, vergelten
wolle, nach dem wir es gegen einander verdient ha=
ben. Und bedenken Sie, Madam, daß wir ihm
durch Trug und Weltklugheit nichts verhehlen kön=
nen: ich will Sie, wenn gleich meine Feinde unter
Ihnen vor den Menschen, vielleicht auch vor Ihnen
selbst, ihre fein ausgedachten Kunstgriffe eine Zeit=
lang verbergen mögen, in seinem Namen, und gleich=
sam vor ihm als Richter zwischen Ihnen und mir, er=
innern, daß durch die Agenten, Kundschafter und
geheimen Boten, welche in Ihrem Namen nach
Schottland geschickt wurden, während ich noch da
war, meine Unterthanen bestochen und aufgereizt
worden sind, sich wider mich zu empören, Angriffe
auf meine Person zu wagen, kurz, das zu sagen, zu
thun, zu unternehmen und auszuführen, was wäh=
rend den gegen mich erregten Unruhen in dem besag=

Gesch. Elisab. 6. Th.        T

ten Lande geschehen ist, wovon ich gegenwärtig keinen andern Beweis angeben will, als den ich aus dem Geständnisse eines *) von denen, die durch diesen guten Dienst die meisten Vortheile erlangten, und aus den Anzeigen der mit ihm konfrontirten Zeugen entnommen haben.

Hätte ich an diesem gleich zu Anfange die verdiente Strafe vollziehen lassen, so würde er nicht nachher durch seine alten Verständnisse dieselbigen Ränke wider meinen Sohn erneuert, und allen meinen verrätherischen und rebellischen Unterthanen, die sich zu Ihnen geflüchtet hatten, nicht den Beistand und die Unterstützung ausgewirkt haben, die sie von Ihnen, selbst noch seit meiner Gefangenschaft in England erhielten, ohne welche Unterstützung jene Verräther vermuthlich damals nicht die Oberhand bekommen, und nachher sich nicht so lange, als es wirklich geschehen ist, gehalten haben würden. Während ich zu Lochlevin gefangen saß, rieth mir der verstorbene Throgmorton in Ihrem Namen, daß ich die Abdankungsakte, die mir, seiner Nachricht zufolge, vorgelegt werden sollte, unterzeichnen möchte, mit der Versicherung, sie könnte nicht gültig sein; und seitdem ist sie in keinem christlichen Staate als solche angesehen oder behauptet worden, als bloß hier, wo die Urheber derselben sogar offenbaren ge-

---

*) Mortons.

waffneten Beistand erhielten. Auf Ihr Gewissen, Madam, möchten Sie wohl Ihren Unterthanen eine solche Freiheit und Gewalt zugestehen? Demohnge= achtet haben die meinigen meine Gewalt meinem Sohn übertragen, da er sie noch nicht auszuüben im Stande war, und wie ich ihm nachher dieselbe auf eine rechtliche Weise habe versichern wollen, da er in dem Alter war, sie zu seinem eignen Besten zu brauchen, ist sie ihm plötzlich geraubt, und zwei oder drei Verräthern verliehen worden, welche, nachdem sie ihm die Ausübung derselben genommen haben, ihm nun, wenn er ihnen auf irgend eine Art entge= gen ist, so wie mir, auch den Titel und den Namen, auch vielleicht das Leben nehmen werden, wenn Gott nicht für seine Erhaltung sorgt. So wie ich aus Lochlevin entkommen, und im Begriff war, meinen Rebellen eine Schlacht zu liefern, sandte ich Ihnen durch einen eigentlich dazu abgefertigten Kavalier einen demantnen Ring zurück, welchen ich vor die= sem von Ihnen als ein Andenken erhalten hatte, und wobei Sie mir damals die Versicherung gaben, Sie würden mir gegen meine rebellischen Unterthanen Hülfe leisten, ja wenn ich bei Ihnen Zuflucht suchte, bis an die Gränze kommen, um mir beizustehen, wel= ches mir durch verschiedne Botschafter war bestätigt worden. Dieses Versprechen, welches aus Ihrem Munde kam, und mehrmals wiederholt wurde, ließ mich, so oft ich mich auch von Ihren Ministern hin=

tergangen gefunden hatte, ein ſolches Vertrauen faſſen, daß ich nach der Flucht meiner Truppen gerades
Weges hinging, mich Ihnen in die Arme zu werfen,
wenn ich mich Ihnen hätte nähern können. Allein, indem ich noch mit den Gedanken umgehe, zu Ihnen zu
kommen, ſehe ich mich auf der Hälfte des Weges gefangen genommen, von Wachen umringt, in feſte
Plätze eingeſchloſſen, und endlich, mit Hintanſetzung
aller Ehre, zu der Gefangenſchaft gebracht, worin
ich jetzt, nachdem ich einen tauſendfachen Tod er-
duldet habe, hinſterbe. Ich weiß, Sie werden mir
vorwerfen, was zwiſchen dem verſtorbenen Herzoge
von Norfolk und mir geſchehen iſt. Ich behaupte,
es geſchah hierbei nichts zu Ihrem Nachtheile, noch
wider das öffentliche Beſte dieſes Reichs, und der
Traktat wurde durch die Meinung und die Unterſchrift der Vornehmſten Ihrer damaligen Räthe gebilligt, mit der Verſicherung, denſelben auch von
Ihnen genehmigen zu laſſen. Wie hätten ſolche
Männer Sie können bewegen wollen, daß Sie in
den Verluſt Ihres Lebens, Ihrer Ehre und Ihrer
Krone eingewilligt hätten, wie Sie allen Geſandten und andern, die Ihnen von mir ſprechen,
davon überzeugt zu ſein verſichern. Da indeſſen
meine Rebellen wahrnahmen, daß ihr übereiltes Verfahren ſie weiter trieb, als ſie gedacht hatten; und
durch die Konferenz, der ich mich in voller Verſammlung Ihrer und meiner Abgeordneten mit den

übrigen von der Gegenparthei in diesem Lande unterwarf, um die Sache öffentlich aufzuklären, aus den
gegen mich verbreiteten Verläumdungen die Wahrheit hervorging: so wurden die Vornehmsten derselben, weil sie zur bessern Parthei übergegangen waren, von Ihren Truppen in der Citadelle von Edinburg belagert, und einer der Ersten unter ihnen ver-
giftet, und der andre auf die grausamste Weise ge-
hängt *). Nachdem ich dieselben auf Ihr Ansuchen
zweimal die Waffen hatte niederlegen lassen, in Hoffnung, einen Vergleich zu treffen (Gott weiß, ob
meine Feinde hierzu geneigt waren), so habe ich eine
lange Zeit über versuchen wollen, ob meine Geduld
die Härte und die schlechte Behandlung vermindern
würde, die man besonders seit zehn Jahren gegen
mich auszuüben anfing. Ich habe mich genau an
die für meine Gefangenschaft in diesem Hause mir
vorgeschriebne Ordnung gehalten, sowohl in Absicht
auf die Anzahl und die Art der Bedienten, die ich
um mich behielt, als in Absicht auf meine Diät und
die ordentliche Leibesbewegung zur Erhaltung meiner Gesundheit. So habe ich bisher so ruhig und
friedlich gelebt, als eine weit geringere Person wie
ich, und die Ihnen mehr verpflichtet gewesen wäre,
als ich für eine solche Behandlung es war, hätte
thun können, so daß ich sogar, um Ihnen allen

*) Lethington und la Grange.

Schatten von Verdacht und Mißtrauen zu nehmen, jedes Verständniß mit meinem Sohn und mit
meinem Lande aufgab, dergleichen mir doch mit keinem Rechte konnte versagt werden, besonders mit
meinem Sohne nicht, welchen man, statt dessen, auf
alle Weise gegen mich einzunehmen suchte, um uns
durch unsre Uneinigkeit zu schwächen. Es wurde
mir, werden Sie sagen, vor drei Jahren erlaubt,
eine Botschaft an ihn zu senden. Seine damalige
Gefangenschaft zu Stirling unter Mortons Tyrannei
war die Ursache hiervon, so wie nachher seine Freiheit Ursache war, daß mir eine solche Botschaft verweigert wurde. Dieses ganze verflossene Jahr über
habe ich mich in verschiedne Vorschläge wegen Errichtung einer guten Freundschaft und eines sichern
Vernehmens zwischen diesen beiden Reichen auf die
Zukunft eingelassen. Vor ohngefähr zehn Jahren
wurden mir zu dem Ende Kommissarien nach Chatisworth zugeschickt. Es ist mit Ihnen selbst durch
die französischen Gesandten und die meinigen unterhandelt worden. Ich selbst that den letzten Winter
Realn deswegen die vortheilhaftesten Eröffnungen, die
nur möglich waren. Wozu hat mir dies alles gehol-
fen? Meine gute Absicht ist für nichts geachtet, die
Aufrichtigkeit meines Betragens verkannt und verläumdet, meine Angelegenheiten sind durch Aufschub, Verzögerungen und andre ähnliche Kunstgriffe
aufgehalten worden, und endlich habe ich von Tage

zu Tage eine immer schlimmere und schändlichere Behandlung erfahren, so sehr ich mich auch bemüht
habe, das Gegentheil zu verdienen, indem meine zu
lange Unthätigkeit und nachtheilige Gedulb mich dahin gebracht hat, daß meine Feinde durch ihre Ge-
wohnheit, mir Uebels zuzufügen, jetzt ein verjährtes
Recht zu haben glauben, mich etwa nicht als eine
Gefangene, wie ich es mit Recht nicht einmal sein
kann, sondern wie eine Sklavin zu behandeln, deren Leben und Tod bloß von ihrer Tyrannei abhängt.
Ich kann es nicht länger ertragen, Madam, und ich
muß sterbend die Urheber meines Todes entdecken,
oder lebend versuchen, unter Ihrem Schutze den
Grausamkeiten, Verläumdungen und verrätherischen
Anschlägen meiner besagten Feinde ein Ende zu machen, um mir für meine übrige Lebenszeit ein wenig
mehr Ruhe zu verschaffen. Um die vorgeblichen
Veranlassungen zu allen unsern Uneinigkeiten aus
dem Wege zu räumen, belieben Sie nur, sich über
alles, was Ihnen über mein Betragen hinterbracht
worden ist, aufzuklären: lassen Sie die Aussagen der
in Irland in Verhaft genommenen Fremden nachse-
hen; lassen Sie die Aussagen der kürzlich hingerich-
teten Jesuiten sich vorlegen; geben Sie denen, die es
unternehmen wollen, mich öffentlich anzuklagen, die
Freiheit dazu, und erlauben Sie mir, mich zu vertheidigen. Wird mir dann bewiesen, daß ich Uebels
gethan habe, so will ich Uebels leiden, und werde

es geduldig thun, wenn ich den Grund dazu wissen
werde; habe ich aber gut gehandelt, so geben Sie
doch nicht zu, daß ich länger dafür gemißhandelt
werde, welches Ihnen vor Gott und Menschen eine
sehr große Verantwortung zuziehen würde. Die niedrigsten Verbrecher, welche in Ihren Gefängnissen
unter Ihrer Herrschaft sind, werden zu ihrer Rechtfertigung zugelassen, und ihre Ankläger und die wider sie angebrachten Beschuldigungen werden ihnen
bekannt gemacht. Warum soll denn eben diese Ordnung in Absicht auf mich, eine souveraine Königin,
Ihre nächste Verwandte und rechtmäßige Erbin,
nicht statt finden? Ich glaube, diese letzte Eigenschaft ist bisher bei meinen Feinden hiervon und von
allen ihren Verläumdungen die Hauptursache gewesen, damit sie uns in Uneinigkeit erhalten, und so
ihre ungerechten Ansprüche unvermerkt zwischen uns
beide einschieben könnten. Aber ach! sie haben wenig Grund und noch weniger Noth, mich deswegen
weiter zu quälen; denn ich versichere Ihnen auf
meine Ehre, daß ich gegenwärtig kein anderes Reich,
als das meines Gottes erwarte, welches ich mir be-
reitet sehe, um allen meinen vorigen Bekümmernissen
und Widerwärtigkeiten das beste Ende zu machen.
Sie werden dann dahin zu sehen haben, daß Sie Ihrem Gewissen gegen mein Kind in Betreff dessen Genüge thun, was demselben in dieser Hinsicht nach
meinem Tode zukommen wird, und daß Sie unter-

zerdessen nicht zu seinem Nachtheil die beständigen
Ränke und geheimen Kunstgriffe siegen lassen, deren
sich unsre Feinde in diesem Reiche täglich bedienen,
um ihre besagten Ansprüche zu fördern, indem sie von
einer andern Seite mit unsern verrätherischen Unterthanen sich auf alle nur mögliche Art und Weise bemühen, seinen Untergang zu beschleunigen, wovon
ich keinen bessern Beweis verlange, als die Ihren letzten nach Schottland geschickten Deputirten gegebenen Aufträge, und was diese Deputirten daselbst,
ohne Ihr Wissen, wie ich glaube, aber auf wirkli-
ches und hinlängliches Antreiben des Grafen, meines
guten Nachbars zu York, für Meuterei angestiftet
haben. Bei dieser Gelegenheit, Madam, welches
Recht kann wohl dafür angeführt werden, daß ich,
als Mutter, schlechterdings gehindert werde, meinem Kinde in der dringenden Noth, worin er sich befindet, beizuspringen, ja nur von seinem Zustande die
geringste Nachricht zu erhalten. Wer kann hierbei
mehr Sorgfalt anwenden, mehr aus Pflichtgefühl und
aufrichtiger handeln als ich. Wen konnte es wenigstens näher angehen, wenn Sie, als Sie aus Sorgfalt für seine Erhaltung, wie mir kürzlich der Graf
von Schrewsbury in Ihrem Namen zu verstehen gab,
an ihn schickten, meinen guten Rath hierin anzunehmen geruht hätten; Sie würden dann, meines Er-
achtens, mit mehrerm Grunde bei der Sache gehandelt, und mir eine größere Verpflichtung aufge-

legt haben. Aber bedenken Sie, zu welchen Vermu=
thungen Sie Anlaß gegeben haben, da Sie so plötz=
lich alles Unrecht vergaßen, dessen Sie meinen Sohn
beschuldigten, als ich Sie bat, mit mir gemeinschaft=
lich zu ihm zu schicken, und Abgeordnete hinsandten,
wo er gefangen war, nicht allein ohne mir davon
Nachricht geben zu lassen, sondern indem Sie mir
zugleich alle Freiheit nahmen, damit ich auf keiner=
lei Weise das geringste davon erfahren möchte. Ist
die Absicht derjenigen, welche bei Ihnen diese so
eilige Bothschaft an meinen Sohn bewirkt haben,
auf seine Erhaltung und die Ruhe des Landes gegan=
gen, so dürfen sie nicht so viele Sorgfalt anwenden,
es mir zu verhehlen, als ob es eine Sache wäre,
worin ich mit Ihnen nicht gemeinschaftlich hätte han=
deln wollen. Sie haben sich bei dieser Gelegenheit
um den Dank gebracht, den ich Ihnen schuldig ge=
wesen wäre; und um mit Ihnen noch aufrichtiger zu
reden, bitte ich Sie, ins künftige weder dergleichen
Mittel noch dergleichen Personen dabei zu brauchen,
wenn ich gleich dafür halte, des Herrn von Kerrys
Gesinnungen sein seiner Herkunft zu würdig, als daß
er seine Ehre durch eine niederträchtige Handlung be=
flecken sollte. Er hat einen geschwornen Anhänger
des Grafen von Huntington zur Seite gehabt, durch
dessen schlimme Dienste eine so schlechte Handlung
nur eine solche Wirkung hat haben können. Es ist
mir also genug, wenn Sie nur nicht erlauben, daß

mein Sohn von diesem Lande aus irgend beeinträch-
tigt werde; welches alles ist, warum ich Sie jemals
vor diesem gebeten habe, selbst in der Zeit, als eine
Armee an die Gränze rückte, um die Bestrafung jenes
verabscheuungswürdigen Mortons zu verhindern,
und wenn keiner der Ihrigen sich ferner mittelbar
oder unmittelbar in die Schottländischen Angelegenheiten mischt, es müßte denn mit meinem Wissen
sein, da ich schlechterdings darum wissen muß, oder
unter Mitwirkung jemandes von Seiten des aller-
christlichen Königs, welchen ich, als unsern vornehmsten Verbündeten, an allem, was in dieser Sache geschehen kann, möchte Theil nehmen lassen, wenn er nur
irgend etwas bei den Verräthern auszurichten ver-
mag, welche meinen Sohn gegenwärtig gefangen
halten. Ich erkläre Ihnen indeß geradezu, daß ich
diese letzte Verschwörung und neue Unternehmung
für eine wahre Verrätherei gegen das Leben meines
Sohnes, gegen sein Bestes und das Beste des Landes halte, und daß ich, so lange er in der Lage sein
wird, worin ich vernehme daß er jetzt ist, kein
Wort, keine Schrift oder sonst eine andere Akte,
die von ihm kommen, oder unter seinen Namen bekannt gemacht werden mag, als von seiner freien
Entschließung herkommend ansehen werde, sondern
bloß als von den besagten Verschwornen herkommend,
denen er zur Maske dienen muß, um nur sein Leben
zu erhalten. Bei dieser Freimüthigkeit, Madam,

welche Ihnen, wie ich voraussehe, gewissermaßen
mißfallen kann, ob ich gleich nichts als die reine
Wahrheit sage, werden Sie es doch sicherlich noch
weit sonderbarer finden, daß ich Sie noch mit einer
Bitte von viel größerer Wichtigkeit, und welche
Sie mir indeß sehr leicht zugestehen und gewähren
können, behellige; es ist diese: da ich bisher durch
meine geduldige Ergebung in diese so lange und harte
Gefangenschaft, und durch mein aufrichtiges Betragen in allen Dingen, selbst in den geringsten, welche
Sie sehr wenig angingen, mir keine Versicherungen
von Ihrer Gunst habe verschaffen, noch Ihnen dergleichen von meiner so zärtlichen Freundschaft gegen
Sie habe geben können, da mir hierdurch alle Hoffnung genommen ist, daß ich es in dem so kurzen
Ueberreste meines Lebens noch besser haben werde,
so bitte ich Sie um des schmerzhaften Leidens unsers
Erlösers und Seligmachers Jesu Christi willen, noch
einmal bitte ich Sie mir zu erlauben, daß ich mich
aus diesem Reiche entferne, und mich an einen ruhigen Ort begeben dürfe, um für meinen armen, von
beständigen Schmerzen so abgematteten Körper einige
Erholung zu finden, und im Genusse meiner Gewissensfreiheit meine Seele zur Erscheinung vor Gott
zuzubereiten; welcher sie täglich zu sich ruft. Glauben Sie, Madam, und die Aerzte, welche Sie mir
diesen letzten Sommer zuschickten, können hinlänglich
darüber urtheilen, daß ich es nicht lange mehr ma-

chen werde, so daß Ihnen von meiner Seite kein
Grund zur Eifersucht oder zum Mißtrauen übrig bleiben kann. Indessen mögen Sie von mir alle billige
und vernünftige Sicherheitsleistungen und Bedingungen verlangen, die Sie nur wollen; die größeste
Macht bleibt immer an Ihrer Seite, um mich zur
Beobachtung derselben anzuhalten, ob ich sie gleich
um alles in der Welt nicht brechen würde. Sie haben schon genug Erfahrung gehabt, wie ich meine
simpeln Versprechungen beobachte, und dies bisweilen zu meinem Nachtheil, wie ich Ihnen vor zwei
Jahren bei Gelegenheit eben dieser Sache vor-
stellte. Sein Sie so gütig sich dessen zu erinnern,
was ich Ihnen damals schrieb, und daß Sie meine
herzliche Erkenntlichkeit durch nichts so sehr als durch
Milde erhalten können, wenn Sie gleich meinen armen siechen Körper auf immer zwischen vier Wänden
einschließen; denn Personen von meinem Range
und von meiner Denkungsart, lassen sich durch keine
harte Behandlung gewinnen oder zwingen. Die
Gefangenschaft, worin Sie mich wider alles Recht
und ohne alle billige Gründe gehalten haben, hat
schon meinen Körper zu Grunde gerichtet, mit dem
es nun bald zu Ende sein wird, wenn das nur noch
einige Zeit so fortgeht, und meine Feinde werden
nicht lange mehr ihre Grausamkeit an mir befriedigen
können. Es bleibt mir nichts als die Seele übrig,
welche Ihre ganze Gewalt nicht einkerkern kann.

Laſſen Sie alſo dieſe ein wenig freier ihre Seligkeit athmen, welche allein ſie jetzt mehr als irgend eine weltliche Größe ſucht. Es ſcheint mir, es könne Ihnen eben nicht zu großem Vergnügen, zur Ehre und zum Vortheile gereichen, daß meine Feinde mein Leben unter die Füße treten, ja daß ſie mich beinahe in Ihrer Gegenwart erwürgt haben: hingegen wenn Sie mich, obgleich ſehr ſpät, in dieſer Noth aus ihren Händen retten, ſo werden Sie mich außerordentlich gegen ſich verpflichten, ſo wie alle diejenigen, die mir angehören, beſonders mein armes Kind, deſſen Sie ſich eben hierdurch vielleicht verſichern könnten. Ich werde nicht aufhören, Sie mit dieſer Bitte zu beläſtigen, bis Sie mir dieſelbe werden zugeſtanden haben; und daher bitte ich Sie, mich Ihre Geſinnung wiſſen zu laſſen, nachdem ich, um Ihnen gefällig zu ſein, ſeit zwei Jahren bis jetzt gewartet habe, um Ihnen mein Geſuch zu wiederholen, wozu der elende Zuſtand meiner Geſundheit mich mehr zwingt als Sie denken können. Sein Sie indeſſen ſo gütig, dahin zu ſehen, daß ich hier eine mildere Behandlung erfahren möge, da ich die bisherige Härte nicht länger ertragen kann, und überlaſſen Sie mich nicht der Willkür eines andern, ſondern ich müſſe bloß von Ihnen abhangen, als der ich allein, wie ich Ihnen kürzlich ſchrieb, von jetzt an alles Gute und Böſe, was mir in Ihrem Lande widerfahren ſoll, zu verdanken haben will. Erweiſen

Sie mir diese Gunst, daß ich, oder an meiner statt
der französische Gesandte, Ihre Entschließung schriftlich erhalte: denn auf dasjenige, was der Graf von
Schrewsbury und andere in ihrem Namen darüber
sagen oder schreiben werden, kann ich nicht fußen;
ich habe nur zu oft erfahren, daß hierbei keine Sicherheit für mich sei, indem der geringste Einfall,
auf den sie gerathen, ihnen hinlänglich ist, von
einem Tage zum andern alles vorige umzuwerfen.
Außerdem gaben Sie mir neulich, als ich an Ihre
Räthe schrieb, zu verstehen, daß ich mich nicht an
diese, sondern bloß an Sie zu wenden hätte; und
also ihren Kredit und ihre Gewalt nur auf die Fälle
auszudehnen, da sie mir Uebels thun können, das
würde nicht billig sein, wie es doch bei dieser letzten
Einschränkung geschehen ist, wobei ich, wider Ihre
Absicht, noch schändlicher bin behandelt worden.
Dies giebt mir allen Grund zu vermuthen, daß
einige meiner Feinde in Ihrem Conseil den übrigen
Räthen meine gerechte Klagen verheimlicht haben,
indem sie wahrscheinlich sahen, daß Ihre Amtsge-
nossen in ihre boshaften Anschläge wider mein Leben
nicht einwilligen, oder wenn sie davon Kenntniß erlangten, um Ihrer Ehre willen, und in Betracht
dessen, was sie Ihnen schuldig sind, sich denselben
widersetzen würden. Endlich habe ich vorzüglich
noch zwei Bitten an Sie zu thun; die eine, daß ich
wegen meines nahen Abschiedes aus dieser Welt, zu

meinem Troste einen ehrwürdigen Geistlichen um mich
haben dürfe, welcher mich täglich an den Weg, den
ich zu durchlaufen habe, erinnern, und mich unter=
richten möge, wie ich denselben nach meiner Reli=
gion, worin ich zu leben und zu sterben denke, vollen=
den soll. Dies ist eine letzte Liebespflicht, welche
dem geringsten und elendesten Sterblichen nicht ver=
sagt werden kann. Dies ist eine Freiheit, welche
Sie allen fremden Gesandten geben, wie auch alle
übrige katholische Könige Ihren Unterthanen die
freie Ausübung ihrer Religion zugestehen; und so
habe ich selbst meine eignen Unterthanen nie zu einer
Sache gezwungen, die ihrer Religion entgegen war,
ob ich gleich alle Macht und Gewalt über sie hatte,
daher es von Ihrer Seite ungerecht sein würde,
wenn ich in dieser Noth einer solchen Freiheit beraubt
sein sollte. Was würde Ihnen für ein Vortheil dar=
aus erwachsen, wenn Sie mir dieses versagten? Ich
hoffe, Gott werde mir es nicht zurechnen, wenn ich,
von Ihnen auf diese Art unterdrückt, mich nur der
Pflicht gegen ihn entledige, die ich ihm im Geiste
werde leisten dürfen. Sie aber werden den übrigen
christlichen Regenten ein sehr schlimmes Beispiel ge=
ben, welche leicht gegen ihre Unterthanen eben diese
bewiesene Strenge brauchen möchten, die Sie gegen
mich, eine souveraine Königin und Ihre nächste
Blutsfreundin, beweisen, welches ich, meinen Fein=
den zum Trotze, bin und lebenslänglich sein werde.

Ich

Ich will Sie jetzt nicht mehr mit der Vermehrung meines Hofstaates beschweren, deren ich für die Zeit, die ich noch auf der Welt zu leben habe, nicht mehr so sehr bedarf. Ich bitte Sie also nur um zwei Kammerfrauen, um während meiner Krankheit einige Hülfe zu haben, und ich bezeuge Ihnen vor Gott, daß mir dieselben sehr nothwendig sind, und wenn ich auch nur eine arme Kreatur aus dem gemeinen Volke wäre. Gestehen Sie mir sie Gott zu Ehren zu; zeigen Sie hierdurch, daß meine Feinde bei Ihnen nicht genug wider mich vermögen, um in einer Sache von so weniger Wichtigkeit, und welche von einem blossen Liebesdienste abhängt, ihre Rache und Grausamkeit auszuüben.

Ich komme jetzt auf die Beschuldigung des Grafen von Shrewsbury, wenn anders ein Mann, wie dieser, mich beschuldigen kann. Ich soll nämlich, meinem Versprechen zuwider, welches ich Bealen gegeben haben soll, und ohne Ihr Wissen, mit meinem Sohne unterhandelt haben, um ihm mein Recht zur Krone von Schottland abzutreten, ohnerachtet ich mich anheischig gemacht habe, nicht anders als mit Ihrer Genehmigung, durch einen meiner Diener, welcher mit einem der Ihrigen nach Schottland gehen, und dessen Leitung folgen sollte, in dieser Sache zu verfahren. Dies sind, glaube ich, die eignen Worte des benannten Grafen. Ich muß Ihnen hierauf antworten, Madam, daß Beale niemals ein un-

bedingtes Versprechen von mir erhalten hat, aber
wohl bedingte Eröffnungen, durch welche ich auf keine
Weise gebunden sein konnte, wenn nicht erst die Bedingungen, die ich hinzugefügt hatte, erfüllt waren;
und es fehlt so viel daran, daß denselben Genüge geschehen sein sollte, daß ich im Gegentheil nie eine
Antwort darüber erhalten, noch ihn derselben nur
weiter habe erwähnen hören. Auch erinnere ich mich
in dieser Hinsicht ganz wohl, daß der Graf von
Shrewsbury gegen vorige Ostern von mir eine neue
Bestätigung von dem verlangte, was ich zu Beale
gesagt hatte, und daß ich ihm darauf ohne Um-
schweife antwortete, es würde nur in dem Falle geschehen, da die besagten Bedingungen zugestanden,
und dem zufolge erfüllt würden. Beide sind noch am
Leben, und können es Ihnen bezeugen, wenn sie die
Wahrheit sagen wollen.

Da ich seitdem sah, daß ich gar keine Antwort
erhielt, sondern meine Feinde vielmehr durch Zögerungen und Aufschub ihre Ränke, welche schon während Beales Aufenthalt bei mir angelegt waren, mit
mehr Frechheit als jemals fortsetzten, um meine gerechten Absichten in Schottland zu hintertreiben, wie
der Erfolg es gezeigt hat, und daß durch dieses Mittel zu meinem und meines Sohnes Untergange das
Thor geöffnet blieb: so nahm ich Ihr Stillschweigen
für Weigerung, und sagte mich in einem eignen
Schreiben sowohl an Sie als an Ihren Rath von

allem los, was ich mit gedachtem Beale unterhandelt hatte. Ich theilte Ihnen dasjenige mit, was der König und die Königin von Frankreich mir eigenhändig über diese Angelegenheit geschrieben hatten, und bat mir Ihre Meinung darüber aus, wovon ich aber noch nichts erfahren. Meine Absicht war es in der That, ohne Ihre Beistimmung nichts vorzunehmen, wenn Sie mir Ihre Gedanken zu rechter Zeit eröffnet, und mir erlaubt hätten, meinen Sohn zu beschicken, so daß mir Ihr Beistand zur Ausführung der Vorschläge, die ich Ihnen gethan hatte, zu statten gekommen wäre, um zwischen beiden Reichen eine aufrichtige Freundschaft und ein vollkommen gutes Vernehmen auf die Zukunft zu stiften. Aber daß ich mich hätte anheischig machen sollen, so schlechthin Ihrem Willen zu folgen, ehe ich noch wuste, worin derselbe bestehen möchte, und bei der verabredeten Botschaft meinen Abgeordneten der Leitung des Ihrigen zu unterwerfen, und das in meinem eignen Lande, das nur zu denken, dazu war ich nie simpel genug. Haben Sie erfahren, was für ein falsches Spiel meine hiesigen Feinde in Schottland gegen mich gespielt haben, um die Sachen auf den Punkt zu bringen, worauf sie jetzt stehen, so gebe ich Ihnen zu überlegen, wer von uns am aufrichtigsten gehandelt habe. Gott sei Richter zwischen jenen und mir, und wende die gerechte Strafe ihrer Verschuldung von dieser Insel ab. Noch einmal,

weisen Sie die Warnungen, die meine verrätherischen schottländischen Unterthanen Ihnen gegeben haben können, zurück; Sie werden sehen, und ich werde es vor allen christlichen Regenten beweisen, daß
dabei von meiner Seite nicht das allergeringste zu
Ihrem Nachtheil, oder dem Besten und der Ruhe
dieses Reiches entgegen geschehen ist, wofür ich nicht
weniger als irgend einer Ihrer Räthe oder Unterthanen sorge, indem ich mehr Interesse dabei habe, als
einer von ihnen.  Es war die Rede, meinem Sohne
das Recht und den Namen eines Königs zu schenken,
und sowohl ihm dieses Recht, als den Rebellen die
Ungestraftheit aller ihrer bisherigen Verbrechen zu
versichern, und ohne die geringste weitere Neuerung,
auf die Zukunft Ruhe und Frieden wieder herzustellen.  Hieß das meinem Sohn die Krone nehmen?
Meine Feinde, glaube ich, möchten nicht, daß sie
ihm gesichert würde, und sind daher sehr zufrieden,
daß er sie als ein unrechtmäßiger Besitzer der Gewaltthätigkeit einiger Verräther verdankt, welche
schon von Alters her Feinde unsers Geschlechtes sind.
Hieß das die bisherigen Verbrechen der besagten
Verräther bestrafen wollen, welche meine Milde immer übersehen hat? Aber ein böses Gewissen kann nie
ruhig sein, es ist in beständiger Furcht und Angst.
Hieß das die Ruhe des Landes stören wollen, daß ich
dieselbe durch Vergebung alles Vergangenen, und
durch eine allgemeine Versöhnung zwischen allen un-

fern Unterthanen wieder herzustellen suchte? Dieses fürchten unsre Feinde allhier so sehr, als sie es zu wünschen vorgeben. Was für Nachtheil entstand hieraus für Sie? Zeigen Sie also an, und lassen Sie den Beweis geben, wenn es Ihnen gefällig ist, in welcher Sache sonst etwas zu Ihrem Nachtheil geschehen sei. Ich stehe dafür auf meine Ehre. Ei, wollen Sie, Madam, durch die Kunstgriffe meiner Feinde sich so blenden lassen, daß Sie, um die ungerechten Ansprüche derselben an diese Krone nach sich, und vielleicht wider sich selbst zu begründen, noch bei Ihren Lebzeiten dulden, und zusehen, wie sie diejenigen, die mit Ihnen durch Bande der Zärtlichkeit und des Geblüts so genau verknüpft sind, zu Grunde richten, und auf eine so grausame Art aus dem Wege räumen? Was können Sie für Vortheil und für Ehre davon erwarten, wenn Sie es zugeben, daß ich so lange von meinem Sohne, und er und ich so lange von Ihnen getrennt werden? Nehmen Sie das mir vormals gegebne Unterpfand *) Ihrer gütigen Gesinnungen zurück; verpflichten Sie sich die Ihrigen, und gönnen Sie mir vor meinem Tode die Befriedigung, daß ich das gute Vernehmen zwischen uns völlig wieder hergestellt sehe, und meine Seele, wenn sie von diesem Körper befreit sein wird, nicht gezwungen sei, wegen des Unrechts, das Sie uns

*) Den oben erwähnten Ring.

U 3

hienieden haben zufügen laſſen, ihre Klagen vor Gott auszuſchütten, daß ſie vielmehr, mit Ihnen gänzlich ausgeſöhnt, dieſes Gefängniß verlaſſen, und ſich zu ihm aufſchwingen möge. Ich bitte ihn, er wolle ſelbſt Sie geneigt machen, auf meine ganz gerechten und nur zu ſehr gegründeten wehmüthigen Klagen zu achten. Ihre ſehr gebeugte nächſte Verwandte und zärtlich geſinnte Couſine. Maria, Königin,

Sheffield, den 28 Nov. 1582.

## No. V. und VI. zu S. 242.

### §. I.

### Brief der Königin von Schottland an die Königin von England, franz. geſchrieben.

Madam,

Meinem Verſprechen und Ihren Wünſchen gemäß, obgleich zu meinem Leidweſen, daß dergleichen Dinge zur Sprache gekommen ſind, doch, Gott ſei mein Zeuge, mit der größten Aufrichtigkeit und ohne alle Leidenſchaft, erkläre ich Ihnen, daß die Gräfin von Shrewsbury mir von Ihnen ohngefähr in folgenden Ausdrücken geſprochen hat. Ich verſichere Ihnen, daß ich auf den größten Theil dieſer Behauptungen geantwortet, und es dieſer Dame verwieſen habe, daß ſie dergleichen von Ihnen glaubte, oder ſo ungebührlicher Weiſe vorbrächte, als etwas, das ich nicht glaubte, und auch gegenwärtig nicht glaube, indem ich die Denkungsart der Gräfin kenne, und weiß, von welchem Geiste dieselbe damals gegen Sie getrieben wurde. Erstlich sagte sie, einer, dem Sie, ihrer Behauptung nach, in Gegenwart einer Ihrer Kammerdamen die Ehe versprochen, hätte unzähligemal bei Ihnen geschlafen, und sich alle Freiheiten bei Ihnen herausgenommen, die nur immer zwischen Mann und Frau statt finden könnten; aber Sie wären ohne Zweifel nicht wie andre Weiber, es wäre daher eine Thorheit von allen denen, die an Ihre Heirath mit dem Herzoge von Anjou zu glauben vorgäben, indem dieselbe nicht zu Stande kommen könnte, und Sie würden niemals die Freiheit verlieren wollen, sich zärtliche Aufwartungen machen zu lassen, und immer mit neuen Liebhabern sich zu vergnügen. Sie bedauerte, setzte sie hinzu, daß Sie nicht mit Hatton oder einem andern aus diesem Reiche allein zufrieden wären; am meisten aber ginge es ihr, der Ehre der Republik wegen, nahe, daß Sie nicht allein Ihre Ehre mit einem Ausländer, Namens Symier, aufs Spiel setzten, und ihn des Nachts in dem Zimmer einer Dame besuchten, auf welche die besagte Gräfin bei dieser Gelegenheit sehr schimpfte, wo Sie ihn küßten, und sich verschiedne unartige Freiheiten mit ihm erlaubten, sondern daß Sie ihm sogar die Geheimnisse des Staats offenbarten, und Ihre eignen Räthe gegen ihn verriethen. Eben so ausschweifend hätten Sie

ſich mit ſeinem Herrn, dem Herzoge betragen; dieſer wäre eine Nacht an die Thüre Ihres Zimmers
gekommen, wo Sie ihm in bloßem Hembe und in
einem Nachtmäntelchen entgegen gegangen wären;
Sie hätten ihn darauf eingelaſſen, und er wäre an
drei Stunden bei Ihnen geblieben. Was den beſagten Hatton betrifft, ſo hielten Sie ihn mit Gewalt
an ſich, und ließen die Liebe, die Sie für ihn empfinden, ſo öffentlich ſehen, daß er ſelbſt gezwungen
wäre, ſich zurückzuziehen: Sie hätten dem Killegrew
eine Ohrfeige gegeben, weil er Ihnen auf Ihren Befehl den beſagten Hatton nicht zurückgebracht hätte,
nachdem derſelbe zornig von Ihnen gegangen wäre,
weil Sie ihm wegen einiger goldenen Knöpfe, die er
auf ſeinem Kleide trug, Schimpfwörter geſagt hätten. Sie hätte ſich bemüht, ihre Tochter, die ver-
ſtorbene Gräfin von Lenox an dieſen Hatton zu verheirathen, er hätte aber aus Furcht vor Ihnen den
Vorſchlag nicht anzunehmen gewagt. Der Graf von
Oxford ſelbſt unterſtände ſich nicht, ſich mit ſeiner
Frau wieder auszuſöhnen, um nicht die Gunſt zu verlieren, welche er durch zärtliche Aufwartungen von
Ihnen zu erhalten hoffte. Sie wären gegen alle diejenigen, die ſich mit dergleichen Intriguen abgeben,
verſchwenderiſch, zum Beiſpiel gegen einen Ihrer
Kammerbedienten, Namens Gorge, welchem Sie drei-
hundert Pfund Einkünfte gegeben hätten, weil er
Ihnen von Hattons Zurückkunft Nachricht gegeben,

gegen alle andere wären Sie sehr undankbar und knäu-
sericht, und es gäbe nicht drei oder vier Personen
in Ihrem Reiche, denen Sie Gutes erwiesen hätten.
Sie rieth mir unter dem lautesten Gelächter, ich
sollte meinen Sohn bewegen, zärtliche Ansprüche auf
Sie zu machen, welches mir sehr nützlich sein und den
Herzog aus seinem Platze vertreiben könnte, durch
dessen fernere Behauptung mir derselbe sehr schädlich
sein würde. Wie ich ihr antwortete, dieses würde
für wahren Spott aufgenommen werden, sagte sie
mir, Sie wären so eitel, und hätten eine so gute
Meinung von Ihrer Schönheit, als ob Sie eine Göttin vom Himmel wären; sie getraute sichs, Ihnen
dieses wirklich glaubend zu machen, und würde meinen Sohn bei dieser Laune erhalten. Sie fänden ein
so großes Vergnügen an den ungereimtesten Schmei-
cheleien, zum Exempel wenn Ihnen jemand sagte,
man wagte es bisweilen nicht, Sie gerade anzusehen,
weil Ihr Antlitz wie die Sonne glänzte, und sie und
alle übrige Hofdamen wären gezwungen, so mit Ihnen zu reden. Auf ihrer letzten Reise zu Ihnen, hätten sie und die verstorbene Gräfin von Lenox, indem
sie mit Ihnen redeten, sich nicht unterstanden, einander anzusehen, um nicht über die Lügen, die sie Ihnen aufhefteten, in ein lautes Gelächter auszubrechen;
und sie bat mich, ihrer Tochter bei ihrer Zurückkunft
einen scharfen Verweis zu geben, weil sie dieselbe
nie hätte überreden können, es eben so zu machen.

U 5

Was ihre Tochter Talbot betrifft, so war sie gewiß
versichert, daß sie sich nie würde enthalten können,
Ihnen gerade ins Gesicht zu lachen. Als die besagte
Dame Talbot sich zu Ihnen begab, um Ihnen ihre
Aufwartung zu machen, und als eine Person von
Ihrem Hofstaate zu schwören, erzählte sie mir gleich
nach ihrer Zurückkunft die Sache als bloß zum Spaße
geschehen, und bat mich, ein solches Versprechen von
ihr anzunehmen, mit der Versicherung, daß sie es mit
mir im ganzen Ernste meinte. Ich weigerte mich
lange; aber endlich durch ihre Thränen bewogen,
ließ ich sie machen, wobei sie mir sagte, sie möchte
um alles in der Welt nicht als Dienerin um Ihre
Person sein, weil sie fürchtete, daß Sie es ihr, wenn
Sie einmal böse würden, eben so machen möchten,
wie ihrer Cousine Skedmar, welcher Sie einen Finger zerbrochen, und dann zu Ihren Hofleuten gesagt
hätten, es wäre ihr ein Leuchter darauf gefallen;
und einer andern hätten Sie, indem sie an der Tafel
aufwartete, ein Messer in die Hand gestoßen. Mit
einem Worte, was diese letzten Punkte und kleinen
Klätschereien anbetrifft, kann ich Ihnen versichern,
— daß Sie von ihr wie in einer Komödie verspottet und
nachgemacht wurden, und das in Gegenwart meiner
Kammerfrauen, worauf ich diesen, ich darf es Ihnen
schwören, verbot, sich weiter hierein zu mengen.
Die besagte Gräfin hat mich vormals benachrichtiget,
daß Sie Rosson anstellen wollten, mir zärtliche Auf

wartungen zu machen und mich zu entehren, dieses
mögte nun durch die That oder durch ein schlimmes Gerücht geschehen, worüber Sie selbst ihn mündlich unterrichtet hätten; Ruxby wäre vor sieben Jahren hieher gekommen, um nach einer mündlichen Verabredung mit Ihnen einen Anschlag auf mein Leben
zu wagen, und Sie hätten ihm gesagt, er sollte
alles thun, was Walsingham ihm befehlen und anordnen würde. Als die besagte Gräfin die Heirath
ihres Sohnes Karl mit einer von Mylord Pagets
Nichten betrieb, und Sie von Ihrer Seite dieselbe
durch einen bloßen Machtbefehl für einen aus der
Familie der Knollys haben wollten, weil er Ihr Ver-
wandter war; so schrie sie heftig gegen Sie, und
sagte, das wäre eine wahre Tyranney, Sie wollten
nach bloßem Eigensinn alle Erbinnen des Reichs wegnehmen, und hätten den besagten Paget mit Schimpf-
wörtern auf das härteste beleidigt; aber der Adel dieses Reichs würde dergleichen von Ihnen nicht so hin-
nehmen, wenn Sie sich an gewisse andere Personen
wendeten, welche sie recht gut kennte. Vor unge-
fähr vier oder fünf Jahren, da wir beide, Sie und
ich, zu gleicher Zeit krank waren, sagte sie mir, Ihre
Krankheit käme von einem Beinschaden her, welcher
zugegangen wäre, und da Sie ohne Zweifel Ihre
monatliche Reinigung verloren hätten, so würden
Sie bald sterben, worüber sie sich freuete, weil sie
sich seit langer Zeit auf die Vorhersagung eines ge-

wiſſen John Lenton und eines alten Buches eine leere
Einbildung in den Kopf geſetzt hatte. Dieſe Weiſſa-
gung ging auf Ihren gewaltſamen Tod und auf die
Thronfolge einer andern Königin, welches ich nach
Ihrer Auslegung ſein ſollte, wobei ſie nur bedauerte, daß in dem beſagten Buche propheteihet wäre,
daß die Königin, welche Ihnen folgen ſollte, nicht
länger als drei Jahre regieren, und ſo wie Sie ſterben würde. Dieſes war ſelbſt in dem beſagten Buche
durch ein Gemälde vorgeſtellt, und was auf dem letzten Blatte ſtand, hat ſie mir nie ſagen wollen. Sie
weiß ganz wohl, daß ich dieſes immer für eine bloße
Thorheit genommen habe; aber ſie machte ganz ſtark
Rechnung darauf, daß ſie bei mir den erſten Platz
einnehmen, und ſogar, daß mein Sohn ihre Nichte
Arabella heirathen würde. Endlich ſchwöre ich Ihnen noch einmal auf meine Treue und auf meine
Ehre, daß das obige ſehr wahr iſt, und daß es mir
nie in den Sinn gekommen iſt, Ihnen durch die Bekanntmachung von dergleichen Dingen, die Ihre
Ehre angehen, zu ſchaden, und daß niemand ſie
durch mich erfahren ſoll, indem ich ſie für ganz falſch
halte. Wenn ich das Glück haben kann, Sie zu
ſprechen, ſo will ich Ihnen die Namen, die Zeit,
die Oerter und andere Umſtände noch beſonders anzeigen, um Sie in ſtand zu ſetzen, zu beurtheilen, was
hieran und an verſchiedenen andern Dingen ſei, welche ich noch aufbehalte, bis ich Ihrer Freundſchaft

gänz gewiß sein werde. Ich wünsche diese mehr als jemals, und wenn ich sie jetzt erhalten kann, so haben Sie nie eine getreuere und ergebenere Verwandte, Freundin ja selbst Unterthanin gehabt, als ich sein werde. Um Gotteswillen, versichern Sie sich derjenigen, die Ihnen dienen kann und will. Aus meinem Bette, indem ich meinem Arm und meinen Schmerzen gebot, um Ihnen zu genügen und zu gehorchen.

Maria, Königin.

(Gilbert Stuart S. 279 — 282.)

### §. 2)

## Brief der Königin Maria an Mauvissiere, vom 25. Februar 1584.

Herr von Mauvissiere,

Ihr werdet aus dem eingeschlossenen Schreiben ersehen, daß ich mich an dem bemerkten Datum angeschickt hatte, auf Euer letztes zu antworten, und daß es mir unmöglich gewesen ist, meine besagte Antwort durch den selbigen Weg zu schicken, indem der Ueberbringer Eures Schreibens benachrichtiget worden ist, daß Tag und Nacht Spione um Euer Haus herum sind, um alle zu beobachten, welche aus- und eingehen; und da außerdem alle diejenigen, welche um unsere Verständnisse wußten, und oft bei Euch kommen, entdeckt worden sind, so haben einige großen Verdacht, es sei einer von Euren Dienern be-

stochen worden, wie ich selbst in der That nicht
daran zweifle. Ich bitte Euch also inständigst, von
jetzt an mit denen, die ich an Euch schicken werde,
durch einen von Euren Dienern, auf deren Treue
Ihr Euch verlassen könnt, zu unterhandeln, aber
nicht in Eurem Hause, sondern in der Stadt oder
außer derselben, als bei einer ungefähren Zusammenkunft, welches Ihr leicht an gewissen Orten und zu
gewissen Zeiten veranstalten könnt, ohne daß andere
als diejenigen, die Ihr brauchen werdet, davon etwas erfahren: sonst findet sich kein Mensch, der es
weiter wird wagen wollen, sich mit Unterhandlungen
zwischen uns zu befassen. Ich habe Euch zweimal
durch den ordentlichen Weg weitläuftig über die abscheulichen Gerüchte geschrieben, welche von meiner
Unterredung mit dem Grafen von Schrewsbury verbreitet sind, und die von niemanden anders als von
seiner guten Frau herkommen, welche ich endlich gezwungen sein werde ganz offenbar anzugreifen, wenn
die Königin von England mir über diese Betrügerei
keine Auskunft giebt. Es ist bloß in zweierlei Rück-
sicht, daß ich mich bisher noch enthalten habe, mich
meines Vortheils gegen sie zu bedienen, und vor der
besagten Königin von England und ihrem Rathe ihr
bisheriges schlechtes Betragen gegen mich selbst, und
um meinet willen gegen den Grafen von Leicester und
andre Herren dieses Reichs aufzudecken. Erstlich
habe ich die gute Meinung von meiner Aufrichtigkeit

und Beständigkeit gegen diejenigen, die mir hold
sind, erhalten, und ihnen beweisen wollen, daß ich
mich nicht leichtsinniger Weise in schlimme Händel
verwickle, wenn sie selbst etwa Ursache sein sollten,
welches ich nicht wünschte, es müste denn in der
äußersten Noth geschehen, daß ihre Bemühungen
für mein Bestes ihnen selber schädlich würden. Eine
andere Betrachtung ist diese: ob ich gleich dieses
schlechte Weib verschiedner Reden, Großpralereien
und Ränke, sowohl gegen ihre Königin als gegen
mich und einige Herren dieses Landes beschuldigen
kann, so fürchte ich doch ihrem Ehemanne dadurch
Schaden zu thun, indem es sonderbar scheinen könnte,
durch welche Mittel ich hinter so viele Dinge gekommen wäre: auch besorge ich, diejenigen, die mir dieselben zum Theil offenbart haben, möchten durch
eine solche Entdeckung in Untersuchung, oder wenigstens in Verdacht gerathen. Am Ende aber werde ich
alles wagen, es mag auch daraus entstehen, was da
wolle, um meine Ehre zu erhalten, welche mir lieber als tausend Leben ist; auch schätze ich sie höher
als jede weltliche Größe. Daher bitte ich Euch auf
das allerinständigste, fahrt in Euren angefangenen
Bemühungen zur Widerlegung dieser abscheulichen
Verläumbung lebhaft fort, bis ich deswegen hinlänglich zufrieden gestellt sein werde, es sei nun
durch eine öffentliche Proklamation im ganzen Reiche, um welche ich Euch besonders dringend anzu-

halten bitte, oder durch eine exemplarische Bestrafung der Urheber. Auf Erfodern diese letztern zu
nennen, dürft Ihr nur sagen, es wären, wie ihr gehört hättet, Karl und Wilhelm Cavendish, welche
sich durch die Gräfin von Schrewsbury dazu hätten
verleiten lassen, und wenigstens könnt Ihr hierauf
anhalten und verlangen, daß sie deswegen zur Untersuchung gezogen werden. Ich weiß, es hat sich ein
Mitglied dieses Rathes, in voller Versammlung,
von vier oder fünf Personen von Stande verlauten
lassen, sie hielten das besagte Gerücht für falsch, es
wäre indeß sehr rathsam, dasselbe, so viel möglich
auszustreuen und zu verbreiten, um meine Heirath
mit dem katholischen Könige zu verhindern, woran,
wie Gott weiß, weder ich noch er jemals gedacht haben. Alle diese Geschwätze kommen von dem Grafen
von Leicester und von Walsingham her, von welchen,
wie ich sicher weiß, der besagten Gräfin eine Abschrift
von meinen letzten an Sie geschriebenen Briefen ist geschickt worden. Es würde wohl gut sein, wenn Ihr
vorgäbet, es von dorther erfahren zu haben, Euch
bei der besagten Königin beklagtet, und ihr vorstell-
tet, wie gerechte Ursache ich habe mich zu beschweren, daß die besagte Gräfin, weil sie meine Feindin
geworden ist, in einer so abscheulichen und falschen
Sache, uuter der Hand von Leuten beschützt und be-
rathen wird, welche vielmehr sich meiner gerechten
Sache annehmen sollten, wäre es auch bloß in Betracht

tracht deſſen, was ſie der Ehre ihrer Monarchin
ſchuldig ſind, und wegen meiner nahen Verwand=
ſchaft mit derſelben. Alſo, da mir hier Zunge und
Hände gebunden ſind, und es mir nicht erlaubt iſt,
meine Sache zu führen, wie ich thun könnte, wenn
ich in Freiheit wäre; ſo beſchweret Euch beſonders bei
dem Grafen von Leiceſter, und erklärt ihm, in einer
Privatunterredung und als Freund, der ihm rathen
will, daß wenn er ſich nicht in Acht nimmt, dieſer
ganze Lärm auf ſeine Rechnung kommen wird, indem
alle diejenigen, die ſich darein miſchen, zu ſeinen
Dienern und zu ſeinem Haushalte gehören, oder von
ihm abhangen, worunter Ihr ihm . . . . . . geradezu
nennen könnet. Sheffield, 26 Februar 1584.

Ich bitte Euch ergebenſt, mein Herr, dieſes
alles ſo geheim als möglich zu halten, damit der
Herr Geſandte nichts davon erfahre. Ich bin ver=
ſichert, daß Ihr die Sache ſchon werdet zu machen
wiſſen; denn ich möchte um alles in der Welt mich
nicht durch eine ſolche Entdeckung öffentlichen Schmä=
hungen ausſetzen, denn ſterben muß ich doch.

NB. Dieſer Brief iſt aus einer Abſchrift ge=
nommen, welche von jemanden gemacht zu ſein
ſcheint, der die Königin von Schottland verrieth,
und vermuthlich die Briefe derſelben an Mauviſ=

Geſch. Eliſab. 6. Th.　　　　X

ſtere Walſinghammen mittheilte. . . . . . . (Note
des Herrn von Brequigny.)

(Harl. Bibl. No. 1582. Fol. 311. Brequig-<br>nys Papiere.)

§. III.

Brief von Caſtelnau de Mauviſſiere an Heinrich III. 1) Ueber das Mißvergnügen der
Engländer gegen die Spanier. 2) Ueber die
Neigung der Königin von England, ſich mit
den Hugenotten zu verbinden. 3) Ueber ihren Wunſch, den König von Frankreich an
aller Einmiſchung in die ſchottländiſchen Angelegenheiten zu verhindern.

vom 14. Febr. 1584.

Sire,

Ich habe Ew. Majeſtät geſchrieben, wasmaßen
Don Bernardino de Mendoza, Geſandter des Königs
von Spanien allhier, von der Königin von England
und ihrem Rathe ſei entlaſſen worden, weil ſie entdeckt haben, daß er mit den Katholiken dieſes Reichs
im Verſtändniſſe geweſen ſei, um ihren Staat um-
zuſtürzen, worin ſie auch Ihre Schwiegerin, die Königin von Schottland, haben einmiſchen, und hierdurch ihre bisherigen Leiden durch neue Schmerzen

vermehren wollen. Indeß bietet sie sich an zu beweisen, daß dieses und andere Dinge, deren die Engländer sie beschuldigen wollen, nichts als Erdichtun-
gen ihrer Feinde sind; und am Ende findet sich niemand, der das geringste behaupten will, sondern
sie bitten mich hiervon zu schweigen, da die Fürsten
doch nicht vor übeln Nachreden sicher sein. Der besagte Gesandte wäre beinahe von denen von Vliessin-
gen aufgefangen worden, es sei nun, um ein Löse-
geld für ihn zu erhalten, oder um ihm einen schlimmen Streich zu spielen. Er denkt, nach einem Aufenthalte von zwei oder drei Tagen bei dem Prinzen
von Parma, nach Paris zu gehen, und wenn sich die
Gelegenheit dazu darbietet, in Erwartung des Be-
fehls von seinem Herrn, mit Ew. Majestäten zu
sprechen; er ist eben so wenig durch das Betragen der
Engländer erbaut, als sie es durch das seinige sind.
Zwei Tage vor seiner Abreise ist an diesem Hofe die
Nachricht von Irland angekommen, daß drei spanische Schiffe mit dreihundert Mann und funfzigtau-
send Thalern, Waffen und Kriegsbedürfnissen, an
Irland gekommen wären, in den Gedanken, daselbst
zu landen und den Grafen von Desmond anzutreffen:
als aber diese Spanier gehört hätten, daß er von
seinen eignen Leuten getödtet, und sein Kopf der
Königin von England gebracht, und auf der Brücke
dieser Stadt aufgesteckt worden wäre, wie ich Ew.
Majestät gemeldet habe, wären sie sehr betroffen

X 2

gewesen. Sie erkundigten sich, ob sich nicht Leute von ihrer Parthei fänden, um ihnen bei ihrem Einmarsch behülflich zu sein, und sie, in Erwartung eines größern Beistandes von dem Papste und dem Könige von Spanien, zu verstärken, und wo die Verwandten des Grafen von Desmond, wie auch die Jesuiten und Priester wären, welche das Wort Gottes verkündigten, und die katholische Religion predigten. Es wurde ihnen geantwortet, nach dem Tode des Grafen von Desmond wäre alles auseinander gesprengt, oder von den Engländern gefangen oder getödtet worden; und nachdem die Spanier Erkundigung eingezogen hatten, und da sie sahen, daß ihre Sachen nicht gingen, wie sie dachten, segelten sie wieder zurück. Dieses bestärkt die Königin von England und ihren Rath in der Meinung, daß der spanische Gesandte ihnen sowohl hier als in Irland, viel zu schaffen zu machen suchte, welches die widrigen Gesinnungen der Engländer gegen seinen Herrn und die spanische Nation noch vermehrt hat. Einige Tage vor seiner Abreise, kam der besagte Gesandte, es sei nun um seinem Vorhaben einen Anstrich zu geben, oder um den Engländern noch mehr Besorgnisse zu erwecken, in die Messe nach meiner Wohnung, und blieb daselbst die mehreste Zeit den ganzen Tag über, und bat sich bei mir zum Mittags- und Abendessen, unter dem Vorwande, er könnte nicht zu Hause bleiben, weil er geschworen hätte, keinen

Engländer daselbst zu sprechen; er sagte mir mehrmals, er sähe vorher, daß die Christenheit viel leiden würde, wenn Ew. Majestät und der König, sein
Herr, sich nicht gemeinschaftlich ins Mittel legten,
und dem Bündnisse der Ketzer nicht eine andre Verbän-
dung entgegensetzten. Aber da ich mich in dergleichen
Reden, Sire, ohne Ihren Befehl nicht einlassen wollte,
und da das Reden und Schwatzen mit Plauderern,
welche aus allem Nutzen ziehen, bisweilen schädlich ist,
so habe ich ihn daher angehört, ohne ihm, ohne Ihren
Befehl das geringste zu antworten; und da ich vor-
aussah, daß der besagte Gesandte sich dieser Gelegenheit gegen die Engländer bedienen wollte, so habe
ich geglaubt, sie könnte mir nicht schaden, um dieselben in Furcht vor Ihrer Majestät zu erhalten, und
sie die große Aufrichtigkeit nicht mißbrauchen zu lassen, welche Sie bisher gegen dieselben bewiesen haben, um ihnen Ihre treue Freundschaft zu erhalten,
welche sie leicht vergessen, wenn sie wie die Hugenotten Ihres Reichs davon denken, oder wenn sie von
denselben Nachrichten erhalten, wodurch sie die Absichten und Leidenschaften derselben erfahren, mehrentheils, indem sie sehen, daß Ihre königliche Güte,
zu allen guten und heiligen Werken gegen Gott geneigt, um seinen Ruhm und Ehre zum Wohl Ihrer
Seele zu vergrößern und zu vermehren, Dero guten
Unterthanen Merkmale von Frömmigkeit auf die Zu-

X 3

kunft hinterläßt und errichtet \*). Und bei dieser
Gelegenheit, Sire, darf ich Ihnen nicht verhehlen,
daß man sich auf die Freundschaft der Engländer,
wegen der verschiednen Meinungen, welche sie gegen
Ew. Maiestät und die Katholiken faßen, nicht sehr
verlaßen könne. Ich suche vielmehr, mit dieser protestantischen Ligue, und dem Prinzen von Oranien
in dem besten Vernehmen zu stehen. Sie haben dem
letztern durch den Herrn von Pere versprechen laßen,
ihm die Oberherrschaft in Holland, Seeland, Gel-
dern und Friesland zu versichern, wenn er es will,
die Schiffe der Königin und dieses Reiches mit den
Schiffen jenes Landes zu vereinigen, und sich dadurch
beiderseits so zu verstärken, daß sie Frankreich und
Spanien bekämpfen können. Wenn sie sich wirklich,
besonders zur See, zu gemeinschaftlicher Vertheidigung vereinigen, und was den Angriff betrifft, wenn
ihre Ligue mit den Deutschen Protestanten und den
Hugenotten Ihres Reichs wirklich Fortgang hat,
so werden sie Menschen und Geld genug haben, um
das Kriegsfeuer überall anzuzünden und zu unterhalten, um in ihrem eignen Lande davor sicher zu sein.

\*) Bis hieher habe ich versucht, diesen elend geschrie-
benen Brief so gut als möglich nachzubilden, halte
es aber für bloßen Zeitverderb darin fortzufahren.
Dem Leser wird auch mehr damit gedient sein, die
Politik als den Geschäftsstyl der damaligen Zeiten
kennen zu lernen.                    Der Uebers.

Durch eben dieses Mittel wollen sie zwischen dem
Könige von Schottland, dessen Unterthanen und der
Königin seiner Mutter mehr, als sie jemals thaten,
Uneinigkeit und Feindschaft zu unterhalten suchen,
und Ihnen, wo möglich, von jener Seite nach allen
Kräften den Weg versperren. Zugleich haben sie sich
sehr gefürchtet, ich möchte nach Schottland gehen,
alle zusammen vergleichen, Sie zum Könige des Landes machen, und das ganze Reich Ihnen ergeben machen; denn sie glauben, die Mutter, der Sohn und
die Schottländer würden sich mir anvertrauen, in
Betracht der Kenntniß, die ich von den Angelegenheiten und dem Willen beider Partheien habe, und
der Verständnisse, welche die besagte Königin von
Schottland mir verschafft haben möchte. Sie haben
daher dem Herrn von Stafford aufgetragen, zuzuse-
hen, ob er gegen Ew. Majestät eine schickliche Entschuldigung finden könnte, unter dem Vorgeben, daß
in dem besagten Schottland die Ruhe völlig wiederhergestellt sei; dies ist aber so wenig gegründet, daß
sie unter der Hand die Uneinigkeit nähren, um diesen
jungen König noch mehr zu schwächen, und ihm bei
seinen Unterthanen immer mehr von seinem Ansehen
zu nehmen. Daher, Sire, wenn Ew. Majestät zu
erkennen geben, daß Sie auf sein Bestes bedacht sind,
und durch seinen Mund von seinem Zustande und dem
Zustande seiner Unterthanen der freundschaftlichen
Verbindung zufolge, in welcher Sie mit ihnen stehen,

nach der Wahrheit unterrichtet sein wollen, so werden sie hier mich nicht hindern können, mich dorthin
zu begeben, ohne der Freundschaft zu nahe zu treten,
welche Sie gegen die Königin von England hegen,
ob ihr gleich mehr als jemals gerathen wird, die Unruhen in Schottland zu unterhalten. Es ist hier ein
gewisser Johann Colvill, welcher von dort verbannt
ist; dieser unterhandelt täglich mit dem englischen
Conseil, um neue Mittel zu finden, dem jungen Fürsten in seinem Reiche zu schaffen zu machen; und ich
glaube, Ew. Majestät dürfen nach diesem nichts ver-
säumen, um Dero Verbindung mit Schottland zu
erhalten, welche die Könige, Ihre Vorfahren, immer als einen Zaum und Zügel für die Engländer gebraucht haben. Nach langem Hin- und Herreden über
das, was ihnen begegnen kann, und wozu sie sich
entschließen sollen, fangen sie auf einmal an zu fürchten; sie werden von der Seite von Irland angegriffen
werden, wohin sie einen neuen Vicekönig, Namens
Perrot, schicken; dann fürchten sie von Seiten Englands; dann von Seiten des Königs von Schottland.
Gegen diesen setzen sie sich in Vertheidigungsstand;
sie wollen nach Schottland schicken, und daselbst so
viel Ränke als möglich spielen, eine große Menge von
aller Art Truppen nach allen Gränzen und Orten und
Seeplätzen dieses Reichs befehligen, wo eine Landung
geschehen könnte, eine große Menge Schanzgräber
hingehen lassen, um Verschanzungen anzulegen und

Landungen zu verhindern, als Leute, die entschlossen
sind, nichts auf den Ausgang einer Schlacht ankom-
men zu lassen, und wo möglich, jeden Posten zu vertheidigen, und jede Landung zu verwehren, in der
Ueberzeugung, daß sie bei einem solchen Verfahren
den Sieg davon tragen werden. Dies sind, Sire,
die wichtigsten Dinge, worüber gegenwärtig äußerst
geheim in diesem Conseil deliberirt wird. Sie haben
indessen sich entschlossen, zwölf bis funfzehn Schiffe
der gedachten Königin von England in See gehen
zu lassen, und fangen an, dieselben mit Fleisch und
andern Lebensmitteln zu versehen. Und endlich, so
viel ich hier urtheilen kann, scheint es, daß Ew.
Majestät unter folgenden Entschließungen werden wählen können, entweder ein enges Freundschaftsbündniß
mit der Königin von England zu schließen, oder sich
auf diesen Fuß mit dem Könige von Spanien einzulassen, nachdem es einem oder dem andern Theile am
Ende nöthig sein möchte, und das beste für Sie auszuwählen, oder zwischen beiden Zuschauer zu bleiben,
wie beide es bei den Unruhen Ihres Reichs gewesen
sind. Für meinen Theil werde ich bloß Ew. Majestät Befehle ausrichten, und Derselben die schuldigen
unterthänigsten und getreuen Dienste beweisen, und
bitte bei dieser Gelegenheit unterthänigst, Dieselben
wollen sich des Elendes und der Armuth, worin ich
mich befinde, erbarmen, indem meine Gläubiger mir
nicht eine Stunde Ruhe lassen, und ich bitte Gott,

X 5

Sire, er wolle Ew. Majeſtät, meinem gnädigſten Könige, die vollkommenſte Geſundheit und das glücklichſte und längſte Leben verleihen. London, den 13. Februar 584.

NB. Dieſer Brief iſt von einem Konzepte abgeſchrieben, worin Caſtelnau vieles eigenhändig ausgeſtrichen und zwiſchengeſchrieben hatte.

Die Verf.

(Harl. Bibl. No. 158. Fol. 349. Brequignys Papiere.)

## §. IV.

Caſtelnau von Mauviſſieres Brief an Heinrich III. über die ſchottländiſchen Angelegenheiten, und die Entwürfe der Engländer, ſich bei der erſten Gelegenheit dieſes Reiches zu bemächtigen.

21 Februar 1584.

Sire,

Mit Uebergehung der andern Behauptungen und Nachrichten von dieſem Reiche, halte ich es für meine Pflicht, Ew. Majeſtät durch dieſen Brief zu berichten, daß ich hier, wo ich den Marktplatz für alles ſehe, was Schottland anbetrifft, finde, daß der König des Landes, Ihr Neffe, in Gefahr iſt, durch die Uneinigkeit und das Mißvergnügen eines Theils von ſeinen Unterthanen und ſeines Adels bald

ein Unglück zu erleben. Obgleich einige derselben,
als der Graf von Angus und von Marr, sich gestellt
haben, als ob sie von dem Könige Verzeihung an-
nähmen, daß sie sich seiner Person bemächtigt hätten, so trauet er denselben doch auf keine Weise, und
sie ihm eben so wenig, und hegen ein außerordentliches Mißtrauen gegen einander, welches von Tage
zu Tage zunimmt. Diesem könnte durch den ehrenvollen Auftrag, den Ew. Majestät mir dort auszurichten geben, abgeholfen werden, als welches die
Königin von Schottland und der besagte König, ihr
Sohn, sehr gewünscht haben und noch wünschen, und
es schien, daß man hier einmal gesonnen war, mich
in Gesellschaft eines andern dahin gehen zu lassen;
nachdem aber die Sache in diesem Conseil in Ueberle-
gung war genommen worden; sind die Meinungen
dahin ausgefallen, Ew. Majestät zu melden, daß es
nun nicht mehr nöthig wäre, und es wurde von denen, die in diesem besagten Rathe das meiste Ansehen haben, beschlossen, daß die Königin von England
so wenig als jemals wünschen müste, den König von
Schottland mit seinen Unterthanen in gutem Vernehmen zu sehen, und noch weniger unter Ew. Majestät
Vermittelung, daß vielmehr die besagte Königin von
England und alle ihre treuen Diener mehr als jemals
sich bemühen sollten, die Zwistigkeiten zwischen dem
besagten Könige von Schottland und seinen Unterthanen zu unterhalten, und gegen diejenigen, die in

Schottland dem Könige nicht wohlwollen, nichts zu sparen, um sie durch alle mögliche Mittel und Kunstgriffe aufzureizen, daß sie ihm niemals trauen, sondern ihn durch einen so guten Streich aufhalten, daß man den Fortgang seiner Entwürfe auf einmal hindern, und diejenigen, die ihn jetzt beherrschen, als den neuen Grafen von Arran und den neuen Obersten Stuart, zu Grunde richten könne, damit er nie wieder daran denke. In Betracht dessen, Sire, und da man hier mit dem Könige von Schottland und der Königin seiner Mutter wie auch besonders mit ihrem Entschlusse das Recht an diese Krone, welches, wie sie sagen, ihnen gehört, zu behaupten, wenig zufrieden ist; ferner da sie in der Christenheit Bundesgenossen, Verwandte und Freunde haben, von denen sie Beistand erhalten könnten, so ist mit denen, die diesen Staat regieren, ganz ingeheim beschlossen worden, der besagten Königin und dem Könige von Schottland, den Weg, zu dieser Krone zu gelangen, abzuschneiden. Und zu Erhaltung dieses Endzwecks bemerke ich von Seiten der schottländischen Mißvergnügten geheime Ränke und Hin- und Herreisen, welche, wie es scheint, alle dahin abzwecken, den König von Schottland verdächtig zu machen. Gott gebe, daß ich ihm sein Unglück nicht vorbedeuten möge, welches ihm seine eignen Unterthanen und die Minister jenes Landes zubereiten könnten, welche bei den Einverständnissen, die sie hier

haben, nicht ruhen, um den besagten König durch
List in einen neuen und tragischen Fall zu verwickeln,
indem die Nation sehr bereit zur Ausführung ist. Ich
habe vor diesem schon vieles vorhergesehen, und Ew.
Majestät geschrieben, was nachher wirklich geschehen
ist, besonders auch das, was dem Grafen von Morton mit dem ganzen Adel für Uebels bevorstand. So
habe ich auch nachher erfahren, was dem Herzoge
von Lenox geschehen ist, und ihn früh gewarnt, er
möchte dem Uebel zuvorzukommen suchen, welches er
und sein kleiner König auch thun wollten; nur sahen
sie nicht so klar, wie ich, alles dieses in den Deliberationen und geheimen Unterhandlungen, welche
hier wegen Schottlands gehalten werden. Die
Engländer werden bei der Gelegenheit immer behaupten, sie sein an dem Unglücke nicht schuld,
sondern allein der König von Schottland, welcher
seinen ganzen Adel unzufrieden gemacht habe; sie
werden dann aus den Zwistigkeiten der Schottländer
allen möglichen Vortheil zu ziehen suchen, und auf
den Untergang beider Partheien ihren eignen Nutzen gründen. Denn die Königin von England
und ihr Hof sind gegenwärtig überzeugt, daß
sie keinen schlimmen Zufall und keine Veränderung
anders als von der Seite von Schottland her erfahren können; daher wollen sie, wo möglich, durch die
Schottländer vorbeugen, und bis auf den Augenblick
alles dulden. In England ist indessen überall eine

allgemeine Musterung gehalten, und Leute aller Art
eilen von allen Seiten zu den Waffen; die Seetruppen sind bereit, und es sollen aufs baldigste zehn bis
zwölf gut bemannte und gut ausgerüstete Schiffe der
besagten Königin in See gehen, unter dem Vorwande, daß der König von Spanien Absichten gegen die
Engländer habe, und sich mit einer starken Seemacht
gegen sie rüste. Aber ich besorge sehr, das Ungewit-
ter werde in wenig Tagen auf den jungen König von
Schottland fallen, wenn er sich nicht in Acht nimmt;
und ich halte dafür, und bin versichert, daß die
Engländer, wenn er sterben sollte, sich nicht sogleich
Schottlands würden bemächtigen wollen, sondern
dieses kleine Reich, unter ihrem Schutze, in Partheien theilen lassen, und die Hamiltons wieder herstellen würden, welche allein seit acht oder zehn Tagen auf die Gränzen des Landes gegangen sind, und
von der Königin von England eine gute und günstige
Behandlung erfahren und die schönsten Versprechungen erhalten haben, daß sie in kurzem wieder in ihre
Rechte eingesetzt werden sollen, ob mir gleich die Hamiltons versprochen hatten, nichts ohne mein Vor-
wissen zu thun. Die Engländer wollen nun einmal
alles begünstigen, was ihren Wünschen und ihrer
Religion gemäß ist; und man hat den ältesten, welcher in Frankreich war, beredet, sich, wenn er irgend
Mittel dazu fände, wegen der wenigen Aufmerksamkeit zu rächen, welche man in Frankreich für ihn ge-

habt habe, da Ew. Majeſtät ihm niemals nur einen
Thaler gegeben haben. Nachher hat man ihm, da
er weniger argliſtig als einfältig und muthig iſt, ganz
falſche Dinge eingebildet: nämlich, die Königin von
Schottland habe an ihren Sohn den König von
Schottland, an diejenigen, die ihn regieren, und an
mich (welchem der beſagte Hamilton ſich ganz und
gar anvertraut, und wie er überall öffentlich ſagte,
mehr als irgend jemanden zu verdanken hatte) ge=
ſchrieben, er dürfte nie die Erlaubniß erhalten, nach
Schottland zurückzukehren, ſondern er und ſein Bru=
der, und ihr ganzes Geſchlecht, müſſen zu Grunde
gerichtet werden. Der arme einfältige Tropf hat dies
geglaubt, und iſt ſo davon gegangen, ohne von mir
Abſchied zu nehmen, oder mit mir zu ſprechen, da
er mir doch gemeldet hatte, er wünſchte mich zu Ra=
the zu ziehen, und würde ohne mich nichts anfangen,
und die Gnade ſeines Fürſten wollte er lieber durch
Vermittelung Ew. Majeſtät, als der Engländer, wie=
der erhalten. Dies iſt, Sire, ohngefähr alles, was
man von den ſchottländiſchen Angelegenheiten gegen=
wärtig ſagen und urtheilen kann, da der König die=
ſes Landes ſich ſehr in Acht nehmen, und ſowohl die
Klugheit und Feinheit, die er beſitzen ſoll, als Ge=
walt anwenden muß, um nicht in die Hände ſeiner
Feinde zu fallen, welche ihn ſo wenig ſchonen wür=
den, als ſie ſeine Vorweſer geſchont haben. Wenn
ich dort hingehe, wie man hier die Antwort Ew.

Majeſtät darauf an den Herrn von Stafford erwartet, ſo werde ich mir alle mögliche Mühe geben, das Uebel zu hemmen. Allein ich fürchte, wenn daſelbſt Unordnung vorfällt, ſo werde von den übelgeſinnten Schottländern, welche von hieraus Unterſtützung haben, alles in einem Tage gethan und zu Ende gebracht ſein. Aber Gott wird es vielleicht anders fügen, und dem jungen Fürſten einen glücklichern Ausgang verleihen. Indeſſen befindet er ſich in einem Zuſtande, welcher ſich in kurzer Zeit zu ſeinem Unglücke oder zu ſeinem Glücke endigen muß. Ich bitte Gott, Sire, er wolle Ihnen die vollkommenſte Geſundheit und das längſte glücklichſte Leben verleihen. Den 21 Februar 1584.

Dieſer Brief iſt von Caſtelnau's Konzept kopirt, und iſt, ſo wie die ausgeſtrichenen Stellen und die Verbeſſerungen zwiſchen den Zeilen, ganz von ſeiner Hand. **Die Verf.**

(Harl. Bibl. Nr. 1582. fol. 351. Brequigny's Papiere.)

## §. V.
## Brief der Königin Maria von Schottland an Caſtelnau.

Vom 21 März 1584.

Herr von Mauviſſiere, da ich Euch morgen unfehlbar durch den gewöhnlichen Weg über dasjenige weit

weitläuftig schreiben werde, was mir der Graf von
Shrewsbury kürzlich im Namen seiner Gebieterin,
der Königin von England, zu verstehen gegeben hat,
so werde ich Euch gegenwärtig keinen langen Brief
schreiben, indem die Abschrift, die ich Euch hier von
meiner Antwort an den besagten Grafen von Shrewsbury schicke, Euch hinlänglich unterrichten wird, daß
in dieser Absicht zwischen ihm und mir alles ausgemacht ist. Es bleibt nichts übrig, als daß Ihr wegen Eurer Reise nach Schottland auf das dringendste
anhaltet, und jemanden von Seiten der Königin von
England, und einen andern von meiner Seite mit-
nehmet. Ich selber habe nicht zu dringend hierum
schreiben wollen, weil man Argwohn schöpfen, und
mir die Sache desto eher abschlagen möchte, jemehr
ich zeigte, wie viel mir an derselben gelegen wäre.
Ist aber jemand, der im Namen des Königs, meines guten Bruders, zwischen der Königin und mir
Unterhandlung pflegen möchte, so wünschte ich, daß
Ihr es wäret, da Ihr besser, als irgend ein anderer
Fremder, von allen Angelegenheiten zwischen uns unterrichtet seid. Ich schwöre Euch auf Ehre und Treue,
daß, wenn die Königin von England mit mir und
meinem Sohne aufrichtig verfahren, und uns die er-
foderliche Sicherheit für unsere Erhaltung geben
wollte, ich selbst zuerst mich meinem eignen Sohne
durch meinen Rath entgegensetzen würde, wenn er
wider die Vertragsbedingungen ungerechter Weise

Gesch. Elisab. 6. Th.                    Y

etwas gegen sie unternehmen wollte; so weit bin ich
entfernt, wenn ich einen solchen guten und sichern
Vergleich erhalten kann, meinen Ministern alle fernere Schritte zu ihrem und ihres Staates Nachtheil
zu erlauben. Allein, wie ich Euch letzthin geschrieben habe, ich fürchte sehr, daß die Anhänger meines
guten Nachbars, des Grafen von Huntington, niemals irgend ein freundschaftliches Vernehmen unter
uns zulassen werden, weil sie alsdann weniger Macht
und Gewalt in Händen haben würden, um uns zu
Grunde zu richten, welches, wie ich glaube, ihre
wahre Absicht ist. Doch, ich lasse diesen Artikel,
worüber schon so oft gesprochen ist, bei Seite, und
bitte Euch, Ihr wollet, um der Königin von England die Falschheit meiner schätzbaren Wirthin klär-
lich zu zeigen, Mittel suchen, zu einer Privatunterredung bei ihr zugelassen zu werden, Euch, wo möglich, von ihr das Versprechen geben lassen, daß die
Sache nie offenbart, und nie davon geredet werden
soll, und ihr dann sagen, daß bei jener der vornehmste
Grund ihrer feindseligen Gesinnungen gegen mich
kein anderer ist, als die eitle Hoffnung, welche sie gefaßt hat, die Englische Krone auf das Haupt ihrer
Tochter Arabella zu bringen, und dieses durch die
Verheirathung derselben mit dem Grafen von Leicester . . . . . . zwischen den in dieser Ueberzeugung
aufgewachsenen Kindern geschlossen ist, und ihre
Bildnisse von beiden Seiten zugeschickt worden sind,

die besagte Gräfin, ohne eine solche Einbildung eine Person aus ihrer Familie zur Königin zu machen, unmöglich sich jemals von mir abgewandt hätte, da sie sich vormals so ganz pflicht- und ehrfurchtsvoll gegen mich bewies, daß sie nicht mehr hätte thun können, wenn ich ihre Königin gewesen wäre. Zum Beweise dessen saget der gedachten Königin von England, als ob Ihr es den letzten Sommer von der Seaton gehört hättet, als sie nach Frankreich ging, ich hätte von dieser Gräfin das sichere Versprechen erhalten, sie wollte mir jedesmal, daß mein Leben in Gefahr sein könnte, oder ich von hier an einen andern Ort gebracht werden sollte, Mittel verschaffen, zu entkommen, ohne daß sie als Frauenzimmer sich durch die Flucht irgend einer Gefahr oder Strafe aussetzen würde. Zu diesem Ende habe sie mir durch ihren Sohn, Karl Cavendish, in ihrer Gegenwart versichern lassen, er hielte sich eigentlich zu Beförderung meines Besten zu London auf, er würde mich von allem, was am Hofe vorginge, benachrichtigen, ja beständig zwei gute und starke Zelter bereit halten, um mir in der größten Geschwindigkeit von dem Tode der Königin von England, welche damals krank war, Nachricht geben zu lassen; und er dächte, dieses eben so gut thun zu können, als Walsingham dem Grafen von Huntington den Rath gegeben hätte, eiligst nach London zu kommen, wie er auch wirklich that; daher die besagte Gräfin und ihr Sohn alles mögliche zhaten, um mich von der Gefahr zu üderzeugen, welcher ich in den Händen des Grafen von Shrews= bury ausgesetzt wäre, und welche darin bestände, daß er mich meinen Feinden ausliefern, oder mich von ihnen überfallen lassen wollte, so daß ich ohne die Freundschaft der besagten Gräfin in einer sehr schlim= men Lage sein würde. Ich will gegenwärtig nicht mehr als diese beiden kleinen Proben geben, woraus die Königin von England schließen möge, was die= ses zwischen der besagten Gräfin und mir alle diese Jahre her schon angelegte Stück endlich für einen Ausgang haben, und daß ich dieselbe, wenn ich wollt= te, in eine schreckliche Lage versetzen könnte, indem ich ihre Leute angäbe, welche mir vor diesem auf ihren ausdrücklichen Befehl Zifferschriften gebracht haben, deren sie mir einige von ihrer eignen Hand überliefert hat. Ihr dürft der Königin von England nur sagen, Ihr hättet die obigen Umstände von der besagten jungen Person gehört, und ihr glaubtet ganz sicher, ich könnte, wenn sie mich in Güte um das Betragen der besagten Gräfin befragen ließe, ihr einige von weit größerer Wichtigkeit entdecken, wo= bei Leute, die ihr näher sind, sich tief eingelassen ha= ben. Sucht aber, wenn es möglich ist, vorzüglich das zu erlangen, daß sie es geheim halte, daß sie nie= mals Euch nenne, Euch, als einen Mann, welcher ihr dergleichen aus keiner andern Absicht eröffnet hat, als weil er herzlich ihr Bestes wünscht, und damit

sie einsehen möge, welches Vertrauen sie auf diese
Gräfin zu setzen habe, welche ich, könnt Ihr sagen,
durch ein Geschenk von zweitausend Thalern gewinnen
würde, wann ich es wollte. Ihr habt mir ein be=
sonderes Vergnügen gemacht, daß Ihr die Abschrift
meiner Briefe mit der Post sowohl nach Frankreich
als nach Schottland geschickt habt, damit ich in
Absicht auf diese Zänkereien hinter die Wahrheit
komme; nach allem, was ich davon weiß, bin ich
gewiß, daß sie von niemanden als von der besagten
Gräfin und ihrem Sohne herkommen. Da aber die
Zeugen, durch deren Aussagen ich dieses wahrmachen
könnte, die Ungnade der Königin befürchten, im
Falle sie es behaupteten, so sehe ich mich gezwungen
zu warten, bis ich andre antreffe, um die Sache öf=
fentlich aufzuklären, und Genugthuung zu erhalten.
Ich empfehle aufs beste den armen de la Tour und
alle die Seinigen, deren Unglück ich täglich beklage,
und welche ich mit einem Theile meines eignen Blutes
davon befreien möchte. Könnt Ihr auch dem Eduard
Moore, welcher im Tower sitzt, zehn bis zwölf Pfund
Sterling verschaffen, so bemüht Euch, sie ihm sobald
möglich zustellen zu lassen, da ich höre, daß er die=
ses Geldes sehr benöthigt ist. Ich danke Euch für
die Nachrichten, die Ihr mir von meinem Sohne
gegeben habt, zu dessen Erhaltung ich kein besseres Mit=
tel weiß, als daß ich, wie ich bisher immer gethan habe,
meinen guten Bruder, den König und meine Herren

Verwandten um Beistand und Unterstützung bitte. Diesen und meinen Dienern in Frankreich habe ich es überlassen, alles zu besorgen, was in dieser Absicht zu thun sein wird. Funfzehn= bis zwanzigtausend Thaler gegenwärtig nach einem guten Verhältnisse unter die vornehmsten schottländischen Großen vertheilt, würden erstaunlich viel beitragen, sie in Beobachtung ihrer Pflicht zu erhalten. Allein bis jetzt habe ich von dem Könige keinen Sou bekommen, ja nicht einmal die Erlaubniß erhalten können, durch die Veräußerung einiger zu meinem Witthum gehörigen Ländereien, wie Ihr mir gerathen habt, etwas zu lösen. Auch habe ich durch die letzten Veränderungen und die Ungerechtigkeiten, welche täglich gegen mich zugelassen werden, fast drei Viertheile von meinem gedachten Witthum verloren. Ich hoffe, Gott wird mich nicht in der Noth lassen, und ich bitte ihn, er wolle Euch, Herr von Mauvissiere, in seine gnädige und heilige Obhut nehmen. Sheffield, 21 März 1584.

Maria, K.

(Harl. Bibl. No. 1582. fol. 313.)

### §. VI.

Brief der Königin Maria an Mauvissiere, wegen ihres Witthums, wie auch über die schottländischen Angelegenheiten und ihre

Fürcht, der Aufsicht des Grafen von Schrewsbury entnommen zu werden. Vom letzten
April 1584.

Herr von Mauviſſiere,

Ich würde Euch ſchon auf Eure Briefe vom
31ſten März, vom 1ſten, 6ſten und 17ten April geantwortet haben, wenn nicht der Seneſchall Marron
mit Sir Waad hier angekommen wäre, durch welchen ich gewiß weiß, daß Ihr alles vernommen habt,
was während ſeinem kurzen Aufenthalte allhier, ſowohl mit ihm als Herrn Waad vorgefallen iſt, daher ich Euch dieſes nicht wiederholen will. Ich habe
nicht verſäumt, Eurem Rath zufolge, dem beſagten
Waad meine gerechten Klagen und Beſchwerden über
das Unrecht, welches mir täglich in Anſehung meines Witthums und ſonſt geſchieht, vorzutragen und
zu empfehlen. So habe ich ihm auch meine Gedanken
über den gegenwärtigen Zuſtand meines Sohns in
Schottland, und über den meinigen in dieſer Gefangenſchaft eröffnet, damit er dieſelben zur Kenntniß
ſeiner Monarchin bringen möge. Ich würde mich
über dieſe Materie weiter mit ihm eingelaſſen haben,
beſonders auch über die Erneuerung des vorgeſchla-
genen Traktats zur Wiedererlangung meiner Freiheit, wenn er mir nicht immer verſichert hätte, ſeine
Monarchin hätte ihm nicht den geringſten Auftrag
gegeben, als bloß den beſagten Marron zu begleiten.

Ich kann Euch bezeugen, daß er sich in allen seinen Reden und Vorstellungen als einen so partheiischen Engländer und gegen den König, meinen guten Bruder, so übelgesinnt gezeigt hat, wie irgend jemand thun konnte. Nau hat nicht ermangelt, ihn hierüber scharf zu tadeln, besonders darüber, daß er behauptete, ein französischer Edelmann, welcher die Angelegenheiten des besagten Königs, meines Herrn Schwagers, vorzüglich zu besorgen hat, habe mit dem Finger auf Euch gezeigt, und indem er ihm einige von meinen Briefen gewiesen, zu ihm gesagt, es würde den König mehr als vier Millionen kosten, ehe ich oder mein Sohn aus England kämen. Ich bitte Euch inständigst, nehmet Euch sehr in Acht Euch merken zu lassen, daß Ihr das geringste davon gewußt habt, indem Ihr es nur von hier hättet erfahren können, welches mir sehr schaden würde, so wie dem besagten Nau, gegen den er sich sogar verlauten ließ, da er Diener und Unterthan meines Herrn Bruders, des Königs wäre, so könnte er mir nicht treu sein, und er dürfte mir keine so gute Rathschläge zu dieses und meines Reichs Besten geben, da mein Bestes und der Dienst des Königs einander ganz entgegengesetzte Dinge wären. Indeß ist er doch endlich ganz vergnügt und zufrieden abgegangen. Ich habe durch ihn der Königin von England einen ziemlich ruhigen Brief geschrieben, um sie immer, so viel mir möglich, zu besänftigen. Wenn

man wirklich zu dem besagten Vergleiche wegen meiner
Freiheit schreiten sollte, so wünschte ich, daß Ihr im
Namen meines guten Herrn Bruders dabei ins Mittel
treten möchtet, wie ich denselben in meinen beigeleg-
ten Briefen an meinen Gesandten, durch Herrn
Seaton, darum ersuche. Sind die Grafen von Angus, Marr, Gowrie und andre mit ihnen Ver-
schworne schon so weit gegangen, als Ihr meldet,
so ist es gar nicht mehr rathsam sich mit ihnen einzulassen, um sie wieder für meine Parthei zu gewinnen, wie Archibald Douglas Euch vorgeschlagen
hatte. So möchte ich ihnen auch auf keinerlei Weise
gegen meinen Sohn zum Schilde dienen, wie sie vor
diesem sich dessen wider mich gerühmt haben. Es
giebt daher jetzt zu einem Vergleiche mit ihnen nur
diesen einzigen Weg, daß sie sich meinem Sohne unterwerfen, und sich von unsern Feinden in diesem
Reiche und andern entfernen, und mit ihnen brechen,
und das ohne Rückhalt und ganz aufrichtig; da ich
ihnen denn verspreche, nach allen meinen Kräften
an ihrer Begnadigung und Wiederherstellung zu arbeiten, als auf welche Art sie mehr Sicherheit dabei
finden, als wenn sie diese Vortheile mit Gewalt zu
erhalten suchen. Und da Archibald Douglas, dem
zuwider, was ich ihm vor kurzem durch Euch habe
melden lassen, darauf besteht nach Schottland zu gehen, so tragt ihm auf, daß er die oben benannten
Grafen und Rebellen berede, die Waffen niederzule-

Y 3

gen, und für mich bei der Königin von England die
Erlaubniß auszuwirken suche, daß ich jemanden in
Gesellschaft einiger von ihren Freunden, und wo
möglich mit Euch selber, an meinen Sohn schicken
dürfe, um unter meines guten Herrn Bruders und
ihrer und meiner Autorität, die dortigen Angelegenheiten wieder auf einen guten Fuß zu setzen, und unsere Unterthanen unter einander und mit meinem
Sohne durch Frieden und Einigkeit zu verbinden,
und durch dieses Mittel könnte ich Douglas em-
empfehlen, und für ihn thun, was er von mir wünschen wird. Laßt ihn aber ja auf keine Weise erfahren, daß Ihr nur in dem allergeringsten geheimen
Verständnisse mit mir seid; denn ich bemerke, daß
die Unterhandlungen, welche Walsingham mit Euch
unterhält, keinen andern Endzweck haben, als durch
die Antworten, die Ihr ihm von meiner Seite geben werdet, zu entdecken, ob Ihr noch ein Mittel
habt, auf eine geheime Art mit mir zu unterhandeln;
und daher seid so gut und gestehet es weder diesem
Archibald, noch sonst jemanden, wer es auch sei,
daß Ihr mir noch auf diese Art schreibet, und lasset
sie denken und ersinnen, was sie wollen, wie meine
Absichten zu Eurer Kenntniß gelangen mögen. Mein
Wirth ist mehr als jemals in Zweifel und Verlegenheit wegen seiner Erlaubniß an den Hof zu kommen; aber sein Wunsch dieses thun zu dürfen, wird
mit jedem Tage stärker, vermuthlich weil er glaubt,

er werde für den erkannt werden, der er ist, und
dadurch die Verläumdungen seiner Feinde zu Schan-
den machen. Was ich am meisten von dieser Reise
befürchte, ist dieses, daß ich entweder während seiner Abwesenheit von hier weggebracht werde, oder
daß man ihn sogar zur Einwilligung dazu bewege;
es ist mir sehr wichtig, daß Ihr ein wachsames Auge
hierauf habet, und auf allen Fall, daß ich nicht in
feindliche und verdächtige Hände gerathe, wie vormals. Ich habe Euch die Deutung über den Besuch zwischen meinem gedachten Wirth und dem Grafen von Rutland gemeldet; diese kommt von niemanden als der guten Dame von Chatisworth her,
welche dem besagten Grafen von Rutland, Neffen
meines Wirthes von Seiten seiner ersten Gemalin,
von jeher feind war. Meine Pflicht ist es wenigstens abzuwehren wie ich gethan habe, und thun
werde, so lange ich werde denken können, was auch
immer die Folgen für mich davon sein mögen, indem
ich niemals im Herzen und in Worten anders sein
kann als ich wirklich bin. Endlich ist es aber sehr
gütig und freundschaftlich abgegangen, und wir haben einander brüderliche Zuneigung geschworen; daher ich Euch um desto mehr bitte, ihn nie erfahren
zu lassen, daß Ihr von seinem Betragen allhier
Wind gehabt habt. Ich habe auf Eure Eröffnung
den Schritt wegen der Veräußerung der Grafschaft
Chaumont gethan; und hoffe, daß er gelingen soll,

wenn anders Herr von Joyeuse sich nicht lange be-
denkt, seine Börse zu öffnen. Ich wünsche keines
andern Tod, doch wünsche ich Euch den ruhigen Besitz Eurer Balliage, in welchen Ihr bald treten werdet. Entschuldiget es, daß der Brief der Madam
von St. Pierre Euch nicht zugeschickt worden ist;
mit der Abreise des besagten Marron und Waad
ging es so schleunig, daß ich fast die ganze Nacht
durch wachen muste, um meine Depeschen für sie zu
Stande zu bringen. Wenn Ihr an den Herrn von
Joyeuse schreibt, so bitte ich Euch, ihm meine Ge-
wogenheit zu bezeugen, und ihn ergebenst zu grüßen.

## Eigenhändige Nachschrift der Königin.

Herr von Mauvissiere, nachdem ich Euch obi-
ges geschrieben habe, erhalte ich die Nachricht, daß
die Königin von England in kurzem den Grafen von
Derby und einige andre Herren an den König, meinen guten Herrn Bruder, zu schicken gesonnen ist,
welche, unter dem Vorwande, ihm den Orden des
Hosenbandes zu überbringen, ein Bündniß zum Angriff und zur Vertheidigung mit allen andern Königen und Fürsten der Christenheit mit ihm unterhandeln sollen. Ich bitte Euch, wenn dasselbe wirklich
geschlossen werden sollte, dem Könige vorzustellen,
daß ich gerechte Ursache haben würde, mich von ihm
zurückgesetzt und verlassen zu glauben, wie die ge-

dachte Königin von England mich verschiedenemale
und noch kürzlich durch Waad davon hat überreden
wollen, wenn ich und mein Sohn in dieses Bündniß nicht eingeschlossen werden, wenn durch dasselbe
nicht für meine Freiheit und für die persönliche Sicherheit und den Stand meines Sohnes in Schottland gesorgt, und hingegen durch das besagte Bündniß irgend etwas zum Nachtheile des alten Bünd-
nisses zwischen Frankreich und Schottland ausgemacht und beschlossen wird, über dessen Erneuerung
Herr Deston, wie ich höre, Unterhandlung pflegen
soll. Ich will nicht viele Worte und dringende Vorstellungen brauchen, welche den König, meinen guten Herrn Bruder, von einer solchen genauen Freundschaft abziehen müßten, indem ich ihn für zu weise
halte, daß er anders handeln sollte, als es sein
Gewissen und das allgemeine Beste der Kirche hei-
schen wird. Bloß das will ich sagen, daß, wenn
der Herzog, mein Herr Schwager, wie das Gerücht geht, entschlossen ist, dieses Bündniß auf
nichts anders geht, als den König von Navarra gegen meinen Herrn Schwager, den König von Frankreich, zu verstärken und sicher zu stellen, welcher letztere hieraus für sich Nutzen und Vortheil ziehen
kann. Es geht ein Gerücht von der Gefangennehmung des Grafen von Gowrie in Schottland; ich
bitte Euch, zu untersuchen, ob es gegründet sei,

und alles mögliche zu thun, daß diese Königin sich
nicht aus dem Spiele ziehe.      Maria, K.
  (Harl. Bibl. Nr. 1582. fol. 351. Brequigny's
      Papiere.)

§. VII.

Brief der Königin Maria von Schottland an
Castelnau, die zur Wiederherstellung des
Friedens nach Schottland geschickte Depu-
tation betreffend. Vom 1. Mai 1584.

Mein Herr,

Seitdem einliegender Brief geschrieben war, ist
Beale auf die Schwierigkeiten, wovon ich Euch durch
ihn weitläuftig geschrieben habe, von hier abgegangen, und ich will Euch hierüber nichts wiederholen,
als daß der über meine Antworten und meine mit
ihm gepflogenen Unterhandlungen gemachte Bericht
von einigen Räthen dieses Conseils auf eine sehr boshafte Art ist unrichtig vorgestellt und ausgelegt worden. Er ist hierüber nicht weniger als ich selber
aufgebracht; denn ich habe diese Dinge nie so gesagt,
wie sie genommen sind, und er hat sie keinesweges
so berichtet und hinterbracht. Walsingham, glaub'
ich, hat es, wie Leute von seinem Schlage in Re-
ligionsmaterien, gemacht; er hat den Text verstümmelt und verfälscht. Beharret ja bei Eurer Reise zu
mir, und von hier nach Schottland, mit denen,
welche diese Königin und ich in Eurer Gesellschaft

abschicken werden. Ich kann die besagte Reise bloß, wenn sie auf diese Art geschieht, billigen, und so wird sie mir sehr angenehm sein, und Ihr würdet mich dadurch außerordentlich verbinden. Aber auf eine andre Art würde sie mir in verschiednen Hinsichten, wovon ich Euch einige gemeldet habe, sehr nachtheilig sein; und sollte es auch keine andre geben, als die, daß die Rebellen auf mein Vorwort, und nicht ohne mich wieder eingesetzt werden müssen, so würde es für mich ein hinreichender Grund sein, diese Wiedereinsetzung zu verhindern, wenn ich dabei nicht befragt würde. Sprecht hierüber meinetwegen mit Archibald Douglas, und versprecht ihm in meinem Namen, daß ich, wenn er die besagte Reise auf diese Art bewirken kann, für den Grafen von Angus und ihn alle mögliche Bemühungen anwenden werde. Ich empfehle Euch nochmals de la Tour, durch dessen Vermittelung ich es auf mich nehmen werde, wie ich Euch schon geschrieben habe, für den Grafen von Angus Verzeihung auszuwirken. Diese Sache muß aber auf eine geschickte Art und durch Mittelspersonen betrieben werden, ohne daß mich jemand nennt, oder sich auf mich beruft, sondern als, ob es bloß von dem besagten Archibald Douglas oder von Euch herkäme. Sheffield, den ersten Mai.

Maria, K.

Dieser Brief ist aus einer Abschrift von der Hand des Sekretärs Castelnau genommen. Es scheint die Abschrift eines Briefes von der Königin Maria von Schottland an Castelnau zu sein.

Anmerkung des Herrn von Brequigny.

(Harl. Bibl. Nr. 1582. fol. 404.)

### N°. VII. zu S. 253.

## Brief von Mauvissiere an den König von Frankreich.

Sire, die Königin von England hat, seit der Entdeckung jener Verschwörungen gegen ihren Staat, die Untersuchungen darüber so eifrig fortsetzen lassen, daß sie endlich glaubt, alle Quellen derselben entdeckt zu haben, als zuerst von dem Mißvergnügen der Katholiken in diesem Reiche und der besondern Neigung derselben für die Königin von Schottland herkommend, wobei sie voraussetzt, sie könnten durch deren Vermittelung von Ew. Majestät und Dero Reich und einer allgemeinen Ligue aller katholischen Fürsten Hülfe und Beistand erhalten. Aber ich habe immer dahin gearbeitet, ihr diese Meinung zu benehmen, und ihr und ihrem Conseil versichert, sie habe von dieser Seite keine schlimme Dienste zu besorgen, sie möchte denn Ew. Majestät zuerst beleidigen, und die Freundschaftstraktaten, welche sie mit Denselben hat, verletzen. Auch hat diese Königin gehört, daß die besagten Katholiken vor einiger Zeit Ihrem Durch-

laugtigen

laͤuchtigen Bruder ihre Dienſte haben anbieten wollen, wenn ſie von ihm Huͤlfe und Unterſtuͤtzung haͤt-
ten erwarten duͤrfen, daß ſie aber dieſe Meinung bald
fahren ließen, da ſie einſahen, daß ſie keinen Vortheil davon haben koͤnnten. In dieſer Ueberzeugung,
und da ihnen von Seiten Frankreichs keine Hoffnung
uͤbrig blieb, haben ſie ſich gaͤnzlich dem Koͤnige von
Spanien ergeben, und von dieſer Seite allein Huͤlfe
und Troſt erwartet, und haben alles moͤgliche hierauf
gebaut. So haben ſie ſich auch mit dem Papſte durch
die Engliſchen Jeſuiten eingelaſſen, welche ab und
zu gingen, und wovon einige der entſchloſſenſten ihr
Leben daran gewagt haben, um die Sache ins Werk
zu ſetzen; ja ſie haben ſich hierher gewagt, ſind hier
gefangen genommen worden, und haben ihr Leben
mit ſolcher Standhaftigkeit geendigt, daß ſie keine
Furcht vor dem Tode gezeigt haben. Das Blut dieſer Leute hatte die Anzahl der beſagten Katholiken
in England von jedem Geſchlechte, von jedem Alter
und von jedem Stande nur noch vermehrt, anſtatt
dieſelben zuruͤckzuſchrecken. Da ſie ſahen, daß ſie,
ſo lange die Koͤnigin von England lebte, ihre Abſich-
ten nicht ausfuͤhren konnten; ſo haben ſie, wie derſelben berichtet worden, ſich verſchworen, ſie zu toͤdten,
der Koͤnigin von Schottland an ihrer Stelle die Regierung zu verſchaffen, und hier eine ſpaniſche Armee
zu haben, um zu gleicher Zeit die Feinde derſelben
und die Proteſtanten zu zuͤchtigen, und die Herr-

schaft der Königin von Schottland und alle neue
Staatseinrichtungen zu befestigen. Verschiedne ver-
haftete Personen haben den Gesandten des Königs von
Spanien, Bernhardin von Mendoza, beschuldigt,
er habe diese Angelegenheit betrieben, und keine
Mühe gespart, um sie durchzusetzen, und sei mit
dem Grafen von Northumberland, einem eifrigen
Katholiken und unternehmenden Herrn, in Verbindung gestanden. Dieser letztere wurde, nachdem er
ohngefähr fünfundzwanzig Tage in seinem Zimmer
bewacht, und einer geheimen Verbindung mit Mylord Paget und dessen Bruder angeklagt worden, gestern nach dem Tower von London gebracht, eine
Wohnung, aus der man so leicht nicht wieder los
kömmt. Es sind hierauf verschiedne Berathschlagun-
gen gehalten worden, wie man sich gegen den spanischen Gesandten zu verhalten hätte, sowohl in Hinsicht auf die neulich mit ihm gepflogenen Unterhandlungen wegen der Allianz und Freundschaft mit seinem Herrn, als in Hinsicht auf den Handel und das
Verkehr mit seinen Ländern und Unterthanen und die
gegenseitige Vergessenheit alles Vorgefallenen. Einige
Räthe der besagten Königin hatten im Conseil ihre
Meinung dahin gegeben, daß der spanische Gesandte in
Verhaft genommen werden sollte, indem die Königin
keinen Gesandten in Spanien hätte; aber zugleich
hat man für nöthig gehalten, die englischen Schiffe
und Kaufleute in Spanien, deren es dort eine große

Menge gab, mit allen ihren Gütern eiligſt zurückkom-
men zu laſſen, wie auch geſchehen iſt; und zu gleicher
Zeit, da die letzten zurückgekommen ſind, iſt beſchloſ-
ſen worden, in Rückſicht auf den Stand des beſagten Geſandten von Spanien, auf die Familie, zu
der er gehört, da ſein älteſter Bruder Vicekönig in
Perou, und eine ſeiner Schweſtern Gouvernante des
ſpaniſchen Prinzen iſt, und da er immer in großer
Gunſt bei Hofe geweſen wäre, der gedachte Geſandte
ſollte nach dem Hauſe des Großkanzlers geholt werden, wo ſich der ganze Rath der Königin von England einfinden ſollte; und da ſollten ſie ihm in wenig
Worten andeuten, daß die Königin von England,
wegen ſeines ſchlechten Betragens wider ſie in dieſem
Reiche, ihn bäte, ſich in vierzehn Tagen ſpäteſtens
wegzubegeben, und daß ſie ſeinem Herrn, dem Könige
von Spanien, die Gründe, welche ſie hierzu bewogen hätten, würde eröffnen laſſen. Der gedachte Geſandte hat ihnen geantwortet, er wollte die beſtimmte
Zeit abkürzen, und in acht Tagen abgehen; denn er
verließe dieſes Reich mit vielem Vergnügen, und
wenn er kein guter Friedensminiſter hätte ſein können,
ſo möchten ſie es nicht ſonderbar finden, wenn er
dereinſt ein guter Kriegsminiſter würde. Hierauf
haben ſie den Geſandten mit allen möglichen Ehren-
bezeugungen entlaſſen. Den Tag darauf iſt er zu mir
gekommen, hat mir eben dieſes geſagt, und mir gemeldet, er ſchickte zu Johann Baptiſt von Terac,

um sich einen Paß und sicheres Geleite auszubitten,
und an Ew. Majestät, um in Dero Reich zu kommen,
und sich daselbst zu Calais oder Rouen einige Zeit
aufzuhalten, und die Befehle seines Herrn abzuwar-
ten. Er sagte mir, er hätte in England keinen Ort
mehr, wo er hingehen könnte, als in meine Wohnung. Er hat seinen Abschied von mir damit angefangen, daß er sich bei mir zum Abendessen eingela-
den hat, und sehr spät bei mir geblieben ist; ich
glaube, er würde gerne den Engländern die Meinung
beibringen, als ob ich mit ihm einverstanden wäre;
allein ich habe ihnen das Gegentheil heilig versichert, auch daß einige von den Gefangenen mir gesagt haben, die Katholiken dieses Reichs hätten nicht
die mindeste Hoffnung von Frankreich her Hülfe zu
erhalten, und sie bekämen von daher nur leere Worte,
aber in Spanien schritte man zur That. Für meinen
Theil, sagte ich, wüßten sie wohl, daß ich die Katholiken sehr liebte und ihre unglückliche Lage bisweilen bedauerte; aber sie sähen auch wohl, daß ich
von Ew. Majestät keinen Befehl hätte, denselben etwas zu versprechen oder ihnen zu helfen, sondern vielmehr diese Monarchin und ihr Reich mit Ew. Majestät in Freundschaft zu erhalten. Die Königin von
England, sagte ich, hätte zwar mit mir einiges geheimes Verständniß, und einige von ihnen hätten mir
in Ziffern geschriebne Briefe von ihr gebracht; aber
sie dächten nicht, daß es Sachen von großer Wichtig-

zeit weder für die Königin, noch für ihren Staat
wären; sie beträfen nur die Angelegenheiten, welche
sie in Frankreich hat, und die Uebersendung einiger
auch in Ziffern geschriebner Briefe an ihren Gesandten, und den Auftrag mit der gedachten Königin
von England von ihren Angelegenheiten, von ihrer
Behandlung, von ihrer Freiheit und andern in ihrer
Gefangenschaft nothwendigen Dingen zu reden, weil
niemand anders davon zu reden wagen würde. Das,
Sire, ist alles, was sie von mir gesagt haben, wie
es die Wahrheit ist; aber sie haben mir auch davon
als von einer Sache, die weder Strafe noch Untersuchung begründet, und nur im Scherze zu reden gewagt, und so, daß ich ihnen alles abgeläugnet habe.
Was die Königin von Schottland betrifft, so fürch-
tet die Königin von England dieselbe mehr, als sie
je gethan hat, und ist indeß sehr entschlossen, ihr
alle Gemeinschaft mit den Katholiken und den Spaniern unmöglich zu machen. Anlangend meine Reise
nach Schottland, so höre ich, daß sie Sir Paulet,
welcher vormals ihr Gesandter bei Ew. Majestät war,
mit mir absenden will; ich weiß nicht, ob sie erlauben wird, daß ich zu der Königin von Schottland
gehe, wenn sie in ihrem Zorne gegen dieselbe nicht
nachläßt; und ich glaube, sie kann den Sohn so
wenig als die Mutter leiden, denn ist sie gegen die
eine mißtrauisch, so ist sie es nicht weniger gegen den
andern. Man sagt mir, der Königin von England

werde es sehr lieb sein, wenn ich in Ew. Majestät
Namen die Zwistigkeiten zwischen ihr und dem Könige von Schottland auszugleichen suche, und sie
werde gerne Sie zum Vermittler in der Sache machen. Es hat jemand von mir zu erforschen gesucht,
ob ich nicht von Ew. Majestät einen Auftrag hierzu
hätte, und es ist mir gesagt worden, der König von
Schottland halte sehr viel auf Ihre Freundschaft.
Er muß mir bald einen in den schottländischen Angelegenheiten recht gut unterrichteten Mann zurück-
schicken, den ich bei ihm halte, und an Ew. Majestät wird er Mylord Seaton senden, und Ihnen versichern lassen, er sei Ihnen ganz ergeben, und die
Könige, seine Vorfahren, haben für Dero Vorfahren nie mehr Zuneigung gehegt, als Er gegen Ew.
Majestät, wenn Denenselben seine Gesinnungen gefallen, beweisen werde. Er fängt ein wenig an, die
schottländischen Geistlichen zu bändigen, welche die
Englische Parthei hielten, und sich berechtigt glaubten, nach ihren Leidenschaften zu predigen; und der
Muth ist ihnen gesunken, nachdem er den unruhig-
sten von ihnen ins Gefängniß geschickt hat, worüber
alle die übrigen in große Furcht gerathen sind, und
das um desto mehr, da sie seit langer Zeit schon die
Meinung hegen, dieser junge Fürst liebe seine Mutter über alles, und könne eines Tages, es sei aus
Ehrsucht, oder aus Ueberzeugung, oder durch eine
besondre göttliche Schickung, katholisch werden.

Denn, um die Wahrheit zu gestehen, er ist von denen, die ihn regiert haben, mit Gewalt in der protestantischen Religion erzogen worden; und ich glaube, thäte die Furcht vor ihm nicht, es würde der Königin, seiner Mutter, schlimm ergehen. Indessen hoffe ich, wir werden alles dieses schon wieder ins Geschicke bringen, wenn das starke Mißtrauen erst ein wenig wird nachgelassen haben. Auch glaube ich, Sire, Ew. Majestät haben nie eine bessere Gelegenheit als die gegenwärtige gehabt, sich mit der Königin von England zu vergleichen, wenn sie die Vergrößerung des Königs von Spanien verhindern wollen, und ich sehe einigen Anschein, daß sie noch etwas für Ihren Durchlauchtigen Bruder thun werde, um ihn zu neuen Unternehmungen in den Niederlanden zu bewegen, und wenn es ihr möglich ist, ihn dem Könige von Spanien aufsätzig zu machen. Indessen hat sein Gesandter sich verlauten lassen, er hoffte, Frankreich und Spanien bald mit einander zu vergleichen, um England zu züchtigen. Es ist hier von dem Könige von Navarra ein Piemonteser, Namens Dangrogne, angekommen, welcher eine Art von Faktor der Hugenotten in diesem Reiche ist. Er hat zu Paris den Herrn von Stafort besucht, und mit demselben konferirt; ich glaube, er hat seinen Auftrag eigentlich durch den Herrn von Segur erhalten, weil er schon hier negoziirt, und seine Geschäfte gut ausgerichtet hat. Der besagte

Z 4

Dragogne hat oft mit der Königin und ihren Räthen gesprochen; ich werde das, was er ihnen gesagt hat, so genau als möglich zu erforschen suchen. Das weiß ich, daß er ihnen versichert hat, der König von Navarra habe sich mit dem Herrn von Bellievre weiter auf nichts einlassen wollen, als daß er sich beklagt und beschwert habe, daß Ew. Majestät Edifte keinesweges gehalten und gehandhabt, sondern täglich von den Katholiken übertreten würden, und daß der Herr Marschall von Matignon anfinge Besatzungen in Oerter zu legen, welche den Reformirten und dem Könige von Navarra großen Verdacht und große Furcht erregten. Dangrogne hat unter andern viel von der Einnahme der Stadt Mont de Marsan und von dem guten Betragen gegen die Einwohner derselben geredet, und gesagt, es wäre niemanden daselbst Unrecht oder Schade zugefügt worden, die Stadt gehörte dem Könige von Navarra, und müßte ihm in dem Frieden wiedergegeben werden. Wenn jemand, hat er hinzugesetzt, sich beklagt habe, es sei ihm etwas entwandt worden, so habe er das Geraubte wieder erhalten. Die Königin, welche leidenschaftlich gegen die Katholiken eingenommen ist, tadelt dieselben in allen Dingen, und lobt die Mäßigung der Hugenotten, als wenn sie Engel wären, und nie einen Fehler begangen hätten. Aber ich hoffe ihr und denen, die in irgend eines andern Namen als dem Ihrigen hieher kommen werden, so scharf

zuzuſetzen, daß ſie keinen großen Vortheil davon haben ſollen.  Dangrogne hat ferner der Königin von
England verſichert, Ewr. Majeſtät und Dero durch-
lauchtiger Herr Bruder hegten eine tödtliche Feind-
ſchaft gegen den Herrn von Segur, und Sie würden
beide über kurz oder lang ſich an ihm rächen.  Die
Königin hat hierüber ſehr die Farbe verändert, vermuthlich weil ſie fürchtete, Ewr. Majeſtät möchten
ſich dadurch beleidigt finden, daß der beſagte Herr
von Segur mit ihr könnte unterhandelt haben, ein
Umſtand den ich nützen werde, ſobald es Gelegenheit
dazu geben wird, wenn ſie ſich etwa mit ihnen
einlaſſen ſollte.  Ich bitte Gott, Sire, er wolle
Ihnen die vollkommenſte Geſundheit und ein glückliches langes Leben verleihen.  London, den 23. Januar 1584.

(Harl. Bibl. No. 1582. fol. 339. Des Herrn von
Brequigny Papiere.)

### §. II.

Brief der Königin Maria von Schottland an
Mauviſſiere, worin unter andern Nachrichten über ihre Angelegenheiten, von dem
Traktate die Rede iſt, über welchen zwiſchen
ihr und der Königin von England unterhandelt wurde.

Dieſer Brief enthält zu wenig merkwürdiges,
um eine Ueberſetzung zu verdienen.  Es waren der

Z 5

Königin von Schottland bei der Wiederanknüpfung
der Unterhandlungen zwei Bedingungen gemacht
worden. Die erste betraf die Begnadigung und Zu=
rückberufung der verbannten Schottländer, und die
zweite war, sie sollte an den Herrn von Guise und
die Bischöfe von Roß und Glasgow schreiben, daß
sie alle ihre bisherigen Anschläge, geheimen Ver=
ständnisse und Unternehmungen wider Elisabeth
und ihren Staat aufgeben möchten. Maria hatte
diese Bedingungen angenommen, und sich dagegen
die vorläufige Versicherung ausgebeten, daß dieser
Traktat zur Wirklichkeit kommen sollte; dann ver=
langte sie die Freiheit England zu verlassen, oder
wenn sie aus Willfährigkeit daselbst bliebe, mehr
Freiheit zu genießen, als ihr das Jahr vorher
hatte eingeräumt werden sollen.

## N°. VIII. zu S. 265.

### Mariens Brief an den Herzog von Guise.

Wenn Gott und Sie nächst ihm es jetzt nicht
möglich machen können, Ihrer armen Cousine beizu=
stehen, so ist es um sie geschehen; der Ueberbringer
dieses wird Ihnen sagen, wie ich nebst meinen bei=
den Geheimschreibern hier behandelt werde. Um
Gottes willen, kommen Sie ihnen zu Hülfe, und
retten sie, wenn es Ihnen möglich ist. Man will

uns beschuldigen, daß wir den Staat haben beunruhigen wollen, und Komplotte wider das Leben dieser Königin angestiftet oder darein eingewilligt haben;
ich habe ihnen aber geantwortet, wie es die Wahrheit ist, daß ich nicht das geringste davon weiß. Sie
haben, wie sie sagen, gewisse Briefe an einen Namens Babington und dessen Bruder Payet aufgefangen, welche von dieser Verschwörung Beweise enthalten; Nau und Curle sollen dieselben gestanden haben. Das können die letztern aber nicht, wenn man
sie auf der Folter nicht mehr sagen läßt, als sie wissen.
Das ist alles, was mir davon ist gesagt worden;
aber ich weiß durch mitgetheilte Nachrichten, daß
sie Sie und Ihre Lige sehr bedrohen, und sich auf
den Beistand einiger Fürsten stützen, welche ihre Religion dulden werden. Ich habe ihnen für meine
Person erklärt, daß ich für meine Religion zu sterben
entschlossen bin, wie sie versicherte, daß sie für die
ihrige thun würde; und was diesen Punkt betrifft,
mein Cousin, was Sie auch von den falschen Gerüch-
ten hören mögen, die sie ausstreuen lassen, so sein
sie versichert, daß ich, mit Gottes Hülfe, standhaft in der römisch-katholischen Religion und für
die Aufrechthaltung derselben sterben, und dem
Lothringischen Hause, welches für den Schutz des
Glaubens zu sterben gewohnt ist, keine Schande machen werde. Lassen Sie Gott für mich bitten, sorgen Sie dafür, daß mein Körper von hier wegge-

bracht und in heiliger Erde begraben werde, und haben Sie Mitleiden mit meinen armen aus ihrem Lohn
gesezten Bedienten; denn es ist mir hier alles genommen worden, und ich halte mich auf Gift oder eine
andre geheime Todesart gefaßt, ob sie mich gleich
fast ganz kraftlos gemacht haben; ja seit diesem letzten Vorfall ist meine rechte Hand so geschwollen,
und thut mir so wehe, daß ich kaum die Feder damit halten oder die Speise zum Munde bringen
kann.  Doch werde ich deswegen den Muth nicht
sinken lassen, in der Hoffnung, derjenige, der mich
in der Religion, worin ich erzogen bin, hat geboren
werden lassen, werde mir die Gnade erweisen, daß ich
für seine Sache sterben darf, welches die einzige Ehre
ist, die ich in dieser Welt wünsche, um durch dieses
Mittel der Barmherzigkeit Gottes in der andern
Welt gewiß zu sein.  Ich wünschte, daß mein Leichnam zu Rheims neben meiner guten seligen Mutter,
und mein Herz neben dem verstorbenen durchlauchtigen Könige ruhen möchte. Ueberbringer dieses wird
Ihnen mehrere besondere Umstände sagen.  Wenn
man jetzt einige Aufmerksamkeit für mich beweisen,
und mich wiederfodern und sich dieses Streites, welcher die gemeinschaftliche Sache angeht, nachdrücklich
annehmen wollte, so würde man sehr erstaunt sein;
denn es weicht alles von hier.  Adieu, mein guter
Cousin, theilen Sie dieses meinem Gesandten mit.
Wenn mein Sohn für diesmal seine Mutter nicht

rächen hilft, so entsage ich ihm, und bitte, daß
alle meine Verwandten dasselbige thun mögen.
Ich bitte Sie mich Bernardino zu empfehlen, und
ihm zu sagen, das ich das Versprechen, welches ich
seinen Freunden gegeben habe, halten werde, und
daß sie mich nicht verlassen sollen. Ich empfehle Ihnen und ihm meine armen trostlosen Freunde, und
besonders die drei, die er weiß. Gott erhalte Sie
zu seinem Dienste, wie auch alle die Unsrigen, und
erweise mir seine Gnade in dieser, und seine Barmherzigkeit in jener Welt.

Ihre gute Cousine,<br>
Maria, K.<br>
(Jebb. Bd. I. S. 284. Camden, S. 518.)

N°. IX. zu S. 272.

Publikation des Urtheils gegen die Königin
Maria, und Kommission zu Vollstreckung
desselben.

Diese beiden Stücke sind bloß für den gelehrten Geschichtsforscher, welchem mit der deutschen
Uebersetzung derselben wenig gedient sein würde,
und enthalten außer dem, was die Verfasserin für
ihre Geschichte daraus genommen hat, nichts
merkwürdiges.

## N°. X. zu S. 298.

### Ein Brief von Maria an Elisabeth.

Für unsere Leser, nachdem Nr. VIII. schon mitgetheilt worden, sehr unwichtig. Sie bittet die Königin von England um Gottes und Jesu Christi willen, ihr die Versicherung zu geben, daß ihre Diener bei ihrer Hinrichtung zugegen sein, und daß nach ihrem Tode ihr Körper in Frankreich in heiliger Erde solle begraben werden. In Schottland, sagt sie, sein die Gebeine ihrer Vorfahren beschimpft und die Kirchen niedergerissen und entweihet worden, und in England dürfe sie nicht erwarten, neben ihren und der Königin Elisabeth Vorfahren einen Platz zu finden.

## N°. XI. zu S. 305.

### Briefe von Heinrich III. und dessen Gesandten in England, und ein Schreiben von Buzenval an Walsingham.

Alle von zu geringer Erheblichkeit für Leser, denen es bei der Geschichte um nützlichen Unterricht, und nicht bloß um die Befriedigung einer eitlen Neugier zu thun ist.

## Nᵒ. XII. zu S. 314.

### §. I.

### Brief der Königin Maria an einen Franzosen.

Mein Herr ꝛc. Nachdem ich wegen der augenscheinlichen Gefahren der Unternehmer lange angestanden hatte, habe ich endlich den mir so oft gethanen
Vorschlag, mich zu retten, angenommen. Was
hiervon die Folge gewesen sei, werdet Ihr von meinem Arzte und meinen übrigen Dienern, welche mir
bis jetzt noch gelassen sind, erfahren. Wie lange
mir dieselben noch werden gelassen werden, weiß ich
nicht, und eben so wenig, ob ich die Muße haben
werde, mein Testament zu machen; und sollte ich sie
haben, so weiß ich nicht, ob es mir erlaubt werden
wird, indem mir alles mein Geld und meine Papiere
genommen sind, und ich niemanden habe, der mir
schreiben helfen und mir sonst dabei dienen könnte,
ob ich gleich darum angesucht und gebeten habe, in
Ermangelung eines Geschicktern zu dieser Handlung,
mir meinen Almosenier kommen zu lassen; allein ich
habe noch gar keine Antwort hierauf erhalten. Daher, wenn dieses fehlschlägt, müßt Ihr bei Sr. Heiligkeit, bei dem Allerchristlichsten Könige und dem
Könige von Spanien, bei dem Herzoge von Lothringen und allen andern christlichen Fürsten, meinen
Verwandten und Freunden, dringend anhalten, daß
meine Papiere und mein Geld, nebst dem, was ich)

von meinem Hausgeräthe nicht schon selbst unter meine Bedienten werde ausgetheilt haben, wieder herbeigeschafft werde, um meinem Gewissen gegen meine armen Diener und Gläubiger Genüge zu thun. Ihr würdet diese Sprache sonderbar finden, wenn ich Euch nicht sagte, daß mir durch den Mund des Lords Buckhurst, meines großen Beförderers Amyas Paulet, eines gewissen Ritters Durgeon Drury und M. Beale angekündigt sei, die Versammlung der Stände dieses Reiches hätten mich zum Tode verurtheilt, welches sie mir im Namen der Königin kund gemacht, und mich dabei ermahnet haben, meine Vergehungen gegen dieselbe zu gestehen und zu erkennen. In dieser Absicht, und damit ich ohne Gewissensangst mit Ergebung und als eine gute Christin sterben möchte, schickte sie mir einen Bischof und einen Dechant zu, und behauptete, die Ursache meines Todes wäre das dringende Bitten ihres Volkes, welches denselben deswegen verlangte, weil für sie in ihrem Reiche keine Sicherheit wäre, so lange ich als ihre Mitwerberin noch lebte, indem ich seit langer Zeit den Namen und das Wapen dieser Krone angenommen hätte, und nicht hätte wollen fahren lassen, wenn nicht eine zweite Person da wäre; da mich sogar alle Katholiken ihre Souveraine nennten, und ihrem Leben, um diesen Zweck zu erreichen, so oft nachgestellt worden wäre. Zweitens fände, und dies wäre der vornehmste Gegenstand ihrer Aufmerksam-

keit

keit, für ihre Religion, so lange ich lebte, keine
Sicherheit statt. Ich dankte hierauf Gott und ihnen für die Ehre, die sie mir erwiesen, mich für ein
so nothwendiges Werkzeug zur Wiederherstellung der
Religion auf dieser Insel zu halten. Ich wollte, obgleich dessen unwürdig, diesen Zweck auf das lebhafteste und eifrigste befördern. Zum Beweise dessen,
bot ich mich selber, wie ich schon versichert hatte,
freiwillig an, mein Blut für die Sache der katholischen Kirche zu vergießen. Ja, wenn das Volk
glaubte, daß die Aufopferung meines Lebens für
das Beste und die Ruhe dieser Insel nützlich
sein könnte, so würde ich es ihnen, zur Belohnung für zwanzig Jahre Gefangenschaft, worin
sie mich gehalten haben, gerne hingeben. In Absicht auf ihre Bischöfe dankte ich Gott, daß ich ohne
sie meine Vergehungen gegen Gott und seine Kirche
erkennte, und daß ich ihre Irrthümer nicht annähme,
und keinen Antheil daran nehmen wollte. Wenn es
ihnen aber gefallen sollte, mir einen katholischen Priester zu erlauben, so nähme ich denselben gerne an,
und bäte sie darum um Jesu Christi willen, um mein
Gewissen beruhigen und die heiligen Sakramente nehmen zu können, ehe ich diese Welt verließe. Sie
sagten mir, ich möchte anfangen, was ich wollte, so
würde ich doch weder eine Heilige noch eine Märty-
rerin werden, denn ich stürbe, weil ich nach dem Leben und der Krone ihrer Königin getrachtet hätte.

Ich erwiederte, ich wäre nicht vermessen genug, um
nach dieser doppelten Ehre zu streben; ob sie aber
gleich aus göttlicher Zulassung, wider alles Recht,
meinen Körper in ihrer Gewalt hätten, da ich, wie
auch alle meine bisherigen Protestationen enthielten,
eine souveraine Königin wäre, so hätten sie doch keine
Gewalt über meine Seele, und könnten mir nicht die
Hoffnung nehmen, daß Gott, der für mich gestorben
ist, um seiner Barmherzigkeit willen, mein Blut und
mein Leben annehmen werde, welches ich ihm zur Aufrechthaltung seiner Kirche widme, außer welcher ich
weder hier noch sonst wo über ein weltliches Reich herrschen möchte, worüber ich das ewige verlieren könnte.
Ich würde ihn anstehen, den an meinem Geiste und
an meinem Körper erlittenen Schmerz und andre Ver-
folgungen von der Strafe meiner Sünden abzurech-
nen: daß ich aber auf den Tod der Königin von England gedacht, ihn angerathen und befohlen haben
sollte, das hätte ich nie gethan, und würde für
meine Person nicht einmal zugeben, daß ihr nur das
geringste zu Leide geschähe *). Ei, sagen sie, haben
Sie nicht gelitten, gerathen und erlaubt, daß die
Engländer Sie ihre Monarchin nennten, wie es aus
d'Allains, de Loups und verschiedner anderer Briefen
erhellt, und haben nicht widersprochen? Hierauf ant-

*) Im Französischen steht die sprichwörtliche Redens-
   art: daß ihr nur ein Nasenstüber gegeben
   würde.

wollte ich, in meinen Briefen hätte ich nichts auf
mich genommen; allein mir käme es nicht zu, die
Lehrer der Kirche und die Geistlichen zu verhindern,
mich nach Belieben zu benennen, indem ich unter dem
Gehorsam der Kirche wäre, und was dieselbe be-
schlösse, gut finden; aber nicht sie meistern müßte,
wenn auch, wie man wissen wollte, Se. Heiligkeit
überall unter einem solchen Titel für mich bitten
ließen, welches mir aber nicht bekannt wäre. Uebrigens wollte ich aus Gehorsam gegen die Kirche sterben, aber niemanden ums Leben bringen, um mich
seines Rechtes anzumaßen. Ich sähe hierin offenbar
Sauls Verfolgung gegen David, könnte aber nicht
so wie er, durch das Fenster entfliehen; indeß könnten
aus meinem Blute Rächer dieser allgemeinen Sache
aufstehen. Kurz, vorgestern kam Paulet mit Drury
wieder, weit bescheidner und freundlicher, und sagte
mir, da ich auf ihre Ermahnung meine Vergehungen
gegen ihre Königin zu bekennen und zu bereuen, gar
keine Reue und Erkenntniß meiner Fehler gezeigt
hätte, so hätte sie befohlen, meinen Thronhimmel
abzunehmen, und mir anzuzeigen, daß ich wie eine
Todte zu betrachten wäre, der keine königliche Ehre
und Würde gebührte. Ich antwortete, Gott hätte
mich durch seine Gnade zu dieser Würde berufen, und
ich wäre mit Recht als Königin gesalbt und gekrönt
worden; von ihm allein hätte ich diese Würde, ihm
allein befohle ich meine Seele; ich erkennte keine Ober-

herrschaft ihrer Königin über mich, und ihr Conseil
und ihre ketzerische Versammlung nicht für meine
Richter; ich stürbe ihnen zum Trotz als Königin, und
sie hätten keine andre Gewalt über mich, als diese-
nige, welche Straßenräuber über den gerechtesten
Fürsten oder Richter von der Welt haben, den sie
in einem Gehölze überfallen; ich hoffte aber, Gott
würde nach meinem Tode seine Gerechtigkeit zeigen,
um meinen gegenwärtigen Zustand zu rächen. Mehrere Könige dieses Landes, sagte ich, sind ermordet
worden; es kann mir gar nicht so auffallend sein, mich
unter ihnen und denen von ihrem Geblüte zu befinden. Der König Richard ist so behandelt worden,
um ihn seines Rechtes zu berauben. Nach diesen
Reden, da er sah, daß meine unglücklichen Diener
keine Hand anlegen wollten, und alle es kühn abschlu-
gen, daß sogar meine armen Frauenzimmer laut um
Rache gegen ihn und seinen Begleiter schrieen, rief
er sieben oder acht seiner Helfershelfer herein, und
nachdem er den Thronhimmel hatte herunternehmen
lassen, setzte er sich nieder, und bedeckte sich. Und
hierauf sagte er zu mir, es wäre jetzt keine Zeit mehr
für mich, mir Bewegung und Zeitvertreib zu machen,
und man müßte daher eine Billardtafel wegnehmen.
Ich sagte, ich hätte, Gott sei Dank, nie darauf
gespielt, seitdem ich sie aufstellen lassen, und sie hätten mir genug andre Beschäftigungen gegeben. Ich
versammlete gestern meine kleine Heerde, um ihnen

ausgenommt meine Proteſtation, die Religion betreffend, zu wiederholen, und Beſchuldigungen, von
mir abzulehnen, welche mir gemacht ſind, ſelbſt in
Abſicht auf die Art, wie ich meine Ausgaben eingerichtet hatte, und andre Lügen, wovon ſonſt nie die
Rede geweſen war; auch habe ich ihnen allen vor
Gottes Angeſicht den Auftrag gegeben, Euch mein
ganzes Betragen und das Betragen der andern bei
dieſer Gelegenheit zu erzählen. Ich überlaſſe den
Herren von Lothringen und von Guiſe, und allen
unſern Verwandten alles, was zum Heil meiner
Seele erfoderlich iſt, die Entledigung meines Gewiſſens und die Rettung meiner Ehre, und der Ehre
derjenigen, denen ich angehöre, welche man durch
meinen Tod unter die Füße zu treten ſucht, indem
man mich nicht allein, ſondern auch meinen Vetter
Guiſe und alle ſeine Verwandten beſchuldigt, Mörder gegen ſie (die Königin von England) gedungen zu
haben. Ich ſagte, und es iſt wahr, ich hätte nichts
davon gewußt, und glaubte nichts davon. Ich empfehle Euch meine ſchon ſo oft empfohlenen armen
Diener nochmals, ich empfehle ſie Euch um Gottes
willen. Sie haben durch meinen Verluſt alles verloren; ſagt ihnen in meinem Namen das Lebewohl,
und tröſtet ſie aus Menſchenliebe. Empfehlet mich
dem la Rue, und ſaget ihm, er möge ſich erinnern,
daß ich ihm verſprochen habe, für meine Religion zu
ſterben, und ich ſei jetzt meines Verſprechens entle-

dich. Ich bitte ihn, mich allen seinen Ordensbrü-
dern zu empfehlen. Ich bin sehr vergnügt, und bin
es immer gewesen, mein Leben für das Heil der Seelen auf dieser Insel aufzuopfern. Lebt wohl zum letz-
tenmale, und erinnert Euch der Seele, und der Ehre
derjenigen, die Eure Königin, Gebieterin und gute
Freundin gewesen ist. Und habe ich den mir gegeb-
nen Berichten oder einem Urtheile über Eure Dienste
zufolge, etwas wider Euch gehabt, so vergebe ich es
Euch, und bitte Euch und alle meine Diener, mir
zu vergeben, wenn ich aus gerechtem oder übel ver-
standenem Zorn etwas gethan haben mag, wobei ich
versichere, daß ich Euch keines Vergehens gegen mich
schuldig halte. Ich erkenne mich vielmehr gegen
Euch, als meinen vorzüglichen und ältesten Diener,
sehr verpflichtet, Eure Dienste zu belohnen, wenn
Gott mir ein längeres Leben verliehe; in Entstehung
dessen werde ich Gott am Ende meines Lebens bitten,
an meiner statt Euch zu belohnen. Gott sei mit Euch
und allen meinen Dienern, die ich als meine Kinder
hinterlasse. Fotheringay, Donnerstags, den 24. November 1586.

Eure wohlwollende und gütige
Gebieterin,

Maria, K.

Unten fanden sich noch diese Worte:

Sie behaupten fälschlich, ich sey wider meinen
Willen in dieses Land gekommen, weil ich nirgends

hingewußt hätte, und sei daher unter ihrem Schutz
gewesen. Ich habe das Gegentheil gesagt, und Lo-
chimbar, den jüngern Herreis, und die Erben von
St. Andrews und Flemming genannt, welche alle
Entschuldigungsscheine von meiner Hand nahmen,
um mich wider ihren Wunsch, und nach meiner freiwilligen Wahl nach England gehen zu lassen, nachdem mir von daher Beistand versprochen war. Ich
bitte Euch, sucht davon eine Abschrift zu erhalten,
um ihre falschen Vorspiegelungen zu beweisen.

Jebb, Bd. 2, S. 291.

## §. II.

### Mariens Brief an ihren Almosenier.

Ich bin heute morgen wegen meiner Religion
angefochten worden, und habe mir von den Ketzern
sollen Trost zusprechen lassen. Ihr werdet von Bour-
goin und den übrigen hören, daß ich wenigstens treulich bei dem Bekenntnisse meines Glaubens geblieben
bin, in welchem ich sterben will. Ich habe gebeten,
Euch zu haben, um zu beichten und das Sakrament
zu empfangen, welches mir grausamer Weise ist versagt worden, so wie die Wegbringung meines Leich-
nams, und das Vermögen frei zu testiren, oder das
geringste anders als durch ihre Hände und nach dem
Gutdünken ihrer Gebieterin zu schreiben. Da ich
also mehr nicht kann, so bekenne ich Euch meine

Aa 4

schweren Sünden im allgemeinen, wie ich insbesondere zu thun gesonnen war, und bitte Euch um Gottes Willen, diese Nacht mit mir zur Genugthuung für meine Sünden zu beten und zu wachen, und mir Eure Absolution und die Vergebung aller Beleidigungen, die ich Euch angethan habe, zuzuschicken. Ich werde die Erlaubniß zu erhalten suchen, Euch in ihrer Gegenwart zu sprechen, wie sie mir in Absicht auf den Haushofmeister zugestanden haben, und wird es mir erlaubt, so will ich vor allen auf den Knien um den Segen bitten. Zeigt mir die schicklichsten Gebete für diese Nacht und für morgen frühe an. Denn die Zeit ist kurz, und ich habe keine Muße zu schreiben. Ich werde Euch aber, wie die übrigen empfehlen, und besonders werden Euch Eure Pfründen gewiß bleiben, und ich werde Euch dem Könige empfehlen. Ich habe keine Muße mehr. Schreibt mir alles, was Ihr für das Wohl meiner Seele ersprießlich glaubt. Ich werde Euch ein letztes kleines Andenken schicken.

Nota. Sie schrieb Ihr Testament eigenhändig auf zwei Blättern, ohne anzuhalten, und ohne die Hand vom Papiere zu nehmen, auf welchem sie alle ihre Sachen verzeichnete, ohne etwas zu vergessen, oder jemanden von ihren Leuten zu übergehen, dem sie nicht etwas vermacht hätte. Zu gleicher Zeit schrieb sie auch an den König von

Frankreich einen Brief, wovon hier eine wörtliche Abschrift folgt:

Mein Herr Schwager,

Nachdem ich durch göttliche Zulassung, wie ich glaube, wegen meiner Sündenschuld, mich dieser Königin, meiner Cousine, in die Arme geworfen, und hier viele Feinde gehabt und zwanzig Jahre zugebracht habe, so bin ich endlich von ihr und ihren Ständen zum Tode verurtheilt worden; und da ich um meine Papiere, welche mir von ihnen weggenommen sind, gebeten habe, um mein Testament zu machen, so habe ich nichts hierzu dienliches erhalten können, auch nicht die Erlaubniß frei zu testiren, noch daß mein Körper nach meinem Tode, meinem Wunsche gemäß, nach Ihrem Reiche übergebracht würde, wo ich, Ihre Schwester und alte Alliirte, die Ehre gehabt habe, Königin zu sein. Heute Nachmittag ist mir mein Urtheil bekannt gemacht, welches morgen um acht Uhr an mir als einer Verbrecherin vollzogen werden soll. Ich habe nicht die Zeit gehabt, Ihnen von allem, was vorgegangen ist, weitläuftige Nachricht zu geben; wenn Sie aber meinem Arzte und diesen meinen andern verlassenen Dienern zu glauben geruhen, so werden Sie die Wahrheit hören, und wie ich, Gott sei Dank, den Tod verachte, und standhaft erkläre, denselben an jedem Verbrechen unschuldig zu leiden; selbst wenn ich

Aa 5

ihre Unterthanin wäre. Die katholische Religion
und die Behauptung des Rechtes, welches mir Gott
an diese Krone gegeben hat, sind die beiden Punkte,
weswegen ich verurtheilt bin; und doch wollen sie
mir nicht erlauben zu sagen, daß ich für die katholische Religion sterbe, sondern weil zu besorgen sei,
daß in der Verfassung der ihrigen eine Veränderung
vorgehen möchte. Zum Beweise dessen haben sie mir
meinen Almosenier genommen; ich habe, ob er gleich
in dem Hause ist, es nicht erhalten können, daß er
mir vor meinem Ende die Beichte hören, und die Kom-
munion geben durfte. Hingegen haben sie in mich
gedrungen, daß ich Trost und Unterricht von ihrem
Geistlichen annehmen sollte, welchen sie mir zu dem
Ende zugeführt haben. Der Ueberbringer dieses und
seine Begleiter, mehrentheils Ihre Unterthanen,
werden Ihnen mein Betragen bei dieser meiner letzten Handlung bezeugen. Es ist nichts übrig, als
daß ich Sie, als Allerchristlichsten König, meinen
Schwager, meinen alten Bundesgenossen, und der
mich immer seiner zärtlichen Freundschaft versichert
hat, ansehe, daß Sie jetzt in allen diesen Punkten
ihre Tugend beweisen wollen, und erstlich aus Mitleiden zur Befriedigung meines Gewissens mir eine
Erleichterung verschaffen, die ich ohne Sie nicht
würde haben können, nämlich, daß Sie meine unglücklichen Diener belohnen, indem Sie ihnen Ihre
Besoldung lassen; der andre Punkt ist, daß Sie

„für eine Königin beten lassen, welche einst die Aller-
christlichste hieß, und jetzt von allen Mitteln entblößt, im katholischen Glauben stirbt. Was meinen
Sohn betrifft, so empfehle ich Ihnen denselben, insofern er es verdienen wird; denn ich kann für ihn
nicht stehen. Ich habe mir die Freiheit genommen,
Ihnen zwei seltne Steine zu schicken, wobei ich Ihnen eine vollkommene Gesundheit, und ein glückliches und langes Leben wünsche; Sie werden dieselben
als von Ihrer Ihnen zärtlichst zugethanen
Schwiegerin annehmen, welche Ihnen noch sterbend
ihre aufrichtigen Gesinnungen gegen Sie zu bezeugen
sucht. Noch empfehle ich Ihnen meine Diener. Sie
werden zu befehlen geruhen, daß für die Ruhe meiner Seele ein Theil von dem, was Sie mir schuldig
sind, bezahlt werde, und zur Ehre Jesu Christi,
welchen ich morgen in der Stunde meines Todes für
Sie anrufen werde, mir so viel lassen, daß dafür
eine jährliche Seelmesse fundirt, und die erforderlichen Almosen gegeben werden können. Mittwoch
um zwei Uhr nach Mitternacht.

Ihre ergebenste und gute Schwester,

Maria, K.

Memorandum der letzten Bitten, die ich an
den König thue.

Mir von demjenigen, was er mir schuldig ist,
sowohl von meinem Jahrgelde, als von dem Gelde,

was die verstorbene Königin, meine Mutter, in Schottland zum Dienste des verstorbenen Königs, meines Schwiegervaters, vorgestreckt hat, mir wenigstens so viel bezahlen zu lassen, daß dafür eine jährliche Messe zur Ruhe meiner Seele, und die Almosen und die kleinen Stiftungen, die ich versprochen habe, zu Stande kommen können.

Daß er geruhe, mir den Genuß meines Witwengehalts ein Jahr nach meinem Tode zu lassen, um meine Diener zu belohnen.

Ferner, daß es ihm gefallen möge, ihnen ihre Besoldungen und Pensionen zu lassen, wie es gegen die Officianten der Königin Eleonore beobachtet würde.

Ferner, daß er sich meinen Arzt empfohlen sein lasse, und ihn in seine Dienste nehme.

Ferner, daß mein Hofkaplan in seinen vorigen Stand wieder eingesetzt werde, und in Betrachtung meiner eine kleine Pfründe erhalte, damit er sein übriges Leben für die Ruhe meiner Seele beten möge.

Ferner, daß Dietrich, ein alter Mundofficiant, welchem ich einen Schreiberdienst gegeben habe, denselben lebenslänglich behalte, da er schon in einem hohen Alter ist. Geschrieben am Morgen meines Todestages, Mittw. den 8. Febr.

Unterzeichnet,                        Maria, K.

(Jebb, Bd. 2, S. 703.)

§. III.

Brief der Königin von Schottland, Maria Stuart, an den Herzog von Guise, über ihr bevorstehendes Ende.

Mein guter Vetter, außer dem mir keiner auf der Welt so werth ist, ich sage Ihnen Adieu, indem ich nun bald nach einem ungerechten Urtheil den Tod leiden werde, so wie ihn noch nie jemand aus unserer Familie, am wenigsten eine Person von meinem Range, erlitten hat. Aber, mein guter Vetter, danken Sie Gott dafür; denn ich war in dem Zustande, worin ich mich befand, für die Welt und die Sache Gottes und seiner Kirche unnütz, und ich hoffe, mein Tod werde meine Standhaftigkeit im Glauben und meine Bereitwilligkeit für die Aufrechthaltung und Wiederherstellung der katholischen Religion auf dieser unglücklichen Insel zu sterben, beweisen. Und obgleich noch niemand von unserm Geblüte unter dem Beil des Henkers starb, so schämen Sie sich deswegen nicht, mein Freund; denn das von Ketzern und Feinden der Kirche ausgesprochene Urtheil, wozu sie in Absicht auf mich als eine freie Königin, gar keine Befugniß haben, ist vor Gott den Kindern seiner Kirche vortheilhaft: hinge ich jenen an, so würde mir dieses nicht begegnen. Unsre ganze Familie ist von dieser Sekte verfolgt worden, wie es Ihr guter Vater erfahren hat, mit welchem ich von dem gerechten Richter zu Gna-

den hoffe angenommen zu werden. Ich empfehle Ih=
nen also meine armen Diener, die Abtragung meiner
Schulden, und bitte Sie, eine jährliche Messe für
die Ruhe meiner Seele fundiren zu lassen, und alles
dieses nicht auf Ihre Kosten zu thun, sondern nur sich
deswegen zu verwenden und die nöthigen Anordnun=
gen zu machen, wie darum gehöriges Ortes angesucht
werden wird, und Sie meine Meinung von meinen
armen betrübten Dienern, Augenzeugen dieser meiner
letzten Trauerscene, hören werden. Gott wolle Ihre
Gemalin, Ihre Kinder und Brüder und Vettern, und
besonders unser Häupt, meinen guten Bruder und
Vetter, und alle die Seinigen erhalten. Der Segen
Gottes, und der Segen, den ich meinen Kindern ge=
ben würde, sei über den Ihrigen, welche ich Gott
nicht weniger befehle, als meinen eignen unglücklichen
und betrognen Sohn. Sie werden Geschenke zum
Andenken von mir erhalten, um Sie zu erinnern,
daß Sie für die Seele Ihrer armen Consine bitten
lassen, welche von allem menschlichen Trost und Bei=
stande verlassen, sich bloß auf Gott allein verläßt,
welcher mir Kraft und Muth giebt, um allein so vie=
len nach meinem Leben heulenden Wölfen zu wider=
stehen; Gott sei dafür gelobt! Glauben Sie insbe=
sondere das, was Sie durch eine gewisse Person ver=
nehmen werden, welche Ihnen von mir einen Ring
mit einem Rubin zustellen wird; denn ich nehme es
auf mein Gewissen, daß er Ihnen, meinem Auftrage

gemäß, insbesondre auch, was meine armen Diener
und den jedem zukommenden Theil betrift, die lau-
tere Wahrheit sagen wird. Ich empfehle Ihnen
diese Person, wegen ihrer Unbefangenheit und redlichen Gemüthsart, zu irgend einem guten Platze. Ich
habe dieselbe ausgewählt, weil ich weiß, daß sie am
meisten von aller Partheilichkeit entfernt ist, und sich
meiner Aufträge gegen Sie, ohne alle Umwege, entledigen wird. Ich bitte Sie, es nicht bekannt werden zu lassen, daß sie ingeheim mit Ihnen geredet
habe, weil der Neid ihr schaden könnte. Ich habe
seit zwei Jahren und länger viel ausgestanden, und es
wegen wichtiger Ursachen Ihnen nicht zu wissen thun
können. Gott sei für alles gelobt, und gebe Ihnen
die Gnade, daß Sie in dem Dienste der Kirche, so
lange Sie leben, beharren, und daß diese Ehre auf
immer unserm Geschlechte bleiben möge, daß wir,
sowohl Männer als Weiber immer bereit seyn, ohne
alle weltliche Hinsichten, die Sache des Glaubens
zu verfechten; und was mich betrifft, so glaube ich
schon durch meine Herkunft, sowohl von väterlicher
als mütterlicher Seite, die erbliche Verpflichtung zu
haben, mein Blut für diese Sache hinzugeben, und
bin nicht gesonnen auszuarten. Jesus, welcher für
uns gekreuzigt ist, und alle heilige Märtyrer mögen
uns durch ihre Fürbitte des freiwilligen Anerbietens
unser Leben für Ehre Gottes aufzuopfern, würdig
machen. Fotheringhay, Donnerst. 24. November.

Man hatte mir, in der Abſicht, mich zu erniedrigen, meinen Thronhimmel wegnehmen laſſen; und ſeitdem hat mein Wächter mir angeboten, er wollte deswegen an die Königin ſchreiben, denn er hätte dieſes nicht auf ihren Befehl, ſondern auf Gutbefinden einiger vom Conſeil gethan. Ich habe ihnen, anſtatt meiner Wapen an dem beſagten Thronhimmel, das Kreuz meines Heilandes gezeigt. Sie werden verſtehen, was ich hiermit ſagen wollte; ſie ſind ſeitdem nachgiebiger worden.

*Ihre wohlwollende Couſine und vollkommene*

*Freundin,*

Maria, Königin von Schottland, verwittwete Königin von Frankreich.

(Cotton. Bibl. c. IX. Calig. fol. 449.)

NB. Von einer Kopie auf Papier, die, den Schriftzügen zufolge, von einem weit neuern Datum als der Brief iſt. (Herr von Brequigny.)

No. XII. — XV.

Dieſe Stücke gehören in eine ausführliche Geſchichte der engliſchen Handlung.

No. XVI. S. 420. f.

Die Verfaſſerin hat nicht angezeigt, woher ſie dieſe beiden Briefe der Königin Eliſabeth an Heinrich IV. genommen habe. Auch ſind ſie von keiner großen Bedeutung.

Belege

# Belege zu den ersten Bogen des sechsten Bandes.

## N°. XVII. zu S. 11. f.

**Brief des Grafen von Essex an den Kanzler Egerton.**

Was die Verfasserin S. 11. und 12. aus diesem Briefe angeführt hat, ist das wichtigste in demselben, und als Beweis hinlänglich. Das Ganze würde besser in einer Lebensbeschreibung des Grafen von Essex stehen.

## N°. XVIII. zu S.

**Verzeichniß von den Werken der Königin Elisabeth.**

Ein Kommentar über Plato.

Zwei Reden vom Isokrates ins Lateinische übersetzt.

Ein Trauerspiel vom Euripides aus dem Lateinischen übersetzt.

Ein Buch aus den Philosophischen Trostgründen des Boethius.

Eine Ueberſetzung von den Meditationen der Königin von Navarra. Dieſes letzte Werk wurde 1548 zu London gedruckt. Strype, Bd. 2.. S. 146.

Eine ihrer Reden, zu Cambridge gehalten, in der Bibliothek des Königs von England aufbe= wahrt. Casleys Verzeichniß, S. 199. Holling= ſhed, S. 1206.

Eine andere, zu Oxford gehalten. Wood, Athenae, Bd. 1. S. 289. Sie dankte in dieſer Rede der Univerſität Oxford für die Aufnahme, welche ſie daſelbſt erfahren hatte. Sie antwortete daſelbſt auch auf eine griechiſche Rede, welche der Rektor gehalten hatte, in derſelbigen Sprache. Peck. Deſiderata curioſa, Bd. 2.

Eine andere Rede, auf derſelbigen Univerſität gehalten. Wood, S. 306.

Ueberſetzung eines Geſprächs von Xenophon zwiſchen Hiero und Simonides, gedruckt im Jahr 1743. (in einer Sammlung von verſchiedenen Correſpondenzen No. 4.) Es befindet ſich dabei eine Probe von ihrer Schönſchreiberei, worauf ſie große Anſprüche machte, in Kupfer geſtochen.

Eine Rede an eins ihrer Parlamenter. Lord Sommers, Sammlung von Tractaten. Bd. 4. S, 130,

· Ein Gebet für ihre Flotte bei der großen Expedition von 1596, und ein anderes gleichfalls von
ihr. Ant. Bacon, Bd. 2. S. 18. In der Bibliothek des Königs von England wird noch ein
Band von Französischen, Italiänischen und Spanischen Gebeten, von Elisabeth eigenhändig geschrieben, aufbewahret. Es ist darunter ein Fran-
zösisches auf Velin geschrieben, und ihrem Vater in
folgenden Worten zugeeignet: A très-haut & très-
puissant & redoubté Prince Henry VIII. de ce nom,
Roi d'Angleterre, de France, & d'Irlande, défen-
seur de la foi.

Sallustius de bello Jugurthino übersetzt. Uebersetzung des Tractats von Plutarch, de curiositate.
Horaz de arte poetica.

Verschiedene Briefe von dieser Fürstin, in verschiedenen Sammlungen gedruckt. Strype, Annalen, Bd. 3. S. 166. Bd. 4. S. 77. Memorial
von demselbigen Sammler, Bd. 2. S 234. Bi-
ckertons Sammlung von Briefen, S. 53. Peck.
Desiderata curiosa, Bd. 1. und 2. Howards Sammlung, S. 246. u. f. w.

Puttenham hat eines Sonnets der Königin
Elisabeth erwähnt, welches er sehr bewundert, und
welches andere nach ihm bewundert haben, ohne
weder sich noch andern die Schönheiten zu erklären,

welche sie darin zu finden glauben. Alles was dieses Stück beweiset, ist dieses, daß Elisabeth sich
mit Versenmachen abgab; und ob sie gleich eben
kein Talent zur Poesie hatte, so muß man sich
doch über die Geschmeidigkeit und den Umfang ihres Genies wundern, welches sich zu so verschiedenen Gegenständen fügen, und unter den schweren
Regierungssorgen es in der Litteratur bis auf einen
gewissen Grad von Vollkommenheit bringen konte.

Es wurde noch 1708 in Bow-Church zu London ein Cenotaphium der Königin Elisabeth gezei-
get, worauf folgende Inschrift stand:

She was, she is, what can there more be said?
In earth the first, in heaven the second maid.

Sie war, sie ist, was ist wohl mehr zu sagen!
Auf der Erde die erste, im Himmel die zweite Jungfrau.          Beschreibung von London, S. 371.

Einige Schriftsteller haben eine Anekdote aufbehalten, welche in der Geschichte der Engländer
unter Elisabeths Regierung um desto weniger
einen Platz verdiente, da sie nicht authentisch genug bestätigt ist. Man behauptet, diese Fürstin,
welche von den bildenden Künsten gar keine Kenntniß hatte, habe die Schatten in der Malerei für
ganz unnatürlich angesehen, und da diejenigen,
welche sie in ihren Bildnissen bemerkte, ihr ihre

blendende Gesichtsfarbe zu verdunkeln schienen, so
habe sie einem berühmten Mahler ihrer Zeit, Isaac
Oliver, aufgetragen, sie ohne allen Schatten zu
mahlen. Naunton, *Fragmentum regaliae*, S. 4.
Es findet sich in der Archäologie der Königlichen
Societät der Alterthümer zu London, Bd. 2. S.
169, die Abschrift einer von Cecil geschriebenen
Proklamation von 1563, worin allen und jeden
verboten wird, die Person oder auch bloß das
Gesicht der Königin anders zu mahlen, zu zeich-
nen oder zu stechen, als nach dem Modell der
schönsten Natur, weil Ihre Majestät bemerken,
daß viele ihrer getreuen Unterthanen mit denen in
dieser Art begangenen Fehlern und Verunstaltun-
gen unzufrieden sind, und dieselben als eine sehr
große Beleidigung ansehen. Sie befiehlt also ihren Ministern und Beamten, dahin zu sehen, daß
dieser Verordnung nachgelebt werde, und sobald
möglich die schon begangenen Fehler verbessern zu
lassen. Zu den unangenehmsten Zügen im Gesichte
der Königin Elisabeth gehörte ihre außerordentlich
große Nase. Dieser Fehler war ihr in ihren Ab-
bildungen unausstehlich, und fast in allen, die
man von ihr hat, ist sie von dieser Seite verschö-
nert. Naunton, ibid.

Ich habe diese Bemerkungen über die Werke
der Königin Elisabeth aus den Manuskripten des
Grafen von Catuelan gezogen.

Herr de la Baume hat mir ein Sonnet von
dem Grafen von Essex mitgetheilt, welches mir interessant genug scheint, um hier eingerückt zu
werden. Es wurde bei einem 1590 zu Westmün-
ster gegebenen Feste gesungen,

My golden locks time hath to silver turn'd
(O time too swift, and swiftnefs never ceasing!)
My youth' gainst age, and age at youth hath
    spurn'd,
But spurn'd in vaine; youth waineth by encreasing;
Beauty, strength, youth, are flowers that fading
    beene;
Ducty, faith, love, are rootes and ever greene.

My helmet now shall make an hive for bees,
And lovers songs shall turn to holy psalmes;
A man at armes must now sit on his knees,
And feed on prayers, that are old ages almes,
And tho' from court to cottage I depart,
My Saint is sure of mine unspotted heart,

And when I sadly sit in homely cell,
I'll teach my swaines this carriol for a song:
Blest be the hearts that thinke my sovereign well!

Curs'd be the soules that thinke to doe her wrong!
Goddeſſe, vouchsafe this aged man his right,
To be your herdsman now, who was your knight.

Die Zeit hat meine goldnen Locken in Silberhaar verwandelt. O zu ſchnell hineilende Zeit mit nimmer weilendem Fluge! Meine Jugend kämpfte gegen das Alter, und das Alter gegen die Jugend, aber kämpften vergebens; die Jugend nimmt durch Zunahme ab. Schönheit, Stärke, Jugend, ſind Blüthen, die bald verwelken; Gehorſam, Treue, Liebe, ſind Wurzeln, und immer grün.

Mein Helm wird nun zum Bienenſtocke dienen, und anſtatt Liebesgeſänge werde ich heilige Pſalmen ſingen. Ein Kriegsmann muß nun knien, und an Gebeten, trauriger Nahrung des Alters, ſich ſättigen. Und zieh ich gleich vom Hofe in eine ländliche Hütte, bleibt meiner Heiligen doch mein unbeflecktes Herz geſichert.

Wenn ich dann ſchwermüthig in meiner niedrigen engen Wohnung ſitze, will ich dieſen Ausruf meine Hirtenknaben ſingen lehren: Heil denen, die meiner Beherrſcherin wohl wünſchen! Fluch denen, die ihr übel wollen! Göttin, gewähre dieſem Greiſe ſeinen gerechten Wunſch, nachdem er dein Ritter war, dein Schäfer zu ſein.

Aus dem dritten Bande der alten von Ewans geſammleten Balladen.

Bb 4

# Abhandlung

über einige Artikel, die der Königin von Schott=
land Maria Stuart untergeschobenen Briefe
betreffend.

Man wird sich erinnern in der Geschichte der
vorgeblichen Briefe von Maria Stuart gelesen zu
haben, daß diese Briefe, welche den 4. December
1567 in dem geheimen Rathe von Edinburg als die
Ursache von der Gefangensetzung derselben zu Loch=
levin angegeben wurden, und den 20. Junius in
dem Schlosse von Edinburg gefunden sein sollten,
nicht die Ursache der gegen die Person der Königin
den 15. eben dieses Monats Junius gewagten Un=
ternehmung hatten sein können. Noch weniger
konnte die Empörung im Monat May durch die=
selben verursacht worden sein, obgleich in derselbi=
gen Akte des geheimen Conseils behauptet wird,
diese den 20. Junius gefundenen Briefe hätten
schon im Monat May den Unwillen des Adels er=
regt. Man müßte sogar voraussetzen, es wäre
durch diese Papiere, welche erst den 20. Junius be=
kannt wurden, jene Revolution vom Monat May
schon seit dem April vorbereitet worden. Wir ha=
ben gesehen, daß Elisabeth schon im Monat Ju=
nius den Entwurf zu diesen Briefen kannte, und

daß Throgmorton schon den 25. Junius 1567 ihr den ganzen Plan dazu geschrieben hatte, ob sie sich gleich stellte, als hätte sie vor den Konferenzen zu York gar keine Idee davon gehabt. Sie kannte sie so gut, daß sie sie gar nicht untersuchte, nicht las, und bei dem Prozesse gar keinen Gebrauch davon machte. Hätte sie dieselben geschickt genug geschmiedet geglaubt, um sie einer richterlichen Untersuchung zu unterwerfen, oder hätte sie dieselben vorher gar nicht gekannt, und sie also für authentisch halten können, so würde sie nicht einen Augenblick angestanden haben, dem wiederholten Gesuche der Königin Maria nachzugeben, welche nicht aufhörte zu bitten, daß ihr diese Briefe mitgetheilt werden möchten; wenigstens würde sie ihr Abschriften davon haben zustellen lassen, ohne welche weder Maria noch sonst jemand darauf zu antworten im stande war. Allein nichts entsprach weniger dem Vorhaben der Königin von England, als dieser Fürstin ihre Rechtfertigung zu erleichtern. Ohne Zweifel hatten ihr bei der Untersuchung diese Briefe geschickter geschienen, durch den Druck und die schnelle Verbreitung derselben den guten Ruf der Königin von Schottland zu schänden, als die strenge Prüfung ihrer Vertheidiger auszuhalten. Als diese Briefe, mit der

ganzen Authentizität bekleidet, die ihnen beigelegt
wurden, und ihren Kommissarien und Marien
mitgetheilt, welche letztere, nach des Regenten
Behauptung, sie nicht ableugnen konnte, der Königin von England einen vollkommenen Triumph
hätten verschaffen müssen, in eben diesem Augenblicke versagt sie der Angeklagten eine solche Mittheilung, bricht die Konferenzen ab, und läßt
Murray mit diesen Beweisen verschwinden, wovon er eiligst die vorgeblichen Urkunden auf ihren
Befehl nach Schottland bringt, und in eine Vergessenheit begräbt, woraus sie nie wieder hervor-
gezogen sind *). Und warum dieses? Weil sie
einsah, daß wenn einmal der Betrug entdeckt war,
alle Beweise, welche sie bisher geltend zu machen
gesucht hatte, hinfallen mußten.

Der Bischof von Roß verschaffte sich einige
Abdrücke dieser Briefe, und bemerkte in denselben
augenscheinliche Beweise von Betrug. Er war
hiervon so überzeugt, daß er in der Vertheidigung
seiner Monarchin die Englischen und Schottländischen Kommissarien so anredet: „Aber ich bitte
„euch, wer von euch hat diese Briefe mit der eig-
„nen Hand der Königin verglichen? Wollt ihr in
„einer so wichtigen und gefährlichen Sache dafür

*) Goodall, Bd. 2. S. 300.

„ſtehen, daß alle Vorſichtsregeln gebraucht, und
„alle Beweiſe mit der gewiſſenhaften Genauigkeit
„geprüft ſind, welche die bürgerlichen Geſeze ver-
„langen? Würdet ihr uns etwa ſagen wollen,
„ihr habet ſie gehörig verglichen? O die vollkom-
„mene und ſichere Vergleichung! o die vortrefli-
„chen Männer zu einem ſolchen Werke! Als ob
„man nicht wüßte, daß ihr alle ihre Todfeinde
„ſeid; als ob dieſe untergeſchobenen Briefe nicht
„den Grund zu euren Verräthereien und eurer an-
„gemaßten Gewalt enthielten. Als ob es in
„Schottland nicht Falſarien gäbe, welche die
„Schrift der Königin nachzuahmen und nachzu-
„machen wiſſen. Als ob nicht mehrmals jemand
„unter euch Briefe, worin ihre Hand nachge-
„macht war, wider ihren Willen und ohne ihr
„Wiſſen nach England und andrer Orten hingeſchickt
„hätte. Kann ich alſo anſtehen zu glauben, daß
„dieſe Briefe euer ehrloſes Werk ſind? Ja ſicher-
„lich, ihr ſeid die Urheber dieſes ſtrafbaren und
„niederträchtigen Betruges.“ (Anderſ. Bd. 1.
S. 19. 20.) Die Wahrheit allein hat das Recht,
das entlarvte Laſter ſo verächtlich und ſtolz zu behandeln; und es iſt bewieſen, daß Maria nicht
ſtrafbar hätte ſein können, ohne daß ihre Vertheidiger davon unterrichtet geweſen wären.

Als die Briefe in den Konferenzen von York
vorgelegt wurden, war Dalgleisch, welcher sie dem
Grafen von Morton eingehändigt haben sollte,
schon todt, und konnte also kein neues Verhör be=
stehen. Aber warum wurde nicht Paris vorgefo=
dert, von dem in eben diesen Briefen die Rede
war? Paris, welcher von dem Grafen von Mor=
ton nur obenhin befragt worden war, und welcher
diese Briefe Bothwelln überbracht haben sollte?
Er war noch am Leben. Der Regent wurde be=
schuldigt die Briefe nachgemacht und untergescho=
ben zu haben. Warum wurde dieser unwiderleg=
liche Zeuge, welchen man, wie die andern, todt
glaubte, nicht aus dem Gefängnisse von St. An=
drews geholt? Er war der einzige, der den Gra=
fen von Murray, welcher öffentlich ein Falsarius
und Verläumder genannt wurde, von dieser Be=
schuldigung reinigen konnte: er lebte, es schien,
er wäre deswegen erhalten worden, um zum Zeu=
gen zu dienen. Murray bittet um die Erlaubniß
sich zu entfernen, nachdem er zu seiner Vertheidi=
gung nichts weiter gethan hat, als daß er behaup=
tete, er wäre unschuldig, und sich zum Beweise
auf Gott berief und auf die Geschichte seines Le=
bens, welche ein Gewebe von Verbrechen war,
und läßt den unglücklichen Paris hinrichten, wel=

cher dem Anscheine nach allein ihn hätte vertheidigen, den er aber nicht so weit hatte verführen
können, daß er sein Mitschuldiger geworden wäre,

Dies sind die wichtigsten besondern Umstände,
welche in die Geschichte nicht aufgenommen werden konnten, ohne die Erzählung der großen Resultate, welche aus dieser Sache entstanden, zu
unterbrechen. Ich habe nur in den Noten bemerkt,
daß dieser Briefe, nicht nach der Erklärung des
geheimen Conseils vom 4. December, welche die
Zahl derselben nicht angiebt, sondern zufolge der
Instruktionen vom 15 Oktober 1569 für den Abt
von Dumfermling, anfangs nicht mehr als acht
waren, daß sie aber stufenweise bis zu zwanzig
Briefen und Handschreiben anwuchsen, und daß
der Sonnette und andern kleinen Poesien in der
Akte vom 4. December keine Erwähnung geschehen
war, und auch weder bei den Konferenzen von
York, noch von Westminster Erwähnung geschah.

Die der Königin Maria Stuart zugeschriebe-
nen Briefe wurden lange Zeit für wahre Abschriften von denen in dem vorgeblichen Kästchen mit
goldenen Verzierungen gefundenen Originalen gehalten. Man gab vor, sie wären französisch geschrieben. Maria wußte sich nie, weder mündlich
noch schriftlich in einer andern Sprache leicht aus-

zudrücken, als in dieser, welche sie schon in ihrer
Kindheit gelernt hatte; das gedachte Vorgeben
war also eine nothwendige Vorsicht. Von einer
andern Seite aber war es dem Buchanan und
Morton leichter, diese Briefe im Schottischen,
ihrer Muttersprache, zu schreiben, als im Französischen oder Lateinischen. Buchanan hätte vielleicht in diesen beiden Sprachen ein ernsthaftes
Werk geschrieben; er hatte sie völlig in seiner Gewalt. Aber in der Person eines Frauenzimmers,
in einem sehr vertraulichen, leichten und fließenden
Styl zu schreiben, das ist in einer fremden
Sprache äußerst schwer. Buchanan, Murrays
Freund und Vertrauter, hatte die vorgeblichen
Urschriften in Händen. Da Murray ihm auftrug
sie in den Konferenzen zu York vorzulegen, übersetzte er die drei ersten ins Lateinische. Wozu diese
unnütze Bemühung? Die Authentizität dieser
Papiere mußte bewiesen werden, und die Originale waren hierzu schlechterdings nothwendig.
Der gelehrte Goodall hat bewiesen, daß der erste
Text schottisch war, daß dieser ins Lateinische übersetzt wurde, und das Französische offenbar aus
dem Lateinischen und Schottischen genommen ist.
Seine grammatikalischen Untersuchungen, welche
für diejenigen, die das Englische und Schottische

vollkommen verstehen, sehr auffallend sein müssen,
würden für Personen, welche dieser beiden Sprachen unkundig sind, wenig interessant sein *).
Aber es ist ausgemacht, daß der schottische Text
alle Spuren eines Originals zeigt; daß die Schreibart desselben frei, durchaus gleich und ungezwungen ist; dahingegen die äußerst gezwungene
Schreibart im Lateinischen und Französischen auf
nichts anders als eine Uebersetzung denken läßt,
welche desto mehr Merkmale einer mühsamen Arbeit an sich trägt, da die Uebersetzer ihren eignen
Gedahken sklavisch folgen musten. Hume und Robertson haben auf diesen Einwurf nicht anders, als
durch eine lange Reihe von Raisonnements, Muth-
maßungen und Wahrscheinlichkeiten antworten
können, worin sich der Leser mit ihnen verliert;
und haben indessen doch zugeben müssen, daß die
Briefe, welche bis auf die Nachkommenschaft sind
erhalten worden, nur eine Uebersetzung aus dem
Lateinischen des Buchanans und der schottischen
Kopie sind. „Die Originalbriefe, sagt Robertson,

*) Denen, die an solchen Untersuchungen Geschmack
finden, muß Whitakers Mary Queen of Scots
vindicated, in 8vo. 3 Vol. London 1787 noch
willkommner sein, besonders von dem 7ten Kap.
des ersten Bandes an, bis einschließlich zum 2ten
Kap. des dritten Bandes.      Der Uebers.

(Krit. Abh. S. 25.) sind verloren gegangen, und
man weiß nicht, wo sie geblieben sind. Allein
man könnte Goodalls Grundsätze annehmen, ohne
seine Folgerungen zuzulassen; er müßte denn beweisen, daß die Briefe, so wie sie jetzt noch existiren,
eine Kopie von denen sein, welche den Englischen
Kommissarien vorgelegt wurden.„ Wie? die
Briefe waren ursprünglich französisch geschrieben;
und man gab sich die Mühe, sie ins Schottische
und nachher ins Lateinische zu übersetzen, um sie
bei dem Prozesse vorzulegen; dann vernichtete man
die Originale, und ließ es sich nicht verdrießen, sie
aufs neue aus dem Lateinischen und Schottischen
zu übersetzen! Was für Fabeln! Und wie ist es
vorauszusetzen, daß man sich so viele Mühe genommen haben werde, um die Wahrheit in einen
so dichten Schleier zu hüllen, daß sie ganz dem
Betruge ähnlich sehen mußte? Hume behauptet,
(Bd. 5. Note L., S. 143. des Textes, S. 497.
der Anmerkungen,) der Englische Adel habe in den
Stücken, welche in dem Prozesse beigebracht wurden, Mariens Hand erkannt. Wie? in der lateinischen Uebersetzung von Buchanan erkannten die
Englischen Kommissarien die Hand der Maria
Stuart? Vermittelst des Schottischen Textes ve-
rifizirten sie die Aehnlichkeit der Schriftzüge?

Man

Man muß besser mit sich selbst übereinstimmen. Waren die Briefe schottisch geschrieben, warum übersetzte sie Buchanan ins Lateinische und Französische, um sie den Englischen Kommissarien zu erklären, welche sicherlich eine dem Englischen so ähnliche Sprache besser verstanden? Waren sie französisch geschrieben, warum wurden sie ins Lateinische und nicht lieber in die Sprache der Königin Elisabeth, der Englischen Kommissarien und der Mitglieder des Adels, in das Englische, übersetzt? Warum wurde in einem zu Edinburg, bei einem Thomas Waltham, welcher nie existirte, vorgeblich gedruckten Buche angezeigt, daß die acht französisch geschriebenen Briefe aus dem Lateinischen und Schottischen übersetzt wären? Endlich, warum wurde nachher vorgegeben, Maria hätte einen Theil derselben in französischer, und den andern in schottischer Sprache geschrieben? (Robertson, Krit. Abh. S. 29.) Die Wahrheit ist nur eine, und kann sich nicht verändern; wenn die Fakta, worauf alles ankommt, verschieden erzählt werden, so ist es ein Zeichen, daß dergleichen nicht existiren.

Anderson gesteht, daß bei der Untersuchung der den Richtern vorgelegten Papiere weder Auswahl noch Ordnung beobachtet wurde, daß diese

Papiere, welche kollationirte Abschriften von Mariens Briefen sein sollten, auf dem Tische des
Conseils zerstreut unter einander lagen, und daß
man sie aufs Gerathewohl aufnahm, und wie sie
sich unter den Händen fanden, vorlegte. (Anders.
Bd. 4, S. 176. s. auch Goodall, Bd. 2, S. 258.)
Wie konnten nun am Ende der Sitzung die Grafen von Northumberland, von Westmoreland, von
Worcester, von Warwick ꝛc. erklären, sie wären
über den Grund der Sache aufgeklärt, und eben
so vollkommen davon unterrichtet, als die Mitglieder des geheimen Conseils? Es ist hier zweierlei
in Erwägung zu ziehen: es waren entweder Mariens Originalbriefe oder kollationirte Abschriften
von denselben. Waren es Abschriften, warum gab
Elisabeth sie dem Grafen von Murray so gewissen-
haft wieder? Sie muste dieselben als Aktenstücke
in Händen behalten, und besonders als Rechtferti-
gungsmittel für sich selbst in einer Sache, deren
Ausgang zweifelhaft und für ihren Ruhm gewiß
sehr bedenklich war. Und waren es die Originale,
wie konnten sie, nachdem Murray sie wieder zu
sich genommen, und sie dem Buchanan zum Ab-
schreiben und Uebersetzen anvertraut hatte, unter
Murrays, Buchanans, Lenox und Mortons Händen verloren gehen, da ihnen allen in jeder Hin-

ficht so viel darauf ankam, diese Beweisstücke auf-
zubewahren? Sicherlich waren es Originale von
ihrer Erfindung; Elisabeth fand sie zu schwach,
um zu ihren Absichten zu dienen; sie gab sie ihnen
daher zur Bekanntmachung durch den Druck zurück, und nach dem Abdruck wurden die Abschriften unnütz, und wurden verlegt oder vernichtet.

Diese Briefe, wie sie anfangs in dem geheimen
Conseil vorgelesen wurden, trugen Martens Unterschrift. Man bemerkte nachher, daß dies eine
ungeschickte Erfindung war, und daß so strafbare
und gefährliche Briefe nicht unterzeichnet sein
könnten. Die Unterschrift wurde also weggelassen,
aber die Worte der schon in die Register eingetra-
genen Akte, von der Königin Hand geschrieben und unterzeichnet, konnten nicht mehr verändert werden. Hume hat den Schuldigen zu
Hülfe kommen wollen, und behauptet, dies wäre
ein Versehen des Sekretairs gewesen; allein ich
glaube bewiesen zu haben, daß diese Vertheidigung ungegründet sei. Ein anderer Umstand
beunruhigte die Betrüger, wenigstens sieht man,
daß Robertson darüber Unruhe zeigt. Sie hatten die Sprache einer zügellosen Leidenschaft gebraucht, welche weder Scham noch Zurückhaltung
kennt. Robertson hat die Stärke des Styls

gemildert vorgestellt, wenn er sagt, es finden sich in diesen Stücken Anzeigen von der Liebe der Königin, verschleierte Ausdrücke, Gründe zum Verdacht. In dem folgenden Sonnet ist doch wahrlich etwas mehr als bloße Anzeigen und Gründe zum Verdacht enthalten.

„O Götter! erbarmet euch meiner, und lehrt „mich, welchen sichern Beweis, der ihm nicht un= „gültig scheinen möge, ich ihm von meiner Liebe und „unwandelbaren Zuneigung geben soll.“

„Ach! ist er nicht schon im Besitze meiner Per= „sön *), meines Herzens, welches keine Quaal, „und keine Unehre in dem ungewissen Leben, keine „Beleidigung gegen Verwandte, noch schlimmeres „Leiden scheut?“

„Ich will für ihn der Welt entsagen. Ich will „sterben, um seine Größe zu befördern. Was kann „ich mehr thun, um meine standhafte Liebe zu be= „weisen?“

(„Seinen Händen, seiner unumschränkten „Gewalt, übergebe ich meinen Sohn, meine „Ehre und mein Leben, mein Land, meine „Unterthanen, meine unterjochte Seele.“) **)

*) Im Französischen; des Körpers, oder des Leibes.

**) Diese eingeschlossenen Worte gehören zu der er= sten Strophe des zweiten Sonnets. Der Ueberf.

Und in einem andern (neuntes Sonnet) heißt es:

„Für ihn hab' ich schon manche Thräne vergossen,
„eh er noch von meiner Person (im Französi-
„schen: von meinem Körper) Besitzer war.
          (S. Histor. und krit. Unters. S. 107 f.)

Sind das bloße Anzeigen von Liebe? Sind das Gründe zum Verdacht, daß sich Maria entehrt habe? Giebt es wohl weniger verschleierte Ausdrücke, um die Schwachheit eines Weibes anzudeuten? An einem andern Orte (S. 41.) sagt Robertson, die Briefe deckten ganz die strafbare Vertraulichkeit dieser Personen mit einander auf; und zwei Seiten vorher sah er bloß Gründe zum Verdacht. In welche Verlegenheit geräth nicht der Schriftsteller, der sich durch Partheigeist verführen läßt, der Lüge den Schein der Wahrheit geben zu wollen! Jenes Sonnet zeigt, eben so wie die Briefe, eine schamlose Seele, der alle feine Empfindungen fremde sind. Robertson sagt freilich, die Sitten haben sich seitdem verändert, und die Menschen hatten damals noch nicht jenen verfeinerten Geschmack, welcher keine andre als keusche Ausdrücke zuläßt. Aber die Frauenzimmer haben doch in keinem Jahrhunderte und in keinem gesitteten Lande die ihrem Geschlechte natürliche

Cc 3

Schamhaftigkeit verläugnet. Es giebt wenige, be=
sonders von einem höhern Range, die sich so weit
wegwerfen sollten, daß sie bei einer ausschweifen=
den Aufführung sich zugleich schändliche Ausdrücke
erlaubten. Der erste Grad des Verderbnisses ist
der, nicht mehr vor sich selbst, und der zweite,
nicht mehr vor andern erröthen. Wäre Mariens
Aufführung wirklich zu frei gewesen, wie es doch
durch nichts bewiesen ist, so würde doch daraus
nicht folgen, daß sie bis zu dem Grade von Sit=
tenverderbniß gekommen war, wo sie alles Gefühl
von der Würde ihres Geschlechtes und ihres Ran=
ges verlieren muste. Ja hätte sie sich mit Both=
welln, den sie zu jeder Stunde sah, vergessen, wo=
zu war es denn nöthig, daß sie ihre müßigen Au=
genblicke anwandte, ihm selbst das schimpfliche
Bekenntniß ihrer Fehltritte zu wiederholen? War
es natürlich sich ihrer Demüthigung mit dem größ=
ten Vergnügen zu erinnern, und dieselbe in Ver=
sen zu beschreiben? Hat diese platte Poesie ohne
Rhythmus und Wohlklang, haben diese rohen
Ausdrücke wohl etwas ähnliches mit jener Ode,
die sie auf den Tod Franz I gemacht hatte? (S.
Geschichte der Königin Elisabeth von England,
Bd. 2. S. 468. f.) findet sich darin jene Weich=
heit und Leichtigkeit, welche der angezeigten Ode

ſo viel Reiz und Grazie giebt? Sind die Sonnette in demſelbigen Geiſte gedichtet, und iſt jener ſanfte, zärtliche und ſelbſt ein wenig melankoliſche Karakter der Verfaſſerin darin beibehalten worden? Brantome ſagt bei Gelegenheit ihres Talents zur Dichtkunſt: „Sie machte Verſe, wo„von ich einige ſchöne und ſehr gut gemachte geſe„hen habe, und welche mit denen nichts ähnliches „hatten, die ihr nachher über die Liebe des Gra„fen von Bothwell aufgebürdet wurden. Dieſe „ſind zu roh ausgedrückt, und zu ſchlecht geſchrie„ben, daß ſie von ihr herkommen ſollten.‟ Brantome kannte die Sitten des Jahrhunderts, worin er lebte, ſo gut, als ſie Robinſon nachher hat keunen können; und wären die unanſtändigen Ausdrücke unter Karls IX Regierung gewöhnlich geweſen, ſo würden ſie dieſem Schriftſteller nicht ſo anſtößig geweſen ſein, deſſen richtiges Urtheil und deſſen Freimüthigkeit von ſeinen Zeitgenoſſen als die vornehmſten Züge ſeines Geiſtes und ſeines Karakters angeſehen wurden.

Als einen Beweis von der Authentizität der Briefe hat man erſtlich ihre Länge angegeben; dieſe ſcheint aber vielmehr ein Beweis von dem Gegentheil zu ſein. Wenn zwei von einander entfernte Perſonen den Entwurf zur Ausführung

eines großen Verbrechens machen, ist es da wohl
zu denken, daß sie ihren Plan weitläuftig aufse=
tzen, daß sie denselben ruhig mit einander abreden,
und ein solches Geheimniß einem Kommissionair
anvertrauen? Es ist in ähnlichen Fällen geschrie=
ben worden, aber auf eine kurze, präzise und ver=
blümte Art; die interessirten Partheien haben in
ihren Briefen Ziffern oder andre verabredete Zei=
chen gebraucht. Aber nie hat ein Frauenzimmer
von einer Lustparthie freier geredet, als hier Ma=
ria über den Tod ihres Gemals redend eingeführt
wird, und eines Gemals, welcher mit ihr den
Thron eines mächtigen Reiches theilte. „Ueber=
„legt, sagt sie, bei Euch selbst, ob Ihr ein ver=
„decktres Mittel als einen Trank finden könnet;
„denn er wird Arznei nehmen, und zu Craigmil=
„lar das Bad brauchen. Er kann auf mehrere
„Tage diese Wohnung nicht verlassen.‟

Ist irgend Wahrscheinlichkeit da, daß sie in
einem solchen Falle so würde geschrieben haben?
Welche Unbefangenheit, indem von einem schreck=
lichen Verbrechen die Rede ist! Ist es nicht im
Gegentheil offenbar, daß dies eine Vorbereitung
auf die nachherige Geschichte mit dem Pulver sein
soll? Und welchen Grund giebt sie von der Noth=
wendigkeit eines verdecktern Mittels als eines

Tranks an? Er wird in einigen Tagen einen
Trank nehmen, wodurch es weit leichter gewesen
sein würde, ihn zu vergiften! er wird das Bad
brauchen. Das Bad bei den Kinderpocken! Es
ist bekannt, daß damals in dieser Krankheit lauter
hitzige Mittel gebraucht wurden, und daß die Bä-
der bei derselben für tödtlich würden gehalten sein.
In eben diesem Briefe heißt es, vermuthlich um
in Mariens Karakter zu schreiben: „So viel ich
„wahrnehmen kann, hegt er großen Verdacht;
„demohngeachtet mißt er noch meinen Worten viel
„Glauben bei; doch nicht so viel, daß er nicht et-
„was sollte merken lassen. Indessen will ich al-
„les vor ihm bekennen und erkennen, wenn
„Ihr es gut findet; denn es wird mir wahr-
„lich nie Vergnügen machen, jemanden, der
„Vertrauen auf mich setzt, zu hintergehen.''
Was will sie hier erkennen? Ihre Verschwörung?
Und worauf könnten sich anders diese Worte, wovon Bekenntniß die Rede ist, nach den folgenden
zu schließen, beziehen? „Ihr könnt, setzt sie hin-
„zu, mir in allem befehlen. Faßt also keine
„schlimme Meinung von mir, da Ihr selber von
„allem Ursache seid, denn ich werde aus per-
„sönlicher Rache nie etwas wider ihn unter-
„nehmen.'' Nach dieser Erklärung will sie also

bloß um Bothwells willen ihren Gemal ermorden, und man braucht die ungeschickte Vorsicht, sie nach ihrem Karakter reden zu laſſen, welcher, wie Murray wohl wuſte, keines Haſſes und keiner Rachsucht fähig war, um sie in ihren eignen und wirklich auch in ihres Liebhabers Augen noch verhaßter zu machen. Nicht zufrieden, von diesem Plan ohne Zurückhaltung zu reden, fügt sie noch in demselbigen Briefe hinzu, der Ueberbringer werde das übrige sagen. Das heißt doch das Vertrauen sehr weit treiben. Aus Besorgniß vermuthlich, noch nicht genug gesagt zu haben, oder diesen würdigen Vertrauten, einen ihrer Bedienten, zu viel sagen zu laſſen, versichert sie noch weiter: „für ihren werthen Freund achte sie weder ih„rer Ehre, noch der sie drohenden Gefahren, „noch ihres Gewiſſens, noch ihres hohen „Ranges.“ Vorher hatte sie gesagt: „Verstel„lung wäre ihr verhaßt, er zwänge sie die „Rolle einer Verrätherin zu spielen, und ihr „Herz blutete bei diesem Gedanken.“ Iſt hier nicht der Kunſtgriff derjenigen offenbar, welche sie selbſt ihr gegen ihren Gemal angenommenes zärtliches und liebevolles Betragen wollen erklären laſſen? und stimmt dieses nicht mit den Winken in dem Tagebuche von den Reisen der Maria Stuart

überein, welches als ein Aktenstück in ihrer Sache
vorgelegt wurde, und worin sie Tag vor Tag die
Umstände von Mariens Betragen, immer als mit
dem Inhalte ihrer Briefe zusammenstimmend anzuzeigen scheinen? Aber eine andere ungeschickte
Erfindung, welche bisher noch von keinem Schriftsteller für oder wider Marien ist bemerkt worden*),
ist diese, daß supponirt wird, sie habe, nachdem
sie schon einen so schrecklich langen Brief geschrieben
hat, noch etwas zu sagen, und da es ihr an Papier
fehlt, nimmt sie ein abgerissenes Stück, worauf
sie dasjenige bemerkt, was sie noch kann vergessen
haben. Erinnert Euch, sagt zu ihm,

> der Engländer,
> seiner Mutter, — wessen Mutter?
> des Grafen von Argyle,
> des Grafen von Bothwell,
> der Wohnung zu Edinburg.

An den Grafen von Bothwell schreibt sie, und
ihn bittet sie, sich des Grafen von Bothwell zu erinnern **), welchem sie alles, was nothwendig,

*) Whitaker, dessen Vertheidigung Mariens im
Jahre 1787 herauskam, hat diesen Umstand bemerkt, und ihn als einen wichtigen Beweis angeführt, daß die Briefe untergeschoben sind. S. Mary Queen of Scots vindicated, Bd. 1, S. 364.
Bd. 2, S. 227. Der Uebers.

**) Indessen könnte diese Stelle vielleicht folgende
mir sehr natürlich scheinende Erklärung zulassen:
„denkt bei Eurer Unternehmung daran, daß mir

und was gefährlich zu schreiben war, geschrieben hatte. Aber eine noch weit auffallendere Unwahrscheinlichkeit ist die, daß sie ausdrücklich sagt, sie habe den Brief angefangen, nachdem sich der König zu Bette gelegt habe, sie sei völlig ausgekleidet, und im Begriff zu schließen. Dies setzt voraus, daß sie ohngefähr zwei Stunden lang geschrieben hat; und zwei Stunden müssen für eine Königin, welche an dergleichen Arbeit nicht gewöhnt ist, sehr lang sein. Nun macht dieser Brief funfzehn eng gedruckte Oktavseiten mit Corpus antiqua aus. Maria Stuart machte ihre Buchstaben mit langen Schweifen und dicken auseinander stehenden Grundstrichen, so daß von ihrer Schrift nur wenig auf einen gedruckten Bogen ging, und man sicher sein kann, daß sie wenigstens sechs und dreißig Seiten Manuskript zu funfzehn gedruckten Seiten gebraucht haben würde. Es ist aber einem Frauenzimmer, ihre Hand mag auch noch so geübt sein, unmöglich, an einem Tage, die Zeit zum Speisen abgerechnet, auf ordinärem Papier, einmal gebrochen und auf einer Kolumne beschrieben,

„nichts in der Welt so theuer ist, als Ihr, daß „ich ohne den Grafen von Bothwell nicht leben „kann". Der Betrüger, der diesen Brief schmiedete, hat Blößen genug gegeben, daß wir nicht noch dazu, um ihn des Betruges zu zeihen, die doch gar zu unwahrscheinliche Vermuthung annehmen dürfen, er habe es am Ende des Briefes vergessen gehabt, daß derselbe an den Grafen von Bothwell gerichtet sein sollte.　Der Uebers.

mehr als vier und zwanzig Seiten zu schreiben.
Und kann sie es allenfalls, wenn sie bloß abschreibt,
ohne den Kopf dabei zu brauchen, so wird sie es
doch nie thun können, wenn sie ihre eignen Gedanken zu Papier bringen will. Wir müssen also
voraussetzen, Maria, welche, wie Königinnen zu
haben pflegen, eine so geübte Hand hatte, daß sie
in einer Zeit von zwei, oder, wenn man lieber
will, von vier Stunden, ( denn an gewissen Stellen ist behauptet worden, sie habe zwei Nächte
daran geschrieben) einen so langen Brief schreiben
konnte, habe zugleich bei Entwickelung so abscheu-
licher Plane ihren Kopf so frei gehabt, daß ihre
Gedanken schnell und ganz ungezwungen aufeinan-
der folgten. Man hat bemerkt, es wäre doch son-
de bar, daß Mariens Unterredungen mit dem Könige in ihren Briefen gerade mit denselbigen Worten erzählt sind, wie sie nach der eidlichen Aussage
der Zeugen sind gehalten worden. (Robertf. S. 27.)
Einer dieser Zeugen war Crawford, dessen Erdich-
tungen die Betrüger bei Abfassung der Briefe
brauchten *); und nachher ließen sie eben diesen
Crawford eidlich versichern, daß die Briefe Wahrheit enthielten. Diese Aussage ist eine ziemlich ungeschickte Erfindung, denn Crawford bestätigt die
Sache nicht als Zeuge, sondern als einer, der
Mariens Unterredungen mit dem Könige, zu der
Zeit, da sie gehalten waren, so wie der König sie

---

*) So ohngefähr hat die Verfasserin vermuthlich ge-
schrieben; denn im Druck ist hier eine Lücke von
einer, vielleicht von zwei Zeilen.

ihm des Abends treulich erzählte, wollte aufge=
schrieben haben, unter dem Vorwande, sie dem
Vater desselben, dem Grafen von Lenox, bei welchem
Heinrich und Maria wohnten, zu hinterbringen.
(Anderson, Bd. 4, Th. 2, S. 129. Goodall, Bd. 2,
S. 216.) Aber wozu, wie ihn der Verfasser der
historischen Untersuchungen fragt, schrieb er das
so genau nieder, was er dem Grafen von Lenox
sogleich sagen konnte? Warum behielt er diese
Nachrichten auf, nachdem er sie dem Grafen mit=
getheilt hatte? Vermuthlich sah er schon die künf=
tigen Begebenheiten voraus, und daß man der=
einst diese Nachrichten nöthig haben könnte, um
dadurch die Aechtheit der Briefe Mariens zu
beweisen. Buchanan und Murray gestehen,
man müßte bei Crawforden ein glückliches
Gedächtniß voraussetzen, wenn er sich ver=
schiedner abgesonderter Unterredungen von Wort
zu Wort hätte erinnern sollen; daher gaben sie vor,
er hätte sie vormals, so wie sie gehalten worden,
aufgeschrieben. Sie dachten nicht daran, daß sie
alle andre Unwahrscheinlichkeiten noch mit einer
neuen vermehrten. Eben so ist es mit allen den
übrigen besondern Umständen, die in diesen Brie=
fen enthalten sind; sie waren jedem bekannt, nicht
ein einziger war geheim oder beweisend, und jede
Periode ist offenbar nach dem Ausgange eingerich=
tet, um denselben zu erklären, und die Anklage zu
unterstützen. Hiervon ist unter andern folgendes
ein auffallender Beweis, den noch niemand bemerk=
lich gemacht hat, daß sie in eben diesem Briefe ge=

gegen Bothwell der Schwierigkeiten erwähnt, welche seine Gemalin ihrer Ehescheidung mit ihm entgegensetzt, und der verstellten Thränen, durch welche sie den Prozeß verhindern will. Selbst zugegeben, Maria habe ein Komplott wider das Leben ihres Gemals, und die Ehescheidung zwischen dem Grafen und seiner Gemalin je im Sinne gehabt, um ihn zu heirathen, so wurde doch damals noch nicht an diese Scheidung gedacht, und es war damals noch nicht zwischen beiden Ehegatten davon die Rede, geschweige daß Bothwells Gemalin mit demselben vor Heinrich Stuarts Ermordung schon einen Rechtshandel gehabt hätte.

Ehe ich diese Betrachtungen endige, will ich nur noch hinzusetzen, daß dieser Brief als zu Glasgow geschrieben, angenommen wird, und den angegebenen Thatsachen zufolge, an einem Tage geschrieben sein müste, an welchem sie noch nicht daselbst angekommen war. Dies beweisen die öffentlichen Urkunden, nach denen Maria eben diesen Tag zu Edinburg war, wo sie an demselben eine Polizeiverordnung unterschrieb. Dieser Brief, welcher also nicht anders als in der Nacht vom Sonnabend auf den Sonntag geschrieben sein konnte, enthält umständlich alle Vorfälle der folgenden Woche, welche sie ganz zu Glasgow zubrachte. Maria hätte zum Erstaunen scharfsichtig sein, und eine außerordentliche Fertigkeit im Schreiben haben müssen. Ein Monat wäre für alle die Briefe und Sonnette nicht hinreichend gewesen, welche bei der gerichtlichen Untersuchung vorgelegt wurden,

und welche sie in einer Woche geschrieben haben
sollte, während der sie zwei Reisen nach Edinburg
machte, und die Zeit über, die sie bei dem Könige
zubrachte, demselben nicht von der Seite kam.

Diese Beobachtungen scheinen mir weit mehr
Beweiskraft für Mariens Unschuld zu haben, als
der Eid der Grafen von Murray und Morton und
ihrer Anhänger für das Gegentheil, wenn gleich
Hume und Robertson auf diesen Eid die Vertheidigung derselben gründen, und ihn als einen Beweis für die Aechtheit der Briefe brauchen, welche
so viele Unwahrscheinlichkeiten, so viele unüber-
legte und ungeschickte Erfindungen enthalten, kurz,
so viele Kennzeichen des Betruges an sich tragen.

Es ist nicht unwichtig zu bemerken, daß Maria
eine sehr schöne Hand schrieb, daß sie, wie Elisabeth, auf ihre Geschicklichkeit im Schönschreiben
einen vorzüglichen Werth setzte, daß sie kein Billet
geschrieben haben würde, ohne eine besondre Sorgfalt auf ihre Schriftzüge zu wenden, und das hingegen die Briefe, wovon hier die Rede ist, obgleich
die Schrift mit Mariens Hand Aehnlichkeit hatte,
doch nach Robertsons eignem Geständnisse (S. 40),
sehr schlecht und nachläßig geschrieben waren. Sie
wandte nicht weniger Fleiß auf den Styl und die
Zierlichkeit im Ausdruck; daher merkt auch Robertson bei dieser Gelegenheit an, ihr Geist wäre, als
sie diese Briefe schrieb, in der größten Unruhe gewesen; und doch hatte er in der Geschichte selbst auf
eine ironische Art die Ruhe bewundert, mit der sie
ein so verhaßtes Komplott umständlich entwickelte.

## Ende.